Es geschieht an einer Autobahnmautstelle: Knall auf Fall lässt Josef Abendrot seine Frau Helene zurück und macht sich davon. Das gibt es doch gar nicht, denkt Helene, so was passiert doch nicht jemandem wie ihr! Doch dann verkündet Josef per Mail, er bräuchte eine Eheauszeit. Helene ist geschockt. Und bald findet sie heraus, dass Josef seine Auszeit nutzt, um eine Affäre mit seiner Assistenzärztin Nathalie zu genießen. So nicht, findet Helene, nachdem sie den ersten Schrecken überstanden hat. Jetzt wagt sie alleine neue Wege: sie bricht auf in die Provence und Toskana, lernt neue Leute kennen und tut Dinge, die sie selbst von sich nie gedacht hätte. Helenes Welt wird ziemlich aufregend und ihre Ehe auf eine harte, aber höchst inspirierende Probe gestellt. Als Josef, vom Schicksal leicht zerrupft, wieder um ihre Gunst wirbt, fragt sich Helene, ob sie die Liebe in der Ehe neu entdecken kann – und will.

Alexandra Holenstein lebt im Tessin, nahe dem Lago Maggiore. Wie in ihrem ersten Roman »Das Heinrich-Problem« schaut sie in »Auszeit bei den Abendrots« humorvoll auf Beziehungen. Die ein oder andere Romanfigur ist ihr in ihrem Leben schon über den Weg gelaufen.

Weitere Informationen finden Sie auf www.fischerverlage.de

Alexandra Holenstein

Auszeit bei den Abendrots

ROMAN

FISCHER Taschenbuch

Aus Verantwortung für die Umwelt hat sich der S. Fischer Verlag zu einer nachhaltigen Buchproduktion verpflichtet. Der bewusste Umgang mit unseren Ressourcen, der Schutz unseres Klimas und der Natur gehören zu unseren obersten Unternehmenszielen.

Gemeinsam mit unseren Partnern und Lieferanten setzen wir uns für eine klimaneutrale Buchproduktion ein, die den Erwerb von Klimazertifikaten zur Kompensation des CO2-Ausstoßes einschließt.

Weitere Informationen finden Sie unter: www.klimaneutralerverlag.de

Originalausgabe
Erschienen bei FISCHER Taschenbuch
Frankfurt am Main, Juni 2020

© 2020 S. Fischer Verlag GmbH, Hedderichstr. 114,
D-60596 Frankfurt am Main

Satz: Dörlemann Satz, Lemförde
Druck und Bindung: GGP Media GmbH, Pößneck
Printed in Germany
ISBN 978-3-596-70020-2

Für Jan

I

FÜR EINEN MOMENT dachte ich, es wäre Josef.

»La posso aiutare? Can I help you?«, fragte der junge Mann, der sich dem Wagen vom Heck her genähert hatte.

Doch Josef hatte weder eine so klangvolle Stimme, noch sprachen wir Italienisch oder Englisch miteinander. Wie es aussah, gab es gerade überhaupt keine uns verbindende Sprache.

»No, grazie. Va tutto bene.« So unauffällig wie möglich schob ich meine Tasche mit dem linken Fuß unter den Beifahrersitz.

Nichts war in Ordnung, aber was hätte ich sagen sollen? *Mein Mann hat mich hier sitzen lassen. Keine Ahnung, was ich jetzt tun soll.*

Nach einem Moment des Zögerns hob er grüßend die Hand und ging. Im Rückspiegel sah ich, wie er in einer der Zahlstellenkabinen verschwand.

Seit einer Stunde – vielleicht weniger, vielleicht mehr – saß ich auf dem Beifahrersitz unseres Passat und harrte der Dinge, die nicht kamen: der Rückkehr von Josef, eines Anrufs, einer Erklärung, einer Eingebung.

Zurückgelassene Fracht am Rande einer kleinen, wenig frequentierten Autobahnmautstelle. Bei 29 Grad im Schatten, die Sonne im Zenit. Sechzig Kilometer südöstlich von Mailand.

Es bedurfte nicht viel Vorstellungskraft, mich mit den Augen des jungen Mannes zu sehen: Eine Frau mittleren Alters im Sommerkleid, dessen dünner Stoff wie Frischhaltefolie auf ihrer Haut klebte.

Eine Frau am Rande jener nebligen Altersgruppe, in der die Weiblichkeit von grau-weißen Schwaden verhüllt wurde.

Eine, die ihre Wasserflasche an sich gepresst hielt wie eine Vierjährige ihren Teddybären.

Eine, die an einem Ort allein in einem Auto saß, an dem niemand haltmachte, wenn er nicht unbedingt musste.

Ich klappte die Sonnenblende nach unten, schaute in den kleinen Kosmetikspiegel und erschrak: verstörter Blick, verwischte Wimperntusche, Haarsträhnen, die wie nasse Schnüre ins gerötete Gesicht hingen.

Situationen, in denen es mir völlig egal war, wie ich aussah, hatte es in den, sagen wir mal, letzten dreißig meiner achtundvierzig Lebensjahre nicht viele gegeben. Und so kramte ich denn aus meiner Handtasche ein Päckchen Papiertaschentücher hervor, tupfte mir Stirn und Nase trocken, rieb die Wimperntusche weg und trug ein wenig Lippenstift auf. Was meine schweißnasse Haut betraf, würde nur die kühle Luft der Klimaanlage etwas ausrichten können, und dazu musste ich endlich das tun, zu dem ich mich bisher nicht hatte durchringen können: auf den Fahrersitz rutschen, den Motor starten und auf die Autobahn zurückfahren.

Auch würde ich der besserwisserischen Daniela das Wort verbieten. Ihre so selbstsicher hervorgebrachten Richtungsweisungen konnten mir gestohlen bleiben. Früher hatten wir es auch ohne Navigationssystem geschafft. Den Parkplatz am Porto Marghera zu finden, konnte schließlich keine Hexerei sein.

2

MAILANDS AUTOBAHNUMFAHRUNG hatte es in sich. Entscheidungen für den richtigen Abzweiger mussten im Nu gefällt und Fahrbahnen rechtzeitig gewechselt werden. Zauderer wurden entweder mit einer unfreiwilligen Sightseeing-Tour mitten durch die Stadt oder einer folgenschweren Irrfahrt in eine gänzlich andere Fahrtrichtung bestraft.

Josef begegnete dieser Herausforderung seit Jahren gelassen mit Danielas Hilfe. Das war die Dame, der er gestattete, ihm Anweisungen zu geben. Dies tat sie gleichbleibend freundlich, klar und sachlich. Qualitäten, die mir angeblich abgingen. Dabei hatte Josef meine vorzüglichen Kartenlesefähigkeiten in Vor-Navi-Zeiten durchaus zu schätzen gewusst. Nun saß ich zwar immer noch mit der Straßenkarte auf dem Schoß auf dem Beifahrersitz, war aber in Sachen Richtungsangaben zur Komparsin degradiert worden, was zu einem nicht versiegenden Quell immer neuer Zankereien zwischen mir und meinem Mann geworden war. Ich war so gut wie Daniela, manchmal sogar besser. Warum nur wollte Josef das nicht einsehen?

Und genau damit hatte die ganze Misere begonnen.

Halb links hatte sie angeordnet. *Halb rechts* ich. Oder umgekehrt, so genau konnte ich mich nicht mehr erinnern, denn es musste schnell gehen.

Jedenfalls war die von Josef gewählte Abzweigung nicht die richtige. Statt nach Venedig fuhren wir Richtung Bologna. Für mich lag die Schuld bei Daniela, für Josef – wie konnte es anders sein – bei mir.

»Warum musstest du dazwischenfunken?«, fragte Josef. Eine Antwort wollte er nicht. Was ich zu dem Zeitpunkt noch nicht wusste: Es waren seine letzten Worte an mich. Für längere Zeit.

»Wir können bei Piacenza nordöstlich hochfahren. Dann kommen wir auf die *Serenissima*.«

Josef schwieg.

»So schlimm ist das nicht. Mehr als eine Stunde verlieren wir auf keinen Fall.«

Er blieb stumm.

Grollend schaute ich aus dem Seitenfenster auf die an uns vorbeigleitende Po-Ebene. Auch ich konnte schweigen.

Nein, so entschied ich erneut, ich würde Josef keines Blickes mehr würdigen. Mit der Beharrlichkeit eines nach Beute spähenden Mäusebussards richtete ich mein Auge auf alles, was zu meiner Rechten lag. Zum Beispiel auf die Strohballen, die wie in Stücke geschnittene Riesenzigaretten in wahlloser Anordnung auf den bereits abgeernteten Feldern und Wiesen herumlagen. Oder auf Gehöfte vergangener Tage, zerfallen und verlassen. Bei einem wuchs sogar ein Baum durch alle Stockwerke. Mir fiel ein Film ein, den wir vor langer Zeit mal gesehen hatten. Josef und ich. Irgendetwas mit Holzschuhen und dem ärmlichen Leben der lombardischen Bauern Ende des vorletzten Jahrhunderts. Wie hieß der doch gleich? »Josef, wie ...« Gerade noch rechtzeitig erinnerte ich mich daran, dass ich mir vorgenommen hatte, meinen zu Eis gefrorenen Ehemann mit der gleichen Nichtachtung zu bestrafen, die er mir entgegenbrachte. Und so blieb es bei dem Satzfragment, das wie ein unangenehmer Geruch im Wageninneren schwaderte. Ein Geruch, mit dem niemand etwas zu tun haben wollte.

Josef blieb regungslos.

Casalpusterlengo stand auf einem Ortsschild.

Was für ein ulkiger Name, wie von kauderwelschenden Kindern erfunden. Ich suchte auf der Straßenkarte danach.

»Noch achtzehn Kilometer, dann müssen wir abzweigen«, teilte ich Josef mit. Laut und deutlich, wie die keine Widerrede duldende Navigations-Daniela. Dass ich damit mein Schweigegelübde brach, war der übergeordneten Wichtigkeit der Mitteilung geschuldet.

Aber auch dazu sagte Josef nichts. Stattdessen klaubte er ein Pfefferminzbonbon aus der Schachtel in der Mittelkonsole und schob es sich in den Mund. Es war das zwölfte auf dieser Fahrt. Ich hatte mitgezählt.

Casalpusterlengo, Casalpusterlengo, Casalpusterlengo. Das sollte ab sofort mein Mantra sein. Der Klangkörper, mit dem ich meinen Geist beruhigen, mich fokussieren konnte. Ganz so wie es meine Freundin Adrienne mir unlängst für kritische Situationen empfohlen hatte. Zwei Minuten, so hatte ich schon bemessen, würde es dauern, bis Josef das Bonbon mit saugenden Lutschgeräuschen bearbeitet, reduziert und schließlich mit drei heftigen Knackern zerbissen hatte. Ich würde mich beherrschen und die unliebsamen Geräusche nicht kommentieren. Wie ein entspannter Guru konnte ich weltliche Störungen von mir fernhalten.

Casalpusterlengo, Casalpusterlengo.

»Warum hörst du nicht endlich auf damit? Dieses Geschmatze geht mir auf die Nerven.«

Auf den Guru in mir, der sich mit unerwartet giftigem Ton zu Wort meldete, war leider kein Verlass. Oder lag es am Mantra?

Josef nahm die Augen von der Fahrbahn und sah mich flüchtig an. Flüchtig und kühl.

Er trug neuerdings einen Dreitagebart, mit dem er entfernt einer leicht angesilberten Ausgabe von David Beckham glich.

»Bald kommt ein Abzweiger, Richtung Gardasee«, verkündete ich, nun wieder mit beschwingtem Ton, als hätte jemand per Knopfdruck das Programm gewechselt und als handelte es sich bei einem Abzweiger um eine spaßige Kapriole, die wir uns unbedingt gönnen sollten. Ein zugegebenermaßen hilfloser Versuch, den bissigen Gaul wieder einzufangen, den ich so fahrlässig freigelassen hatte.

Aber Josef tat mir nicht den Gefallen, etwas Entgegenkommendes zu sagen oder wie in früheren Zeiten seine rechte Hand auf mein linkes Knie zu legen. Wortloses Zeichen dafür, dass wir trotz allem Verbündete waren, denen ein kleiner Zwist nichts anhaben konnte. Stattdessen betätigte er den Blinker und lenkte den Wagen auf die Ausfahrtspur.

»Doch nicht hier, Josef«, rief ich erschrocken. »Das war zu früh. Jetzt sind wir wieder falsch.« Aber Josef schob unbeirrt die Karte in den Automaten der Mautstation. Vor uns tat sich die Barriere auf.

Gleich darauf fuhr er rechts ran. War ihm nicht gut? Ein Notfall?

»Josef, was ist los?«

Er stieg aus dem Auto, öffnete die Heckklappe und zerrte etwas aus dem Kofferraum. Seine Reisetasche, wie ich wenig später sehen konnte.

»Josef, was soll das? Ist das wegen der falschen Richtung? Oder wegen der Bonbons? Habe ich dich gekränkt? Das täte mir leid. Darüber können wir doch reden!« Auch ich war ausgestiegen und stützte mich auf den oberen Rand der Beifahrertür.

Die letzten zwei Sätze prallten an Josefs Rücken ab. Die Reisetasche in einer Hand, die Jacke – im letzten Moment noch von der Rückbank geangelt – unter den Arm geklemmt, lief er auf der rechten Straßenseite davon. Ein Lastwagen fuhr gefährlich dicht an ihm vorbei. Ein Lieferwagen hupte. Das war keine Straße, auf der man zu Fuß ging.

»Josef. Josef!« Ich stampfte mit dem Fuß auf, was man mit fünf Zentimeter hohen Absätzen nicht tun sollte.

»Jooosef, komm zurück!« Meine Stimme überschlug sich.

Gleich, gleich würde er umkehren. *Alles nur ein Scherz*, würde er sagen, sobald er wieder am Auto war. Oder: *Die Lektion hast du dir verdient.* Mit diesem schiefen Lächeln, das ich nicht mochte, weil es gar nicht nett gemeint war.

Ich würde großmütig sein und gnädig nicken. Ja, das würde ich.

Aber er kehrte nicht um, sondern stieg über die Leitplanke, überquerte eine verdorrte Wiese und wurde schließlich von den Silhouetten zweier Lagerhallen verschluckt.

3

EIN VORÜBERGEHENDER ZUSTAND geistiger Verwirrung? Ein emotionaler Ausbruch mit unbedachten Folgen? Ich kannte Josef nur als vernunftgeleiteten Menschen. Natürlich konnte er ärgerlich werden. Wer wusste das besser als ich? Aber zu irrationalen Handlungen oder impulsiven Entscheidungen neigte er nicht. Mich an einer Mautstation stehen zu lassen wie einen ausrangierten Regenschirm, das war doch nicht mein Josef.

Trotz allem hatte er mir aber das Auto gelassen, was mein Schicksal von dem eines Regenschirms unterschied. Mit jedem zurückgelegten Kilometer, nun endlich auf der *Serenissima* und mit dem stetig näher rückenden Venedig als Stätte der Zuflucht vor Augen, beruhigte ich mich ein wenig. Wahrscheinlich hatte Josef unweit der Zahlstelle ein Taxi zum nächsten Bahnhof – Piacenza? – genommen und sich per Zug auf den Weg nach Venedig gemacht. Dort würde er auf mich warten. Zwar fiel mir partout kein Grund für solch ein unsinniges Tun ein, aber so wie ich mich gerade an das Lenkrad des Passat klammerte, hielt ich mich mit trotziger Beharrlichkeit an jedem noch so dürftigen Erklärungs-Hälmchen fest.

Sollte ich Rüdiger und Susanne anrufen? Die beiden erwarteten uns in der Ferienwohnung im Stadtteil Castello, unserem Domizil während der kommenden zehn Tage.

Immerhin konnte ich damit rechnen, die beiden telefonisch zu erreichen, was mir bei Josef seit seiner Houdini-Verschwinde-Nummer nicht gelungen war.

Mit gleichbleibend distanzierter Freundlichkeit hatte mir die Mobilbox-Dame mitgeteilt, dass der Teilnehmer vorübergehend nicht erreichbar sei. Ihr großzügiges Angebot, nach dem Ton doch eine Nachricht zu hinterlassen, hatte ich genutzt. Und wie! *Melde dich, Josef!*, war die erste und salonfähigste meiner Mitteilungen gewesen. An die letzte der vielleicht fünfzehn konnte und wollte ich mich nicht mehr erinnern.

Nein, ich würde nicht mit Rüdiger und Susanne telefonieren. Schau einfach, was dich in Venedig erwartet, sagte der kluge Guru in mir, der mich hin und wieder zur Ruhe anhielt und dann unversehens verschwand, wenn ich ihn dringend brauchte.

Penetrantes Lichthupen hinter mir zwang mich sowohl zum Fahrbahnwechsel wie auch dazu, mich nun wirklich ausschließlich auf den Verkehr zu konzentrieren.

Der Schimmer von Zuversicht, alles könne sich auf wundersame Weise aufklären, verblasste bereits wieder. Was, wenn Josef nicht in Venedig einträfe? Vielleicht sollte ich schon jetzt mit der Polizei Kontakt aufnehmen. Aber was könnte ich sagen? Und in welcher Sprache?

Mein Mann ist verschwunden. Mitsamt seinem Gepäck.

Cara signora, würden die Carabinieri antworten und dabei vermutlich feixen. *Ihr Mann hatte eben anderes vor. Vielleicht hat er Sie verlassen.*

Wieder wurde mir heiß, trotz des kühlen Luftstroms, der mir aus den Belüftungsschlitzen entgegenblies.

Unsinn, schalt ich mich. Warum sollte er mich verlassen? Und wenn überhaupt, dann täte er das nicht auf so eine Art und Weise. Wir waren zivilisierte Leute. Wir sprachen miteinander, beredeten unsere Probleme. Zumindest ich. *Ich* sprach.

Wie ein zu allem bereiter Ritter hielt ich mich und mein Ross eisern in Zaum. Fahren, Helene, einfach fahren, sprach ich mir selbst Mut zu. Auf der mittleren der drei Fahrbahnen auf dem Weg nach Venedig.

Josef, um den ich mich gerade eben noch gesorgt hatte, schickte ich in einem neuerlichen Anflug von Ärger zum Teufel, oder meinetwegen auch in die Abgründe von Casalpusterlengo.

4

»Warum bist du ihm nicht hinterhergefahren?« Rüdigers Frage war berechtigt.

»Weiß auch nicht«, schniefte ich. Mit dem Nachlassen der

Anspannung hatten sich die längst überfälligen Tränen ihren Weg nach draußen gebahnt. »Schockstarre oder irgendetwas in der Art.« Als hätte ich mich das nicht auch schon gefragt.

»Du bist doch sonst nicht so.« Rüdiger schüttelte den Kopf.

Ich wusste nicht, was er mit *sonst* und *so* meinte. Für mich gab es in den letzten Jahrzehnten keine Situation, die in irgendeiner Weise mit Josefs Verschwinden vergleichbar gewesen wäre.

»Außerdem hab ich zuerst gedacht, er kommt wieder zurück«, schob ich nach, wie ein trotziges Schulkind.

»Der ist verrückt geworden«, schaltete sich Susanne ein. Wie war denn das gemeint? Auch wenn sie vielleicht recht hatte, trug die Vorstellung von Josefs plötzlicher Geistesstörung nicht unbedingt zu meiner Beruhigung bei. Wer wollte schon einen verrückten Mann?

Ich nippte am Prosecco *Superiore Valdobbiadene*, den Rüdiger eilig geöffnet hatte, nachdem ich mich, bepackt mit einem Koffer und zwei Taschen, verschwitzt, erschöpft und josef-los in den fünften und obersten Stock des Hauses in der Calle Erizzo geschleppt hatte.

Den hätten wir ohnehin zur Feier eurer Ankunft getrunken. Und jetzt erst recht, hatte Rüdiger gesagt und das perlende Getränk in drei Gläser gegossen, nachdem ich einen Kurzbericht über das Geschehene gegeben hatte.

Krisensituationen verlangten nach Heilmitteln der hochwertigen Sorte. Da ließ Rüdiger nichts anderes gelten. Ein Glas Prosecco hatte ich bereits in einem Zug in mich reingekippt.

»Soeinfiesertyp.« Das plötzliche Hyänengeheule kam von mir.

Susanne und Rüdiger sahen mich erschrocken an.

»Versuch doch noch mal, ihn zu erreichen.« In Männermanier

begegnete Rüdiger meinem Ausbruch mit einem Ratschlag zum Handeln.

»Hab ich doch schon tausendmal gemacht.«

»Egal.« Rüdiger schob mein Telefon von der Mitte des Esstischs zu mir hin.

Folgsam griff ich danach und drückte erneut auf die Hörerikone.

Nach wiederholtem Rufzeichen war erneut das mir mittlerweile verhasste Organ der Mobilbox-Dame zu hören.

»Hat sich Josef in letzter Zeit seltsam verhalten? Stimmungsschwankungen? Affektive Störungen irgendwelcher Art?« Rüdiger blieb die Stimme der Vernunft und sachlichen Überlegung. Nebenbei begann er, sorgfältig Basilikumblätter vom Stiel eines Zweiges zu zupfen und zusammen mit frischen Knoblauchzehen und Pinienkernen in den Marmormörser zu befördern, den er zusammen mit seinem sechsteiligen Messerset von zu Hause mit in unsere Ferienwohnung gebracht hatte. Darin kam, wie ich wusste, seine Überzeugung zum Ausdruck, dass man in keiner Lebenssituation auf ein gutes Essen verzichten sollte.

Dass wir uns bereits das zweite Mal in vier Jahren zu gemeinsamen Ferientagen in Venedig entschlossen hatten, war auf Rüdigers ansteckende Begeisterung für das italienische Lebensgefühl zurückzuführen. Auf sein Drängen hin sollten wir dieses Jahr die Lagunenstadt in den letzten Juni- und ersten Julitagen *erspüren*, auch wenn man uns vor der schwülen Hitze gewarnt hatte, welche die Stadt spätestens ab Juli in ein Dampfbad verwandeln konnte. *La vera italianità* nannte Rüdiger das.

»Nein, Josef war eigentlich ganz … normal«, beantwortete ich seine Frage. Dass ich kurz vor seinem Verschwinden sehr unfreundlich gewesen war, verschwieg ich genauso wie die Tatsache, dass wir uns öfter mal stritten und keine Turteltäubchen waren wie er und seine Frau.

»Tja, da hilft nur ein gutes Abendessen.« Rüdiger setzte sich zu Susanne und mir an den Tisch und bearbeitete die Zutaten im Mörser rigoros mit dem Stößel.

Obwohl mir die Überleitung etwas willkürlich und auch nicht besonders einleuchtend vorkam, fügte ich mich. Das war nun mal Rüdigers Haltung zum Leben.

»Probier mal die Oliven, Helene! *Taggiasche*. Entsteint und nur in Salzlake eingelegt. Das bewahrt den typischen Eigengeschmack.«

Mir stand nicht der Sinn nach Oliven, nach keiner Sorte.

Susanne sprang für mich in die Bresche und schob sich gleich zwei hintereinander in den Mund. Nur wenig konnte Rüdiger unglücklicher machen als die mangelnde Würdigung seiner kulinarischen Kreationen und der von ihm mit Bedacht zusammengestellten Leckereien.

»Wenn er doch nur was gesagt hätte, bevor er sich davongemacht hat, dann wüssten wir jetzt mehr.« Susanne kaute mit gekräuselter Stirn vor sich hin.

Dem ließ sich nichts entgegensetzen. Susanne war Meisterin im Hervorheben von Offenkundigem.

Nichtsdestotrotz hatte ich mich inzwischen ein wenig beruhigt und schnäuzte mir lautstark die Nase. Dann schwiegen wir ein paar Minuten lang. Nur das reibende Geräusch des Stößels untermalte unsere Gedanken.

»Man *muss* die Zutaten einfach mörsern. Bloß kein Mixer. Der zerstört das Aroma«, gab Rüdiger schließlich zum Besten, auch wenn niemand ihn um eine Erläuterung gebeten hatte.

Wie wenig Rüdiger und Susanne doch letztlich, trotz ihrer freundschaftlichen Bekundung der Anteilnahme, von der Ungeheuerlichkeit berührt waren, die mir widerfahren war. Nicht dass ich es ihnen zum Vorwurf machte. Es war nun mal nicht ihr Schicksal, und vielleicht waren sie insgeheim auch einfach froh, dass sie nicht meine Probleme hatten. Womöglich wäre es mir an ihrer Stelle ähnlich ergangen.

Und so sagte ich nicht laut, wie wenig mich dieses Pesto gerade interessierte und dass er die Basilikum-Knoblauch-Mischung meinetwegen mit einer Motorsense zerhackstücken konnte. Mein Mann hatte sich vor sechs Stunden wortlos davongemacht, war nicht erreichbar, meldete sich nicht. Ich hatte andere Sorgen.

Susanne und Rüdiger waren unsere Freunde. Nicht *dicke* Freunde, wenn man mal von der von Jahr zu Jahr zunehmenden Leibesfülle der beiden absah, aber doch mehr als nur Bekannte.

Seit Josef und ich nicht mehr im südwestdeutschen Freiburg lebten, sondern in Bern, sahen wir die beiden nicht mehr oft, hatten aber die Gewohnheit gelegentlicher gemeinsamer Ferienaufenthalte beibehalten.

Rüdiger, Arzt wie Josef, war Androloge mit eigener Praxis, während Josef seit acht Jahren leitender orthopädischer Chirurg an der Universitätsklinik der Schweizer Bundesstadt war.

Eigentlich beruhte die ganze Freundschaftsgeschichte auf der Verbindung der beiden Männer, die sich seit dem Studium kannten. Susanne, obwohl eine unbedarft nette Person, war mir als Freundin zu langweilig. Unsere Beziehung lebte von der Viererkonstellation, für deren Fortbestand ich Susannes Geschnatter langmütig hinnahm, was ich Josef gerne mal in Erinnerung rief, wenn dieser an meinem generösen Wesen zweifelte.

»Wollen wir nicht hoch auf die Altana gehen, anstatt hier am Esstisch zu sitzen?«, schlug Susanne vor. »Falls Josef klingelt, hören wir das allemal.«

Falls. Aber von allem, was Susanne bisher von sich gegeben hatte, konnte ich mich damit gerade am besten anfreunden.

Die Altana, wie man die hölzernen Dachterrassen in Venedig nannte, war die Attraktion der Wohnung. Sie gab einen wunderbaren Blick über die Dächer der Stadt frei.

Wir griffen nach den Gläsern und den Oliven und kletterten auf der Wendeltreppe vom Wohnraum aus nach oben. Rüdiger hatte dem Kühlschrank vorsichtshalber noch eine weitere Flasche Prosecco entnommen. Bis zum Abendessen – Artischocken-Carpaccio zur Vorspeise, Trofie mit Pesto als Hauptgang – sollten wir nicht auf dem Trockenen sitzen.

Vermutlich hofften wir alle noch, Josefs Eintreffen mit ein wenig Beharrlichkeit herbeiführen zu können.

Neben meinem eigenen Wechselbad aus Bangen und Wut konnten sich wohl auch Susanne und Rüdiger nicht recht vorstellen, wie die nächsten zehn Tage unter den gegebenen Umständen aussehen sollten.

Mit oder ohne Josef.

5

DER *FRIULARO* WAR GETRUNKEN, die letzten Pestoreste mit Weißbrot aufgeputzt. Wobei ich nur bei Ersterem einen nennenswerten Beitrag geleistet hatte.

»Ruf Tobi an«, schlug Rüdiger vor. »Vielleicht weiß der mehr.«

»Ja, ruf Tobi an«, echote Susanne.

»Warum sollte der was wissen?« *Derwaswissen* war zu einem Wort verschmolzen.

Ich fühlte mich behäbig wie ein Elefant. Zu meiner Ratlosigkeit hatte sich bleierne Müdigkeit gesellt, eindeutig Auswirkung des ungewohnten Alkoholquantums und der nervenaufreibenden Ereignisse.

Tobi war unser Sohn, der sich gerade an der St. Galler Business School zum Großverdiener ausbilden ließ.

»Wenn du es nicht machst, tu ich es«, entschied Rüdiger streng. »Mit der Ungewissheit findest du ja keinen Schlaf.«

Damit lag Rüdiger grundsätzlich richtig. Was er nicht wusste: Ich befand mich in einem Zustand derartiger Erschöpfung, dass ich auch auf dem nackten Marmorboden in der Mitte der Piazza San Marco hätte einschlafen können.

Aber dass Rüdiger Tobi anrief, wollte ich auf keinen Fall. Ich griff nach meinem Telefon.

»Mama?« Tobi klang alarmiert. Wir beschränkten uns in der Regel auf Textnachrichten und telefonierten nur selten.

»Hast du was von Papa gehört?«, fragte ich ohne jede Einleitung, was nicht dazu beitrug, Tobi zu beruhigen.

»Warum sollte ich was von ihm gehört haben? Ihr seid doch in Venedig, oder etwa nicht?«

»Doch.«

»Also?«

»*Ich* bin in Venedig. Papa nicht.«

»Soll das ein Rätsel sein?« Trotz des flapsigen Tons schien Tobi nun tatsächlich besorgt.

»Er hat mich an einer Mautstelle zurückgelassen.«

»Was?«

Die Aussage war tatsächlich missverständlich. Drei Gläser

Prosecco und zwei vom *Friularo* waren meiner Fähigkeit, mich klar auszudrücken, nicht zuträglich.

»Dein Vater ist aus dem Auto gestiegen und verschwunden. Ich bin dann alleine weitergefahren.«

Tobi schwieg.

»Tobi?«

»Ja.«

»Also, bei dir hat er sich nicht gemeldet?«

»Das ist ja ein Ding«, sagte er nur, ohne auf meine Frage zu antworten.

Wir schwiegen noch ein bisschen. Dann versprachen wir, uns auf dem Laufenden zu halten. Ich, indem ich ihn umgehend über eine *verspätete* Ankunft seines Vaters informieren würde. Er, indem er telefonisch sein Glück versuchen wollte, in der Hoffnung, dass sich Josef einem Anruf seines Sohns nicht entziehen würde.

»Mama?«

»Ja?«

»Ich …« Tobi hielt inne. »Ich vermute, der ist zu Hause, in Bern. Mach dir mal keine Sorgen.«

Das war Tobis letzter Satz. Ich starrte noch eine Weile auf mein Smartphone, als würde dies demnächst zu Leben erwachen und mich an klärenden Erkenntnissen teilhaben lassen.

»Und Tobi weiß auch nichts?«, unterbrach Susanne mein Sinnieren. Jeder andere hätte den Stand der Dinge bereits meinem Gesprächsanteil am Telefonat entnommen.

»Nein, nichts.«

»Ich schneid noch ein paar Pfirsichhäppchen zurecht. Als Betthupferl. Das wird uns allen guttun«, verkündete Rüdiger, der an der Spüle stand und die makellosen Früchte im

Licht der Küchenlampe wie Rohdiamanten inspizierte, bevor er sein Fruchtmesser in ihr saftiges Fleisch gleiten ließ. So war Rüdiger.

Anders Susanne. »Wenn Josef doch nur etwas gesagt hätte, bevor er ging.« Auch wenn echte Besorgnis aus ihrem Satz sprach, war ich kurz davor, ihr an die Gurgel zu gehen. Merkte sie denn nicht, dass sie das heute bereits in drei Varianten zum Besten gegeben hatte?

Meine Gedanken schweiften zu Tobi. Was gab er mir da für einen seltsamen Ratschlag? Ich sollte mir keine Sorgen machen, weil Josef vermutlich *zu Hause* wäre? Wir hatten diese gemeinsame Reise schon vor Monaten geplant und ich sollte die Vorstellung beruhigend finden, dass mein Mann unterwegs einfach kehrtgemacht und zurück *nach Hause* gefahren war?

Und hatte Tobi nicht überhaupt etwas eigenartig geklungen?

6

Die Strässchen der Bernischen Altstadt, durch die ich ziellos streifte, verwandelten sich in venezianische Gassen. Josef, den ich nur von hinten sah, trug das blau-weiß geringelte Hemd eines Gondoliere. Mein Josef, ein Gondoliere. »Bleib stehen!«, rief ich. »Bleib doch stehen!« Aber das tat er nicht. Er bog um eine Ecke, um noch eine und noch eine. Ich immer hinterher, nie schnell genug.

Eine mit dem Kopf ruckelnde, Gurrlaute ausstoßende Taube versperrte mir den Weg. Sie sah mich an mit ihren schwarzen Knopfaugen. Provozierend. Listig. Mit einem beherzten Sprung setzte ich über sie hinweg, landete erstaunlicherweise auf der anderen Kanalseite, lief weiter, aber ... Josef war nicht mehr zu erblicken. »Josef!« Verzweiflung packte mich.

»Helene?« Da, er rief nach mir, aber von wo? Alles, was ich sah, waren die leere Gasse und der Kanal mit dem schmuddeligen Wasser, auf dem ein Strohhut mit rotem Satinband sachte vor sich hin schaukelte.

»Helene?« Etwas stimmte hier nicht. Keine Gasse, kein Kanal. Ein mir nur vage vertrautes Zimmer und jemand, der an der Tür klopfte.

»Ja?«

»Kommst du frühstücken? Es ist schon halb neun.« Das war Rüdiger, nicht Josef.

Ich war tatsächlich in Venedig, im Doppelbett eines der beiden Schlafzimmer der Wohnung in der Calle Erizzo, ohne meinen Mann, der mit größter Wahrscheinlichkeit auch nicht gerade als O-sole-mio-singender Gondoliere auf dem Canale Grande unterwegs war, sondern ... Ja, das war die Frage, die mich unversehens unter einer Schwere begrub, als wären die burgunderfarbenen Samtvorhänge meines Zimmerfensters auf mich herabgestürzt.

Erstaunlich, dass ich überhaupt so lange hatte schlafen können.

»Ich komme.« Es half nichts. Der Tag musste angegangen werden. Ich hievte mich aus dem Bett, das mir trotz durchhängender Matratze Schlaf und Traum beschert hatte, zog mir meinen Bademantel über und betrat den Flur.

»Ich hab Kaffee gemacht, mit der *Moka*.« Rüdiger stand noch immer vor meiner Tür.

»Gut, ich dusche schnell, und dann bin ich gleich bei euch.«

Warum trat Rüdiger nicht zur Seite? Und warum sah er mich so an? Flink zog ich den Gürtel des Bademantels enger.

»Guten Morgen, meine Liebe!«, zwitscherte Susanne, die am Frühstückstisch saß wie eine taufrische Sommerblume. Sie gehörte zu den Menschen, die schon am frühen Morgen adrett frisiert und bei penetrant guter Laune waren.

Trotz Dusche und frischer Kleider fühlte ich mich nicht in annähernd solcher Verfassung.

»Ich schlage vor, wir gehen nachher erst mal gemeinsam auf den Markt.« Rüdiger goss dampfenden Espresso in meine Tasse.

Damit war zu rechnen gewesen. Aber wollten die beiden nun wirklich so tun, als wäre alles in Butter?

»Das könnt ihr tun«, sagte ich, nachdem ich einen Schluck vom tatsächlich vorzüglichen Kaffee genommen hatte. »Allerdings werde ich in der Zwischenzeit ein oder zwei Telefonate erledigen. Sollte ich nichts Neues wegen Josef in Erfahrung bringen, dann reise ich heute wieder ab.«

»Abreisen?« Susanne schaute mich erschrocken mit ihren runden, braunen Augen an.

»Heute?« Das war Rüdiger, der gerade das zweite Blech voll frisch gerösteter *Crostini* aus dem Ofen zog.

»Es tut mir leid. Aber so war das ja nun mal nicht gedacht. Nur wir drei. Und ich wäre ja auch nicht entspannt, mit dieser Ungewissheit.«

Die beiden nickten betreten.

»Vielleicht kommt Josef heute noch und hat eine plausible Erklärung für alles.« Susanne konnte wirklich einen erstaunlichen Optimismus an den Tag legen. Genussvoll biss sie in eines der knusprigen Crostini, die Rüdiger mit Tomatenwürfeln belegt und auf dem Tisch platziert hatte. Sie schob mir den Teller entgegen.

»Nein, danke.«

Was für eine plausible Erklärung Susanne da wohl vorschwebte?

Entschuldigt Leute, aber mir ist ganz plötzlich eingefallen, dass ich noch eine Operation durchführen musste. Habe dann leider in der Eile nicht daran gedacht, Helene darüber aufzuklären.

Daran, dass ich gestern selbst noch auf irgendeine einleuchtende Begründung für Josefs Handeln gehofft hatte, erinnerte ich mich nur kurz und am Rande.

»Wen willst du denn anrufen?« Rüdiger saß nun endlich auch am Tisch.

»Zum Beispiel meine Freundin Adrienne. Selbst wenn sie mal nichts weiß, fällt ihr noch was ein.«

Adrienne, Yogalehrerin in Bern, wusste über alles und jeden Bescheid und war tatsächlich nie um einen Ratschlag verlegen.

Rüdiger nahm sein Smartphone aus der Brusttasche seines karierten Hemdes. »Ich werde es auch noch mal versuchen.« Er wählte Josefs Nummer und stellte auf Lautsprecher. Jedes Rufzeichen war laut und deutlich zu hören.

Josef antwortete nicht.

7

»HELÈNE, das ist eindeutig: Josef hat eine Midlife-Crisis. Dann tun Männer so unerklärliche Dinge.« Adrienne kam aus der französischen Schweiz, aus Lausanne. Meinen Namen sprach sie herrlich französisch aus. Ich liebte es, zu einer Hélène zu werden. Überhaupt fühlte ich mich schon ein klein bisschen besser, seit ich mit ihr telefonierte.

»Wenn das etwas mit einer Midlife-Crisis zu tun hätte, dann müsste Josef 104 Jahre alt werden. Und das glaube ich nicht. Dazu ist er nicht entspannt genug.«

»Ja, eigentlich müsste so eine Krise tatsächlich früher stattfinden, aber vermutlich ist er ein Spätzünder.« Adriennes Kenntnisse über Männer waren beträchtlich, was umso erstaunlicher war, als sie selbst keinen an ihrer Seite hatte.

»Ich weiß nicht, Adrienne. Das kommt mir als Erklärung ein bisschen kärglich vor. Eine Krise und dann wortlos verschwinden? Das passt einfach nicht zu Josef.«

»Aber darum geht es ja gerade. Eine Midlife-Crisis ist wie Pubertät. Es passieren die verrücktesten Dinge, die Person verändert sich, tut Unerklärliches, stößt andere vor den Kopf.« Adrienne wollte sich nicht von ihrem Konstrukt abbringen lassen. »Auf jeden Fall solltest du nicht einfach abreisen. Versuche, dir wenigstens ein paar schöne Tage in Venedig zu machen. So gut es eben geht. Stell dir vor, Josef pilgert vielleicht gerade auf dem Jakobsweg oder ist auf Ibiza beim Clubben. Und du grämst dich. Das geht nicht. Denk jetzt an dich!«

»Und wenn ihm was passiert ist?«, fragte ich mit dünner Stimme.

»Dann würdest du es erfahren. Außerdem ist ihm nichts passiert.« Adriennes Bestimmtheit tat wohl.

»Wie geht es Lego?«

»Dem geht es wunderbar. Um ihn musst du dir schon gar keine Sorgen machen.«

Lego war unser Hund. Ein spanischer Streuner mittlerer Statur mit braunem Fell, den wir vor vier Jahren von meiner mit seiner Erziehung überforderten Tante Selma übernommen hatten. Während unserer Abwesenheit weilte er bei Adrienne als Feriengast.

Nach dem Telefonat beschloss ich, mich ein wenig ins Getümmel zu stürzen und auf dem Campo Bandiera e Moro einen Cappuccino zu trinken. Tatsächlich fühlte ich mich besser. Nach Hause fahren konnte ich morgen auch noch. Oder übermorgen.

Ich lief durch die Gassen, in denen sich Touristen drängten, die von den Kreuzfahrtschiffen und Vaporetti morgens ausgespuckt und abends wieder aufgesogen wurden. Sie fotografierten, was das Zeug hielt, sich selbst und alles, was ihnen vors Smartphone kam, blieben vor den Läden mit den billig produzierten venezianischen Masken, dem wertlosen Schmuck, den Taschen und den *I love Venice*-Shirts stehen, redeten in allen nur erdenklichen Sprachen und versperrten denen, die es eilig hatten, den Weg.

Ja, auch ich liebte Venedig. Mit all seinen Widersprüchen, seiner Dekadenz und natürlich seiner ungewöhnlichen Schönheit.

Auch wenn Josef nirgends zu sehen war, weder als Gondoliere auf einer lackschwarzen Gondel noch als verwirrter Pilger, war mir erstaunlich wohl zumute.

Warum der Stimmungsumschwung? Ich konnte es mir selbst nicht erklären.

Versuch, dir wenigstens ein paar schöne Tage zu machen, hatte Adrienne gesagt.

Susanne und Rüdiger wollten am Nachmittag zum Lido übersetzen. Ich würde sie begleiten, mich für ein paar Stunden mit ihnen unter einen der grün-weißen Sonnenschirme der Spiaggia degli Alberoni legen und nicht daran denken, dass Josef eigentlich mit von der Partie sein müsste.

8

EINE MAIL. Von Josef. Warum eine Mail und kein Anruf? Mein Herz bumperte, als wäre der Marmorstößel aus Rüdigers Mörser für sein Schlagen zuständig. Stehend, den Sonnenhut noch nicht abgesetzt, meinen City-Rucksack immer noch auf dem Rücken, öffnete ich mit dem leichten Druck meines zittrigen Zeigefingers die eingegangene Post, die mit *Josef Abendrot* gekennzeichnet war.

Liebe Helene

Es tut mir leid, dass ich dich im Auto zurückgelassen habe. Das ist kaum entschuldbar und lässt sich auch für mich nur als Kurzschlusshandlung erklären.

Aber du bist eine tatkräftige, starke Frau, die auch mit solchen Momenten umzugehen weiß. Das beruhigt mich und gibt mir das Gefühl, nichts wirklich Schlimmes getan zu haben.

Josef hatte mir noch nie gesagt, dass er mich für eine starke Frau hielt. Sollte ich mich über das Bild, das er von mir hatte, freuen? Wie schön, dass wenigstens *er* sich beruhigen und sich möglicher Gewissensbisse entledigen konnte. Ich zog mit dem linken Fuß einen Stuhl zu mir heran und ließ mich auf dessen Kante nieder.

Nun wirst du dich fragen, wie es zu dieser Kurzschlusshandlung kam.

Damit lag er verdammt richtig.

Wo soll ich beginnen?

Ja, wenn *er* das nicht wusste?

Ich will es eine Lebenskrise nennen. Ein Innehalten mit Zweifeln, Ängsten und vielen Fragen.

Nun wurde mir wieder mulmig, nachdem meine Anspannung zwischenzeitlich etwas nachgelassen hatte. War Josef etwa krank? Ein Leiden, von dem er mir nichts hatte sagen wollen? Um mich zu schonen? Ich griff nach dem Glas mit *San Pellegrino*, das noch vom Frühstück auf dem Küchentisch stand, und nässte meine trockene Kehle. Es half alles nichts, ich musste mutig sein und weiterlesen. Eins war sicher, wenn es Josef nicht gut ging, würde ich an seiner Seite stehen. Hatte er je daran gezweifelt?

Du weißt, dass wir in der letzten Zeit öfter gereizt miteinander umgegangen sind. Nicht liebevoll, wie früher. Das ist nicht allein deine Schuld. Es liegt mir fern, das zu suggerieren. Unsere Ehe ist den Gang vieler Ehen gegangen: Man teilt Tisch und Bett, sieht sich tagtäglich und verliert sich doch aus dem Auge.

Helene, ich muss zu mir kommen, in Ruhe einen Blick auf mein Leben werfen. Und dazu muss ich erst einmal alleine sein. Vorübergehend zumindest. Vielleicht ein paar Monate, vielleicht länger. Ich weiß es nicht. Seit gestern Abend bin ich wieder in unserer Wohnung in Bern, werde aber bald in ein Studio im Haus vom Kollegen Schneider ziehen, das er mir günstig zur Verfügung stellt. Das wird mir die Möglichkeit geben, in mich hineinzuhören, meine Bedürfnisse zu erspüren.

Okay. Eins nach dem anderen. Josef war also nicht krank. Zumindest nicht physisch.

Ich stand auf und ging zum Kühlschrank, wo noch ein Rest

Prosecco in seiner schweren Flasche darauf wartete, in ein Glas gegossen zu werden. Eigentlich trank ich am Vormittag nie Alkohol. Aber zum einen fehlten bis zum Mittag nur noch zwei Minuten, und zum anderen war heute nicht irgendein Tag.

Mein Mann wollte in sich *hineinhören*, seine Bedürfnisse *erspüren*. Wie tat man das? Er wollte einen Blick auf sein Leben werfen. Auch das konnte ich mir nicht vorstellen. Musste man dazu sitzen oder liegen? Brauchte man meditative Stille oder sphärische Klänge?

Natürlich hatte auch ich mir schon Gedanken über mein Leben gemacht, was meistens recht undramatisch vonstatten ging. Ein Spaziergang mit Lego an der Aare. Blättern in alten Fotoalben. Eine Stunde mit Musik. Von wenigen Ausnahmen abgesehen, war ich im Reinen mit dem, was mir dabei durch den Kopf ging.

Natürlich hatte Josef nicht unrecht mit der knappen Skizze unserer Ehe. Aber verflixt nochmal, das war doch kein Grund, zu Hause aus- und in irgendjemandes Studio einzuziehen. Wir waren seit sechsundzwanzig Jahren verheiratet, da durfte sich doch mal Gereiztheit einstellen, ohne dass sich einer deswegen in klösterliche Klausur begeben musste.

Bevor ich weiterlas, ging ich nochmals zum Kühlschrank und trank den allerletzten Rest Prosecco gleich aus der Flasche. Nun fühlte ich mich bereit für den verbleibenden Teil von Josefs befremdlicher Mitteilung.

Das Wissen darum, dass du für diesen Schritt Verständnis aufbringen wirst, meine liebe Helene, macht mich zuversichtlich. Wer, wenn nicht du, könnte damit besser umgehen? Uns beiden wird diese Verschnaufpause guttun. Da bin ich mir sicher.

Mach dir mit Susanne und Rüdiger schöne Tage in Venedig!

Sag den beiden bitte, dass ich mir diese Auszeit unbedingt nehmen muss.

Und verzeih mir mein so unüberlegtes wie schwer nachvollziehbares Handeln von gestern.

Beste Grüße, natürlich auch an S&R.

Josef

Auszeit? Verständnis?

Ich sprang vom Stuhl auf. Krachend kippte er hinter mir zu Boden und bekam auch gleich noch einen Kick von mir als Zugabe. »Verdammter, elender Scheißkerl!«

»Wer? Was ist los?« Das war Rüdiger, der die Wohnungstür aufgeschlossen hatte und nun von der Diele aus zu mir in die Küche schaute. Susanne stand hinter ihm und lugte erschrocken über seine Schulter. »Helene, um Gottes willen!«, rief sie.

Es musste die zwei überraschen, diese furiose Frau mit Sonnenhut und Rucksack zu sehen, die *Scheißkerl* rief und nach Stühlen trat. Das war kein alltäglicher Anblick.

Ich selbst musste erst mal mit so einer Zeter-Helene vertraut werden. Insbesondere, weil ich meine Souveränität still und heimlich immer für eine meiner herausragenden Qualitäten gehalten hatte.

»Neues von Josef?« Rüdigers Frage klang eher wie eine Feststellung.

»Ja«, antwortete ich ermattet nach meiner Eruption. Ich war froh, die beiden zu sehen. Wie sie dastanden, beladen mit Tüten und überquellenden Taschen, besorgt und auch ein wenig verlegen, verkörperten sie für mich das, was mir gerade abhandengekommen war: beruhigende Normalität, Verlässlichkeit.

»Lest selbst!« Ich wies auf mein Tablet.

»Gleich, muss nur noch schnell die Frischwaren im Kühlschrank verstauen. Heute Abend gibt es Miesmuscheln. *Cozze.*« Rüdiger behielt wie immer seinen Sinn fürs Praktische. Miesmuscheln mussten gekühlt werden.

Alsbald beugten sich die beiden über Josefs Mail auf meinem Tablet, während ich zum Fenster ging und auf die rotbraunen Dächer von *Castello* schaute.

Nun, da auch sie Josefs Zeilen lasen, war der Geist unwiderruflich aus seiner Flasche geschlüpft, stand mannsgroß im Raum und ließ sich nicht mehr zurück in seine Behausung stopfen. Auf seinem weißen Meister-Proper-Hemd stand es geschrieben: *Josef zieht aus!*

Hätte Josef nicht von Angesicht zu Angesicht mit mir sprechen können? Wenn er bei seinem Kollegen Schneider ein Studio für sich und seine Introspektion gemietet hatte, so war davon auszugehen, dass er das nicht erst gestern Nacht in die Wege geleitet hatte. Dahinter steckte Planung.

Josef hielt mich für stark, was ihm wohl gerade gelegen kam. Gleichzeitig musste er mich aber auch für einfältig halten.

Eine hellgraue Taube mit grünlich-blauer Halskrause hüpfte auf dem Giebel des nächsten Daches herum. Ich mochte sie nicht. Ich mochte überhaupt keine Tauben.

»Ojemine.« Das war Susanne. Ich drehte mich nicht um. »Dass der Josef so ein Schwermütiger ist, das hätte ich nicht gedacht.«

»Ich auch nicht.« Ich schaute weiter zum Fenster raus. Ein *Schwermütiger*? Ha!

Warum hockte die Taube da alleine rum? Hatte sie keinen Mann, keine Frau oder Freunde? Hatten Tauben Familie?

»Tja.« Rüdiger räusperte sich. »Da müsst ihr euch wohl noch mal zusammensetzen und ordentlich drüber reden. Der kann doch nicht einfach so ausziehen. Was verspricht er sich davon? Eine Ehe wird schließlich nicht besser, wenn man sich verzieht.«

Richtig. Manchmal hatte Rüdiger wirklich sehr vernünftige Ansichten.

»Vielleicht solltest *du* mal mit ihm reden? Von Mann zu Mann.« Ich ging zum Tisch zurück, entledigte mich endlich meines kleinen Lederrucksacks und des Sonnenhuts und setzte mich wieder hin.

»Das wird schon wieder.« Susanne, die sich ebenfalls an den Tisch gesetzt hatte, legte ihre Hand auf meine. Das war lieb gemeint. Und vielleicht hatte sie sogar recht. Eventuell durchlief Josef wirklich eine Midlife-Crisis, wie Adrienne schon vermutet hatte. In ein paar Wochen würde er wieder klarsehen, und wir könnten gemeinsam über die Geschichte lachen. Zu zweit oder zu viert.

»Ich komme mit zum Lido«, verkündete ich unvermittelt.

»That's my girl.« Nun tätschelte auch Rüdiger meine Hand. Und tätschelte und tätschelte.

9

»Wie ich's dir gesagt habe. Identitätskrise in der Lebensmitte. Fragen drängen sich auf: *War es das schon? Was hält das Leben noch für mich bereit?* Kommt übrigens bei Männern häufiger vor als bei Frauen.«

Was Adrienne alles wusste.

»Warum?«

»Vermutlich, weil die bei der klassischen Rollenverteilung

nach wie vor weniger ins familiäre Leben eingebunden sind. Da fehlt das Fallnetz. Existenzielle Fragen können sich ungehindert ihren Weg bahnen.«

Die Erklärung kam mir zwar ein bisschen improvisiert vor, aber irgendwie sagte sie mir auch zu. »Und was meinst du, wie ich damit umgehen soll?«

Ich rieb meine geröteten Füße mit Aloe-Vera-Gel ein. Josefs Eröffnungen hatten mich all meiner Energie beraubt. Am Lido war ich erschöpft auf dem Liegestuhl eingeschlafen. Dass meine Zehen und ein Teil der Füße keinen Schutz mehr unter dem gestreiften Dach des Sonnenschirms gefunden hatten, war mir entgangen.

»Ruhe bewahren. Vor allem darfst du dich nicht von Josefs Entscheidungen abhängig machen. Wenn er glaubt, allein sein zu müssen, dann soll er das tun. Du hingegen wirst ihm bei diesem Selbstfindungsprozess nicht wartend über die Schulter schauen. Sieh zu, dass es *dir* gut geht!«

Das leuchtete mir ein. Wie es in der Praxis aussehen sollte, war mir weniger klar. Mit dem Deutschunterricht zur Integration von Flüchtlingen, den ich zweimal pro Woche erteilte, und meinen Schreibbeiträgen fürs Hundemagazin *Fido* konnte ich schwerlich von Eigenständigkeit sprechen. So peinlich es auch war, dies zuzugeben, nicht zuletzt vor mir selbst, seit Tobi nicht mehr zu Hause lebte, war ein nicht geringer Teil meines Tuns darauf ausgerichtet, unser Leben als Paar so angenehm wie möglich zu gestalten, dabei Josefs von Arbeit dominierten Tage mit einer guten Mahlzeit ausklingen zu lassen und auch sonst für Gemütlichkeit und Wohlsein zu sorgen. Über so viel häusliche Dienstleistung würde sich jede Feministin die Haare raufen.

»Eigentlich denke ich«, schob Adrienne noch tröstend nach,

»dass er schon bald wieder bei euch im Jägerweg auftauchen wird. Josef wird nicht lange ohne dich sein können. Sonst wäre er ein Dummkopf. Und dafür halte ich ihn nicht.«

Ach, das war es, was mir an Adrienne so gut gefiel. Niemand sonst konnte so fein und sorgsam Balsam auf die wunden Stellen einer verletzten Seele streichen. Ich wollte ihr jedes Wort glauben.

»Mach dir noch ein paar angenehme Tage in Venedig! Und lass dich von diesem Rüdiger bekochen. Der Alltag wird dich früh genug wieder im Griff haben.«

»Danke, Adrienne. Gib Lego noch einen Kuss zwischen die Ohren.«

Ich schob mein Telefon in die Tasche. Mehr gab es heute nicht mehr zu besprechen. Tobi hatte ich bereits das Nötigste mitgeteilt: *Papa ist tatsächlich zu Hause. Mehr dazu später. Ich bleibe noch ein paar Tage in Venedig.*

In der Küche schrubbte Rüdiger mit Hingabe Miesmuscheln. Er trug eine hellblaue Schürze – auch die musste er von zu Hause mitgebracht haben –, deren auf dem Rücken geknotete Bänder aufs Äußerste ausgereizt waren. Der *Chefkoch*, wie in roten Lettern auf der Schürze stand, war selbst sein dankbarster Gast, was nicht ohne Folgen blieb.

»Cozze alla marinara«, verkündete er. »Mit Spaghetti. Ihr werdet euch die Finger lecken. Susanne ist oben auf der Altana und liest. Geh nur auch schon hoch! Sobald ich hier fertig bin«, er wies auf die Muscheln, die er mit der Bürste bearbeitete, »komme ich mit Campari Soda und Bruschette nach.«

Susanne saß mit einem Krimi auf dem bequemsten der vier Holzsessel. Als ich die Terrasse betrat, blickte sie auf und sah mich mit gerunzelter Stirn an. »Du siehst schlecht aus. Macht dir die Josef-Geschichte so zu schaffen?«

Susannes Kommentar zu meinem Aussehen, noch dazu in diesem mitleidigen Ton, ärgerte mich. Ich war eine Frau, die Wert auf ihr Aussehen legte. Daran änderten auch Josef und seine Denkpause nichts.

»Natürlich setzt mir das zu. Aber ich bin im Begriff, damit zurechtzukommen. Spätestens morgen werdet ihr mich wieder frisch und schön wie immer sehen.« Ironisch scherzhafte Untertöne waren bei Susanne zwar verschwendet, aber das *Schönwie-immer* wollte ich doch noch loswerden.

»Wenn man fast 50 ist, hinterlassen solche Ereignisse Spuren«, pflügte Susanne unbeirrt weiter, als hätte sie mich nicht gehört.

»48«, stellte ich richtig.

»Wie?«

»48 ist nicht *fast 50*.« Warum ließ ich mich auf diese Albernheiten ein? Und überhaupt, seit wann verschoss die liebe Susanne in Gift getunkte Pfeile?

»Ich bin ja so froh, dass meinem Rüdiger so was nie einfallen würde.« Sie war offensichtlich noch nicht fertig.

»Schön, dass du das weißt.«

Aber auch Sarkasmus ging unerkannt an ihr vorüber.

»Ja, nicht wahr? Rüdiger ist ein Goldstück, nach dem sich manche Frau die Finger schleckt.«

Nach Goldstücken schleckte man sich nicht die Finger. Eher nach Miesmuscheln in Knoblauch-Weißweinsauce mit Spaghetti. Ich verzichtete auf eine Korrektur.

»Ich ahne es.« Rüdigers Stimme eilte ihm von der Wendeltreppe auf die Altane voraus. »Ein Gespräch von Frau zu Frau.

Das tut sicher gut«, sagte der nun vollständig Erschienene und stellte ein Tablett mit drei Camparis und einer Platte Bruschette auf den Tisch. »Rucola und Schafskäse.« Er wies auf die aufgetürmten gerösteten Brotscheiben.

»Darf ich dabei sein?« Er zwinkerte erst mir und dann seiner Frau zu.

»Klar«, riefen Susanne und ich fast unisono.

Als hätten wir es einstudiert, griffen wir in perfekter Gleichzeitigkeit nach den Gläsern und prosteten uns mit einem Lächeln zu, das dem künstlichen Rosa des Getränks entsprach.

Josefs Abwesenheit tat uns nicht gut.

10

ER KÜSSTE DIE SONNE. Den von Strahlen umringten Mittelpunkt dieses kultisch verehrten Sterns: ihren Bauchnabel.

Noch nie hatte er ein Tattoo geküsst, was wohl daran lag, dass Helene seit mehr als sechsundzwanzig Jahren die einzige Frau war, die er geküsst hatte. Und die hatte keins.

»Ich muss los.« Nathalie schob Josef zur Seite. Er rollte sich auf den Rücken und verschränkte die Arme im Nacken. Keine ihrer Bewegungen wollte er sich entgehen lassen, keinen Moment verpassen. Er konnte immer noch nicht glauben, dass diese junge, schöne Frau, dieses ranke, antilopengleiche Geschöpf, das mit so federleichtem Schwung aus dem Bett gesprungen war und nun nackt vor ihm stand, ihn meinte. *Ihn*, Josef Abendrot. Den reifen Mann in der Blüte seiner Jahre.

»Komm zurück«, maunzte er wie ein liebeskranker Kater.

Ja, das war er. Er wollte sich nichts vormachen. So liebeskrank, dass er sich in manchen Momenten elend fühlte. Unruhig, zerstreut, verwirrt. Außer sich und dann doch wieder ganz bei sich.

»Geht nicht, ich treffe mich gleich mit Ivana wegen des Dienstplans. Du kannst dir aber ruhig Zeit lassen.«

Er wollte nicht ohne sie in ihrer Wohnung bleiben. »Nur noch fünf Minuten, komm!« Josef fasste ihre Hand und versuchte, sie zu sich zu ziehen, was Nathalie nicht zuließ. Lachend – und zu seiner Freude – griff sie dahin, wo sich sein ganzes Sehnen zentrierte, an *seine* Sonne.

»Du hast noch eine wahnsinnig gute Figur für dein Alter«, sagte sie, während sie sich dann doch von ihm zurückzog und nach ihrem BH griff. »Wenn ich da an meinen Vater denke, der ist zwei Jahre jünger als du und hat *so* einen Bauch.« Ihre Arme umschrieben einen imaginären Leibesumfang, der weit über den ihren, nicht vorhandenen, hinausreichte.

Josef zuckte zusammen. Das paradiesische Konzert, dem er hier beiwohnen durfte, war von einem Misston durchdrungen worden. Nein, von mehr als einem Misston, von zwei schrillen Lauten: *Vater* und *zwei Jahre jünger*.

»Na, na!« Er drohte schelmisch mit dem Zeigefinger. »Mit dem wirst du mich ja wohl gar nicht erst vergleichen wollen, auch wenn ich dabei besser wegkomme.« Sein Lachen klang ein wenig heiser und verlor sich auf halber Strecke.

»Nein«, sie beugte sich nun doch noch mal zu ihm und küsste ihn auf die Stirn. »Du bist mein Chef, mein großer Gebieter, mein Lehrmeister.« Mit gerunzelter Stirn und leicht gespitzten Lippen mimte sie Strenge.

Ihr Chef, das war er tatsächlich. Sie war seit drei Monaten

Assistentin auf seiner Abteilung und seit bald zwei Monaten seine Geliebte. Die Sache mit dem *Lehrmeister* und *Gebieter*, so scherzhaft sie es auch gerade meinen mochte, wollte ihm schon eher gefallen. Dass es seine Reife war, sein Wissen, die Anerkennung, die er in seinem Fachgebiet genoss, die ihr so an ihm gefielen, hatte sie ihm schon mehrmals gesagt.

Nur das?, hatte er in aufgesetzt weinerlichem Ton gejammert und sie an sich gezogen, als sie das erste Mal ganz allein zusammen waren, in ihrer Wohnung mit Blick auf die Aare in Berns Altstadt. Nach einem Spaziergang und anschließendem Abendessen im Emmental, wo er nicht damit hatte rechnen müssen, von Bekannten oder Kollegen gesehen zu werden.

Nur das, hatte sie geantwortet, gurrend gelacht und ihre Worte gleich darauf Lügen gestraft.

Ah, was für eine Karussellfahrt hatte da begonnen. Auf und ab in sinnverwirrendem Tempo, kopfüber und um die eigene Achse gedreht. Nie hätte er gedacht, dass das Leben noch so etwas für ihn in petto hielt.

Unangenehm an diesem Taumel der Sinne war nur eins: das Heimkommen zu Helene.

Nicht, dass er ein schlechtes Gewissen hatte.

Oder vielleicht doch?

Zumindest hatte er in den letzten Monaten recht erfolgreich an der Technik gefeilt, eine solche Regung – wenn sie sich doch einzustellen erlaubte – blitzschnell in das Verlies zurückzubefördern, aus dem sie sich hatte befreien können.

Überhaupt, so befand er, stand ihm dieses Geschenk zu. Ja, es stand ihm zu! Das war die Beteuerung, die er sich selbst gebetsmühlenartig rezitierte. Jeder Mensch sollte solche Empfindungen haben dürfen, ohne sich deswegen schuldig zu fühlen. Es wäre grausam, ihm – nicht nur ihm, jedem! – etwas dieser Art zu verwehren. Selbstverständlich würde er auch Helene eine ähnliche Erfahrung zugestehen, käme sie denn in eine vergleichbare Situation, was er für unwahrscheinlich hielt. So unwahrscheinlich, dass er jeden Gedanken daran ins gleiche Verlies schubste, in das er auch die Störenfriede namens *Skrupel* beförderte.

Wirklich unangenehm waren die Geschichten, die er sich ausdenken musste, um seine Liaison geheim zu halten. Er hasste es zu lügen. Aber die Wahrheit war nun mal keine Option. Die wollte er Helene nicht zumuten. Die nötige Großmut würde sie, die in solchen Dingen doch eher in kleinbürgerlichen Denkschemata gefangen war, nicht aufbringen können. Und so blieben nur die kleinen Unwahrheiten, die den Nachteil in sich bargen, dass er sich genau daran erinnern musste, was er gesagt hatte. Sein Gedächtnis war, im Gegensatz zu dem von Helene, leider nicht das beste.

Als er nach jenen ersten Liebesstunden mit Nathalie spät in der Nacht, oder besser gesagt: am frühen Morgen, ins Schlafzimmer geschlichen war, hatte sie völlig aufgelöst im Bett gesessen. *Josef*, hatte sie geheult, *ich dachte schon, du bist tot oder schwer verletzt.*

Tatsächlich hatte er es in seinem Taumel versäumt gehabt, ihr per Textmitteilung die Geschichte zukommen zu lassen, die er sich zuvor ausgedacht hatte und die er nun nachträglich auftischen musste. Vom Kollegen Schneider, den Helene glücklicherweise nur flüchtig kannte, der in einer tiefen Ehekrise steckte und seine kollegial-freundschaftliche Unterstützung benötigt hatte. Das war nur teilweise gelogen, steckte Schneider doch wegen seiner Frauengeschichten in einer Dauerehekrise, die er allerdings sehr gut ohne Josefs Unterstützung zu meistern wusste.

Neun Stunden lang?, hatte Helene nicht ganz zu Unrecht gefragt, schniefend, mit roter Nase und verstrubbelten Haaren.

Mehr als ein schlichtes *Ja* war ihm dazu als Antwort nicht eingefallen. *Mann, bin ich müde*, hatte er noch gemurmelt und sich gleich darauf bis zum Haaransatz unter die Bettdecke geflüchtet, die ihn vor weiteren Fragen und dem sich doch noch aufdrängenden Gefühl beschützte, eigentlich ein Fiesling zu sein.

»Woran denkst du?« Nathalie stand vor dem Spiegel und zupfte an ihren braunen Locken. Ihre Blicke trafen sich.

»An unsere Zukunft. An die viele Zeit, die wir nun endlich zusammen haben werden, sobald ich in Schneiders Studio einziehen kann.«

»Ach, José.« Sie spitzte den Mund und ließ ihm einen gespiegelten Kuss zukommen. »*Zukunft*. So ein großes Wort. Unsere Gefühle sind im Hier und Jetzt.«

Da mochte sie recht haben, aber einen kleinen Blick ins Morgen wollte er ihr und sich gestatten.

11

»Ich bin dafür, dass wir jetzt mal die nächsten Tage durchplanen.« Spontaneität war Rüdiger zuwider.

»Gute Idee«, hatte Susanne gezwitschert. Sie begegnete den Vorschlägen ihres Mannes fast ausnahmslos mit Wohlwollen. Gereiztheit und Zwist wegen geräuschvoll zerknackten Pfefferminzbonbons oder verfehlten Abzweigern konnte ich mir bei den beiden schlichtweg nicht vorstellen.

War es das, was Josef in die Krise gestürzt hatte? Meine zugegebenermaßen oft recht kleinliche Art? Fühlte er sich nicht genügend geschätzt? Hatte ich das Fass zum Überlaufen gebracht? Oder hatte ich einfach eine weniger solide Sorte Mann, wie von Susanne suggeriert?

»Ihr könnt gerne Pläne machen, aber so wie die Dinge stehen, ist es besser, mich nicht einzubeziehen.« Entgegen Adriennes Rat, es mir eine Weile in Venedig gut gehen zu lassen, wollte ich nun doch nach Hause fahren. Was, wenn Josef litt? Er insgeheim auf meinen Beistand hoffte, aber nach seinem Verschwinden nicht wagte, mich um diesen zu bitten?

»Ach, Helenchen, nun nimm es doch mal entspannt. Der Josef kann jetzt ruhig ein paar Tage alleine vor sich hin grübeln. War ja seine Wahl.« Rüdiger strich über meinen Oberarm, was Susanne, vermutlich zusammen mit dem *Helenchen*, einen Zug um den Mund bescherte, der sich gemeinhin beim Biss in einen unreifen Apfel einstellte. Tatsächlich verzichtete sie zumindest bei dieser Gelegenheit darauf, einer Anmerkung ihres Mannes Beifall zu spenden.

Hatte Rüdiger recht? Ich war, wie so oft in diesen Tagen, hin und her gerissen. »Gut, morgen könnt ihr noch auf mich zählen, aber für übermorgen klammert ihr mich besser aus der Planung aus.«

Täuschte ich mich, oder hatten sich Susannes Züge gerade entspannt?

»Also, dann schlage ich vor, dass wir morgen nach Sant'Erasmo fahren. Dort können wir direkt vom Bauern die *Castraure* kaufen, die jungen Artischocken. Wär' doch auch sonst mal interessant, oder? Also ich meine, nicht nur wegen der Artischocken.« Rüdiger hatte die letzte Miesmuschel aus ihrer schwarzen Ummantelung gepult und sie sich so genüsslich wie die erste in den Mund geschoben.

Der Schlaf hatte mir tatsächlich gutgetan. Ich fühlte mich ausgeruht und bereit für einen Ausflug zur Insel Sant'Erasmo.

»Susanne geht es nicht gut«, teilte mir Rüdiger vom Herd aus mit, wo er mit dem Zuschrauben seiner geliebten *Moka* zugange war. »Muss eine schlechte Muschel dabei gewesen sein. Dabei habe ich doch alle so genau kontrolliert. Eine nach der andern, mit äußerster Sorgfalt.« Er schien zerknirschter über seine unzureichende Inspektion als über Susannes Zustand.

»Oh, die Arme. Kann ich irgendetwas tun?«, fragte ich, ein bisschen pro forma, aber auch mit besten Absichten. Heute wollte ich gute Stimmung und keine Missklänge. Der Tag sollte im Zeichen der Eintracht stehen, schon allein deshalb, weil Josef es morgen oder übermorgen mit einer hübschen und entspannten Frau zu tun haben sollte, die man nicht für eine mehrwöchige Denkpause verließ.

»Nein, ich habe sie schon mit Medikamenten versorgt. Sie schläft jetzt. Ihre Nacht war anstrengend.« Er kam auf mich zu und legte die Hand auf meinen Rücken. »Setz dich, Helenchen. Kaffee ist gleich so weit.«

»Könntest du mich nicht einfach Helene nennen, Rüdiger? Ein Helenchen war ich für meinen Großvater.«

»Wenn du meinst.« Rüdiger klang gekränkt.

Nichtsdestotrotz war seine Hand von der Rückenmitte weiter nach unten gerutscht. Nur durch einen schnellen Schritt nach vorne und den flinken Griff nach dem erstbesten Stuhl konnte ich Rüdigers außergewöhnlichen Aufmerksamkeiten entkommen.

»Gut, dann bleiben wir eben zu Hause heute«, beeilte ich mich zu sagen. »Ich lese auch gerne was. Bei mir im Zimmer oder oben auf der Terrasse. Muss ja nicht immer was auf dem Programm stehen.«

»Nein, nein. Natürlich fahren wir nach Sant'Erasmo wie geplant. Das würde Susanne auch gar nicht anders wollen.«

Da war ich mir nicht so sicher.

»Wir können doch nicht hier sitzen und Trübsal blasen.« Er hatte sich neben mich gesetzt und war näher an mich ran gerutscht. »Das Leben ist zu kurz fürs Traurigsein«, fügte er mit einem vieldeutigen Blick hinzu.

»Der Kaffee!«, rief ich, als wäre dieser ein lange verschollener Freund, der zu meiner großen Freude gerade aufgetaucht war. Die blubbernde und spuckende Kanne auf der Gasflamme schien auch Rüdiger wieder zur Besinnung zu bringen.

»Ja, trinken wir ein Tässchen.« Beim Aufrichten strich seine behaarte rechte Wade, unbedeckt vom kurzen Hosenbein der olivgrün-beige karierten Bermudas, wie zufällig an meinem linken Bein entlang.

»Hübsches Kleid«, sagte Rüdiger noch, während er sich der Espressokanne zuwandte. »Sieht gut aus bei deinen Beinen.«

Das war also Susannes Goldstück.

12

Sechs Anrufe von Tobi, die er nicht beantwortet hatte. Länger konnte er sich nicht verleugnen. Tobi war sein Sohn und hatte ein direktes Gespräch verdient. Natürlich hätte auch Helene mehr als nur eine Mail zugestanden, aber Josef scheute eine Auseinandersetzung am Telefon. Er wollte ihr auch Zeit lassen, seinen bevorstehenden – vorübergehenden? – Auszug zu verdauen. Die schriftliche Form, so sagte er sich, würde es Helene ermöglichen, ihre vielleicht überschäumenden Gefühle durch den räumlichen und zeitlichen Abstand in Akzeptanz übergehen zu lassen. Denn auch wenn er sich in seiner Mail an sie in den höchsten Tönen der Zuversicht ergangen hatte, was ihre Reife und Vernunft betraf, so befürchtete er doch, ein wenig an der Realität vorbei appelliert zu haben.

Nun also Tobi.

»Hallo!« Er räusperte sich. Was munter hatte klingen sollen, kam ihm nun eher vor wie das Krächzen eines Raben. »Du hast versucht, mich zu erreichen?«

»Was machst du in Bern? Und warum antwortest du nicht? Ich habe dir mehrmals auf die Mailbox gesprochen und zusätzlich vier SMS geschickt.«

Das stimmte. Aber ein paar nette Worte zur Einleitung hätten trotzdem nicht geschadet. Was war aus dem guten alten *Wie geht's* geworden? Überhaupt mochte er Tobis inquisitorischen Ton nicht. »Immer langsam«, ermahnte Josef. »Wie läuft's in Sankt Gallen?«

»Gut, aber wir sprechen jetzt nicht über mich. Also?«

»Was *also*?«

Schweigen auf Tobias Seite.

Nun, es war wohl besser, der Herausforderung mit Mut und Entschlossenheit zu begegnen. Josef legte los. »Tobias, ich bin in einer, wie soll ich sagen, grüblerischen Phase. Deine Mutter und ich, wir brauchen ein wenig Abstand voneinander. Vorübergehend. Sechsundzwanzig Jahre Ehe sind eine lange

Zeit. Da drängt sich schon mal die eine oder andere Frage auf.«

»Findet Mama das auch?«

»Was?«

»Dass sie Abstand von dir braucht?«

»Ja, also, äh, nein, nicht so direkt.« Was fiel Tobi ein, ihn so zu bedrängen? War er, Josef, ein unfolgsamer Schuljunge, den man zum Direktor zitiert hatte?

»Schau, die Sache ist die.« Er versuchte seiner Stimme entsprechend seiner Vaterrolle Autorität und Klarheit zu verleihen. »Deine Mutter und ich, wir haben da ein paar Sachen ganz privat zu besprechen. Selbst du, als unser Sohn, kannst nicht alles verstehen, was zwischen uns in unserer Paarbeziehung läuft.«

»Mama im Auto an einer Mautstelle sitzen zu lassen und wortlos mit deinem Krempel zu verschwinden, nennst du also *privat besprechen*?«

»Natürlich nicht.« Josef fand seine wachsende Gereiztheit mehr als gerechtfertigt. Musste er hier Rede und Antwort stehen? »Lass uns das demnächst in Ruhe bei einem Bier besprechen.« Diese Von-Mann-zu-Mann-Fasson schien ihm geeignet. Das Hin und Her musste erst mal beendet werden, auch wenn Josef nicht sicher war, ob er tatsächlich vorhatte, sich in nächster Zeit mit Tobi auf ein Bier zu treffen.

»Whatever«, war Tobis Antwort, bevor er grußlos das Telefonat abbrach. Eine Replik, die Josef so wenig zusagte wie der gesamte Verlauf des Gesprächs.

Er liebte seinen Sohn, aber im Moment war eben alles ein bisschen kompliziert.

13

Es war nicht mehr so drückend heiß wie an den vorausgehenden Tagen. Wind blies mir in die Haare, Möwen kreischten, das Wasser der Lagune schimmerte im Sonnenlicht und ließ vergessen, wie wenig sauber es tatsächlich war. Das hatten Lagunenwasser und ich heute gemein: in Ordnung war gar nichts, aber mit ein wenig wohlwollender Betrachtung sah alles viel besser aus.

Rüdiger hatte sich nach dem Frühstück wieder in altgewohnter Manier präsentiert. Menüpläne, Ausflugsideen und das Studium zehn neuer italienischer Vokabeln, sein tägliches Pensum, trieben ihn um. Ich versuchte, seine frühmorgendlichen Anwandlungen in ein akzeptables Licht zu rücken. Vielleicht hatte ich auch einfach zu viel in seine Zuwendung hineininterpretiert. Rüdiger mochte mich eben, das war nicht neu.

Nun saßen wir Seite an Seite auf einer der Sitzbänke am Bug des Vaporettos. Rüdigers Einkaufskorb – *il cesto*, wie er am Morgen gelernt hatte – war so randvoll mit Artischocken gefüllt wie unsere Mägen mit dem viel zu üppigen Mittagessen, das wir in einer einfachen Osteria auf Sant'Erasmo auf Rüdigers Geheiß zu uns genommen hatten.

»Der gefüllte Tintenfisch ... einfach göttlich. Muss mal sehen, ob ich das Rezept googeln kann. Die Wirtin wollte ja keinesfalls damit rausrücken.«
Er war wieder ganz der Schlemmer, was mir um einiges besser gefiel als der um mich rumscharwenzelnde Schwerenöter.

»Hoffentlich geht es Susanne wieder besser«, unterbrach ich seine Schwärmereien. Wir hatten sie nun schon fast sechs Stunden ihrem Schicksal überlassen, nachdem Rüdiger sie kurz vor unserem Aufbruch um neun Uhr noch mit einer Kanne Pfefferminztee versorgt hatte.

»Hm, hm. Fondamenta nuove müssen wir aussteigen. Noch drei Stationen.« Seine Besorgnis hielt sich in Grenzen. »Ich bin gerne mit dir alleine unterwegs, Helene«, sagte er in die Wellen hinaus.

Da war es also wieder, das Gebalze, das ich nur zu gerne als nicht ernst zu nehmende Anwandlung abgeheftet hätte.

»Ich bin auch gerne mit dir unterwegs«, antwortete ich mit leichtem Ton. *Alleine* hatte ich weggelassen.

»Ja?« Er schob sich etwas näher an mich heran. Sein *ja* hatte ein gänzlich anderes Timbre.

»Klar, wir sind doch Freunde, wir vier: du, Susanne, Josef und ich.«

»Ich habe Josef immer um dich beneidet, Helene. Seit wir uns kennen. Dieses Androgyne an dir hat mich gereizt, reizt mich noch immer. Natürlich nicht nur das.«

Mir war unbehaglich. Zum einen überlegte ich, was Rüdiger, ein Androloge, wohl meinte, wenn er mich als *androgyn* bezeichnete. Ich konnte in der Tat nicht Susannes Oberweite aufweisen und war gut und gerne zwanzig Kilo leichter als sie. Aber wo sollten meine männlichen Merkmale sein? Zum anderen hatte ich keine Ahnung, wohin dieses wunderliche Geständnis noch führen sollte.

»Rüdiger«, druckste ich, »lass uns das doch einfach schnell wieder vergessen. Ich meine, du bist verheiratet, ich bin verheiratet …«

»Josef ist auf und davon«, unterbrach er mich.

»Er macht eine … Denkpause«, korrigierte ich.

»Denkpause!« Rüdiger schnaubte wie ein Pferd. »Der lässt

eine Frau wie dich hier in Venedig sitzen und meint, du müsstest in Keuschheit leben?«

Was redete er da? Erstens war ich nicht in Venedig *sitzen gelassen* worden, sondern souverän, nun ja, mit dem eigenen Auto hierhergefahren. Zweitens wusste ich beim besten Willen nicht, was meine Keuschheit, über die ich mir bisher keinerlei Gedanken gemacht hatte, mit Josefs Verschwinden oder – noch viel weniger – mit Rüdiger zu tun haben sollte.

»Unsere Haltestelle!« Ich sprang auf. Fondamenta nuove zeigte sich als Retter in der Not.

»Lass uns noch darüber reden«, hauchte mir Rüdiger von hinten ins Genick, während wir zum Aussteigen hinter einem schnatternden Damengrüppchen in Amüsierlaune Aufstellung nahmen.

Solche Beharrlichkeit hatte ich Rüdiger nicht zugetraut. Ich wünschte mir seine Monologe über die geschmackliche Überlegenheit der *San Marzano*-Tomate zurück, die die *Cuore di bue*-Tomate erheblich deklassierte.

14

»Tomatensalat? Und was noch?« Sie drückte den Deckel wieder auf die Schüssel und stellte sie zurück in die Kühltasche. Das klang nicht begeistert.

»Lachshäppchen, vier leckere französische Käsesorten. Baguette. Oliven.« Es war nicht selbstverständlich, was er da geleistet hatte. Die meiste Zeit hatte er allerdings mit Suchen verbracht. Wo waren Schälchen, Servietten und Platten? Dann der Salat. Konnten Essig und Öl nicht da sein, wo jeder normale Mensch sie vermuten würde? Die Zwiebeln für den Salat, bereits geschnitten, hatte er im letzten Moment entsorgt. Ihr Tête-à-Tête sollte nicht durch unerfreuliche Ausdünstungen beeinträchtigt werden.

Sein Beruf hatte es mit sich gebracht, dass er die Küche nur selten betrat. Das war Helenes Revier, so wie seins die orthopädische Abteilung des Spitals war. Aber natürlich hatte er das Nathalie nicht gesagt. Sie hätte ihn für einen Pascha gehalten, der sich von Muttchen die Pantoffeln bringen ließ und bekocht wurde.

Der Vorschlag vom Picknick war von ihm gekommen, nachdem Nathalie bereits das fünfte Mal in vier Wochen ein teures Restaurant für ihr gemeinsames Abendessen vorgeschlagen hatte. Champagner zum Aperitif, zwanzigjähriger Bordeaux zum Essen, edle Fischspezialitäten oder Filetstücke zum Hauptgang in Gourmet-Tempeln, das ging ins Geld.

Worüber Nathalie so wenig Bescheid wusste wie über seine Unkenntnis in Sachen Küchenarbeit, war die Tatsache, dass er zwar gut verdiente, aber nicht Verwalter des Familienkontos war. Das war Helene. Wie sollte er der den Verbleib der tausendfünfhundert zusätzlich verbrauchten Franken erklären? Seine Krise konnte schließlich nicht für alles erklärend hinhalten. Nun rächte es sich, wie gedankenlos er Helene all die Jahre eine so bedeutende Rolle wie die des Kassenwarts überlassen hatte.

Nathalie war von seinem Vorschlag begeistert gewesen. »Ein Mann, der nicht nur eine Koryphäe in seinem Beruf ist, sondern auch noch ein Picknick hinzaubern kann, toll!« Dann hatte sie ihn zart ins Ohr gebissen – sie waren gerade allein im Assistentenzimmer – und das geflüstert, was ihm noch viel, viel besser gefiel. »Und einer, der auch sonst verdammt gut Bescheid weiß, wie er eine Frau glücklich machen kann.«

Nun saßen sie auf der rot-schwarz-karierten Mohairdecke, die er im letzten Moment vom Sofa gerafft hatte.

»Cin cin.« Nathalie hielt ihm das Glas mit dem Pinot Grigio entgegen.

»Cin cin.« Josef hätte auf den ganzen Picknickteil pfeifen können. Sie waren allein auf weiter Flur und einem ordentlichen Quantum Haut-an-Haut stand nichts im Wege. Aber Nathalie war in Redelaune. »Nun erzähl mal, warum du schon wieder hier bist. Ihr wolltet doch eine Woche in Verona bleiben.«

»Venedig.« Dass es sogar zehn Tage gewesen wären, korrigierte er nicht.

»Stimmt, aber nun sag schon!«

Tatsächlich hatte ihm Nathalie am Vortag, kurz nach seiner Rückkehr, keine Zeit für lange Erklärungen gelassen, was Josef in mehrfacher Hinsicht höchst gelegen gekommen war. »Da gibt es nicht viel zu erzählen. Wir haben uns gestritten, und Helene war der Meinung, dass unter diesen Umständen getrennte Ferien vorzuziehen seien.«

»Wow! So knallhart?«

»Ja, sie ist da sehr klar, und ich fand es natürlich auch besser so.« Er drückte Nathalie einen Kuss auf die Wange. Präludium für mehr und vor allem Ende der unliebsamen Befragung.

Aber Nathalie sah das anders. »Was ist denn das Problem in eurer Ehe?«

»Nun …« Er musste eine Antwort finden, die keine neuen Fragen aufwarf. »Nach sechsundzwanzig Jahren hat sich unsere Ehe einfach totgelaufen. Das sehen wir beide ähnlich. Du kennst doch die Weisheit der Dakota-Indianer: Wenn dein Pferd tot ist, dann steig ab!« Josef lachte. Nathalie nicht.

»Und wer ist das Pferd?« Sie fand an seinem Scherz ganz eindeutig keinen Gefallen.

Es stimmte, was er da gerade tat, war blanker Verrat an Helene.

»Nathalie, meine Antilope, das war ein Jux! Meinetwegen ein blöder.«

Kaum gesagt, bereute Josef die Wahl seiner Formulierung aufs Neue. *Jux* war ein Wort, das Nathalies Generation wohl gar nicht mehr kannte. »Lass uns doch unsere Zeit nicht mit solchen Gesprächen vergeuden«, kürzte er die Angelegenheit ab. »Schau!« Mit dem Arm beschrieb er einen Halbkreis, der das sich vor ihnen ausbreitende Emmental umfasste. Die satten grünen Wiesen, sanften Hügel und erhabenen Bergkämme in der Ferne. »Was für ein Sommerabend. Nur für uns beide. Niemand, der uns stört.« Er rückte ganz nah an sie ran, wollte ihr das Glas aus der Hand nehmen und sie endlich küssen. Richtig küssen. Was sie nicht zuließ.

»Und das war dein Sohn, neulich am Bahnhof?«

»Ja.« Warum kam sie jetzt *damit*? Über Tobi wollte er schon gar nicht mit Nathalie sprechen. Am Ende käme sie gar noch auf sein Alter zu sprechen. Dass die beiden praktisch gleich alt waren, musste nun wirklich nicht aufs Tapet gebracht werden.

»Wie alt ist der denn? Au!« Nathalie sprang auf und fuchtelte mit ihrer rechten Hand. »Eine Wespe. Die hat mich gestochen«, heulte sie. »Ich bin allergisch!«

»Hast du ein Notfallset?«

»Ja, in meiner Tasche. Aber die habe ich im Auto gelassen.«

»Also, nichts wie hin.« Josef warf die Gläser in die Kühltasche, klemmte die Decke unter den Arm und eilte mit der aufgewühlten Nathalie zu dem am Waldrand geparkten Smart. Helenes Smart.

Zwar bestand nun keine Gefahr mehr für die weitere Erörterung von Tobis Alter, aber wie die Dinge standen, konnte auch der erotische Teil des Abends abgeschrieben werden.

Einen kurzen Moment schämte sich Josef für seine selbstsüchtigen Gedanken. Und nicht nur für die.

15

»Sie schläft.« Rüdiger schloss leise die Tür zu dem von ihm und Susanne bewohnten Zimmer, das gleich an die Küche angrenzte. »Magst du einen Kaffee? Wir können ihn auf der Altana trinken. Ist gar nicht mal so heiß heute Nachmittag.«

»Nein danke, Rüdiger, ich glaube, ich lege mich ein bisschen hin. Ein Schläfchen würde mir auch guttun.« Vor allem wollte ich aber keine weitere Rüdiger-Anwandlung parieren müssen.

Auf dem Weg vom Vaporetto-Anlegeplatz zur Calle Erizzo hatte er sich zwar jeglicher Annäherung enthalten, aber ich wollte bis zu Susannes hoffentlich baldiger Genesung jegliches Alleinsein mit ihm vermeiden.

»Natürlich, wie du möchtest.« Rüdiger war wieder ganz der untadelige Gentleman. »Dann werde ich schon mal ein paar Artischocken fürs Abendessen präparieren. Die müssen wir dann nur noch ein bisschen im Olivenöl dünsten. Eine Delikatesse.« Er führte die fünf Fingerspitzen seiner rechten Hand zum Mund und küsste sie lautstark.

Ich lächelte. Seiner Liebe zu den Gaumenfreuden sollte er sich ruhig ungebremst hingeben.

»Na dann mach mal! Ich nehme allerdings an, Susanne wird heute Abend noch keinen Appetit auf so etwas haben.«

»Nein, sicher nicht. Aber *wir* müssen deswegen ja nicht verzichten.«

Das klang schon wieder etwas zu doppeldeutig für meinen Geschmack, vor allem in Begleitung seines verschwörerischen Augenzwinkerns. Eilig machte ich mich auf den Weg zu meinem Schlafzimmer am Ende des Flurs, dessen sonst eher unliebsame Düsterkeit ich nun geradezu herbeisehnte. Mein Refugium.

Gerade war ich dabei, meine Bluse aufzuknöpfen, als es kurz und kaum hörbar an die Tür klopfte. Der Klopfende wartete erst gar keine Aufforderung zum Eintreten ab, er entschied selbst.

»Helene.« Rüdiger schloss die Tür hinter sich und trat ein paar Schritte auf mich zu. »Bitte schick mich nicht weg!«, kam er hastig der Anweisung zuvor, die ich bereits auf den Lippen hatte. »Du weißt, was ich für dich empfinde. Aber ich denke, nein, ich spüre, dass *du* es auch willst.«

Es? Was war *es*? Hatte Rüdiger den Verstand verloren? Was sollte ich *wollen*?

Ich musste nicht lange rätseln. Mit dem Geschick eines angreifenden Schakals schoss Rüdiger frontal auf mich zu, drückte seinen Körper an mich und seine Lippen auf meinen Mund. Da er kleiner war als ich, musste er sich dabei etwas recken. Wir lieferten uns einen kurzen Ringkampf, der durch einen gellenden Schrei jäh beendet wurde.

»Helene!« Susanne stand auf der Türschwelle wie ein molliger

Erzengel im hellblauen Pyjama. Sie hielt eine Porzellankanne in der Hand, die sie in Ermangelung eines Flammenschwerts kämpferisch in die Luft streckte. »Lass auf der Stelle Rüdiger los!«

Das war nicht nötig. Rüdiger war so schnell zurückgewichen, wie er sich mir genähert hatte.

»Geht es dir besser, Susanne?«, fragte er seine Frau mit übertriebener Betulichkeit, während er mit ausgebreiteten Armen auf sie zu eilte. »Soll ich dir noch einen Pfefferminztee aufbrühen?« Er griff nach der Kanne, die Susanne noch immer ausgestreckt nach oben hielt.

Ich zupfte meine Bluse zurecht. Diesem Draufgänger im Taschenformat war das Befinden seiner Frau noch vor einer Minute völlig egal gewesen.

»Dass du dich nicht schämst«, heulte sie, ohne die Kanne los- und mich aus den Augen zu lassen. »Kaum bist du ohne Josef, machst du dich über meinen Rüdiger her. Du männermordende Tarantel.«

Männermordende Tarantel? Ich starrte die Frau an, die ich bislang für einigermaßen harmlos gehalten hatte. Kein einziges Wort zu meiner Verteidigung wollte mir über die Lippen kommen. Dabei hatte sie doch eben allen Ernstes behauptet, ich würde mich ihrem Rüdiger an den Hals werfen. Was war nur mit mir los, dass ich keinen Ton herausbekam?

Und warum sagte Rüdiger nicht, dass mich keine Schuld traf?

Der hatte sich, so bemerkte ich bei einem raschen Rundumblick, aus dem Staub gemacht.

Aus der Küche hörte man das Rauschen des laufenden Wasserhahns. Vermutlich war er bereits dabei, die Artischocken zu waschen. Oder bei der Zubereitung einer weiteren Kanne Pfefferminztee.

Zum Abendessen war ich ausgegangen. Susanne und Rüdiger hatten die Tür zur Küche geschlossen, was sonst nie vorkam, da diese auch der Zugang zur Sitzecke und zur Terrasse war, also zum Wohnraum für alle. Obwohl es mir recht war, weder Rüdiger noch Susanne sehen zu müssen, ärgerte ich mich über den so demonstrativen wie ungerechten Ausschluss.

Nach einer miserablen Pizza und zwei Gläsern Tafelwein an der Riva San Biasio hatte ich mich zur frühen Nachtruhe zurückgezogen. Dass ich in unserer Ferienwohnung nicht mehr bleiben konnte, lag auf der Hand. Ich wollte früh aufbrechen und direkt nach Bern zurückfahren. Unseren Anteil an der Miete hatten wir im Voraus beglichen, womit ich Rüdiger und Susanne nichts mehr schuldig war.

Mein Bedarf an den beiden war mehr als gedeckt, und ich bedauerte längst, nicht gleich nach meiner ersten Venedignacht nach Hause gefahren zu sein.

So stand ich also um sieben Uhr morgens mit meinem Gepäck im Flur, bereit zu gehen. Auf der Marmorkonsole unter dem schnörkeligen Goldrahmenspiegel hatte ich kurz zuvor eine Notiz für meine Ferienkumpane deponiert:

Hallo ihr beiden, es ist ohne Zweifel im Sinne von jedem von uns, wenn ich mich heute auf die Heimreise begebe. Zu den Ereignissen von gestern gibt es meinerseits wenig zu sagen und schon gar nichts zu rechtfertigen oder zu entschuldigen. Dies dürfte einzig und allein Rüdigers Aufgabe sein.

Euch noch einen angenehmen Aufenthalt in Venedig! H.

Die knappe Form gefiel mir.

Ich hatte schon den Griff der Wohnungstür in der Hand, als die Küchentür schwungvoll von Susanne aufgerissen wurde. Von Rüdiger keine Spur.

»Bei Nacht und Nebel«, trompetete sie, als wären ihre gestrengen Worte nicht nur an mich, sondern auch an die ersten Passanten in der Calle Erizzo gerichtet, »willst du dich davonschleichen.«

»Es ist sieben Uhr, Susanne«, erlaubte ich mir anzumerken. Dass sie die Theatralik liebte, war mir neu. Auch wenn ich mich zu erinnern glaubte, dass sie in jungen Jahren eine Karriere als Opernsängerin erwogen hatte. »Und ich schleiche mich auch nicht davon, sondern verlasse diese Wohnung erhobenen Hauptes, wenn auch als jemand, der ganz offensichtlich unerwünscht ist. Oder wie soll ich mir die geschlossene Tür hier erklären?«

»Ha«, gab Susanne von sich. Und noch mal: »Ha!«

Urplötzlich war ich der ganzen Geschichte nicht nur müde, sondern gänzlich überdrüssig. Sollte ich mich auch noch mit so einem Blödsinn rumschlagen? Mit einem Rüdiger, der sich als bedauernswerter Schürzenjäger betätigte, einer Susanne, die sich ihre eigene Sicht der Dinge zurechtzimmerte? Nein und nochmal nein. Schließlich hatte ich genug zu klären mit meinem in-sich-hinein-horchenden Mann in Bern.

Und so schob ich, eine Tasche in der Hand, die andere über die Schulter gehängt, meinen Koffer mit dem Fuß ins Treppenhaus und zog die Tür hinter mir ins Schloss.

Drinnen klang es, als seien Susanne außer ihrem *Ha* doch noch ein paar Nettigkeiten eingefallen, die mir allerdings erspart blieben. Vielleicht hatte sich Rüdiger inzwischen zu ihr gesellt. Ob er wohl auch sein Fett abbekommen hatte?

Egal. Ich musste mich um anderes kümmern.

16

»Du?«

»Ja, ich.« Tobi schob sich an Josef vorbei ins Entree.

»Müsstest du nicht in Sankt Gallen sein?«

»Müsstest du nicht in Venedig sein?«

Das begann nicht gut. Mit dem Auftauchen seines Sohnes hatte Josef nicht gerechnet. Dazu kam, dass es sich auch um einen denkbar ungeeigneten Moment handelte. In einer knappen Stunde wollte er bei Nathalie sein, frisch geduscht und in Topform. Die zehn Minuten Hanteltraining musste er nun wohl streichen.

»Möchtest du was trinken?«

»Nein danke. Ich bleibe auch nicht lange.« Tobi war bei der Garderobe stehen geblieben, die Hände in die Taschen seiner Jeans geschoben, den langen Rücken leicht nach vorne gebeugt. Kein Lächeln im Gesicht. Tatsächlich sah es nicht danach aus, als wäre er für eine gemütliche Vater-Sohn-Plauderei gekommen.

»Ist es wegen diesem Lockenschöpfchen? Krankenschwester, vermute ich mal«, begann er ohne Umschweife.

»Ist es *was*?« Jetzt musste er erst einmal auf Zeit spielen.

»Josef, wir können eine Weile hin und her plänkeln. *Was, wo, warum*? Aber dazu habe ich keine Lust. Also, meine Frage: Willst du wegen *der* ausziehen? Ja oder nein?«

Tobi hatte ihn und Nathalie also tatsächlich vor einer Woche am Bubenbergplatz gesehen, wie befürchtet. Es war wohl nicht der Moment, seinen Sohn darauf hinzuweisen, dass er von ihm nicht gerne beim Vornamen genannt wurde. Und so entschied er, sich zunächst mal an der *Krankenschwester* festzuhaken.

»Pflegefachfrau, wenn schon. Krankenschwester ist eine veraltete Berufsbezeichnung. Nun, Frau Brunner ist Ärztin. Ich nehme zumindest an, du meinst die junge Frau, mit der du mich letzthin in der Nähe vom Bahnhof gesehen hast. Die, mit der ich ein paar Sachen wegen ihrer Promotion zu besprechen hatte. Ja, für so was reicht die Arbeitszeit nicht aus, da muss man kostbare Freizeit opfern.« Josef fuhr sich mit einer fahrigen Handbewegung durch die Haare. Er fand, dass er die Geschichte ganz gut im Griff hatte. Vielleicht konnte er noch ein wenig den von Zeitnot geplagten leitenden Arzt und Dozenten zur Schau stellen, von dem alle andauernd etwas wollten. Natürlich durfte er nicht zu dick auftragen. Tobi war sein Sohn und folglich ein heller Kopf, dem man so schnell nichts vormachen konnte.

»Wenn es um Arbeit ging, warum hast du sie dann am Ellbogen gefasst und mit gesenktem Kopf weggeschoben, als ich zu dir hingeschaut habe? Du hättest sie mir ja vorstellen können.«

Nein, Tobi war nicht nur ein heller Kopf, er hatte manchmal auch etwas von einem Terrier, der sich an einem Hosenbein festbiss. Das wiederum erinnerte an seine Mutter.

»Du willst da partout etwas reininterpretieren, Tobi.« Josef schüttelte unwillig den Kopf. »Ich habe dir doch gesagt, dass es sich bei meinem Time Out um eine Art Reflexionsphase handelt. Andere machen Yoga oder meditieren oder gehen zwei Monate in einen Aschram. Aber wenn ich mal einen Moment Ruhe brauche, dann komme ich gleich vor ein Inquisitionsgericht.« Das Gefühl, völlig ungerechtfertigt in die Mangel genommen zu werden, ergriff von Josef Besitz.

»Du hast Mama in Italien *in the middle of nowhere* sitzen lassen. Soviel ich weiß, war dabei weder von Yoga noch von Meditation die Rede. Es gab nämlich gar keine *Rede*!«

»Ja, ja. Das war ja auch völlig daneben. Als wenn ich das nicht wüsste. Da ist mir eine Sicherung durchgebrannt. Ließe sich schon als eine Form psychischer Dekompensation beschreiben, was wiederum darauf hinweist, dass ich eine Lebensphase brauche, in der ich mal ganz mit mir allein sein kann.«

»Gut.« Tobi ging unvermittelt zur Tür, als würde ihn das alles plötzlich gar nicht mehr interessieren. »Nenn deine Sperenzchen, wie du willst: Dekompensation oder durchgebrannte Sicherung. Bei mir heißt so was *a load of bullshit*. Aber um eins bitte ich dich.« Bei seinen letzten Worten war Tobi vom ärgerlichen Forte in ein eindringliches Piano übergegangen. »Tu Mama nicht noch mehr weh!«

Sie sahen sich länger in die Augen, als sie das für gewöhnlich taten.

»Ich finde die Art, wie du mit mir sprichst, mehr als unpassend«, rief Josef noch, aber da war Tobi schon verschwunden, grußlos, wie er gekommen war.

Ein Metallring klammerte sich jäh um seine Schädelkalotte. Der Beginn einer Migräne. Die konnte er noch weniger brauchen als die von Tobi so perfide eingeimpften Schuldgefühle.

Josef ging in die Küche und ließ sich auf den erstbesten der vier hellblauen Eames-Stühle fallen. Die Ellbogen auf seinen Knien abgestützt, die Hände gegen seine Schläfen gepresst, spürte er jene Übelkeit in sich hochsteigen, die ihn – das wusste er aus leidvoller Erfahrung – in den kommenden Stunden so wenig loslassen würde wie der Zangengriff um seinen Kopf.

17

DAS WAR GAR nicht übel. Keine falsch eingeschlagene Richtung auf der Mailand-Umfahrung – ganz ohne die besserwisserische Daniela –, kein Rückstau an den Mautstellen und freie Fahrt am Gotthard. Das war zwar nicht alles mein Verdienst, aber ich verbuchte das Gesamtpaket auf mein Konto. Zumindest dafür brauchte ich keinen Josef. Mit jedem Kilometer, den ich mich Bern näherte, verstärkte sich das unangenehme Grummeln in der Magengegend.

Ob Josef zu Hause war? Und ob er Lego bei Adrienne abgeholt hatte? Ich hatte sie gar nicht danach gefragt, obwohl ich ihr am Vorabend meine Rückkehr angekündigt hatte.

Eines war sicher, Josef und ich mussten uns so bald wie möglich aussprechen. Und Rüdiger hatte recht, eine Ehe wurde durch Distanz nicht besser. Innere Einkehr hin oder her.

Dummerweise verursachte auch der Gedanke an Rüdiger nur ungute Gefühle. Verdammt, was hatte ich getan, dass mir so übel mitgespielt wurde?

Das Erste, was mir im Jägerweg auffiel: Mein Smart stand nicht am Straßenrand.

Frau Schöni aus der anderen Haushälfte goss ihre Petunien. Sie goss eigentlich immer irgendetwas.

»Schon zurück? Ich hab mich ja schon gewundert, als ich den Herrn Abendrot gesehen habe ...« Der Satz blieb in der Schwebe. Viele Fragezeichen tanzten über die Ligusterhecke zu mir herüber. Ich ließ sie tanzen.

»Ja, es geht nicht immer so, wie man's geplant hat«, sagte ich freundlich lächelnd, während ich nach meinem Hausschlüssel kramte.

Frau Schöni hatte sich mehr erhofft.

Wie zu erwarten, war kein Josef im Haus. Auch kein Hund.

»Ist Lego noch bei dir?«, war das Erste, was ich ins Telefon rief.

»Schön, dass du heil wieder daheim angekommen bist«, sagte Adrienne. »Ich nehme zumindest mal an, dass du zu Hause bist. Und ja, Lego ist noch bei mir.«

»Ich bin ein bisschen durch den Wind«, entschuldigte ich mein unhöfliches Benehmen. »War wohl von allem zu viel in den letzten Tagen.«

»Schon gut, komm vorbei. Dann können wir in Ruhe reden.«

Lego kam mir laut bellend im Treppenhaus entgegen. Adrienne musste mich vom Balkon aus beim Einparken gesehen haben. Außer sich vor Freude sprang er an mir hoch, als wäre ich fünf Monate und nicht nur fünf Tage weg gewesen.

»Hallo, mein Süßer!« Ich wuschelte das braune Samtfell zwischen Legos Ohren. »Du brauchst keine Denkpause, nicht wahr?«, flüsterte ich ihm ins rechte Ohr. Lego schüttelte heftig den Kopf. Aber das war wohl eher wegen des Gesäusels.

»Komm hoch!«, rief Adrienne von oben. »Der Pinot Grigio ist schon so gut wie im Glas.«

Nun gut, dann eben ein Gläschen Pinot Grigio. Die Detox-Kur mit dem Brennesseltee konnte warten.

»Der Rüdiger, ich fass es nicht.« Adrienne schüttelte lachend den Kopf. »Aber diese Susanne kann doch nicht allen Ernstes annehmen, dass *du* dich an ihn rangemacht hast?«

»Die kriegt alles so zurechtgebogen, dass es in ihre Optik passt.« Meine Gefühle zu Susanne befanden sich auf Kellerniveau. Trotzdem gelang es mir bereits, die Komik der Schlafzimmerszene zu sehen. »Und Rüdiger ist eben ein *Goldstück*. Der fällt keine anderen Frauen in ihren Gemächern an.«

»Männermordende Tarantel! Darauf muss man erst mal kommen.«

»Susanne ist Biologielehrerin.« Ich kicherte.

Wir hatten es geschafft, an Adriennes Balkontisch die Hälfte der Flasche zu leeren. Das Thema Josef hatten wir, bis auf ein, zwei Nebensächlichkeiten, kunstvoll umschifft.

»Eine SMS hat er mir geschickt. Höflich, knapp. Ob er Lego holen solle. Ich habe ihm genauso kurz geantwortet, dass das nicht nötig sei. Mehr nicht. Er wird wohl davon ausgegangen sein, dass ich über seine Kapriole auf dem Laufenden bin.«

»Hm, das ist schon alles sehr seltsam.« Da war es wieder, dieses bleischwere Gewicht auf meiner Brust. Dabei war mir doch eben noch geradezu luftig ums Herz gewesen. »Ich denke, ich fahre mal los. Vielleicht ist Josef ja mittlerweile zu Hause.«

Lego spitzte die Ohren und brachte sich schwanzwedelnd in Stellung.

»Denk dran, Helene.« Adrienne fasste mich am Arm und drückte mich sanft zurück auf den Stuhl. »Du darfst ihm jetzt bloß nicht noch zudienen. Von wegen Abendessen machen und so. Männer sagen zwar nicht nein bei einer aufgetischten Mahlzeit, aber bei Fuß gehalten hat man meines Wissens damit noch keinen.«

»Schon klar.« Ich lächelte wissend. Von der Tomatensoße mit frischem Basilikum aus dem Garten, zwei Portionen, sagte ich nichts. »Aber irgendwas muss ich ja auch essen.« Die Rechtfertigung, von niemandem erfragt, galt mehr mir selbst als Adrienne. »Wer weiß, vielleicht hat es sich Josef inzwischen schon anders überlegt und will gar nicht mehr in Schneiders Studio ziehen. Alles nur die flüchtige Allüre eines Mannes in der Andropause.« Der kleine Lacher, mit dem ich den Satz krönte, verhakte sich im Hals und erstarb. Übrig blieb nur ein Hüsteln.

Adrienne, die keine Miene verzog, sagte etwas, das ich eigentlich gar nicht hören wollte. Zumindest nicht heute, nicht jetzt: »Wir sollten bei Gelegenheit mal gemeinsam überlegen, was du neben deinen Unterrichtsstunden noch tun könntest. Auf eigenen Beinen stehen zu können hat noch nie geschadet. Aber nun geh und ruh dich von der langen Fahrt aus. Josef kann und soll warten!«

Sie klemmte mir noch Legos Hundekissen unter den Arm und winkte mir zum Abschied übers Treppengeländer hinterher.

Daheim im Jägerweg musste ich Josef gar nicht warten lassen. Nicht auf Spaghetti mit Tomatensoße, nicht auf ein Gespräch. Weder war er zu Hause noch kam er später. Er kam in dieser Nacht gar nicht mehr.

Ich war es, die auf ihn wartete, entgegen allem, was ich mir vorgenommen hatte.

Lego hatte ihn vor mir gehört und empfing ihn an der Wohnungstür.

»Na, Alterchen?« Josef tätschelte ihm den Rücken. Sein Verhältnis zu unserem Hund war weniger gefühlsbeladen als meins. Damit konnte Lego gut leben. Er hatte seine eigene Rangliste. Josef stand nicht an oberster Stelle.

»Helene, schon zurück?« Josef warf den Schlüssel meines Smart auf die Kommode unter dem Dielenspiegel, zog sich ohne

Eile die Schuhe aus und kam, die Hände in den Hosentaschen, entspannten Schrittes – oder was er dafür hielt – in die Küche.

Sogar unser Hund war mit mehr Wärme begrüßt worden. Nicht, dass ich den Rücken getätschelt bekommen wollte, auch auf *Alterchen* konnte ich verzichten. Aber etwas mehr hätte trotz allem für mich drinliegen können.

Ich nickte beiläufig mit dem Kopf. Ohne ihn anzusehen, räumte ich das Geschirr aus der Spülmaschine. Es war halb acht Uhr morgens, und ich fand diese nonchalante Art, nach Hause zu kommen, hochgradig irritierend. Vor einigen Tagen hatte mich Josef auf rüdeste Weise sitzen lassen. Seine mit erheblicher Verspätung gelieferte Begründung war mehr als fragwürdig ausgefallen. Darüber hinaus war ein Ein- und Ausgehen zu beliebigen Zeiten ohne ein paar erklärende Worte bei uns beiden nicht üblich. Und zu all dem wollte Josef jetzt schweigen?

Nun gut, ich konnte es ihm gleichtun. Helene, die Eisprinzessin.

»Wo kommst du her?« Geschätzte neunzig Dezibel. Das Prinzessinnen-Eis war noch schneller geschmolzen als das Eis an der Antarktis.

»Helene, ich bitte dich! Können wir in normaler Lautstärke kommunizieren? Ich kann nur wiederholen: Es tut mir leid. Was ich in Italien geboten habe, war daneben. Ich habe versucht, dir zu erklären, dass ich mich in einer schwierigen Phase befinde, und hoffe, dass das ein wenig zu meiner Entschuldigung beiträgt. Wir sollten uns jetzt beide zivilisiert benehmen. Meinst du nicht?«

Wenn ich etwas hasste, wirklich hasste, dann war es dieses *Wir sollten*. Was fiel Josef ein, hier auch noch den Überlegenen zu spielen?

Trotzdem mäßigte ich meinen Ton. »Es ist interessant zu hören, wie viel du vom zivilisierten Umgang hältst. Deine lauwarme Entschuldigung reicht nämlich nicht hinten und nicht vorne aus, dein gänzlich inakzeptables Benehmen an der Autobahnmautstelle zurechtzurücken. Und ich frage dich noch mal: Woher kommst du jetzt?« Hundert Dezibel.

»Kann ich Tee haben?« Josef wartete meine Antwort nicht ab und goss sich Earl Grey aus der Kanne in seinen *Daddy*-Becher. Ein Geschenk von Tobi, handbemalt, aus dessen Grundschulzeit. Der stand wohl noch vom letzten Frühstück auf dem Tisch.

»Ich war in der neuen Wohnung«, sagte er endlich.

»Jetzt schon?« Fehlte mir hier etwa ein Stück Film?

»Na ja, ich wohne noch nicht richtig dort. Ich wollte mal ... probeliegen.«

»Probe ... was?«

»Ich muss doch wissen, ob das mit dem Bett in dem Studio hinhaut. Ich kann es mir nicht leisten, unausgeschlafen zu einer Operation zu erscheinen.« Josefs defensiver Ton wollte nicht recht zu der noch kurz zuvor an den Tag gelegten Attitüde passen.

»Und, tut es das?«

»Wie?«

»*Haut* das Bett *hin*?«

»Einigermaßen.« Josef stellte den Becher in die Spülmaschine und verschwand in Richtung Badezimmer.

Ich klammerte mich an der Stuhllehne fest. Liebend gerne hätte ich ihm das ganze Ding nachgeschmissen. Aber das scheiterte an meiner Beißhemmung. Mehr als laut zu werden schaffte ich einfach nicht.

»So geht das nicht, Josef!«, rief ich stattdessen. »Wir müssen reden. Du kannst mich doch nicht einfach so vor vollendete Tatsachen stellen.«

Keine Antwort.

»Hörst du mich?« Ein Fausthieb gegen die Badezimmertür kam nicht zur Vollendung, denn Josef öffnete die Tür. Mit einem reaktionsschnellen Griff nach meinem Arm konnte er meine stahlharte Rechte gerade noch abfangen.

»Natürlich können wir reden, Helene.« Er sprach mit seiner beruhigenden Arztstimme, der er sich gerne bei schwierigen Patienten bediente. »Aber nicht jetzt. Ich muss ins Spital.«

»Du hast noch fünf Tage Ferien. Was willst du im Spital?«

»Ich habe kurzfristig mit Gruber getauscht. Dem kommt das gelegen, und mir steht der Sinn im Moment nicht nach Ferien. Aber ich muss nun wirklich weg.« Er schob mich zur Seite. Nicht unsanft. Aber geschoben war geschoben.

»Gut, dann reden wir heute Abend. Ausführlich.« Die letzten drei Worte prallten bereits an Josefs Rückfront ab. »Ich lass mich doch nicht einfach mit ein paar Krümeln abspeisen«, legte ich noch nach, ohne zu erfahren, was Josef davon hielt.

»So geht das nicht!« rief ich ins Leere hinein, wohl wissend, dass auch das ihn nicht erreichte. Weder seine Ohren noch sein Herz.

»Komm, Lego«, sagte ich schließlich zu dem Einzigen, der mir hier noch zuzuhören schien, griff nach seiner Leine, nach meinem Lederrucksack und zum Schluss noch nach dem Smart-Schlüssel, den Josef kurz zuvor auf der Kommode deponiert hatte. »Wir zwei machen jetzt einen richtig langen Spaziergang.« Meine Stimme hatte den Klang eines abgehalfterten Animateurs, dessen Job es war, bei den vom Regenwetter verdrossenen Gästen eines Ferienresorts für gute Laune zu sorgen. *Komm* war für Lego normalerweise ein Zauberwort, das er mit akrobatischen Loops parierte. Dass es heute nicht recht zündete, mochte daran liegen, dass er den Animateur in mir so unglaubwürdig fand wie ich selbst.

Was war nur mit meinem Josef passiert? Auf dem Gartenpfad zwischen meinen Blumenrabatten dachte ich an den coolen Typ mit Dreitagebart, der in anderer Leute Studios zum *Probeliegen* ging und mir so befremdlich vorkam wie der zwielichtige Mr. Hyde, der noch nicht lange zuvor der mir wohlvertraute Dr. Jekyll gewesen war.

»Dabei hat er hier ein phantastisches Boxspringbett mit Topper!«, teilte ich, meine mäandernden Gedanken lautstark zu Ende führend, dem am Törchen wartenden Lego mit.

Frau Schönis Kopf tauchte im angrenzenden Garten hinter einem üppigen Pfingstrosenbusch auf. Ihr frostiges Nicken, untermalt von der zum kurzen Gruß erhobenen Handhacke, brachte zum Ausdruck, was sie vom neuerdings undurchsichtigen Treiben ihrer Nachbarn hielt. Sicher hätte sie zu gerne gewusst, was es mit dem Boxspringbett auf sich hatte, auf das ein nicht näher benanntes männliches Wesen leichtsinnig zu verzichten schien.

Von mir würde sie es nicht erfahren.

Bis zum Fluss waren es keine fünfzehn Minuten Fußmarsch. Ich wollte trotzdem das Auto nehmen, um auf dem Heimweg noch einen Blick auf das Haus des Kollegen Schneider zu werfen, der dem nach Selbstfindung strebenden Josef Zuflucht gewährte. Bei meiner kleinen Google-Recherche hatte ich nur einen in Frage kommenden Beat Schneider gefunden, und der wohnte in einer gehobenen Gegend unweit des Paul-Klee-Zentrums.

»Stopp! Warte mal!« Ich hielt den sprungbereiten Lego am Halsband fest. Die sich auftuende Heckklappe des Smart hatte den Blick auf die rot-schwarze Mohairdecke aus dem Wohnzimmer freigegeben. Jemand hatte sie achtlos in den Laderaum geworfen, noch dazu in einem inakzeptablen Zustand. Moosreste, ein im Gewebe verfangener Zweig und Grashalme hatten auf diesem edlen Stück, das auf unserer Couch und nirgends sonst seine Dienste erbringen sollte, nichts zu suchen. Dieser Jemand konnte niemand anderes gewesen sein als Josef.

Hatte er sein Probeliegen auf die freie Natur ausgeweitet?

18

Leicht liess er die Entenfeder über ihren Bauch tänzeln, dann etwas tiefer, zwischen die Schenkel und wieder zurück. Um ihre Brüste herum und am Hals entlang.

Welch ein herrlicher Anblick. Für ihn, nur für ihn!

Wann würde es ihm gelingen, dies alles nicht nur für einen Wachtraum zu halten?

Sie lagen am Ufer des Wohlensees, in sicherer Distanz zu unerwünschten Augenzeugen ihres Zusammenseins, mit denen hier nicht zu rechnen war.

Nathalie rührte sich nicht. »Geh mir aus der Sonne«, sagte sie, ohne die Augen zu öffnen. »Ich muss mich bräunen. Es ist Juli, und ich bin noch käseweiß.«

»Meine Diogenesina.« Er lächelte, was sie nicht sehen konnte.

»Diogenesina?«

»Diogenes von Sinope und Alexander der Große.«

»Der mit der Tonne und der Sonne?«

»Genau der.«

»Und du bist mein Kaiser.« Sie zog ihn an sich.

»König, nur König.« Das reichte ihm schon.

»Was du alles weißt«, schnurrte Nathalie.

»Wunderschön ist deine Haut, wie Alabaster.« Josef strich über Nathalies Dekolleté. »Du hast so etwas Gewöhnliches wie Bräune gar nicht nötig. Ist ja auch ungesund.« Der letzte Satz war ihm entschlüpft. Warum musste er mit so etwas Betulichem kommen?

»Das könnte mein Vater gesagt haben.«

Da hatte er den Salat.

Nathalies Augen waren bereits wieder geschlossen, und sie sah nicht, dass ihm für einen Moment das glückliche Lächeln abhandengekommen war. Das Dauerlächeln eines Mannes, der sich überglücklich schätzte, diese Elfe im roten Bikini neben sich zu wissen.

Die Elfe richtete sich auf. »Und deine Frau ist nun also wieder hier in Bern.«

»Ja, aber an die müssen wir nun wirklich nicht denken.« Warum nur musste Nathalie immer wieder mit diesem unnötigen Gefrage kommen? Josef wollte nicht, dass Helene sich hier zwischen ihnen breitmachte. So wenig wie irgendwelche Väter.

Das mit Helene berührte ihn aus mehreren Gründen unangenehm. Zum einen war ihm klar, dass die fette Lüge mit dem Dienst im Spital mit Leichtigkeit ans Licht dieses sonnigen Tages treten konnte. Zwar hatte er sich tatsächlich zur Verkürzung seiner Ferien entschlossen, aber heute und morgen war er so wenig im Spital anzutreffen wie – o göttliche Fügung – Nathalie. Was die für Helene zurechtgestutzte Version betraf, so spielte er va banque. Dabei musste er doch auf jeden Fall vermeiden, dass sie die wahren Gründe seines Auszugs erfuhr. Die Zeit dafür war einfach noch nicht reif.

Zudem wollte er gänzlich ungestört von zwickenden Gedanken die kostbaren Stunden mit Nathalie genießen.

»Was, wenn sie es erfährt?« Nathalie sah ihn gespannt an.

»Dann ist es eben so.« Er schluckte. Was er da so flapsig von sich gab, war in Wahrheit – da machte er sich nichts vor – nicht ganz so simpel. Er war vernarrt in Nathalie. Er dachte fast unentwegt an sie. Ja, er konnte, wollte sich eine Zukunft mit ihr vorstellen. Und warum auch nicht? Er war zweiundfünfzig Jahre alt. In der Blüte seiner Jahre. Picasso war bei der Geburt seiner Tochter Paloma fünfundsechzig und Anthony Quinn einundachtzig beim dreizehnten Kind. Nicht, dass Josef unbedingt in *dieser* Richtung aktiv werden wollte. Trotzdem fand er die von ihm recherchierten Fakten beruhigend. Er war also auf diesem Gebiet noch ein Jungspund, ein Springinsfeld sozusagen. Was ihn hingegen umtrieb, waren die Gedanken eines Menschen, der sich nicht gerne entschied. Er musste wählen, ob er das flotte Sport-Cabriolet mit den tiefliegenden Schalensitzen wollte oder doch eher den soliden Passat Alltrack. Die Sonne im Gesicht und das Kribbeln im Bauch oder das beruhigende Gefühl, auch beim Schneesturm noch gute Bodenhaftung zu haben. Es gab Männer, die nahmen sich beides. Zum Beispiel Kollege Schneider. Und das betraf sowohl die zwei Fahrzeuge in seiner Garage wie auch die zwei – oder waren es drei – Frauen in seinem Leben. Aber Josef war nicht Schneider. Und Helene war nicht die aufgetakelte Marie, Ehefrau des Kollegen, die sich dank ihres üppigen Vermögens mehrheitlich kreuzfahrend auf hoher See befand.

»Und was machen wir dann?« Nathalie riss Josef aus seinen Gedanken.

»Dann suchen wir uns ein kuscheliges Nest. Nur für uns zwei.« Was locker und lustig daherkommen sollte, verweilte einen Moment zu lange zwischen ihnen. Wie ein süßlicher Parfümduft, viel zu schwer für diesen Sommertag. Auf der Wiese am Wohlensee, zwischen Schaumkraut und Margeriten.

»Komm, lass uns aufbrechen und zu dir fahren. Ich halte es nicht mehr aus.« Josef wollte zurück ins überschaubare Hier und Jetzt. »Du hier, neben mir, auf dem Präsentierteller wie eine in Häppchen geschnittene Zuckermelone. Und ich darf nur ein klein wenig daran schnuppern. Das sind Folterqualen.« Er wusste, dass es Nathalie amüsierte, wenn er so sprach. Und auch jetzt verfehlten seine Worte ihre Wirkung nicht. Sie sprang auf und griff nach ihren Shorts. »Ja«, rief sie, »mein feuriger José. Komm!«

Vergessen waren Cabrio oder Alltrack. Alles war möglich.

19

WARUM NUR WAR Helene so oft daheim? Konnte sie nicht in einem Verein tätig sein, sich extensiv sportlich betätigen oder sonst irgendein zeitintensives aushäusiges Hobby betreiben? Die Zeiten, als er sich freudvoll der Haustür genähert hatte, froh darüber, dass ihr ihre Unterrichtsstunden eine frühe Heimkehr ermöglichten, wodurch ihm wiederum ein gedeckter Tisch und ein warmes Abendessen beschert wurden, schienen einem anderen Leben anzugehören.

Heute jedoch wurde das ihm mittlerweile vertraute Unbehagen beim Anblick des am Straßenrand geparkten Smart noch einmal durch eine Extradosis getoppt. Noch nie hatte er das kleine Vehikel so ungern am Straßenrand stehen sehen wie heute.

Es war an der Zeit, dass er vom Kollegen Schneider den Schlüssel für das Eineinhalb-Zimmer-Reich mit separatem Eingang in dessen Haus in der Aberlistraße bekam. Ärgerlicherweise musste er sich noch zwei Tage gedulden, da Schneider, von unangenehmen Fragen völlig unbehelligt, bis übermorgen mit seiner Herzdame in Südfrankreich weilte, während mit der Rückkehr seiner Frau aus den Staaten erst in mehreren Wochen zu rechnen war.

Josef durchschritt den Vorgarten, grüßte höflich Frau Schöni, die ungezogen aus der Reihe tanzenden Ligusterzweigen mit der Gartenschere zu Leibe rückte, und steckte den Schlüssel mit mutiger Entschlossenheit ins Haustürschloss. Für einen kurzen Moment erschien vor seinem inneren Auge das Bild eines Matadors, der mit vorgereckter Brust und gestrafften Schultern die Arena beschritt.

Nein, ein fauchender Stier erwartete ihn nicht. Aber er wusste, dass er heute Abend nicht um ein Gespräch herumkommen würde. Und da konnte Helene durchaus Stiereigenschaften entwickeln, denen es geschickt zu begegnen galt. In zackiger Toreromanier musste er das rote Tuch zu seinen Gunsten schwingen.

»Hallo, Helene«, rief er aufs Geratewohl in die Diele hinein. Das geriet ihm eine Spur zu überschwänglich und folglich der Situation nicht angemessen.

Keine Antwort. Nur Lego kam angetrabt und ließ sich tätscheln.

Helene lag auf der Terrasse im Liegestuhl und las, was ihm seltsam inszeniert vorkam. Sein Blick fiel auf den Wäscheständer, über den die rot-schwarze Mohairdecke ausgebreitet war. Mist! Die hatte er im Smart liegen lassen.

Das begann nicht gut.

»Na, Helene? Genießt du den schönen Abend?« Auch das klang eindeutig zu sehr nach *Alles-in-Butter* und entsprach nicht den Gegebenheiten. Aber egal, ein angenehmes Klima konnte nicht schaden.

Sie schaute über den Rand ihres Buches zu ihm hoch. »Wie stellst du dir das finanziell vor, wenn du dich vorübergehend von mir verabschiedest?«

Mit *der* Frage hatte er nun gar nicht gerechnet. »Na, so knapp bei Kasse sind wir zum Glück nicht, dass das nicht drinläge. Wir müssen ja nicht für Jahre vorausdenken. Ein Vierteljahr, ein halbes Jahr ... vielleicht ... vorerst«, verlor sich Josef im Vagen.

»Ein *halbes* Jahr?«

»Na ja, mal sehen.«

Helene schwieg ein paar Minuten. Dann legte sie das Buch auf den Bambushocker neben sich und setzte sich auf. »Du hast ja schon ordentlich was verbraucht diesen Monat. Gehört das zu deinem Selbstfindungsprozess?«

Aha. Der Kassenwart hatte gesprochen. Wie befürchtet. Da musste sich was ändern. Er konnte sich doch nicht von einer Finanzkontrolleurin gängeln lassen. Schon gar nicht mit der anspruchsvollen Nathalie an seiner Seite.

»Ich bitte dich, Helene. Muss ich darüber Rechenschaft ablegen? Siehst du, das gehört auch zu den Dingen, die ich für mich überdenken muss. Meine Autonomie. Ich kann doch nicht wie ein unmündiger Junge von dir überwacht werden.« Sein Ärger quoll auf. Schon fast war er überzeugt davon, dass der wahre Grund für seinen Auszug gar nicht Nathalie war, sondern diese Bevormundung, die sich Helene seit Jahrzehnten herausnahm. War es nicht so, dass er mit seinem Aus- und Rückzug einfach angemessen auf einen unhaltbaren Zustand reagierte? Fast war er Helene dankbar für diese Wendung ihres Gesprächs, die ihn unversehens in die Rolle des Unterdrückten beförderte. Jegliche Spur von schlechtem Gewissen wich unversehens dem Gefühl, eigentlich im Recht zu sein, und dehnte sich fast wohlig in ihm aus.

»Schau, Helene«, er lief auf der Terrasse auf und ab, wie er es bei seinen Vorlesungen tat, »in den letzten sechsundzwanzig Jahren hast du mich genau mit dieser Art von Drangsalierung sukzessive entmannt. Hast du das nie bemerkt?«

»Entmannt?« Sie schaute ihn mit weit aufgerissenen Augen an. Die Theatralik war gewollt.

»Nun ja, meiner Selbstbestimmung beraubt.« Er korrigierte die irreführende Wortwahl. Seine Leistungsfähigkeit war schließlich nicht geschrumpft. Bewahre! Das konnte Helene allerdings nicht wissen. Zwischen ihnen hatte sich auf diesem Gebiet seit Monaten nichts mehr ereignet. Aber auch vor Nathalie war ihr Liebesleben, in den ersten Jahren ihrer Ehe ein brodelnder und reichlich gepfefferter Husarentopf, zu einer nur spärlich gewürzten *Sauce blanche* eingedampft. Der Vergleich stammte, wie konnte es anders sein, von Rüdiger, der vor gar nicht so langer Zeit in einem ihrer eher seltenen Von-Mann-zu-Mann-Aussprachen das Thema in eigener Sache angeschnitten hatte.

»Ich hatte eigentlich immer das Gefühl, dass dir unser Arrangement gelegen kam. Haushalt und Finanzen meine Domäne,

Hauptgeldverdiener du. Warum hast du nichts gesagt, wenn das so eine Fremdbestimmung für dich war?«, unterbrach Helene Josefs Sinnieren.

»Ha, *gesagt*! Du lässt doch gar nichts gelten, was nicht deiner Sicht der Dinge entspricht«, griff er den ersten Knackpunkt wieder auf.

Josef kam immer mehr in Fahrt. Nein, sein Auszug war das einzig Richtige. So viel stand fest.

»Meine Flucht an der Mautstelle bei Piacenza war ein Verzweiflungsakt!«, setzte er krönend obenauf. Damit, so merkte er sofort, hatte er den Bogen überspannt.

Helene hatte sich erhoben und stand nun mit ihren stattlichen 173 Zentimetern vor ihm. Sie funkelte ihn zornig an. »Wenn du kurz vor Piacenza tatsächlich *verzweifelt* warst und wegen einer Lappalie wie unserem kleinen Wortwechsel die *Flucht* ergriffen hast, dann brauchst du mehr als ein Studio für dich allein. Dann brauchst du professionelle Hilfe. Am besten deinen Kollegen Weidebach.« Schnaubend stieß Helene die Terrassentür auf, die der kurz zuvor aufgekommene Wind zugeschlagen hatte, und ging nach drinnen; Lego mit eingezogenem Schwanz hinterher.

Auch Josef folgte Helene ins Wohnzimmer. Weidebach war Psychiater. Das ließ er nicht auf sich sitzen. »Sogar Susanne hat Verständnis für mich«, rief er ihr nach. Sich auf die Aussage einer anderen Person zu berufen, hielt er sonst für ein Zeichen der Schwäche. Jetzt gerade bediente er sich gerne dieser Taktik. »Du seiest einzig und allein, zudem auf rücksichtslose Art und Weise, auf die Befriedigung deiner Bedürfnisse bedacht.«

»*Was* hat diese einfältige Person von sich gegeben? Hat sie dich angerufen?« Helene hatte in ihren Schritten innegehalten und sich ruckartig zu ihm umgedreht. Ihre Augen hatten die

Farbe von funkelndem Achat angenommen, was sie für einen kurzen Moment und zu Josefs Verblüffung zu einer ihm geheimnisvoll und fremd erscheinenden Schönheit machte. »Hat sie dir geschrieben?« Helenes vertraute Stimme, angereichert mit durchdringender Schärfe, erinnerte ihn unsanft daran, dass da niemand anderes als seine Frau stand.

»Ich bezweifle jedenfalls, dass dir diese Schnepfe die Venedig-Geschichte so erzählt hat, wie sie sich ereignet hat.«

»Wie hat sie sich denn ereignet?« Josef wurde neugierig. Susanne hatte ihm drei Textmitteilungen geschrieben, jede für sich wirr und dem Anschein nach in unterschiedlichen Phasen emotionalen Aufruhrs verfasst. Von Helene, die sich angeblich ausgehungert auf Rüdiger gestürzt habe. Von Helene, der sie immer vertraut und die sie nun bitter enttäuscht habe. Von Helene, die schamerfüllt abgereist sei. Das alles ergab keinen Reim. Dass sich die gutaussehende Helene auf den pyknischen Rüdiger gestürzt haben sollte, war auch unter Aufbietung einer ordentlichen Portion Phantasie kaum vorstellbar. Er hatte die Sache dann auch nicht weiter verfolgt. Zum einen, weil ihm seine Abwesenheit in Venedig, über die er sich bei Rüdiger und Susanne nach wie vor nicht ausgelassen hatte, etwas unangenehm war. Zum anderen, weil er nicht die geringste Lust hatte, seine kostbare Zeit mit Susannes konfusen Geschichten zu vergeuden.

Nun zeigte sich also, dass hinter deren Zorn über Helene, den er gerade für seine Zwecke ausgeschlachtet hatte, etwas Erwähnenswertes steckte.

»Frag doch mal Rüdiger, was sich ereignet hat. Der ist ja dein Freund. *Freund!* Wobei ich allerdings bezweifle, dass er den Mut aufbringt, dir wahrheitsgemäß von seinen libidinösen Vorstößen zu berichten.«

»Rüdiger?« Was erlaubte sich der Kerl während seiner Abwesenheit? Helene war schließlich kein Freiwild. Josefs Fäuste hatten sich unwillkürlich geballt.

»Aber um zum Thema zurückzukehren: Du tätest gut daran, auf Susannes Schützenhilfe für deine bizarre Argumentation zu verzichten. Wenn du meinst, du bräuchtest diese Auszeit, oder wie auch immer du das nennst, dann geh! Aber zerr nicht irgendwelche Gründe dafür an den Haaren herbei, die *mich* zum Sündenbock machen.«

Mit betont geradem Rücken und fast majestätischem Schritt verschwand Helene im Flur. Knallend fiel kurz darauf die Schlafzimmertür ins Schloss.

Der wohlige Moment moralischer Erhabenheit, in der er sich als geknebelter Untertan gewähnt hatte, war bereits wieder dahin. Stattdessen machte sich das unangenehme Gefühl breit, nicht Torero, sondern bezwungen am Boden liegender Stier zu sein.

Die Matadorin war Helene.

Unter dem Couchtisch meldete sich Lego mit einem leisen Knurren. Nicht mal der war mehr gut auf ihn zu sprechen.

20

»Warum hast du ihn denn nicht gefragt?« Mit akribischer Genauigkeit bestrich Adrienne auch die letzte von zehn Vollkorntoastscheiben mit Guacamole. Einen halben Zentimeter dick und gleichmäßig bis zum Rand.

»Ich dachte, er würde von sich aus was sagen. Schließlich hing die Decke direkt vor ihm auf dem Wäscheständer. Und später war ich so sauer, da habe ich dann auch erst mal nicht mehr daran gedacht. Merkwürdig finde ich die Sache aber schon.« Ich legte einen angebissenen Kräcker mit Auberginencreme auf den Teller zurück. Dann holte ich tief Luft. »Sag mal, Adrienne. Wäre es nicht denkbar, dass Josef eine Affäre hat?«

»Denkbar ist alles.« Sie verteilte schwarze Oliven in kleine Schälchen, sah mich dann aber direkt an. »Ich könnte es mir vorstellen.«

»Und warum hast du die ganze Zeit nichts gesagt?«

»Warum sollte ich etwas hinausposaunen, worüber ich außer einer kleinen Befürchtung keine Kenntnis habe?«

Das war Adrienne. Ein Vorbild in Sachen wohlüberlegten Redens.

»Und du, wie kommst du gerade jetzt darauf? Irgendwelche Indizien?« Sie war bereits wieder damit beschäftigt, die Snacks und Häppchen für den Begrüßungsabend der Sommerworkshop-Gruppe *Body&Mind* auf Schalen zu arrangieren. Aus praktischen und vor allem ökonomischen Gründen waren Arbeits- und Wohnort vereint. Adriennes Wohnbereich ließ sich im Nu in einen Yogaraum umfunktionieren, in dem in einer knappen halben Stunde zehn Kursteilnehmer auf ihren Kissen sitzen würden.

»Na ja, diese ganze In-sich-hinein-hören-Sache kommt mir einfach seltsam vor. Josef *hört* sich Fachvorträge an, gerne auch mal Musik oder morgens die Nachrichten im Radio. Aber *in-sich-hinein*? Dann die Geschichte mit dem Studio. Bei dem Haus in der Aberlistraße sind alle Rollläden unten. Rappeldicht.«

»Du warst dort?« Adrienne lächelte.

»Hm hm. Bin gestern drum rum geschlichen, soweit es ging.«

»Gut, bis jetzt weißt du nichts Genaues. Also mach dich nicht verrückt. Das heißt nicht, dass du den Kopf in den Sand stecken solltest. Warum machst du nicht beim Yoga mit? Deine Deutschschüler kriegst du in den nächsten zwei Monaten nicht zu Gesicht, und eine Woche ist allemal keine große Verpflichtung. Ich glaube, es täte dir gut.«

Ich schüttelte den Kopf. »Nein, ich hab's doch schon ausprobiert. Ich muss etwas *tun* können, etwas schaffen, produzieren.«

»Dann habe ich einen anderen Vorschlag.« Adrienne griff nach einem Zettel und einem Kugelschreiber vom Küchentresen, zog sich einen der Hocker heran und ließ sich drauf nieder. Den Stift gezückt wie eine Sekretärin vergangener Tage beim Diktat, schaute sie mich erwartungsvoll an. »Schieß los!« Gerade so, als müsste ich ihren Gedankengang der letzten zwei Minuten erahnen können.

»Womit?«

»Was hättest du eigentlich schon längst gerne mal gelernt, hergestellt oder einfach nur ausprobiert? Darf ruhig was kosten. Josef verdient schließlich genug.«

Ich dachte nach.

»Aquarellieren.«

»Gut.« Adrienne notierte es auf dem Zettel. »Weiter!«

»Mehr fällt mir nicht ein.«

»Ach was. Denk nach.«

»Schreiben. Geschichten schreiben.«

»Das tust du doch schon.«

»Ja, aber meine Tagebucheinträge zählen nicht, und die Glosse im *Fido* ist auch nicht das, was man als literarischen Höhenflug bezeichnen kann. Ich würde das gerne ernsthaft angehen. Richtig lernen, soweit es eben möglich ist.«

»Also ich finde deine sprechenden Pudel und Pinscher im *Fido* toll.«

Adriennes Wohlwollen tat mir gut. *Fido* war das Hundemagazin, für das ich monatlich kleine Geschichten schrieb, in denen Hunde verschiedenster Rassen in Menschenmanier dachten und sich über die Marotten ihrer Frauchen und Herrchen ausließen. Tatsächlich bekam ich viel Zuspruch dafür, wenngleich mir die lobenden Worte fast ausschließlich von Hundebesitzern zuflossen, denen aus verständlichen Gründen die Objektivität und der literarisch geschärfte Blick fehlten.

»Okay, ich halte das mal so fest: *Schreiben lernen mit System*«, diktierte sie sich laut und deutlich selbst, als müsste sie einem nicht sehr schlauen Schüler auf die Sprünge helfen.

Ich war neben Adrienne getreten und schaute ihr über die Schulter auf den Zettel, den sie mit ihrer runden, ausladenden Handschrift beschrieb.

»Wunderbar.« Sie malte fette Ausrufezeichen hinter die notierten Stichworte. »Noch etwas. Aller guten Dinge sind ...«

»Schon klar: drei«, ergänzte ich. »Da ist ja noch die Sache, die Josef und ich ursprünglich für August geplant hatten. Dieser Wein-Lehrgang in Österreich, im Burgenland am Neusiedlersee. Habe ich dir nicht davon erzählt? Ich würde tatsächlich gerne mehr über Wein wissen. Aber wir werden das nun wohl absagen müssen.«

»Wieso absagen?« Adrienne runzelte die Stirn.

»Allein ist das nichts.«

»Ich bitte dich, Helene!« Nun verdrehte sie die Augen. »Das ist ja haarsträubend. Nach deinen Vorstellungen müsste ich auf einen großen Teil meiner Unternehmungen verzichten. Wenn du dich für dieses Weinzeug interessierst, dann pack es an. Jetzt erst recht.« Das klang kämpferisch. »Andererseits«, ihr schien nun doch ein Zweifel zu kommen, »wäre es natürlich gut, wenn du wirklich mehr Eigenes finden könntest. Aktivitäten, Interessen, die rein gar nichts mit Josef zu tun haben. Das hast du bisher nämlich vernachlässigt.«

Adrienne hatte recht, auch wenn ich es mir nur ungern eingestand. Wenn ich mal von den Deutschstunden absah, gab es nur wenig, was mich wirklich erfüllte.

Da waren die ein, zwei Bücher, die ich pro Woche las. Meine ehrenamtliche Mithilfe in der Hundeschule *Relaxed Dogs* und die regelmäßigen Spaziergänge mit den Frauchen und Eleven. Und meine *Fido*-Beiträge, auf die ich sehr stolz war, auch wenn ich ihren Wert immer wieder kleinredete. Tatsächlich sollte und wollte ich mein produktives Tun ausweiten.

»Bist du sicher, dass die Sache mit dem Weinseminar einem Bedürfnis von dir entspricht und nicht einfach auf Josefs Mist gewachsen ist?« Adrienne wollte es wirklich genau wissen.

»Also hör mal«, brauste ich auf. »Für wie verkümmert hältst du meine Eigenständigkeit eigentlich? Natürlich würde *ich* das gerne tun. Ich bin doch nicht Josefs Echokammer.« Die Lautstärke meiner Empörung entsprach in etwa der Heftigkeit meiner wachsenden Besorgnis. Was, wenn Adriennes Zweifel berechtigt waren und es mir nicht recht gelang, Josefs Interessen von meinen eigenen zu unterscheiden?

»Lass gut sein!« Adrienne, die sich übertrieben demonstrativ die Ohren zugehalten hatte, ließ ihre linke Hand zu meiner wandern. Mit einer mütterlichen Geste strich sie über meinen Handrücken. Dann schrieb sie *Weinseminar* auf ihren Zettel, versah auch diese Notiz mit einem Ausrufezeichen und hielt mir mit einem breiten Lächeln das Blatt vor die Nase.

»Voilà! Dein Programm.«

Tatsächlich verspürte ich inmitten dieses Wechselbads der Gefühle Lust auf Neues. Nein, Josefs Wegdriften durfte sich nicht als tagesfüllender Gedanke bei mir einschleichen.

»Und nun?« Ich schaute Adrienne, die Mutter aller guten Ideen, erwartungsvoll an. Jetzt wollte ich wirklich genau wissen, was sie sich bei ihrer Befragung gedacht hatte und worin mein *Programm* bestand.

»Nun gehst du nach Hause, klärst deine kommenden Termine ab, setzt dich an deinen Computer und suchst Seminare zu den zwei Themen raus, über die du dir bisher noch keine Gedanken gemacht hast. Für den Weinkurs hast du ja bereits etwas im Auge, nehme ich an. Aber auch da kannst du dich nach Lust und Laune umorientieren.«

»Ich weiß nicht, ob das drinliegt«, wendete ich mit besorgtem Kopfschütteln ein. »Ich muss noch eine *Fido*-Geschichte für August abliefern.« Fast synchron prusteten wir beide los, auch wenn die Verpflichtung durchaus bestand.

»Dafür kannst du ja in den nächsten Wochen ein paar Nachtschichten einschieben«, sagte Adrienne, nachdem sie sich eine Lachträne weggewischt hatte. »Aber nun im Ernst: Alles, was sich im Radius von, sagen wir mal, 600 km von hier an interessanten Seminaren finden lässt und zeitnah stattfindet, schreibst du dir raus. Und wenn ich in einer Woche mit dem Workshop fertig bin, dann bin ich gerne bei einer der Unternehmungen mit von der Partie.«

»Du auch?«

»Beim Aquarellieren würde ich schon gerne mitmachen. Es sei denn, du möchtest alleine loslegen.«

Natürlich wollte ich das nicht. »Du bist eine Zauberin«, sagte ich voller Hochachtung, stand auf, zog meinen Rock zurecht und umarmte die wundertätige Adrienne. »Meine ganz persönliche Hermine Granger.«

»Nun übertreib mal nicht!«, sagte sie und schob mich sanft von sich weg. »Mit der Magie klappt's leider noch nicht. Sonst hätte ich mir schon einen Mann nach meinem Zuschnitt hergezaubert. Aber was die guten Ratschläge angeht, ist es bekanntlich einfacher, sie anderen zu geben als selbst danach zu handeln.«

An der Tür drehte ich mich nochmals um. »Eigentlich denke ich, dass es doch nur ein Fall von simpler Midlife Crisis ist.«

»Wie jetzt?« Wie immer, wenn Adrienne etwas ziemlich schräg fand, schoben sich ihre kräftigen Augenbrauen zu einer fast durchgehenden Linie zusammen, die nur von einer steilen Senkrechtfalte getrennt wurden. Nein, sie konnte oder wollte meinem Gedankengang nicht folgen.

»Eine Affäre passt einfach nicht zu Josef«, klärte ich sie auf. Kaum hatte ich den Satz ausgesprochen, da klang er schon in mir nach wie das höhnische Gelächter eines Geisterbahngespensts. Wen willst du hier eigentlich überzeugen, und von was?, fragte das kichernde Gespenst. Und überhaupt, warum spielte ich mich plötzlich als Josef-Versteherin auf? Ich, die ich rat- und ahnungslos von meinem Mann an einer Autobahnzahlstelle zurückgelassen worden war wie ein Hund, für den man in der Ferienzeit keine günstige Bleibe gefunden hatte.

Aber Adrienne war nachsichtig genug, über dieses Paradestück selbstbetrügerischer Trickserei hinwegzusehen. »Nur wer wachsam ist, kann auch achtsam sein«, sagte sie schließlich, nachdem wir uns einen Moment lang schweigend angesehen hatten.

Dann schob sie mich sachte, aber bestimmt nach draußen.

21

»Was machst du denn?« Josef streckte den Kopf durch die einen Spalt geöffnete Tür des Arbeitszimmers, in dem ich mich selten aufhielt. Mein Platz fürs Schriftliche war der Esstisch, was sich unbedingt ändern musste.

Hatte er nicht geklopft, oder hatte ich es nur nicht gehört?
»Dies und das. Warum?«
»Soll ich ein paar Spiegeleier braten?«
Ich schaute auf die Uhr. Schon halb neun. Die Spiegeleier – Josef briet nie Spiegeleier, er briet überhaupt selten etwas – waren ein diskreter Hinweis darauf, dass Josef normalerweise um diese Uhrzeit ein verzehrbereites Abendessen vorfand. Längst vorgefunden *hatte*!

»Bitte nicht für mich«, sagte ich nur, ohne ihn anzusehen, und dachte für mich, dass er sich in den kommenden Wochen wohl des Öfteren Spiegeleier braten musste.

Das Klicken der einschnappenden Türfalle erklang erst eine halbe Minute später. Keine Ahnung, auf was Josef noch gewartet hatte.

Die Fahrradfahrt von Adrienne nach Hause war vom sich rapide verdunkelnden Himmel und Donnergrollen untermalt worden. Die Zuversicht, ja, sogar Euphorie, die ich noch bei Adrienne in der Wohnung verspürt hatte, schrumpfte bis zu meiner Ankunft an der Haustür im Jägerweg von XL auf XS. Trotzdem hatte ich mich nach einer schnellen Beinhebe-Runde mit Lego – die Wässerung an seinem nahen Lieblingsbaum erfolgte fast zeitgleich mit den ersten Regentropfen – an den Computer gesetzt und nach Workshops, Kursen und Seminaren gesucht, wie mit Adrienne besprochen. Was es da nicht alles gab!

Aber noch etwas anderes war Gegenstand meiner Recherche gewesen.

Anzeichen für eine Affäre hatte ich in die Suchmaske eingegeben und mich über die Anzahl der vorgeschlagenen Seiten fast noch mehr gewundert als über die Seminarvielfalt.

Beim Lesen war mir übel geworden. Nicht *übel* im Sinne von Erbrechen, eher ein Unwohlsein, das sich in der Bauch- und Brustgegend festfraß und bewirkte, dass nicht nur das Wort *Spiegelei* in mir Widerwillen hervorrief, sondern auch der Mann, der es ausgesprochen hatte.

Ich löschte die Browserdaten, fuhr den Computer herunter und schob den Schreibtischstuhl zurück.

Josef saß mit seinem Smartphone auf der Couch im Wohnzimmer. Aus den Spiegeleiern war noch nichts geworden. Es ging mir durch den Kopf, dass auch er wahrscheinlich die Verläufe von Anrufen und Mitteilungen akribisch löschte. Oder gab es am Ende gar nichts zu löschen?

»Wo warst du mit der Mohairdecke?« Ich ließ mich neben ihn auf die Couch fallen und wunderte mich über meine Frage, die ich eigentlich gar nicht vorgesehen hatte. Zumindest nicht für diesen Moment.

»Ah, Madame Maigret.« Das klang seltsam gepresst, so als wolle Josef nicht allzu viel Stimmvolumen verschwenden für die Kleinlichkeit meiner Inquisition. Er sah mich nicht an und hackte mit dem rechten Zeigefinger, beflissen wie eine Schreibmamsell, irgendetwas mir Verborgenes auf die Minitastatur seines Smartphones.

»Schläfst du neuerdings im Freien?«

Ein Blitz, nach nicht mal einer Minute von einem Donner gefolgt, ließ Lego unterm Couchtisch auf Tauchstation gehen.

»Es ist Sommer. Da macht der Mensch schon mal was im Freien. Aber sicher wirst du mir gleich erzählen, dass du solche Extravaganzen nicht billigst.« Er steckte sein Telefon in die Hemdtasche. Ein Ort, zu dem ich keinen Zugang hatte.

»Siehst du, Helene«, er wendete sich mir zu mit dem Gebaren eines Menschen, der sich trotz der Begriffsstutzigkeit seines Gegenübers in Geduld zu üben verstand, »das sind die Dinge, die zwischen uns nicht funktionieren. Ich bin ein erwachsener Mann und nicht Klein-Tobi vor zwanzig Jahren oder sonst irgendein Minderjähriger. *Warum dies, warum das, wo warst du ...?*« Das war zwar kein direktes Nachäffen, klang aber doch unfreundlich.

Nun hatte *ich* also die Schwarze-Peter-Karte in der Hand. Wie gehabt. Gleich würde Josef aufs Neue die Notwendigkeit seines Auszugs betonen. Stattdessen entschied er sich für eine Variante. Auf dem Weg zur Küche verkündete er: »Übermorgen ziehe ich in Schneiders Studio. Das wird uns guttun.«

Die Beiläufigkeit, mit der er mir die Mitteilung über die Schulter hinwarf – im Stil von *Bevor ich's vergesse, übermorgen kein Abendessen für mich. Da wohne ich dann nicht mehr hier* – stand in krassem Missverhältnis zum Paukenschlag des nachfolgenden Donners und Legos Aufheulen.

»Was hältst du von einer Paartherapie?«, fragte ich meinen inzwischen am Herd hantierenden Mann. Auch ich verstand mich in der Kunst, brisante Mitteilungen im Plauderton zu parieren. Das ist die falsche Pfanne, wollte ich eigentlich noch hinzufügen. Und hätte ich die richtige gerade griffbereit gehabt, wäre das Verlangen, meinen Mann mit einem Hieb auf den Kopf zur Vernunft zu bringen, nur schwer zu bändigen gewesen.

»Paartherapie?« Josefs kurzes Auflachen hatte nichts Fröhliches an sich. »Irgend so ein Quacksalber, der uns kleine Hausaufgaben erteilt oder uns mit bunten Wollfäden Bilder legen lässt? Nein danke.« Er schlug Ei Nummer drei in die Pfanne, das wie seine Vorgänger zahlreiche Eiweißspuren auf dem Kochfeld hinterließ.

Der Mann einer meiner Frauchen-Freundinnen von den *Relaxed Dogs*, Paul Pfister, war Therapeut und arbeitete vorzugsweise mit Paaren, die sich in Krisen befanden. Nachdem die beiden mal zu uns zum Abendessen gekommen waren und Paul auf Josefs Nachfragen hin von einigen seiner Techniken und Strategien berichtet hatte, war für Josef klar, dass er sich solchem *Mumpitz* nie unterziehen würde. *Nur über meine Leiche*, hatte er gesagt und sich geschüttelt. Pfister wurde zum abschreckenden Beispiel. Es *pfistert*, sagte er seitdem immer dann, wenn ihm irgendwas zu therapeutisch vorkam.

»Es gibt sicher auch gute Leute mit Vorgehensweisen, die dir eher liegen«, räumte ich ein, um die Ruhe bemüht, die mich nun tatsächlich zu verlassen drohte. »Wenn du glaubst, nach ein paar Monaten Alleinwohnen hätten sich unsere Eheprobleme, oder was du dafür hältst, auf wundersame Weise in Wohlgefallen aufgelöst, dann irrst du dich.«

»Muss ich die noch wenden?« Er beäugte die Spiegeleier, die bereits reichlich durchgebraten waren.

»Nein.«

»Die Distanz ist heilsam genug.«

Seine ganze Aufmerksamkeit galt seinem kulinarischen Werk, dem er mit Salz, Pfeffer und Paprika den letzten Schliff verlieh, bevor er den Pfanneninhalt auf zwei bereitliegende Brotscheiben gleiten ließ.

Für einen kurzen Moment stellte ich mir vor, wie es wohl

wäre, der immer noch in Schach gehaltenen Wut in mir nun doch freien Lauf zu lassen und Josef sein Spiegelei-Arrangement übers Haupt zu kippen.

»Haben wir Bier?« Josef ahnte nichts von meinen Phantasien.

Wortlos wies ich auf den Kühlschrank. In Schneiders Studio würde Josef alsbald mit der unbequemen Tatsache konfrontiert werden, dass Bier weder von allein in Kühlschränke sprang noch sich von dort aus selbsttätig in Gläser ergoss.

»Da wir gerade beim Thema sind«, ich setzte mich schon mal an den Küchentisch, während Josef noch am Tresen hantierte. »Wie viel kostet denn das Schneidersche Studio monatlich?«

»Einen Pappenstiel«, sagte Josef und setzte sich mir gegenüber.

»Ich weiß nicht, wie viel Pappenstiele kosten.«

»Es ist eine gute Gegend, hat eine eigene Terrasse und Zugang zum Garten. Möbliert.«

»Also, wie viel?« Das mit der Gegend und dem Garten hatte ich ja schon selbst erforscht. Offenbar ging meinem Mann der lächerlich niedrige Betrag nicht so leicht über die Lippen. Stattdessen mümmelte er an Brot und Spiegelei, als sei ihm gründliches Kauen ein elementares Anliegen.

»Auch einen Schluck?« Er hielt mir das Bierglas entgegen, das ich mit einer knappen Handbewegung zurückwies.

»Ihr werdet doch über die Miete gesprochen haben?«

»Klar. 1400. Ein Freundschaftspreis. Mit allem. Also Heizung und Wasser.«

»Für ein paar Monate brauchst du keine Heizung. Jetzt ist Juli.«

Josef schwieg.

»Gut, dann halten wir doch schon mal fest, dass ich mir

einen entsprechenden Betrag für meine persönlichen Bedürfnisse zukommen lasse. Und zwar im Voraus, sagen wir, drei Monatsmieten. Oder besser gleich vier.« Tatsächlich würde ich mindestens so viel für die Projekte benötigen, die ich in Angriff nehmen wollte.

Josef kaute nicht mehr. »Deine persönlichen Bedürfnisse?«
»Richtig.« Ich nahm mir einen Pfirsich aus der Obstschale.
»Und die wären?«
»Auch so eine Art von *In-mich-hinein-Hören*. Etwas anders als bei dir. Kann ich dir jetzt nicht alles erklären. Aber glaub mir, es wird mir guttun. Und was *mir* guttut, wird auch *uns* guttun.«
Ich ging zur Spüle und wusch den Pfirsich.
»Helene ...«
Ich drehte mich nicht um. »Ja?«
»Es ist ... also ... ach, nichts.«
Mir war fröstelig. Es gewitterte nicht mehr, und die Luft fühlte sich jetzt deutlich kühler an.

22

GRÜNBLAU FUNKELTE die Aare unter ihnen. Der weiße Gischt der Stromschnellen, dieses schaumige Gemisch aus Wasser und Luft, sah verlockend aus, auch wenn es nicht ratsam war, sich darin zu erfrischen. In diesem Teil des Flusses war das Schwimmen verboten.

Josef dachte an den Sommerspaß, dem er sich mit Helene vor Jahren hin und wieder hingegeben hatte. Weiter oben, beim Marzilibad. Sie hatten sich ins grünblaue Aarewasser gleiten lassen, waren eine Weile stromabwärts getrieben und dann wieder ans Ufer gestiegen. Um sich alsbald erneut von der Strömung davontragen zu lassen, waren sie die gleiche Strecke zurückgelaufen. Helene, die Aareforelle. So hatte er sie genannt, wenn sie sich noch ein Mal und noch ein Mal, wirklich das *letzte Mal*, in die Fluten hatte werfen wollen.

Er schob die Erinnerung beiseite, die sich so ungebeten aufgedrängt hatte.

Nun war er hier, bei seiner Prinzessin, seiner Gespielin. In ihrem Liebesnest, in dem ihn niemand wähnte und wo niemand sie stören konnte.

Eine Wohnung wie diese – zwei große Zimmer, gehobener Ausbau, Dachbalkon mit Blick auf den Fluss – konnte sich eine Assistenzärztin unter normalen Umständen nicht leisten. Es war davon auszugehen, dass auch Josef vor den Mietkosten zurückschrecken würde, vom Kauf ganz zu schweigen. Aber Nathalie kam aus wohlhabendem Haus, und die Wohnung war ein Geschenk der Eltern zum bestandenen Examen. Zum bestanden *Examen*! Er hatte seinerzeit eine Armbanduhr geschenkt bekommen. Eine vergoldete, immerhin. Ob er hier mal einziehen würde? Ein seltsamer Gedanke. Und doch verlockend. Der leitende Arzt, der sich in der luxuriösen Wohnstätte der Assistenzärztin einquartierte? Nein, das ging nicht. Oder doch?

Nun, das musste nicht jetzt entschieden werden. Ein Schritt nach dem anderen.

»Was grübelt mein José?« Er hatte Nathalie nicht kommen hören. Sie schmiegte sich von hinten an ihn, noch feucht vom Duschen. Ah, Garten Eden hatte seine Pforten für ihn geöffnet. Alle seine Gedanken lösten sich auf wie eine Brausetablette in einem Glas Wasser.

»Nichts, gar nichts.« Er drehte sich um und zog Nathalie an sich.

»Doch, sag mir, was du gedacht hast!« Sie schob ihn weg und fasste ihn mit dem Zeigefinger am Kinn, wie ein Kind, das man zum Reden auffordern wollte. Wieder eine ihrer hartnäckigen Befragungen. Da war, wie er nun wusste, erst mal kein Entkommen. »Ob ich mal hier bei dir wohnen werde oder ob wir uns was hübsches Neues suchen, ging mir durch den Kopf.« Das war gesagt, noch bevor er sich eines Besseren besinnen konnte. Es stimmte nur zum Teil mit seinen Überlegungen überein, aber so genau musste er es auch nicht nehmen.

»*Doch der den Augenblick ergreift, das ist der rechte Mann.* Goethe«, war Nathalies einziger Kommentar.

»Und *das* so mal eben zitiert. Respekt! Jetzt müsste ich nur noch verstehen, was du mir damit sagen willst.«

»Hat meine Zitate-App heute für mich rausgesucht. Kann ich dir gerne mal zeigen. Wirklich praktisch. Da kannst du bei jedem Anlass mit etwas Geistreichem aufwarten.« Seine Prinzessin gurrte ihr ganz besonderes Nathalie-Lachen. »Mit klassischer Bildung ist's sonst nicht so wild bei mir. Und interpretieren kannst du das alleine.« Sie zupfte ihn an den Ohrläppchen.

»Aber nicht jetzt«, sagte Josef, der von einer Zitate-App noch nie gehört hatte und auch nicht das Bedürfnis verspürte, sie gezeigt zu bekommen.

Noch einmal Nathalies lockendes Tauben-Gurren, das ihn wie Pawlows Hund an nichts mehr denken ließ als das *Eine*, was in seinem Fall nicht das Geringste mit Nahrung zu tun hatte. Dass gleich darauf ihr Frotteetuch zu Boden glitt, machte ihn vollends zum Paradebeispiel klassischer Konditionierung.

Sie hatte die Schachteln vom Sushi-Kurier an der Wohnungstür entgegengenommen und auf der Küchenablage ausgepackt. In Nathalies ultraschicker Küche war in Josefs Beisein noch nie gekocht worden. Immerhin hatte er sie heute davon überzeugen können, dass sie an diesem Sommerabend für ihr Abendessen kein schöneres Plätzchen als ihren Dachbalkon finden konnten.

Darüber hinaus suchte er in Nathalie auch nicht die Qualitäten einer Köchin. Was sie beide in den letzten zwei Stunden auf den Satinlaken ihres extrabreiten Bettes getan hatten, war das, was ihm gefehlt hatte. Nicht der Braten mit dem selbstgemachten Püree.

Josef lag im Liegestuhl und erholte sich. Er mochte es sich kaum eingestehen, aber ein wenig zehrte Nathalies Unermüdlichkeit doch an seinen Kräften. Wieder schaute er zu ihr hin, wie sie da barfuß in der Küche tänzelte, die Sushis arrangierte, Servietten faltete, Wasabi in ein Schälchen füllte. Frisch wie eine Rose. *Seine* Rose.

»Mach schon mal den *Pommery* auf«, rief sie ihm zu.

»Zu deinen Diensten.« Ein Bier wäre ihm zwar lieber gewesen, aber vielleicht passte das ja nicht zu diesen japanischen Häppchen, die auch nicht gerade zu seiner Leibspeise zählten.

»Dein Sohn hat mich angesprochen«, sagte Nathalie, während sie ihm die Champagnergläser reichte, mit einer Beiläufigkeit, als erwähne sie ein nicht weiter wichtiges Detail ihrer Arbeit auf der Abteilung.

»Wann?« Um ein Haar wäre ihm eines der Gläser entglitten. Er hätte die Fragen noch beliebig ergänzen können: Wo? Warum erzählst du das erst jetzt? Um was ging es? Aber Josef wollte nicht so besorgt erscheinen, wie er tatsächlich war.

»Gestern. In der Lebensmittelabteilung von der *Coop*.«

»Was macht der dauernd hier in Bern? Tobi studiert schließlich in Sankt Gallen.«

»Semesterferien?«, schlug Nathalie vor.

Natürlich, dass er daran nicht gedacht hatte. »Nun sag schon.« Das klang ungeduldiger als beabsichtigt. »Was wollte er von dir? Er kennt dich doch gar nicht.« Mit Unbehagen dachte Josef an das letzte Gespräch mit seinem Sohn vor mehr als einer Woche. Sie hatten seither keinen Kontakt mehr gehabt.

»Er stand an der Kasse hinter mir. Ich hatte den *Pommery* im Korb und noch ein paar Kleinigkeiten. Da hat er auf die Flasche gezeigt und mich gefragt, ob's was zu feiern gibt. Mit so einem, na ja, schiefen Grinsen im Gesicht, aber nicht unsympathisch. Ich habe das Ganze erst für eine Anmache gehalten, aber dann hat er sich vorgestellt. Er sei der Sohn von meinem Chef und hätte uns unlängst zusammen gesehen, hat er gesagt. Er wusste sogar, wie ich heiße. Und dann habe ich mich natürlich auch erinnert.« Nathalie drehte sich von Josef weg und kramte in einer Schublade. »Er sieht dir übrigens ähnlich. Attraktiv wie der Vater!« Sie hatte sich Josef wieder zugewandt, mit geröteten Wangen. »Schau nicht so grimmig. Ist ja nichts weiter passiert. Wir haben uns nur ein bisschen unterhalten.« Sie drückte Josef einen Kuss auf die Wange.

»Unterhalten?« Das kam rau und brüchig mit einem finalen Quiekton, wie bei einem Jüngling im Stimmwechsel.

»Ja, *unterhalten*. Nun beruhige dich mal, das klingt ja, als handelte es sich dabei um einen obszönen Zeitvertreib. Also er hat mir erzählt, dass er regelmäßig nach Bern kommt, weil er in einer Band spielt. Und dann bei Freunden in einer WG wohnt. Hast du mir übrigens gar nicht gesagt, dass er Schlagzeug spielt.«

Warum sollte ich auch, lag es ihm auf der Zunge.

Jede Erwähnung familiärer Hintergründe war ihm unangenehm.

Und warum war Tobi Nathalie gegenüber so mitteilsam? Wollte er sie zum Reden bringen? Aushorchen? Die Sache vermieste ihm die Laune.

»Und sonst? Was hast *du* so gesagt?« Schließlich musste Josef für das nächste Gespräch mit Tobi gewappnet sein.

»Ach, nichts weiter. Dass ich viel von dir lernen kann«, sie setzte die Miene einer beflissenen Schülerin auf, »und du ein strenger, aber superguter Chef bist. Solche Sachen eben, nichts Verräterisches. Keine Sorge. Nun gieß uns schon was von dem Schampus ein. Du hast mich durstig gemacht.«

Die unbefangene Weise, mit der sie die Sache abtat, vermochte ihn nicht zu beruhigen. Auch gelang es ihm nicht, sich auf ihren scherzhaften Ton einzulassen. Da half nicht mal der laszive Hüftschwung, mit dem sie ihm einen kleinen Schubser versetzte, bevor sie die Platte mit den Sushis auf dem Balkontisch abstellte.

»Lass uns anstoßen«, sagte sie.

Josef war nicht recht bei der Sache.

Er war schon auf der halben Strecke zum Jägerweg, als ihm in den Sinn kam, dass er da ja nicht mehr wohnte. Es fiel ihm tatsächlich schwer, die Bleibe in der Aberlistraße, in die er sich seit ein paar Tagen in seinen arbeitsfreien und nathalielosen Momenten zurückzog, als so etwas wie ein Zuhause zu bezeichnen.

Die Sushis waren ihm nicht bekommen.

Trotz ihrer körperlichen Nähe lag es Josef fern, mit Nathalie die Intimität von Magen-Darm-Beschwerden teilen zu wollen.

Er hatte sich von ihr verabschiedet und sich dabei des Eindrucks nicht erwehren können, dass sie über seinen frühen Aufbruch nicht weiter betrübt war. Aber da mochte er sich getäuscht haben.

Ob er bei Helene im Jägerweg den Thymian-Minze-Kamillentee erfragen sollte, der ihm bei Magenproblemen immer so guttat? Er wollte sich nicht die Blöße geben, den heimischen Hafen beim kleinsten Wehwehchen anzulaufen. Auch stand ihm nicht der Sinn nach schnippischen Bemerkungen oder bohrenden Fragen. Andererseits konnte er natürlich bei der Gelegenheit noch ein paar seiner Sachen mitnehmen und Helene ganz nebenbei darum bitten, ihm gleich eine Tasse Tee aufzubrühen. Seltsam, schon beim bloßen Gedanken daran wurde ihm wohler.

Was er im Jägerweg vorfand, war weder ein schwanzwedelnder Lego noch eine unbequem fragende Helene. Auch keine in Teekochlaune.

Stattdessen zugezogene Gardinen und die bedrückende Stille, die menschenleeren, abgedunkelten Räumen innewohnte.

Auf dem Küchentisch lag ein Zettel.

Hallo Josef

Es könnte sein, dass du während meiner Abwesenheit in die Wohnung kommst und dich wunderst, niemanden anzutreffen.

Ich bin eine Woche lang in der Provence. Lego ist mit von der Partie.

Im Notfall bin ich telefonisch erreichbar. Aber bitte wirklich nur im Notfall!

Helene

Er fühlte sich eigenartig ertappt. Tatsächlich hatte er kurz den Drang verspürt, sich bei Helene zu melden. Schon alleine, um nicht unnötig nach der Teemischung suchen zu müssen. Aber das wäre schwerlich als Notfall durchgegangen.

Was machte sie in der Provence?

23

Noch 300 Kilometer. Weniger als die Hälfte der Strecke lag noch vor uns.

Lego musste den knappen Stauraum des Smart mit einem unserer zwei Gepäckstücke teilen. Aber nachdem er das Packen meiner Reistasche am Vorabend mit sorgenvollem Blick verfolgt hatte, war seine Erleichterung über den Aufruf zum Mitkommen so immens, dass er die beengten Verhältnisse mit der stoischen Miene eines Wind und Wellen trotzenden Seemanns hinnahm.

Ich hatte Adrienne die Ergebnisse meiner Recherche vorgelegt: Drei Aquarellierkurse hatten zur Auswahl gestanden. Einer in der Bretagne, zwei in der Provence. Für den Schreibkurs waren lediglich zwei in Frage gekommen.

Einfacher war es mit dem Weinseminar. Da hatte ich nur Josefs Teilnahme abgesagt und bei den Unterkünften nach etwas Teurerem und Schickerem Ausschau gehalten.

Sehr gut, hatte Adrienne gesagt.

Bist du sicher? Mir waren Zweifel gekommen. *All dieses Getue mit der Selbstverwirklichung ist mir ein bisschen suspekt. Fehlt nur noch ein Töpferkurs, und das Klischee von der frustrierten Hausfrau ist perfekt.*

Ja, ich bin mir sicher. Du hast dem Josef viel zu lange den Rücken freigehalten. Jetzt bist du dran. Und du musst auch nichts verwirklichen. Tu einfach, was du gerne tun möchtest. Nicht mehr und nicht weniger.

Ich habe ihm nicht den Rücken freigehalten, hatte ich mich verteidigt und betont, dass mir das Arrangement durchaus entgegengekommen war. Denn hätte ich etwas daran ändern wollen, dann wäre das durchaus möglich gewesen. Josef war nicht so ein Mann, der seine Frau um jeden Preis zu Hause haben wollte. Außerdem sah ich in meinem Deutschunterricht für Migranten durchaus mehr als den sozial engagierten Zeitvertreib einer wohlversorgten Arztgattin. Und dass ich durchaus noch Neues für mich finden wollte, hatten wir ja gerade erst besprochen.

Josef hat dich aber auch nicht groß ermuntert, hatte Adrienne weitergebohrt. Das wollte ich nicht gelten lassen. Schließlich brauchte ich keinen Animateur.

Und überhaupt ist das Passé Simple, also spiel nicht die Advokatin der feministischen Teufelin, waren meine aufgebrachten Worte. Wer wollte schon von sich das Bild eines verhuschten Hausmütterchens gezeichnet bekommen? Das entsprach nun wirklich nicht den Tatsachen.

Wenn du dich nicht als frustriertes Muttchen empfindest, was ich übrigens so auch nie andeuten wollte, dann kannst du die Sache mit den Kursen doch ganz entspannt und ohne Zweifel betrachten, hatte Adrienne mich noch geschickt auf die von mir selbst gelegten Stolpersteine meiner Widersprüche hingewiesen und mir zum Abschluss unserer Diskussion an einer meiner frisch getönten Locken gezupft.

Von Mitte Juli bis Mitte September wollte ich mich nun also

dem Erkunden meiner Bedürfnisse widmen. Von der Farbpalette zum Wein. Vom Wein zum geschriebenen Wort.

Bei der Auswahl der geeigneten Kurse hatte Adrienne allerdings einen von mir nicht berücksichtigten Faktor eingebracht: Der Kursleiter müsse ein Mann sein. Das erhöhe die Wahrscheinlichkeit, dass sich auch andere Männer einschrieben.

Worauf diese mir durchaus diskutabel erscheinende Annahme fußte, hatte ich Adrienne gefragt. Und welchen Mehrwert männliche Kursteilnehmer haben sollten.

Helène, ma chère, du musst weiterdenken. In deinem Alter noch einen Mann kennenzulernen ist kein leichtes Unterfangen. Da musst du dich beizeiten umschauen und keine Gelegenheit auslassen. Meinst du, du bist die Einzige, die mit der Angelrute am Ufer steht?, war ihre Erklärung gewesen, die mich empört hatte einwenden lassen, dass ich einen Mann hatte und mir keinen neuen angeln wollte.

Ich weiß, ich weiß. Sie hatte mir zwar beruhigend die Hand getätschelt, aber die Geste gleich darauf Lügen gestraft. *Mit dem Haben, chère Helène, ist das so eine Sache. Die kluge Frau beugt vor. Und dann vergiss bitte nicht, dass ich ja auch dabei bin, zumindest beim Malkurs. Glaubst du, ich lebe nur vom Spirituellen? Auch wenn der alte Yogi Patanjali der Meinung war, man müsse sich in Enthaltsamkeit üben, so habe ich doch auch ab und zu Bedürfnisse und Wünsche.*

Ich hatte geschwiegen. Adrienne hatte mich zu Recht daran erinnert, dass meine Gedanken in den vergangenen zweieinhalb Wochen nur um mich selbst gekreist waren.

»Non, rien de rien. Non, je ne regrette rien. Ni le bien qu'on m'a fait, ni le mal.« Adrienne schmetterte aus vollem Hals. Ich sah von meinem Platz am Lenkrad zu ihr hinüber. Kerzengerade saß sie da. Im Schoß ihre Reisetasche, die im Gepäckraum beim besten Willen keinen Platz mehr gefunden hatte. Ihre tizianroten Locken wurden von einer grauen Baskenmütze gebändigt, deren lässige Schieflage keinen Zweifel an der künstlerischen Attitüde ihrer Trägerin ließ. Eine Bohemienne!

Erstaunlich, dass mich ihr nicht gerade bühnenreifer Gesang, noch dazu so lautstark intoniert, nicht störte, während bei Josef schon ein paar Pfefferminzbonbons gereicht hatten, meinen Ärger zu schüren. Woraus ich folgerte, dass es meist nicht die Handlung als solche war, die irritierte, sondern das *Wer* und *In welchem Moment*. Eine nicht wahrhaft bahnbrechende Erkenntnis, die ich mir zu Herzen nehmen und gelegentlich mit Josef besprechen wollte. Mehr noch, ich nahm mir vor, mich für meine Kleinlichkeiten bei ihm zu entschuldigen.

»Hast du eigentlich in deinem Leben jemals etwas bereut?«, fragte ich die verkannte Chansonneuse neben mir, deren *Je ne regrette rien* in einer Endlosschleife leierte.

»Hm.« Sie zupfte an ihren Stirnfransen. »Vielleicht, dass ich damals Roger nicht geheiratet habe. Hätte ich das nämlich getan, dann säße ich jetzt mit einem Glas Champagner in der Hand auf der Terrasse einer Villa am Genfersee, vorausgesetzt er hätte mich nicht längst gegen ein jüngeres Modell ausgetauscht. Davon wäre allerdings auszugehen.«

»Du magst keinen Champagner«, merkte ich an.

»Richtig. Und was ich wirklich damit sagen will: Das sind doch müßige Gedanken. Wir tun im Leben in der Regel das, was wir in einem bestimmten Moment für richtig halten. Wenn wir dann später denken, eine andere Entscheidung wäre vielleicht doch besser gewesen, dann ist das nutzlose Spekulation.

Also, um deine Frage zu beantworten: Non, je ne regrette rien. Ich bereue nichts.«

Ach, meine kluge Adrienne. Ich trat aufs Gas und überholte einen besonders lahmen Mercedesfahrer, hinter dem wir schon eine Weile hergetuckert waren.

»Und du?«

»Ich?«

»Bereust *du* etwas?«

»Nein, eigentlich auch nicht. Oder …«, ich zögerte, »vielleicht doch. Ich finde zumindest schade, dass ich damals, als Tobi schon einige Jahre alt war, nicht wieder voll in meinen Beruf eingestiegen bin. Dann wäre ich jetzt vielleicht selbstbewusster und, na ja, mit Josef auf Augenhöhe.«

Womit wir wieder bei dem Thema waren, das eigentlich in der Schachtel mit dem Etikett *Jetzt nicht, vielleicht später* hatte ruhen sollen.

»Das bist du doch auch so«, protestierte Adrienne.

Aber wir wussten wohl beide, dass das nur zum Teil stimmte.

»Und dass Josef und ich nichts von dem in die Tat umgesetzt haben, was wir uns zu Beginn unserer gemeinsamen Zeit vorgenommen haben.«

»Das wäre?«

»Eine Weile in einem Entwicklungsland tätig zu sein. Josef als Arzt und ich … hm, auch etwas Nützliches. Meinen Qualifikationen entsprechend. Da war immer ein Hindernis, warum es gerade nicht ging: die Schwangerschaft, Tobi im Kleinkindalter, Josefs Karriere, der Umzug in die Schweiz. Und irgendwann spricht man dann nicht mehr darüber. Vergessen, erledigt.«

Eine Weile sagten wir nichts. Rechts von uns floss die Rhône hoheitsvoll vor sich hin Richtung Mittelmeer. Unaufhörlich. Unberührt von Zweifeln, Bedauern oder Fragen.

»Avignon, wir kommen«, rief ich schließlich. Es war an der Zeit, nach vorne zu schauen.

24

Maurice war, man konnte es nicht anders sagen, ein schönes Exemplar von Mann. Die weiße Leinenhose – würde er die auch beim Aquarellieren tragen? – umspielte seine schmalen Hüften. Das blaue Hemd mit den hochgekrempelten Ärmeln war auf nachlässige Weise nur zur Hälfte geknöpft und zeigte goldbraune Haut und eine nur leicht behaarte Brust. Um den Hals hatte er ein hellgelbes Seidentuch geknotet, an dem sich die dunkelbraunen Locken seiner üppigen Haarpracht entlangkringelten. Einzig das frisierte Ziegenbärtchen, so befand ich, tat in seiner Geckenhaftigkeit dem Gesamteindruck leichten Abbruch.

Mit vielen Ahs und Ohs begrüßte er eine nach der anderen wie sehnlichst erwartete Freunde.

»Ah, Adrienne, bienvenue à la *Maison Glycine*.« Er sah ihr tief in die Augen, während er ihr versicherte, wie glücklich es ihn machte, dass auch sie, gerade sie, gekommen war. So verfuhr er mit jeder von uns.

Adrienne sah nicht aus, als zweifelte sie an der Exklusivität seiner galanten Worte. Es war heiß in Maurice' Atelier, sehr heiß, aber dass meine Freundin dahinschmolz wie ein Stück Butter in der Sonne, lag nicht an der Raumtemperatur.

»Formidable«, flüsterte sie mir ins Ohr, als wir uns um den großen Arbeitstisch setzten, dessen farbverschmierte Oberfläche vom künstlerischen Schaffen vorheriger Kursteilnehmer zeugte. »Habe ich dir zu viel versprochen?«

Eigentlich hatte mir Adrienne gar nichts versprochen. Und dass ein männlicher Kursleiter mehr männliche Teilnehmer anziehen würde, hatte sich nicht bewahrheitet. Außer dem schönen Künstler waren als Vertreter des männlichen Geschlechts nur noch ein schmächtiger Norbert und ein ergrauter Willi anwesend. Norberts blässlicher Teint wirkte neben Maurice' leicht gebräunter Haut besonders fahl. Und Willi – er hatte sich mir mit galanter Verbeugung als Studienrat a.D. vorgestellt – war mit seinen schafwollig besockten Füßen, die in braunen Trekkingsandalen steckten, nicht unbedingt der Pin-up-Boy für die erotischen Phantasien männerloser Weiblichkeit.

Die Frauen, mit uns beiden acht, waren nun also die gut ausgerüsteten Anglerinnen, von denen Adrienne zu Hause gesprochen hatte. Die Beute würde mager ausfallen. Wobei, so beschloss ich, meine Konkurrenz niemand zu fürchten brauchte. Ich wollte das Aquarellieren erlernen, meine Talente erforschen. Nein, ich wollte keinen neuen Mann ergattern, auch keinen als Notvorrat, falls Josefs Klausur wider meine Hoffnung zu etwas Längerem ausarten würde.

Und doch waren mir Adriennes mahnende Worte von der wachsenden Schwierigkeit, noch fündig zu werden, heimtückisch in die Knochen gefahren. Sollte ich tatsächlich bald zu denjenigen meiner Geschlechtsgenossinnen zählen, die solche Kurse mit dem Hintergedanken aufsuchten, noch einen mehr oder weniger fetten Hering an den Haken zu kriegen?

Mein Blick wanderte von Willi zu Norbert. Ein von mir in

Kinderzeiten geliebtes Spiel kam mir in den Sinn. Mit einer Miniaturangelrute saßen wir um ein Pappaquarium und fischten reihum im imaginären Wasser. Über den Rand äugen durfte man dabei nicht! Was *anbiss*, sich am magnetischen Ende der Angelschnur festklickte, war von höchst unterschiedlichem Wert. Der dicke Hecht war die angestrebte Beute. Mit dreißig zu verbuchenden Punkten konnte sich der glückliche Angler schon mal die Hände reiben. Forelle und Aal waren auch nicht übel. Aber ach, wenn es der vergammelte Stiefel oder die verrostete Blechdose waren, die man an Land zog. Dann Petri Heil ade. Mir wurde flau zumute. Am Horizont dräuende Zeiten unendlicher Dürre und Entbehrung in Sachen Liebesleben ließen mich mehrmals trocken schlucken. Was hatte mir Adrienne da nur für einen Floh ins Ohr gesetzt?

»Stellt euch einander vor, meine Lieben!«, unterbrach Maurice mein graues Brüten mit dem Gebaren eines hoch motivierten Kindergärtners.

Lotte aus Kassel, eine magere Frau undefinierbaren Alters mit graubraunem Bürstenschnitt und rauer Stimme, ergriff zuerst das Wort. Endlich einmal, so sagte sie, wolle sie die Natur mit den Augen einer Malerin sehen. Bisher sei sie in der knapp bemessenen Zeit, die ihr in ihrer Tätigkeit als Hausärztin noch blieb, immer nur wandernd unterwegs gewesen.

Nach ihr war die grazile Serena aus Zürich an der Reihe. Die Jüngste unserer Gruppe und, so schätzte ich nach einer schnellen Von-oben-nach-unten-Musterung, auch die mit den größten Chancen auf den hochdotierten Hecht: den Kursleiter. Sie studierte Kommunikationswissenschaften und wollte hier eine ihrer vielen kreativen Seiten ausleben.

»Was für eine Angeberin«, raunte mir Adrienne zu, die den

Wortwechsel zwischen der kommunikativen Serena und Maurice mit gekräuselter Stirn und flatternden Lidern verfolgte. Ihrem entschlossenen Blick war anzusehen, dass sie die im Raum präsente Weiblichkeit zu Widersacherinnen erklärt hatte, denen beizeiten die Köder von den Angelhaken geluchst werden mussten.

Ob Heidi aus Castrop-Rauxel, Lisa aus Salzburg, die weißblonde Gry aus Kopenhagen oder Rita aus Hamburg, alle wurden sie von Maurice mit einem tiefen Blick aus seinen schokoladenfarbenen Augen bedacht.

»Und du, Norbert? Erzähl uns von dir.« Maurice hatte sich seinem jungen Geschlechtsgenossen im Raum zugewandt.

Dass er schon zum dritten Mal hier wäre, berichtete der Blasse, während er seine Fingerspitzen fixierte, als wären sie die Adressaten seiner kaum vernehmbaren Präsentation. Wie viel er schon gelernt habe hier und wie anders doch alles sei als im fernen Köln. Die Farben, die Gerüche, das Licht. Endlich schaute er in die Runde, ohne eine von uns wirklich anzusehen. Nein, nichts war hier wie daheim im Norden, wo er sein Geld so schnöde als Informatiker verdienen musste.

Wir nickten, als hätte er uns aus der Seele gesprochen.

Dann war Willi an der Reihe, der sich mit einem Räuspern und der Ankündigung von seinem Stuhl erhob, er wolle es kurz machen. Und so setzte er denn auch gleich zu einem Exkurs darüber an, wie er zu den schönen Künsten gekommen war, oder – belustigtes Hüsteln – diese doch eher zu ihm, obwohl er doch von Haus aus Naturwissenschaftler war. Geograph und Geologe, um genau zu sein. Es folgte eine detailreiche Ausführung zu seiner Zeit als Studienrat, unter besonderer Berücksichtigung des Ansehens, das er allseits genossen hatte. »Ich möchte mich wahrlich nicht hervortun.« Willi senkte die Lider. Die personifizierte Bescheidenheit. »Aber meine Pensionierung war ein Verlust für die Schülerschaft und das Kollegium. Ein herber Schlag für alle. Und doch, ...« Er hielt inne, blickte in die Runde, interpretierte das betretene Schweigen als Ausdruck unserer Ergriffenheit. »... keiner von uns ist letztlich unentbehrlich. Alles im Leben hat seine Zeit.«

Hier unterbrach ihn Maurice mit dem Geschick eines geübten Conférenciers. »Wunderbar, mon cher Willi. So ist es, alles hat seine Zeit. Ein wahres Wort!«

Es folgte ein ermunterndes Klimpern seiner langen, dunklen Wimpern in meine Richtung.

»Hélène, racontez-nous!« Er beugte sich mit leicht vorgerecktem Hals und gefalteten Händen zu mir hin, was mir Josef in Erinnerung rief, wenn dieser – déformation professionnelle – auch mal daheim die Pose des sich einfühlsam nach meinem Befinden erkundigenden Arztes einnahm.

Nun, ich wollte *erzählen*, wie mir Maurice aufgetragen hatte: »Ich bin in einer Lebensphase, in der ich mehr über mich, meine Fähigkeiten und Möglichkeiten erfahren möchte. Deshalb bin ich experimentierend unterwegs.«

Die Formulierung mit dem *experimentierend unterwegs*, an der ich während Willis Ausführungen gefeilt hatte, erfüllte mich mit Befriedigung. Die musste ich mir unbedingt merken.

Maurice nickte ausdauernd. Tatsächlich sah er aus, als beeindruckte ihn die leicht philosophische Note meiner Motivation. Mehr noch, er schien genau zu wissen, was ich meinte, was mehr war, als ich von mir selbst behaupten konnte.

Nachdem Maurice' Schokoladenaugen von mir abgelassen hatten, ließ ich meine im Atelier spazieren gehen. Vorbei an den

Regalen voller Farbtöpfe, Papierstapel und Holzkisten. Hin zu den Pinseln auf der wurmstichigen Mahagonikommode, die, nach ihrer Dicke geordnet, wie Blumensträuße in Tontöpfen standen. Entlang den mit den Werken vorheriger Kursteilnehmer behängten Wänden. Und schließlich durchs einzige und nicht ganz transparente Fenster nach draußen, wo sich die Ähren eines Kornfelds zusammen mit rotem Mohn und blauen Kornblumen leicht im Wind wiegten, als hätte jemand diese perfekte Inszenierung zur Freude der nordischen Gäste in die Wege geleitet.

»Helène, kommst du?« Adrienne war aufgestanden. Die Vorstellungsrunde war beendet.

»Hier müsste mal jemand die Fenster putzen«, katapultierte ich mich zurück ins Hier und Jetzt.

Adriennes verständnisloser Blick war Kommentar genug. »Das ist ein Atelier, nicht dein Wohnzimmer«, rügte sie mich. Mit Recht. Was war mit mir los? Mir fehlte ganz offensichtlich noch die kreative Gestimmtheit. Das musste sich ändern. Morgen, so beschloss ich, würde ich das Kornfeld mit dem Mohn und den blauen Blumen malen.

Aber jetzt, so stand es im Programm, würde uns erst mal die hagere Madame Ribot, Haushälterin und *femme à tout faire*, im Haupthaus ein kleines Diner servieren, bevor wir uns entweder in unsere Gemächer zurückziehen oder uns auf eigene Faust ins Nachtleben des provenzalischen Dörfchens stürzen würden.

25

Adrienne hatte es geschafft, sich beim Abendessen blitzschnell auf dem Stuhl rechts von Maurice niederzulassen, was mich für einige Sekunden an die *Reise nach Jerusalem* erinnerte, denn auch Julia und Serena hatten den begehrten Platz mit sportlichen Sprintmanövern angepeilt. In der Zwischenzeit hatte der logistisch besser positionierte Norbert den Stuhl zur Linken für sich beanspruchen können.

Ich hingegen konnte nicht verhindern, dass sich Willi neben mir niederließ. »Ist's genehm?«, erkundigte er sich mit einer seiner angedeuteten Verbeugungen. Meine Antwort wartete er nicht ab. Ich nickte trotzdem. Für wen sollte ich den Platz auch freihalten?

»Ist Ihnen nicht warm mit den Wollsocken?«, fragte ich ihn in Ermangelung einer Eingebung für unverbindliches Geplauder und bereute die Frage, kaum war sie mir entschlüpft. Was musste er glauben? Dass ich mich für seine körperliche Befindlichkeit interessierte? Es mir seine graubehaarten Waden besonders angetan hatten?

»Schafwolle temperiert«, klärte mich Willi auf, der nichts Seltsames an meiner Frage zu finden schien. »Selbstgestrickt«, fügte er noch hinzu, bückte sich und entfernte den Klettverschluss von seiner linken Sandale, um mir alsdann seinen Fuß entgegenzustrecken, soweit Stühle und Tischplatte ein solches Manöver zuließen.

»Tatsächlich?« Ich wich diskret zurück. Mehr wollte ich zu dem Thema nicht sagen, das ich selbst so unüberlegt vom Zaune gebrochen hatte. Aber es war bereits zu spät. Dass Stricken in besonderem Maße zu seinem seelischen Gleichgewicht beitrüge, besser als jede Meditation. Dass ihm seine gute Mutter – sie möge in Frieden ruhen – diese nützliche Beschäftigung beigebracht hatte und sie früher so manchen Winterabend strickend miteinander verbracht hatten. Ob ich diese schöne Handarbeit denn auch beherrschte? Nein? Sehr schade. Wirklich sehr schade. Aber er würde es mir gerne beibringen. Es müssten ja nicht gleich Socken sein. Mit vier Nadeln, da bräuchte man schon etwas Geschick. Vielleicht ein Schal ...

Und wieder kam mir das Angelspiel meiner Kindheit in den Sinn. Der alte Stiefel mit der zur Hälfte abgelösten Sohle, für den es, falls man das Pech hatte, ausgerechnet ihn aus dem Aquarium zu ziehen, sogar Minuspunkte gab.

Madame Ribot stellte eine mit Rotwein gefüllte Karaffe vor uns auf den Tisch, nach der ich eilig griff. Themenwechsel, und zwar so schnell wie möglich. Aber Willi trank nur Wasser. Und so wendete ich mich der wandernden Hausarzt-Lotte zu meiner Linken zu, die dem Getränk durchaus etwas abzugewinnen schien.

»Und was sagst du?« Adriennes Wangen waren gerötet. Ob vom Wein, dem angeregten Gespräch mit Maurice oder beidem, wusste ich nicht.

»Lecker, der Tomatensalat und die tollen Käsesorten. Käse machen können die Franzosen wirklich«, äußerte ich meine Anerkennung.

»Tz«, schnalzte sie, »das mein ich doch nicht, und das weißt du auch. Was sagst du zu *Maurice*?«

»Nett. Schauen wir morgen mal, was er kunstdidaktisch so draufhat.«

»Geht es noch nüchterner? Der Mann ist ein Gedicht!«

»Das Gedicht ist aber einiges jünger als du«, wagte ich einzuwenden. Nicht aus Kleinmut oder um Adrienne die Stimmung zu verderben, sondern weil ich mir ein wenig Sorgen um sie machte. Bei aller Lebensklugheit in vielen Belangen neigte sie doch immer wieder zu emotionalen Höhenflügen mit schmerzhaften Bruchlandungen.

»Na und? Was hast du für festgefahrene Vorstellungen?« Sie sah mich herausfordernd an. »Außerdem verbindet uns unsere gemeinsame Muttersprache«, fügte sie noch hinzu.

»Ich dachte, seine Mutter ist Deutsche? Deshalb spricht er doch auch so gut Deutsch.«

Das Argument der Sprache konnte mich ohnehin nicht überzeugen. Französisch sprach Maurice schließlich auch mit der hageren Haushälterin Madame Ribot und dem Gärtner Jacques, dem wir wegen Legos mehrmals gelüpftem Bein bereits ein Dorn im Auge waren.

»Ich frage mich, was mit dir los ist. *Du* wolltest doch einen Aquarellierkurs machen. Und jetzt nörgelst du rum wie eine alte Tante, die man zu einem Rockkonzert mitgeschleppt hat. Mehr noch, *ich* bin deine Zielscheibe.«

»Adrienne …« Wir waren auf dem Kiesweg zu unserem Quartier im Licht einer von Motten umschwärmten Laterne stehen geblieben. »Es tut mir leid. Du hast ja recht. Wenn es zwischen euch funken sollte, wäre ich die Erste, die sich darüber freuen würde. Ich will bloß nicht, dass er dir eine kalte Dusche verpasst.«

»Na toll, wie viel Erfolg du dir für mich vorstellen kannst. Übrigens, *gefunkt* hat es schon.« Letzteres kredenzte mir Adrienne mit einem triumphierenden Lächeln.

»Gut, sehen wir, wie es weitergeht. Ich bin jedenfalls zum

Malen hier, noch dazu gerne und nicht als unwillige alte Tante.« Mit Zeige- und Mittelfinger formte ich ein Peace-Zeichen und legte meinen Arm um Adriennes Schulter.

Wir waren an unserem Häuschen angelangt, das früher mal ein Gartenhaus gewesen sein musste und zum schmucken Gästehaus umgewandelt worden war. Zwischen Steineichen und Buschwerk gelegen, war es gut zweihundert Meter vom Haupthaus entfernt. Dort mussten die anderen Teilnehmer mit weit weniger Privatsphäre Vorlieb nehmen. Wir hatten es Lego zu verdanken, dass man uns dieses abgelegene, aber dafür geräumige Quartier zugewiesen hatte.

Tatsächlich war sein ungeduldiges Bellen nicht zu überhören. Er forderte seinen längst überfälligen Abendspaziergang ein.

»Ist es okay, wenn ich schon mal ins Bad gehe? Und dann gleich ins Bett. Du weißt schon, ausreichend Schlaf für einen frischen Teint und so.« Adrienne strich sich mit beiden Händen über ihre Wangen und zwinkerte mir zu. Nein, sie nahm mir meine Kassandrarufe nicht mehr übel.

Mit Lego an der Leine durchstreifte ich den vom Vollmond beleuchteten Steineichenhain. Es war immer noch sehr warm, was die Singzikaden zu einer Zugabe animierte. Das seien nur die Männchen, die da so zirpten, hatte mir Adrienne gesagt. Um die Weibchen anzulocken. Ich hielt inne, lauschte und sah zum Himmel. Ob Josef jetzt auch gerade den Mond anschaute? »Was meinst du?«, fragte ich Lego, der still neben mir verharrte. Darüber konnte er mir allerdings keine Auskunft geben, schon gar nicht, ob sein Herrchen, wenn er dies denn tat, dabei alleine war. Immerhin, so stellte ich mit einer gewissen Befriedigung fest, hatte ich heute nur dreimal an ihn gedacht.

26

Das Rot der Mohnblumen tropfte wie Blut ins etwas zu wässrig geratene Kornfeld, was einem Künstler von Rang und Namen vielleicht als bedeutsame Aussage durchgegangen wäre. Bei mir war es um einiges banaler: Ich hatte die Farbe zu sehr verdünnt.

Im Atelier hatte uns Maurice erste Instruktionen gegeben, wobei er die Theorie gleich mit der Praxis verbunden und an der Staffelei vorgeführt hatte, was wir später eigenständig erproben sollten. Wie von Zauberhand – die schmale, feingliedrige von Maurice – war auf dem Papier das aquarellierte Abbild einer Obstschale entstanden. Ein Pfirsich mit samtiger Haut, Reineclauden in mildem Gelbgrün und Aprikosen in ihrem ganz eigenen Orangeton. Dazu der Schattenwurf der Keramikschale und die Maserung des Holztischs. Jeder Strich saß am rechten Ort. Jede Fläche war dort begrenzt, wo er es wollte.

Staunend hatte ich zugeschaut und mir all die wunderbaren Obstschalen vorgestellt, die in meiner sich vor mir ausbreitenden Künstlerkarriere unter meiner Pinselführung entstehen würden. Ich hatte sie bereits vor mir gesehen, die Stillleben mit blauen Trauben, auf denen noch die Tautropfen zu sehen waren. Die reifen Birnen der Sorte *Gute Luise* – meine liebsten –, die dunkelvioletten Pflaumen und vielleicht sogar, aber das war schon sehr ambitioniert, einige Glasgefäße darum herum. Das hatte ich letzthin irgendwo gesehen. Sogar eine schwungvolle Signatur hatte ich im Geist bereits zahlreichen Werken beigefügt und mich bei meiner ersten Vernissage mit meinen Gästen von Bild zu Bild wandeln sehen. Helene Abendrot. Die Aquarellistin.

So sehr war ich erfüllt gewesen von meiner Vision, dass ich

nicht eingestimmt hatte in die bewundernden Ahs und Ohs während Maurice' Darbietung. Die mochten ohnehin weniger mit der aquarellierten Obstschale zu tun gehabt haben als mit den geschmeidigen Bewegungen des Künstlers selbst, dessen festes kleines Hinterteil heute vom verwaschenen Stoff einer Khakihose umspannt wurde.

Wie er dagestanden hatte, unser Maître! Den Pinsel in der rechten Hand, die widerspenstigen Locken hin und wieder mit der freien Hand in einer ungeduldigen Geste aus dem Gesicht streichend, den Seidenschal – nachtblau mit weißen Tupfern – so locker um den Hals geschlungen, als hätte der Wind ihn da ganz zufällig hingeblasen. Ach, und das nachlässig in die Hose gestopfte Baumwollhemd, das bei manch einer der Anwesenden – Adrienne zum Beispiel – den Wunsch geweckt haben mochte, ein wenig daran zu zupfen.

Ich musste meiner Freundin zustimmen. Maurice war, nun ja, ein Gedicht.

Und so hatten wir uns denn im Anschluss an die ersten Unterweisungen auf den Weg gemacht, ausgerüstet mit Staffelei, Klapphocker und Malutensilien. Jeder auf der Suche nach *seinem* Motiv, nach *seinem* Ort.

Seit einer Stunde saß ich mit schmerzendem Rücken auf meinem dreibeinigen Hocker, im unzureichenden Schatten eines Maulbeerbaums, heimgesucht von kriechendem und fliegendem Getier, und schaute zerknirscht auf das von der Wasserfarbe gewellte Blatt auf meiner Staffelei. Nichts wollte so aussehen, wie ich es mir vorstellte. Wie sollte ich mich an Glasgefäße mit Schattenwurf wagen, wenn schon die Mohnblumen aussahen wie Draculas Mittagsmahl?

»Ah, ma chère Helène«, rief Maurice, der sich mir fast lautlos genäht hatte und mir meine Frustration bereits von hinten angesehen haben musste. Er beugte sich so weit zu mir hinunter, dass der zitronige Duft seines Aftershaves meine Nase umwehte. »Nicht traurig sein. Das ist doch nur ein erster Versuch, nicht mehr und nicht weniger. Wir wollen heute ein Gespür dafür bekommen, wie sich der Pinsel in der Hand anfühlt, wie die Farbe aufs Papier fließt und sich damit verbindet!«

Das mit dem *Wir* war natürlich ein psychologischer Kniff. Schließlich musste der Maître nichts dergleichen. Der hatte schon längst ein Gespür.

»Heute Nachmittag werden wir dann über die Erfahrungen sprechen, die ihr gesammelt habt. Nun ist erst mal Zeit für ein kleines Mittagsmahl im Schatten der Glyzinien. Madame Ribot wartet schon.«

Das ließ ich mir nicht zweimal sagen. Was ich vor allem herbeisehnte, war die Siesta in der relativen Kühle unseres Häuschens.

Die täglichen Malstunden waren auf drei Vormittags- und zwei Nachmittagsstunden verteilt, wobei eine vierstündige Mittagspause Zeit und Muße für anderes ließ. Zum Beispiel für ein Schläfchen.

Außer Lotte, die die Mittagspause für eine, wie sie es nannte, *schnelle* Wandertour über Stock und Stein durch den nahen Korkeichenwald zur fünf Kilometer entfernten Abtei nutzen wollte, saßen bereits alle Kursteilnehmer am Tisch.

Erleichtert sah ich, dass Willi bereits der dänischen Gry auf den blonden Pelz rückte. Seiner guten Mutter würde so ein Geschäker, wenn sie es denn noch sehen könnte, den verdienten jenseitigen Frieden rauben.

Ich ließ mich am Tischende nieder. Zu meiner Rechten,

schräg über Eck, saß Adrienne mit abwesendem Blick. Meine Versuche, mit ihr in Blickkontakt zu treten, waren vergebens. Sie schien durch mich hindurchzusehen.

Madame Ribot trug sechs verschiedene Platten auf. Mit flinkem Kreisen des gespitzten Zeigefingers wies sie auf jede einzelne Speise: »Avec du fromage. Avec des oeufs. Avec du beurre.« Offenbar war sie mit den Komplikationen vertraut, die sich durch die diätetischen Partikularinteressen der Kunstbeflissenen ergaben. Ich bediente mich an der von ihr vorsorglich mit *Charcuterie – c'est de la viande!* deklarierten Schinken- und Salamiplatte und den Tomaten. *À l'huile d'olive.*

Olivenöl, das Zauberwort. Die Damen griffen zu.

Der Platz von Maurice blieb leer. Zur augenfälligen Enttäuschung von Julia und Serena, die sich heute durch geschicktes Timing günstig positioniert hatten.

Monsieur Maurice äße nur zu Abend, hatte Madame Ribot trocken angemerkt.

Der Mann war also nicht grundlos so rank. Er lebte von der Kunst und wohl auch von der Liebe.

Adrienne und ich hatten heute nur wenig miteinander gesprochen. Zum einen war die sonst meist Gutgelaunte morgens immer ein bisschen unwirsch, zum anderen hatte sie sich im Atelier an einem anspruchsvollen Stillleben aus Rinden, Blättern und Eicheln versucht, wodurch sich unsere Wege nicht gekreuzt hatten.

»Du kannst dich nachher ruhig zu einem Schläfchen hinlegen«, teilte mir Adrienne mit, die mich nun endlich wieder auf ihrem Schirm zu haben schien. »Ich mache den Mittagsspaziergang mit Lego.« Sie griff nach dem Kännchen mit dem Olivenöl und träufelte davon andächtig über ein Stück *Bleu de Chèvre*.

»Sehr nett von dir.« Ich beugte mich zu ihr rüber und tätschelte ihren farbbefleckten Arm.

Ihre Gedanken waren schon wieder auf Reisen.

Die Vorhänge meiner kleinen Schlafkammer hatte ich zugezogen. Auf dem Messingbett ausgebreitet, mit einem zweiten Kissen unter dem Kopf, machte ich mich daran, die Textmitteilungen auf meinem Smartphone zu lesen.

Tobi, sonst eher ein Freund der minimalistischen Kommunikation, riet mir, die Woche *unbedingt* in vollen Zügen zu genießen.

Die zweite Mitteilung war von Josef. Wo ich denn die Teemischung für Magen-Darm-Beschwerden versteckt hätte. *Gruß, Josef*. Das war knapp. Erlaubte ihm der meditative Charakter seiner Auszeit nicht, mir schöne Tage zu wünschen?

Der Tee ist da, wo er immer ist, schrieb ich. Sollte er doch weitersuchen.

Mitteilung Nummer drei kam zu meiner Verblüffung von Susanne:

Bitte Mail von mir lesen schrieb sie. Die knappe Aufforderung hatte sie mit einem Zwinkersmiley, einem herzäugigen Smiley und einem pulsierenden Herz versehen.

Ich legte mein Telefon zur Seite und nahm das Tablet vom Nachttisch. Tatsächlich, eine Mail von Susanne. Ein kurzes Innehalten und einen zögerlichen Zugriff später breiteten sie sich vor mir aus, Susannes unerwartete Worte an mich.

Liebe Helene, las ich und fragte mich, womit ich mir wohl die Metamorphose von der männermordenden Tarantel zurück zu einer *lieben Helene* verdient haben konnte. Hatte Rüdiger ihr in einem Anfall von Courage und Wahrheitsliebe seine venezianischen Avancen gebeichtet? War Susanne sodann reuevoll in sich gekehrt? Nun packte mich doch die Neugier. Und siehe da:

Zunächst bitte ich Dich um Verzeihung, dass ich am Ende Deiner turbulenten Ferientage in Venedig so wenig Verständnis für Dich aufbringen konnte. Erst jetzt, gute drei Wochen später, habe ich eine Ahnung davon – ach was, weiß ich – wie es sich anfühlt, wenn die eigenen Empfindungen in größte Konfusion geraten.

Eine neue Welle von Ärger spülte sich mir so heftig in Brust und Bauch, dass ich das Tablet neben mich auf die Bettdecke legen musste. Von wegen Reue. Von wegen geständiger Rüdiger. Das klang ganz nach einem weiteren Gespinst aus Susannes Hirnkabinett. Und doch las ich weiter.

Diese Zeilen sollen die Vorboten sein für eine bald folgende ausführliche Schilderung der Gründe für mein brennendes Herz. Ja, Du hast richtig gelesen: brennendes Herz! Rüdiger, das sage ich gleich vorweg, darf von all dem natürlich nichts erfahren. Nimm aber bitte hier und jetzt meine entschuldigenden Worte dafür entgegen, dass ich in Venedig nicht verstehen konnte, welche Sehnsüchte Dich in Rüdigers Arme trieben. Nimm sie hin, die Bitte um Nachsicht einer nun selbst von brennender Liebe erfüllten Susanne.

Von Liebe erfüllt? Rüdiger durfte nichts erfahren? Wie konnte ihr Herz in Brand geraten sein? Was zum Teufel konnten all diese Andeutungen bedeuten? War Susanne vielleicht einer Sekte beigetreten und hatte sich mit Haut und Haar einem Guru ausgeliefert?

Mir war über die Maßen heiß geworden. Hatte Susannes *brennende Liebe* auf ferngezündete Weise auch bei mir ein Feuer entfacht? Irgendwo in meiner Körpermitte musste der

Brandherd sein. Unversehens erkannte ich die bereits lodernden Flammen als das, was sie eigentlich waren: Zorn. Hervorgerufen von Susannes Geschwätz. Zorniges Flammenspeien auf den Lustmolch Rüdiger.

Mein wahrer Zorn, sozusagen der Oberdrache aller Zornesdrachen, spie sein Feuer allerdings gegen Josef. Der war es, der all das verursacht hatte, der mich an einer Autobahnzahlstelle zurückgelassen hatte, mich allein nach Venedig hatte fahren lassen, der meinte, eine aushäusige Ehepause unbestimmter Dauer stünde ihm so frag- und diskussionslos zu wie ein Feierabendbier.

Ich sprang aus dem Bett, lief im Zimmer umher, wusste nicht wohin mit mir selbst und diesem so unerwartet feuerspuckenden Tier in mir. Was pinselte ich hier eigentlich wässrige Mohnblumen, wo ich doch bei einem Grundkurs für Feuerspucker viel besser aufgehoben wäre? Oder bei irgendeiner Kampfsportart. Karate, zum Beispiel. Da könnte ich mit einem Handkantenschlag, untermalt von einem Schrei, Backsteine zertrümmern.

Tief durchatmend, ohne etwas zertrümmert zu haben, setzte ich mich schließlich auf die Bettkante und überlegte, wo dieser Drache in mir all die Zeit geschlummert hatte und warum er gerade jetzt erwacht war. Und ob es vielleicht noch mehr in mir gab, das ich irgendwo und irgendwie unterdrückt hielt.

Über all diese Fragen nickte ich dann doch noch ein, fiel tief und tiefer in den schweren Schlaf eines heißen provenzalischen Sommernachmittags, in dem Herzen in Flammen standen, Drachen Feuer spien und Zitronendüfte meine Nase umwehten.

Zitronendüfte?

Es war ein zart limonig duftender Lego, den Kopf schief

gestellt, die Vorderpfoten auf der Bettkante, der mir mehrere Nasenstüber versetzte. »Wuschel!«, sagte ich. »Wo warst du denn?«

Langsam kam ich wieder zu mir. Mit gelöschten Flammen und geläutert. Für heute zumindest.

27

Er hatte den Passat vor dem Tor einer Garage geparkt, die in ihren Ausmaßen einem gängigen Einfamilienhaus entsprach.

Kein Zweifel, hier wurde mit der großen Kelle angerichtet. Ein Haus mit Seeanstoß in Erlenbach, nur zehn Kilometer von Zürich entfernt, war nichts fürs Fußvolk.

»Und du meinst wirklich, dass sie das nicht seltsam finden?«

»Ach was, bei unseren Festen lädt jeder ein, wen er gerade Lust hat einzuladen. Das hat nie viel zu bedeuten.«

Nie viel zu bedeuten. Die Antwort, die seiner Beruhigung dienen sollte, wollte Josef nicht recht zusagen.

»Ich habe dir doch schon gesagt, dass ich dich als den großen Professor Abendrot, meinen Lehrmeister, angekündigt habe«, fügte Nathalie noch hinzu, als sie Josefs Miene sah.

»Na dann, gut.« Er zupfte seinen Sommerschal aus dünnem Baumwollbatist zurecht – ein modisches Accessoire, das er sich vor kurzem angeschafft hatte – und unterzog sich im Rückspiegel einer letzten Inspektion. Wirkte der schmale Barthaarstreifen, den er zwischen Unterlippe und Kinn gelassen hatte, vielleicht doch etwas zu dandyhaft?

Eine Kollegin aus der Unfallchirurgie hatte ihn letzthin bei einem albernen Was-glaubst-du-wie-alt-ich-bin-Geplänkel auf *45undkeinenTagälter* geschätzt. Er hatte mit einer kleinen Gefälligkeit pariert und ihr im Gegenzug gleich zehn Jahre erlassen, was sie zu einem koketten Lachen veranlasst hatte. Dass seine wahre Schätzung deutlich darüber lag, hatte er selbstredend für sich behalten.

Nun, beim letzten Kontrollblick im Rückspiegel, subtrahierte er von den geschätzten 45 gleich noch mal 5, die er dieser sorgfältig gestutzten und einer leichten Färbung unterzogenen Senkrechtlinie zuschrieb. Er konnte sich unbesorgt neben Nathalie sehen lassen. Egal in welcher Rolle.

Die war inzwischen ausgestiegen und stakste auf ihren gefährlich hohen Peeptoes, den von ihm heiß verehrten Po sanft schwingend, in Richtung Eisentor.

Vorbei an einem Porsche Cayenne, einem zitronengelben Ferrari 360, einem Tesla und einem Mercedes der C-Klasse mit abgedunkelten Scheiben.

Anlässlich des jährlichen Sommerfests der Familie Brunner war Josef nun also Nathalies Begleiter. Ihr Betreuer, der geschätzte Doktorvater. Die Vorstellung, unter diesem Deckmantel ihrer Familie präsentiert zu werden, war so prickelnd wie der eiskalte Champagner, der hier sicher bereits in generösem Maß floss. Er würde Nathalie heimlich übers Hinterteil streichen und dabei mit Vater Brunner freundlich lächelnd über die Promotionsarbeit seiner Tochter sprechen.

Ohne ihr erkennbares Zutun hatte sich vor ihnen das Tor geöffnet und den Weg zur Brunnerschen Villa frei gemacht.

»Der Vorgarten.« Nathalie wies mit einer ausladenden Armbewegung auf den im fernöstlichen Stil angelegten Wandelgarten. Josefs Blick blieb an einem grauen Buddha in Lotospose hängen, der vor einer mächtigen Bambushecke saß und ihm durch halb geschlossene Lider einen, wie ihm schien, spöttischen Blick zuwarf.

Vorgarten, dachte Josef. Im Jägerweg hatten sie auch einen. Das waren vier Meter Granitplattenweg vom Gartentor zur Haustür, flankiert von ein bisschen Rasen, einer Forsythie, zwei recycelten Weihnachtsbäumen und einer von Helene liebevoll gepflegten Blumenrabatte.

»Nathalie!« Eine grazile Frau mittleren Alters – Helenes Alter? – kam ihnen lächelnd auf dem gewundenen Pfad entgegen. Große braune Augen mit stark geschwungenen Brauen, die den Eindruck entstehen ließen, sie befände sich in einem andauernden Zustand größter Verwunderung.

Weibliche Formen bei schlanker Statur. Feine Glieder.

Kein Zweifel, Nathalie kam nach ihrer Mutter, was auch für die Zukunft Gutes verheißen ließ.

»Schön, dass ihr da seid!« Frau Brunner umarmte ihre Tochter und reichte Josef die fein manikürte Hand. Eine schlaffe Hand. Da musste er leider ein paar Punkte abziehen.

»Nathalie hat schon des Öfteren von Ihnen gesprochen, Dr. Abendrot. Es freut mich, dass Sie sich die Zeit nehmen, unsere Älteste auch privat zu begleiten.«

Josef suchte in ihrem Gesicht nach der Spur einer Spitzfindigkeit. Hatte das *Privat* nicht einen sonderbaren Beiklang gehabt? Bei einer Frau, noch dazu Mutter, musste mit hochsensiblen Fühlern gerechnet werden.

»Oh, das tue ich doch gerne, Frau Brunner. Die Fahrt hierher haben wir natürlich schon ausgiebig für Fachgespräche genutzt. Sonst haben wir ja nur wenig Zeit dafür.«

»Ja, das kann ich mir vorstellen«, sagte die Frau Mama. Ihr

Lächeln blieb unergründlich. »Kommt, es sind schon einige Gäste da!« Sie drehte sich um und ging ihnen voraus zur Villa – eine En-vogue-Angelegenheit aus Beton und Glas –, durch diese hindurch und auf die Terrasse. Dort nippte man bereits an den Getränken und knabberte an erlesenem Fingerfood.

»Ich komme nachher noch zu euch. Kümmere dich bitte um unseren Gast, Nathalie!«, wies Mama Brunner, die bereits auf dem Weg war, sich weiteren Neuankömmlingen zu widmen, ihre Tochter an. Und zu Josef gewandt: »Ich hoffe, Sie fühlen sich bei uns wohl, Herr Professor.«

»Hast du gehört, du sollst dich um mich *kümmern*«, hauchte Josef Nathalie ins Ohr, während sie auf dem sanft abfallenden Rasen in Richtung See auf stoffbemäntelte, mit gelben Schleifen versehene Stehtische zusteuerten.

»Schau, da ist mein Vater«, sagte Nathalie, Josefs kleine Schlüpfrigkeit übergehend, und wies auf einen untersetzten Mann mit dürftigem Haarkranz, der sich ihnen mit den kleinen Trippelschritten eines Balletttänzers näherte. Vater Brunner wollte nicht recht zu dem Bild passen, das sich Josef von einem Immobilienmogul machte.

Wie Nathalie bereits erwähnt hatte, konnte der Herr Papa trotz der geringeren Anzahl an Lebensjahren nicht mit Josefs sportlicher Erscheinung mithalten. Man konnte ihm gut und gerne die zehn, zwölf Jahre draufschlagen, die sich Josef zuvor großzügig selbst abgezogen hatte.

»Nathalie, meine Kleine! Und der Herr Professor! Was für eine Ehre.« Er schüttelte Josef ausdauernd die Hand und gab seiner Tochter einen Kuss auf die Wange. »Sie müssen mir unbedingt erzählen, wie sich unsere Nathalie so macht«, legte er los. »Die erste Medizinerin in unserer Familie. Wir sind sehr stolz.

Wobei«, er trat einen Schritt näher an Josef heran, als müsse diese etwas peinliche Wahrheit vor potenziellen Lauschern ferngehalten werden, »da ja pekuniär nicht allzu viel zu holen ist.« Er sah kurz um sich. Nein, keiner der Plauderer in ihrer Nähe hatte gehört, dass seine Tochter in materieller Hinsicht nur kleine Brötchen buk.

Josef lächelte in einem, wie ihm schien, gelungenen Mischungsverhältnis aus herablassender Nachsicht über diesen schnöden Materialismus und der höflichen Zustimmung, die er seinem Gastgeber – und dem Vater seiner Geliebten – zollen wollte.

»Die Befriedigung, die eine sinnvolle, dem Nächsten zugewandte Arbeit zu geben vermag, lässt sich nun mal nicht mit Geld aufwiegen. Meinen Sie nicht auch, Herr Brunner?« Dass der neureiche Brunner zu ihm hochschauen musste, kam ihm gerade recht. Von seinen Diensten am Wohlergehen der Menschheit ganz abgesehen, war er zudem auch kein armer Schlucker, selbst wenn sein Einkommen aus Sicht des kleinen Dicken eine vernachlässigbare Größe darstellte.

»Gewiss doch, gewiss. Was täten wir auf dieser Welt ohne Idealisten?« Das war eine rhetorische Frage, auf die er keine Antwort wollte. Er klopfte seinem Gast jovial auf die Schulter und machte sich mit der zufriedenen Miene dessen davon, der zwar froh war, dass es Menschen wie Josef gab, der aber selbst noch lieber zu jenen gehörte, die der Mammon auf andere, leichtfüßigere Weise erreichte.

Nathalie hatte sich in der Zwischenzeit zu einer Gruppe junger Männer gesellt, die um einen der nahen Stehtische stand.

Sollte er zu ihnen gehen? Neben Nathalies Vater eine gute Figur zu machen, war ein Leichtes gewesen. Zwischen Dreißigjährigen würde sich das Blatt zwangsläufig zu seinen Ungunsten wenden. Da machte er sich nichts vor.

Aber Nathalie winkte ihn zu sich. Und schließlich konnte er auch nicht einfach so auf dem Rasen stehen bleiben. Josef straffte die Schultern und schlenderte, die linke Hand nonchalant in der Hosentasche, den Champagner in seiner Rechten wie einen Whiskey on the rocks schwenkend, auf das Grüppchen zu. Gerne hätte er überprüft, ob sein Lächeln die leicht mokante Note aufwies, die ihm angebracht und effektvoll erschien.

»Schau mal, fast voll.« Nathalie wies durch die Windschutzscheibe in den Himmel.

»Hm, hm.« Für Josef hätte der Vollmond Augen, eine runde Nase und einen Grinsemund haben können, er hätte ihn just in diesem Moment überhaupt nicht interessiert. Er wollte nach Hause. Mit Nathalie alleine sein. Ihr zeigen, was er alles zu bieten hatte. Das, was so ein Goldküstenjüngling trotz jugendlicher Spannkraft nicht draufhatte. Er dachte an den peinlichen Moment in der flaumweichen, bodennahen Lounge-Garnitur, in der sie zu viert, Mojitos in der Hand, mehr gelegen als gesessen hatten. Nathalie, zwei der schnöseligen Beaus und er.

Ich habe ja auch promoviert, hatte der eine mit der affigen Undercut-Frisur und dem Diamantohrstecker gesagt, *aber ich wäre nicht auf die Idee gekommen, mit meinem Doktorvater*, dem *Vater* verpasste er dabei eine Extrabetonung, *auf eine Party zu gehen.* Er hatte Nathalie dabei frech angegrinst. Und zu Josef gewandt: *Mit Verlaub, Herr Professor.*

Dann, beim Aufstehen, war das Schmachvolle passiert. Schmachvoll und unerklärlich, denn für seine Fitness tat er wahrlich genug. Josef war trotz mehrerer Versuche nicht wieder aus den Tiefen der Polster in die Senkrechte gekommen, während die anderen drei wie Sprungfedern nach oben geschnellt waren. Er hatte die helfenden Hände von Nathalie und dem verabscheuungswürdigen *Ich-habe-ja-auch-promoviert* zurückgewiesen und sich dann doch noch mit einer schnellen Seitwärtsrolle aus den Fängen dieses vermaledeiten Lounge-Ungeheuers herausretten können.

»Und, wie findest du meine Familie?« Nathalie, die ihn neugierig von der Seite ansah, schien die Sache längst vergessen zu haben. Oder vielleicht doch nicht?

»Nett.« Mehr fiel ihm nicht ein. »Was sie wohl sagen werden, wenn sie erfahren, dass wir ein Paar sind?« Diese Frage hatte sich allerdings an der Zensur vorbeigeschlichen.

Nathalie schaute aus dem Fenster in die vom Mond großzügig erhellte Nacht. Hatte sie die Frage überhört?

»Ich meine, mal so als Überlegung. Du kannst mich ja nicht immer als deinen Doktorvater spazieren führen«, bohrte Josef weiter, nun, da seine Frage schon mal im Inneren des Passat hing wie ein unkontrolliert entschlüpfter Flatus.

»Nein, *immer* nicht«, sagte Nathalie endlich. Das war nicht viel, dafür, dass sie ihn so lange auf eine Antwort hatte warten lassen.

»Ich bin froh, dich nachher endlich ungestört in den Armen halten zu können«, wechselte Josef das Thema vom Seiltanz zum Bodenständigen. Diesen Abschluss hatte er sich nach der aus seiner Sicht nur leidlich gelungenen Brunnerfestivität verdient. Er beschleunigte den Wagen.

»Heute nicht mehr, José.«

»Wie meinst du ...?« Josef ging unwillkürlich vom Gas.

»Girl's Night Out«, sagte sie mehr zu ihrem Smartphone, das

sie inzwischen hervorgekramt hatte, als zu Josef. »Nächste Woche habe ich Nachtdienst, da will ich vorweg noch ein bisschen Spaß haben. Habe ich dir aber schon gesagt.«

»Ja, aber nur, dass du Nachtdienst hast.« Es gelang ihm nicht, seine Enttäuschung zu verbergen. »Bis wir in Bern ankommen, ist es Mitternacht«, fügte er noch hinzu.

»Da geht's doch erst richtig los.« Nathalie bedachte Josef mit einem nachsichtigen Lächeln, das ihn auf der Stelle in einen begriffsstutzigen Onkel verwandelte, der die Regeln des Nachtlebens nicht kannte.

»Schon klar«, sagte er und umfasste das Lenkrad seines Passat mit dem eisernen Griff eines Kapitäns, der sein Schiff durch die stürmische See navigieren musste.

Nichts war klar. Da halfen auch der feuchtwarme Kuss und das heiser geraunte *Buenas noches, mi José* nichts, die sie ihm zum Abschied als Gute-Nacht-Hupferl kredenzte, als er nahe der Lorrainebrücke anhielt, um sie aussteigen zu lassen.

28

LASIEREN UND LAVIEREN. Das war das Nass-in-nass-Malen und Übermalen einer bereits getrockneten Farbschicht.

Aus methodisch-didaktischer Sicht, so befanden meine berufsbedingten Sensoren, hätte diese Phase dem etwas planlosen Ausprobieren des gestrigen Tages vorausgehen müssen. Aber Maurice war der Meinung, dass wir unser erstes Malerlebnis frei von hemmender Theorie angehen sollten. *Wie Kinder*, hatte er betont.

Wider meine Absichten hatte sich Josef heute Zugang zu meinen Gefühlen verschafft. Mit dem Gewicht eines dieser dicken Holzscheite, wie sie hier im Atelier neben dem verrußten Kamin aufgeschichtet waren, hatte sich der Gedanke an ihn auf meine Brust gelegt. Dieses Ekel meinte also, er müsse ausziehen, um sich Luft zu verschaffen, und erkundigte sich dann bei mir wegen der Teemischung. Such dir deine verdammten Kräuter doch selber, hätte ich ihm gerne zugerufen. Und dies nicht nur im Geiste. Warum ich mich gerade über dieses vergleichsweise unbedeutende Detail so aufregte, gehörte wohl zur Kategorie *schlummernde Drachen*. Die sollten heute nicht geweckt werden.

Ich schaute in die andächtig pinselnde Runde.

Dann zu Adrienne, die sich in die äußerste Ecke des Ateliers zurückgezogen hatte. Gerne hätte ich einen ihrer weisen Sätze dazu gehört, ahnte auch schwach, was sie vielleicht sagen könnte. Dass die Tee-Geschichte stellvertretend für alles stünde. Dass *ich* diejenige sein müsse, die Josef die Grenzen aufzeigt. Dass sonst alles nur müßiges Lamentieren bliebe. Ich ließ meine Atemluft durch die Nase entweichen wie ein kleiner schnaubender Stier. Richtig, Grenzen aufzeigen. Das würde ich tun, sobald wir wieder zu Hause waren. Ich machte eine mentale Notiz. In Rot. Mit Ausrufezeichen.

Warum hatte sich Adrienne eigentlich so zurückgezogen? Weder war sie in meiner noch in Maurice' Nähe.

Wie sie da saß und mit Hingabe Farbe aufs Papier trug! Was sie malte, konnte ich nicht sehen.

Ich stand auf und ging zu ihr. »Zeig mal!«, forderte ich sie auf, aber sie reagierte nicht, rührte dafür ausgiebig den Pinsel im Zinnoberrot ihres Farbnapfes, verdünnte, trug auf. Ich trat hinter sie. Das Blatt war überzogen von Rottönen. Mal intensiv, mal wässrig, mal hell, mal dunkel, mal flammend, mal glimmend.

Ja, warum auch nicht? Maurice gefiel es, wenn wir uns unseren Regungen hingaben.

»Machen wir nach dem Mittagessen einen Spaziergang zusammen? Mit Lego?«, wagte ich mit meinem weltlichen Bedürfnis bei ihr vorzusprechen.

Adrienne sah mich so erstaunt an, als könne sie sich meine Gegenwart gerade überhaupt nicht erklären. »Eigentlich möchte ich gar nichts essen. Und wenn es dir nichts ausmacht, dann würde ich auch lieber hierbleiben«, sagte sie.

Nun, wir waren hier als eigenständige Menschen, und es stand Adrienne frei, zu tun und zu lassen, wonach ihr der Sinn stand. Und doch fühlte ich mich ein bisschen abgewiesen.

»Natürlich. Mach, wie du meinst«, sagte ich mit einem schmallippigen Lächeln, für das ich mich ein bisschen schämte.

Lego bügelte doppelt und dreifach aus, was Adrienne hatte vermissen lassen. Völlig unbeeindruckt von der sengenden Mittagshitze tobte er mit halbmeterhohen Bocksprüngen um mich rum, stürzte sich erfolglos auf Eidechsen und überbrachte mir, seiner Retterin aus vormittäglicher Einzelhaft, herabgefallene Aststücke.

Was er noch nicht wusste, er musste vorerst mit einer reduzierten Spaziervariante im nahen Korkeichenwald vorliebnehmen.

Auf dem Weg zum Tor kam uns Lotte forschen Schrittes entgegen, unbeeindruckt von der Hitze. An ihrer Seite Willi, nicht minder zackig.

»Na, gewandert?«, fragte ich. Wirklich, sehr einfallsreich, Helene, komplimentierte ich mich selbst.

»Ich habe Lotte in die Geheimnisse des Gesteins eingeweiht, das den geologischen Charakter der Region prägt«, sagte Willi. Lotte schwieg, als wäre sie selbst zu einem regionalen Gestein geworden.

Nun, immerhin hatte er sie nicht in die Geheimnisse des Zopfmusters eingeweiht. Die Frau an seiner Seite sah nicht aus, als könne man mit ihr abends bei rhythmischem Nadelklappern auf dem Sofa sitzen. Hingegen war ich bereits zweimal Zeuge geworden, wie sie zum Tagesausklang ihrem asketischen Leben für einige Stunden Adieu sagen konnte, sich beim Diner als erstaunlich trinkfest erwies und ihren Teller gerne zweimal füllte.

Aber was ging mich das an? Und warum sollten die zwei nicht zusammen unterwegs sein?

»Warte«, befahl ich Lego und lief in unser Haus zurück, um Autoschlüssel und Tasche zu holen. Der Anblick von Wander-Lotte und Gestein-Willi hatte mich auf etwas gebracht. »Programmänderung. Wir fahren ein Stück«, sagte ich zum ungeduldig zitternden, aber folgsam wartenden Lego – das hatte er bei den *Relaxed Dogs* gelernt – und ließ den Autoschlüssel demonstrativ klimpern.

Zur Abtei Saint-Michel-de-Frigolet, von der mir Lotte gestern beim Abendessen erzählt hatte und die sie selbst *mal eben* in der Mittagspause zu Fuß angesteuert hatte, benötigte man mit dem Auto eine knappe Viertelstunde auf einer kurvigen, von Pinien gesäumten Bergstraße. Lego, der ausnahmsweise Beifahrer sein durfte, hielt flatterohrig den Kopf aus dem Fenster in den Fahrtwind. Ich neige nicht dazu, in tierischem Verhalten menschliche Regungen zu sehen, war mir aber in diesem Falle sicher, dass er dabei vergnügt grinste.

Nicht weit von der Abtei fand ich einen schattigen Parkplatz und machte mich mit Lego auf den Weg. Schließlich wollte auch ich die Umgebung erkunden, allerdings ohne Wandermarathon und Vorträge zur Bodenbeschaffenheit.

Nach einem nur mäßig anspruchsvollen Spaziergang auf einem der Waldwege, die zur Abtei führten, und der pflichtschuldigen Besichtigung der Abteikirche, stand dem Genussteil des Ausflugs nichts mehr im Weg: Pastis mit Wasser für Frauchen und reines Wasser für den Hund. In der Hostellerie nahe der Abtei, am wackligen Holztisch unter einer Akazie, hätte ich getrost bis zum Abend bleiben können. Ohne Farbe und Pinsel. Einfach so. Mit nichts als dem Zikadenkonzert und dem leichten Wind, der die Hitze erträglich machte.

Es war Lego, der sie zuerst gesehen hatte. Aufrecht, die Ohren gespitzt und jeden Muskel angespannt, nahm er ein Paar ins Visier, das vielleicht fünfzig Meter entfernt auf einer Holzbank Platz genommen hatte. Die zwei hatten uns ihre Rücken zugewandt.

Madame, teilweise von den Zweigen eines Oleanderbusches verdeckt, hatte ihren Kopf auf die Schulter von Monsieur gelegt, während sein rechter Arm ihre Schultern umfasste.

Ich schnappte nach Luft. Mon dieu, die beiden hatten ja ein bewundernswertes Tempo an den Tag gelegt. Wir waren gerade mal zweieinhalb Tage hier.

»Pscht«, ermahnte ich Lego, der aufgestanden war und gespannt wie ein Bogen zu einem Sprint mit krönendem Begrüßungs-Zumba ansetzen wollte.

»Sitz!«, fügte ich noch eilig hinzu.

Legos regelmäßige Schulung bei den *Relaxed Dogs* erwies sich ein weiteres Mal als nützlich. Er zeigte sich gehorsam, behielt aber sein Ersatz-Frauchen im Auge.

»Und nun«, sagte ich leise zu ihm, nachdem ich das Geld für den *Pastis* auf den Tisch gelegt und ihn mit sanftem Zug an der Leine zum Gehen bewegt hatte, »erzählst du mir mal, wo du gestern mit Adrienne nach dem Mittagessen warst.«

Lego warf mir einen seelenvollen Blick zu, aber er schwieg eisern.

»Sur le pont d'Avignon, on y danse, on y danse.«

Nicht das, was ich für Minnegesang hielt, aber jeder hatte seine eigene Art, mit seinen Gefühlen umzugehen. Adrienne stand unter der Dusche und trällerte.

»Und, einen Spaziergang gemacht?«, fragte sie mich, als sie mit dem verwaschenen Badetuch des Glycine-Gästehauses umwickelt in unser Miniwohnzimmer trat. Das Frotteetuch war in etwa so fadenscheinig wie Adriennes Bemühen um Arglosigkeit. Sie tätschelte Lego, der Duschwasser von ihren Zehen leckte, den Kopf.

»Ja, wir waren bei der Abtei Saint-Michel«, sagte ich. »Ein wirklich idyllisches Örtchen. Da solltest du auch mal hin.« Mein Augenaufschlag war bühnenreif.

Adrienne zog ihre Hand von Lego weg. »Ah, ja? Hast du die Abtei besichtigt?«

»Nein, nur die Kirche. Danach habe ich in der Schenke noch was getrunken. Außer mir war nur noch ein verliebtes Pärchen dort.« Genug der Scharade. Dicker wollte ich nicht mehr auftragen.

Und es war auch nicht nötig. Mit der Eleganz einer Ballerina pirouettierte sich Adrienne von mir weg und verschwand in ihrer Kammer. »Maurice hat mir ein paar Details zur Verlaufstechnik erklärt. Sehr herausfordernd«, verriet sie mir aus der trennenden Distanz von vielleicht vier Metern und einer Wand.

Ich staunte. Wie herausfordernd konnte das sein?

»Rotmarder-Pinsel sind übrigens fürs Aquarellieren am besten geeignet«, muffelte Adrienne in den Stoff ihres T-Shirts, das sie sich über den Kopf zog, während sie zu mir zurückkam.

»Ach ja, Pinsel! Ein durchaus anregendes Thema«, merkte ich an.

Wir sahen uns in die Augen, nachdem die ihrigen vom Stoff des Shirts befreit waren. Funkelnde Smaragde.

29

»Tarte aux légumes«, verkündete Madame Ribot. Es folgte die unvermeidliche Aufzählung der Ingredienzien. Dazu gab es Käse und Früchte. »Deux carafes de vin.« Die Betonung lag bei *deux* und Madames strenger Blick war, daran hatte ich keine Zweifel, auf Lotte gerichtet.

Allerdings würde ohnehin niemand darben müssen, denn zum heutigen Diner, dem dritten unseres Aufenthalts, waren wir nur zu sechst. Adrienne hatte über Kopfschmerzen geklagt, und Norbert war schon zu den Nachmittagsstunden nicht erschienen. Heidi, Rita und Lisa waren am frühen Abend nach Avignon aufgebrochen.

Willi, so hatte mir Lotte verraten, hatte sich erschöpft zu Bett begeben. Wovon die Erschöpfung rührte, hatte sie nicht gesagt.

Bei so geringer Tischbesetzung waren Julia und Serena konkurrenz- und kampflos der begehrten Plätze neben dem Maître habhaft geworden. Serenas kurzes Sommerkleid, bedruckt mit gelben Lilien, hatte ihr bereits Maurice' künstlerisches Interesse an der blühenden Pracht gesichert, die sie ihm zwecks besserer Inspektion generös entgegenstreckte. Julia hatte trotz knapper Shorts und schulterfreier Bluse das Nachsehen, was sie mit geschürzten Lippen quittierte.

Dass ihrer beider Bemühungen allemal vergebens waren, ahnten sie wohl nicht. Vielleicht hatte dieser Mann entgegen meiner eigenen Prognosen tatsächlich seine Wahl getroffen. Wenn ja, dann für die Dauer dieses Kurses oder länger? Ich wollte mich für Adrienne freuen, auch wenn ich ihre Geheimniskrämerei nicht verstand. Und natürlich wünschte ich ihr eine knisternde Affäre. Gerne auch mehr.

Ich beobachtete Maurice, der sein Lächeln großzügig verschenkte, sich charmant unterhielt und für jede von uns ein nettes Wort fand.

Warum suchte ich überhaupt das Haar in der Suppe? Einen klaren Blick in Beziehungsangelegenheiten zeigte ich ja nicht mal in meinen eigenen Belangen. Adrienne brauchte mich und meine Unkenrufe nicht.

»Noch ein wenig Rotwein?« Lotte hielt die Karaffe über mein Glas.

»Nur zu!« Sie sollte nicht alleine trinken müssen.

Kurz nachdem Madame Ribot mit einigem Getue – *Avec des herbes de Provence. Fait maison!* – noch ein Verdauungsschnäpschen aufgetischt hatte, schlenderten Maurice, Serena und Julia gemeinsam davon. Die beiden Damen hatten sich links und rechts bei ihm eingehakt, und ihr freudvolles Gesumme war noch eine ganze Weile zu hören, bis der Abendwind und das Rauschen des Blattwerks von Korkeichen und Maulbeerbäumen das letzte kokette Auflachen verschluckten.

Ob Maurice auch ihnen die Vorzüge der Rotmarder-Pinsel nahebrachte?

Die fleißig am *Digestif* nippende Wander-Lotte sah nicht aus, als sei sie am Treiben des Aquarellgotts interessiert. Ich rückte näher zu ihr und lernte eine zunehmend redselige Person kennen. Erfuhr, dass sie alleinstehend war, Wandern die Einsamkeit weniger schwer wiegen ließ, ihr das Aquarellieren eigentlich nicht besonders zusagte, sie Maurice für einen Filou und Willi für einen *netten Kerl* hielt.

Und während auch mir noch einige Schlucke von der bittersüßen Flüssigkeit die Kehle hinabflossen, erzählte ich ihr vom abwesenden Josef, nicht ohne das Vorübergehende seiner Absenz zu betonen. Ich sei, so erklärte ich mit zunehmend schwerer Zunge, gerade eine Strohwitwe.

»Tja«, sagte sie, während sie die Flasche zu sich heranzog, ihr Glas mit dem verbliebenen Rest bis zum Goldrand füllte und in einem Hub in sich hineingoss, »aus der Strohwitwe kann dann auch schnell mal eine Strohblume werden. Die, die man so ewig in einer Vase ohne Wasser lässt und dann vergisst.«

Meine Redelaune versiegte wie der Quell unseres Verdauungsschnäpschens. Ich erhob mich und wünschte Lotte eine gute Nacht.

In unserer idyllischen Bleibe war niemand. Nicht mal Lego.

Drehe eine Runde mit Tarzan, stand auf einem Zettel, den Adrienne auf meinen Nachttisch gelegt hatte. Ich schlussfolgerte messerscharf, dass sie damit Lego und nicht Maurice meinte.

Der Abend war zu schön, um gleich schlafen zu gehen. Ich ging nach draußen und setzte mich auf die Bank nahe der Tür. Obwohl es fast elf Uhr war, wollte sich noch keine Nachtfrische einstellen.

Die Zikadenmännchen zirpten flügelreibend um die Gunst der Weibchen. Die blieben stumm. So stumm wie ich auf meinem lauschigen Plätzchen. Um meine Gunst zirpte niemand.

Da, was war das? Rascheln und Stimmen, nicht weit entfernt. Allerdings ortete ich die Geräusche hinter unserem Haus, wo ich bisher nur Gestrüpp vermutet hatte. Adrienne und Lego? Aber die würden doch bestimmt über den Kiesweg von vorne kommen.

Einen Moment lang erwog ich, zurück in unser Häuschen zu gehen. Was, wenn sich von der Landstraße her irgendwelche Tunichtgute näherten? Ich verwarf den Gedanken. Hier gab es nichts zu holen. Trotzdem wollte ich wissen, wer sich im Unterholz rumtrieb.

So leise wie möglich schob ich mich seitlich, den Rücken immer an der Holzwand unseres Häuschens, nach hinten, wo das Dickicht begann. Der Mond beschien einen Trampelpfad, der durch das ansonsten dichte Gehölz führte. Das Gemurmel wurde deutlicher. Wie ein Indianer – vielleicht nicht ganz so geschmeidig – schlich ich mich gebückt bis zum Ende des Pfads, wo das Gehölz wieder lichter wurde. Hier fand der Garten eine mir bisher verborgene Fortsetzung.

Auf einer am Ast einer alten Robinie befestigten Holzschaukel saßen zwei in inniger Umarmung Verschlungene.

Einer davon, da war ich mir fast sicher, war Maurice. In seiner vorgebeugten Pose verdeckte er die zweite Person. Adrienne? Aber wo war dann Lego? Oder hatte Maurice sich für noch mehr Tuchfühlung mit den gelben Lilien entschieden? War er am Ende gar dem Liebreiz von Julias nackten Schultern erlegen?

Das deutlich hörbare Knacken eines Zweiges, auf den ich selbst getreten war, ließ mich erschreckt den Rückzug antreten, noch bevor mich die beiden Schaukler ins Visier nehmen konnten. In Windeseile war ich wieder bei unserem Häuschen und ließ mich exakt in dem Moment auf die Sitzbank fallen, als ein kein bisschen um Diskretion bemühter Lego auf mich zugeschossen kam. Ihm hinterher auf dem Kiesweg Adrienne.

»Hallo, Helène, unsere Tour hat länger gedauert als geplant. Ich habe im Bistrot noch einen Kaffee getrunken.« Adrienne setzte sich neben mich. Lego ließ sich auf meine Füße plumpsen.

»Kopfschmerzen weg?«, fragte ich sie, während ich Lego zur Begrüßung am Ohr zupfte.

»Ja, so ziemlich. Hast du zufällig Maurice gesehen? Ich wollte ihn noch was zur Nass-in-nass-Technik fragen. Aber in seiner *Cabane* ist er nicht.«

»Nass-in-nass? Jetzt?« Was bezweckte Adrienne? Und für wie naiv hielt sie mich? »Tja, wer weiß, wo er ist …«, sagte ich und bereute auf der Stelle meinen schnippischen Ton.

War es möglich, dass Adrienne das tatsächlich nicht wusste? Und wenn dem so war, mit wem hatte Maurice dann in Operettenmanier auf der Schaukel geschnäbelt?

30

DIESES SPIEL WOLLTE ich nicht länger mitspielen. »Was ist mit dir los?«, fragte ich Adrienne am folgenden Tag.

»Was soll los sein?« Sie war wunderbar darin, die Erstaunte zu mimen.

»Kürzen wir es ab: Du hast was mit Maurice. Ist es was Ernstes, ist es nur ein Intermezzo?«

Mit meinem forschen Ton drang ich zu ihr vor.

»*Ja* zur ersten Frage. Und wahrscheinlich ist es wirklich etwas sehr Ernstes. Ich bin, *wir* sind beide wie vom Blitz getroffen.« Adrienne schaute in den Himmel, als wäre demnächst mit weiteren energetischen Entladungen zu rechnen.

Jetzt wurde mir doch mulmig. Was ich am Abend zuvor im Dunkeln gesehen hatte, so unvollständig es auch war, lag mir auf dem Magen wie das zweite, aus reiner Lust an der Opulenz verzehrte Buttercroissant des *petit dejeuner*.

Ich hatte gehofft, dass Adrienne die Maurice-Geschichte auf die leichte Schulter nahm.

»Und warum hast du es mir verheimlicht?«

»Damit du nicht die strenge Frau Mama spielst und mir erzählst, ich solle die Finger von ihm lassen. Zehn Jahre jünger, ein Beau, der in jedem Kurs eine hat. Das ganze Blabla eben.«

Zwei, dachte ich, in jedem Kurs mindestens zwei. Aber das sagte ich nicht. Ich machte mir ernsthaft Sorgen und hätte meiner Freundin liebend gerne mitgeteilt, dass ich Maurice nicht einfach für einen zehn Jahre jüngeren Beau hielt, auch nicht nur für einen *Filou*, wie Lotte ihn genannt hatte, sondern für einen ausgewachsenen Wolf, der seine Beute nicht im Schafspelz, sondern mit seinem sanften Rotmarder-Gepinsel erlegte.

»Maurice fühlt sich sehr zu reiferen Frauen hingezogen.« Adrienne, die nichts von meinen finsteren Gedanken wusste, sprach nun mit leiser Stimme. Dabei betrachtete sie ihre frisch lackierten Fußnägel – Mohnblumenrot – und ließ sie in den Sandalen auf und ab wippen.

Mein Unwohlsein hatte inzwischen die Beschaffenheit eines in meinem Magen zu Stein gewordenen dritten Buttercroissant, das ich mir beim Frühstück zum Glück verkniffen hatte.

Was sollte ich nur tun? Gerade hatte mir Adrienne klargemacht, dass sie mir nichts von sich und Maurice erzählt hatte, weil sie meine pessimistischen Kommentare fürchtete. Da konnte ich doch jetzt nicht mit meinem düsteren Bild vom pinselnden Aufreißer kommen. Adrienne würde meine warnenden Worte als Bestätigung betrachten. Ihre Heimlichtuerei würde sich als berechtigt erweisen. Helene, die Miesmacherin. Die Unglückselster, bei der man vielleicht sogar noch Missgunst vermuten musste.

Nein, ich war zum Schweigen verdammt, auch wenn die Buttercroissants in meinem Magen zu zehnfacher Größe aufgingen.

»Und jetzt? Ich meine, übermorgen fahren wir zurück in die Schweiz. Soll er sich im Smart hinten zu Lego ins Gepäckfach klemmen?«, versuchte ich es auf die leichte Tour, kam mir damit aber kein bisschen besser vor als mit den mühsam unterdrückten Unkenrufen.

»So weit weg ist Bern nun auch nicht.« Adrienne stand offenbar nicht der Sinn nach Scherzen. »Ich kenne Leute, die leben auf einem anderen Kontinent und halten ihre Beziehung aufrecht. Wenn man nur will, kriegt man's hin. Außerdem könnte ich auch hier Yoga unterrichten.«

Die Buttercroissants in mir verwandelten sich zu einem rebellierenden Teig-Mob.

Ich schluckte und atmete tief durch. »Hat Maurice das gesagt?«

»Was?«

»Dass du *hier* deine Yogastunden geben könntest.«

»Ja. Also, eigentlich nicht. Indirekt.«

Ich beschloss, die Sache vorerst ruhen zu lassen und abzuwarten, ob sich in Sachen *Maurice, der Wolf auf der Schaukel* neue Erkenntnisse einstellen würden.

Eine Weile schauten wir beide einem Buntspecht zu, der sich so emsig am Stamm einer Steineiche zu schaffen machte, als hätte ihn Monsieur Jacques, *le jardinier*, als seinen Hilfsgärtner engagiert.

Ein Gewitter in der zweiten Nachthälfte hatte für Abkühlung gesorgt. Nun wehte uns ein angenehm frisches Lüftchen um die Nase. Madame Ribot hatte ein deftiges Mittagsmahl angekündigt: *Cassoulet*. Zwar stand mir im Moment nicht der Sinn danach, aber zum ersten Mal seit unserer Ankunft war die Temperatur so weit gesunken, dass ein Eintopf aus Lammfleisch und Bohnen nicht gänzlich abwegig erschien.

Wir saßen mit lang ausgestreckten Beinen auf der Bank vor unserem Häuschen und warteten auf das Ding Dong des Gongs, das uns zum Essen rufen sollte.

»Und warum bist du jetzt nicht mit ihm zusammen, nachdem du die letzten Mittagspausen mit ihm verbracht hast?«, legte ich entgegen meiner Absicht doch noch mal los.

»Maurice musste nach Tarascon fahren, ich werde aber die kommende Nacht bei ihm verbringen, wenn *Maman* nichts dagegen hat.« Lächelnd stupfte mir Adrienne mit dem Zeigefinger in die Flanke. Wie gerne hätte ich zurückgelächelt. »Schön«, sagte ich nur, was so gar nicht dem entsprach, was ich empfand. Ich war eine ausgemachte Lügnerin.

Die Nachmittagsstunden standen im Zeichen der Vernissage, die den Kurs am Abend des kommenden Tages mit der Präsentation unserer Werke krönen würde.

Maurice ging von einer zur anderen. Was konnte man verbessern? Wo ließen sich Korrekturen anbringen? Hier ein Pinselstrich, da ein Akzent. Niemand wollte sich die Blöße geben, mit einem kümmerlichen Produkt aufwarten zu müssen. Auch ich nicht.

Immerhin, mein Kornfeld, dritter Versuch, war präsentabel. Wenn mich auch nicht die große Leidenschaft für die Aquarellmalerei gepackt hatte und ich keine schlummernden Talente in mir zum Leben erwecken konnte, so brauchte ich mich doch nicht zu schämen. Die Mohnblumen waren mittlerweile eindeutig als Mohnblumen zu identifizieren, was auch Maurice nicht entgangen war. Ganz der Pädagoge, hatte er auch gleich ein paar Nettigkeiten für mich. »Ah, c'est sympathique. Sehr schön, die Farben. Feine Konturen.«

Nur mäßig beeindruckt von seinen lobenden Worten, betrachtete ich den Maître verstohlen von der Seite, wie er da leicht gebeugt neben mir stand, den Blick konzentriert auf meine Kornblumen gerichtet. Wer war dieser Mann, von dem Adrienne meinte, der *Blitz* der Liebe hätte ihn gleichermaßen getroffen wie sie? Fast rechnete ich damit, die Reißzähne eines frauenverschlingenden Wolfes hervorblitzen zu sehen, oder – wahlweise – die roten Spitzen zweier Teufelshörner zwischen dem dunklen Haar. Aber da war nichts.

Lass es sein, Helene, schalt ich mich. Kümmre dich um dein eigenes Lebensgewirr! Und überhaupt: Vielleicht war das gar nicht Maurice, den ich auf der Holzschaukel im versteckten Teil des Gartens gesehen hatte. Ein Streich, den mir das Zwielicht des Mondscheins gespielt hatte. Ausgeburt des sauertöpfischen Argwohns, dessen mich Adrienne vermutlich ganz zu Recht bezichtigt hatte.

Mit Lego an der Leine hatte ich diesen versteckten Teil des Gartens nach dem Mittagessen und noch vor dem Nachmittagsunterricht aufgesucht. Nein, das Requisit war nicht meiner Phantasie entsprungen. Leicht quietschend, vom Wind bewegt, hatte die an Ketten befestigte Bank vor sich hin geschaukelt, als hätte gerade eben noch jemand darauf gesessen.

Ich hatte mich darauf gesetzt, mich mit den Füßen abgestoßen und dem leichten Wiegen hingegeben. Das Wiegen war zu einem immer heftiger werdenden Schwingen geworden, wie ich es in Kindertagen gern getan hatte. Die Ketten hatten gequälte Laute von sich gegeben und der Ast, an dem sie befestigt waren, hatte sich gefährlich geneigt.

War diese ganze Aquarelliererei doch einfach nur irgendeine zeitgeistinspirierte Selbstfindungsklamotte gewesen, hatte ich mich gefragt.

Nein, der Tag meiner ersten eigenen Vernissage stand nicht bevor. Nicht bevor und nicht in weiter Ferne. Ich würde nie im wallenden Leinengewand und mit augenfälligem Ohrschmuck behängt von Gast zu Gast wandeln, hier die Entstehung eines meiner Werke kommentieren, mich dort en passant mit meinen Gedanken zur Entwicklung des Kunstmarkts einbringen und mich alsdann über die vielen roten Punkte freuen, die diskret an den Ecken meiner Aquarelle klebten.

Gleich darauf hatte ich ein lautes *Ach was* ins Akaziengeäst gerufen und war noch im Schwung recht sportlich von der Schaukel gesprungen. Denn schließlich wollte ich auch nicht zu kritisch mit mir sein, sondern konstruktiv wohlwollend, wie mir Adrienne unlängst nahegelegt hatte. Und war die Zeit hier nicht schon allein deshalb zu meinem Wohl, weil mir die Gedanken an Josef und sein befremdendes Verhalten aus der Distanz weniger bedrohlich erschienen? Zudem hatte mein Wille, mich ernsthaft mit der Situation auseinanderzusetzen, deutliche Konturen angenommen. Wieder zu Hause in Bern wollte ich Josef endlich um ein Gespräch bitten, denn ich hatte ein verflixtes Recht zu erfahren, für was genau er die ominöse Klausur in Schneiders Studiowohnung benötigte und an welchem Punkt er in seiner Besinnungsphase angelangt war. Den Teufel würde ich tun, mich mit seinen vagen Andeutungen auf das Irgendwann seiner Rückkehr vertrösten zu lassen.

Erneut im Gleichgewicht mit mir, war ich anschließend zum Atelier marschiert, wo ich nun also saß. Zwischen Grübeleien und finalen Pinselstrichen.

Maurice war weitergegangen und widmete sich der unnahbaren Rita aus Hamburg. Die hatte, wie ich zuvor beim Vorbeigehen hatte sehen können, eine erstaunlich realitätsnahe Wiedergabe der *Maison Glycine* aufs Papier gezaubert. Dazu musste sie auf eine nahe Anhöhe geklettert sein.

»Formidable«, hörte ich Maurice sagen, was eindeutig mehr war als *sympathique*.

Das konnte ich neidlos hinnehmen. Auch ich würde noch herausfinden, welche wahren Talente in mir schlummerten. Vielleicht schlummerten sie ja auch gar nicht, sondern lagen einfach faul herum, wie etwas vernachlässigte Kinder. War nicht mein Erfolg mit den Geschichten im Hundemagazin *Fido* Indiz dafür, dass ich einfach dort düngen sollte, wo schon die erste aufgegangene Saat stand?

Rita ließ sich von Maurice ohne die Ehrfurcht loben, die ich bei den anderen beobachtet hatte. Um ihren Mund konnte ich ein feines Zucken ausmachen, so als amüsierte sie sich über ihn. Maurice' geballter Charme prallte also nicht nur an Lotte und mir ab.

Nachdem sich Maurice der nur mäßig produktiven Lotte und dem von ihr in wässrigem Grau gepinselten Ziehbrunnen zugewandt hatte, stand ich auf, ging zu Rita und blieb hinter ihr stehen. In lasziver Maurice-Manier flötete ich: »Formidable!« Dabei probte ich, ganz zu meinem eigenen Vergnügen, den von ihm perfekt beherrschten faunischen Hüftschwung.

Lachend drehte sie sich zu mir um. »Oh là là. Wo ist denn dein Ziegenbärtchen geblieben?« Sie sagte *Ziiigenbärtschen*, auch wenn Maurice' Deutsch akzentfrei war. Wir kicherten wie zwei Teenager und verstummten erst, als sich Maurice, der inzwischen bei Willi stand, zu uns umdrehte.

Ein bisschen bereute ich es, in den letzten Tagen nicht mehr mit Rita gesprochen zu haben, die sich viel zugänglicher zeigte, als ich angenommen hatte.

Ich setzte meinen kleinen Gang durch die Reihen fort und lugte aus diskretem Abstand auf die mehr oder weniger vollendeten Werke. Serena hatte die blauäugige Siamkatze Cleo porträtiert. Die heimliche Herrscherin der *Maison Glycine* hatte auf dem Papier Ähnlichkeit mit einem Waschbären.

»Hübsch«, sagte ich, als Serena sich zu mir umdrehte. »Besonders«, fügte ich noch hinzu.

»Die wollte nicht stillsitzen«, entschuldigte die schöne Malerin – heute in Jeans und farbbeklekstem Leinenkittel – die erstaunliche Metamorphose der Katze Cleo.

Wir lächelten uns an, und ich überlegte, ob wohl Serena die mysteriöse Zweite auf der Schaukel gewesen war. Vielleicht war Maurice am Ende doch ihrer gelben Lilienpracht erlegen.

Ich setzte meine Atelier-Schlendertour fort. Die Kornblumen auf der rauen Oberfläche meines Aquarellpapiers durften ruhig ein wenig vor sich hin trocknen.

Ob ich mal zu Norbert rübergehen sollte? Wir hatten in den fünf Tagen so gut wie nie miteinander gesprochen. Keine hier zeigte Interesse an ihm, was bestimmt auch daran lag, dass er selbst keine Kontakte suchte und sich zum Malen in den entlegensten Winkel des Raumes zurückzog.

»Darf ich?« Ohne eine Antwort abzuwarten, trat ich näher.

»Lieber nicht.«

Seine Absage als Koketterie interpretierend, lugte ich ihm über die Schulter. Und schaute auf ein Porträt. Maurice. In Halbfigur.

»Lieber nicht, habe ich gesagt.« Norbert, sonst ein Mann der leisen Töne, war so laut geworden, dass sich die Blicke aller auf uns richteten. Er rückte näher an sein Bild, als ließe sich damit jeder weitere meiner dreisten Übergriffe verhindern.

»Entschuldigung«, sagte ich und fühlte mich wie ein fehlbares Schulmädchen. Wider jede bessere Einsicht fügte ich noch hinzu: »Das ist ja wirklich gelungen.«

Im Gegensatz zu Serenas Motiv, der launischen Siamkatze Cleo, musste Maurice bei diesem Werk tatsächlich Modell gesessen haben. Nur so konnte die außerordentlich gelungene Wiedergabe, vom Kopf bis zur schlanken Taille, eines sanft lächelnden Maurice zustande gekommen sein.

»Ich würde es vorziehen, das fertige Bild erst morgen bei der Vernissage zu zeigen.« Norbert hatte sich gefangen. Er sprach wieder auf die ihm eigene verhaltene Weise.

»Klar doch«, sagte ich und trat endlich den Rückzug an.

Was bildete sich dieser Blässling ein? Hielt er sich für einen Renoir der Gegenwart, der sein Werk dem staunenden Publikum erst in einem von ihm erkorenen Moment enthüllen würde? *Voilà, mon œuvre!*

Im nächsten Moment schalt ich mich selbst. Meine beleidigte Reaktion war ungerecht. Ich hätte Norberts Bestimmtheit und sein Nein akzeptieren müssen. Eigentlich, so dachte ich, konnte ich von dieser Haltung durchaus noch etwas lernen.

31

LIEBE HELENE
Wie angekündigt, nun eine etwas ausführlichere Mitteilung von mir. Top secret!

Nicht lange nach unserer Rückkehr aus Venedig habe ich einen Freund aus Studienzeiten wiedergetroffen. Nicht irgendein Freund, ein guter Freund! Wir haben am Münsterplatz einen Kaffee zusammen getrunken und von früher geplaudert. Aus dem Kaffee wurden zwei, dann ein Glas Wein. Was in diesen zwei oder drei Stunden zwischen Bernd und mir geschah, lässt sich nur mit dem Wort Magie beschreiben. Die alten Gefühle kamen mit einer Intensität wieder hoch, die ich nie für möglich gehalten hätte. Mehr noch, etwas Neues hatte sich dazugesellt: Reife. Gereifte Leidenschaft.

Das Ganze hat sich ereignet, während Rüdiger sich mit seinen Gourmet-Freunden auf der jährlichen Schlemmertour durchs Elsass befand. Hätte ich nicht diese freien Tage zur Verfügung gehabt, es wäre wohl nicht passiert, was sich dann fast wie von selbst einstellte: Bernd und ich haben eine Nacht miteinander verbracht!

Seitdem sehen wir uns immer wieder, stehlen uns Stunden für unsere Zweisamkeit an allen möglichen Ecken und Enden.

Rüdiger ahnt nichts von den gewaltigen Naturkräften, den Flutwellen der Sinne, die seine Susanne hilflos mit sich forttragen. Dem Beben der Erde, das seiner von ihm so verehrten und bislang unerschütterlich getreuen Ehefrau den Boden unter den Füßen weggezogen hat. Dies alles ist in der Tat stärker als mein Wille, Rüdiger treu zu sein. Meine Schuldgefühle sind groß. Aber sprich: Kann Liebe schuldig machen?

Du wirst dich fragen, warum ich Dir dies alles schreibe.

Ich ließ das Tablet auf meinen Schoß sinken. Allerdings, das tat ich.

Rückblickend habe ich verstanden, dass es Dir in Venedig ähnlich ergangen sein muss. Deine Gefühle für Rüdiger haben Dich überwältigt. Du konntest nicht anders, als Dich ihm zu nähern. Noch dazu, da Dir der Schock über Josefs Abkehr sehr zugesetzt haben muss.

Nun war ich fassungslos. Die brave Susanne hatte nicht nur einen Liebhaber, der sie zu poetischen Höhenflügen und orgiastischer Tollheit trieb. Nein, sie unterstellte mir bei der Gelegenheit weiterhin, die wollüstige Femme fatale in der venezianischen Liebesposse gewesen zu sein. Sie *verzieh* mir dies sogar mit der Großmut der selbst von der Macht der Leidenschaft Erfassten.

Und Josef hatte sich auch nicht von mir *abgekehrt*.

»Die spinnt«, rief ich erbost und hieb mit der Faust auf die Armlehne des Liegestuhls. Lego beäugte mich mit einer Mischung aus schwanzwedelnder Neugier – er war immer für ein bisschen Action zu haben – und besorgter Anteilnahme.

Sollte ich dieses Gefasel wirklich fertig lesen? Und überhaupt grassierte hier irgendwo das Fieber der späten Leidenschaft. Da wurden hemmungslos die Kräfte der Natur bemüht. Blitze schlugen ein, Flutwellen rissen mit, und die bebende Erde machte Menschen zu hilflosen Opfern.

Meine Neugier war stärker. Ich griff noch einmal nach meinem Tablet.

Wie schon erwähnt, erbitte ich mir Dein absolutes Stillschweigen in dieser delikaten Angelegenheit. Dies ist ein Austausch, wie er nur unter Frauen möglich ist, die verstehen können, was starke Gefühle mit einem anstellen können.

In alter Freundschaft
Susanne

Zwischen Susanne und mir bestand keine *alte Freundschaft*. Wir hatten bisher nie über Intimes miteinander gesprochen, und ich spürte auch jetzt kein Verlangen danach. Das Liebesfieber musste Rüdigers Frau den Verstand geraubt haben. Das wenige, was davon vorhanden war, dachte ich böse.

Sollte ich ihr schreiben, dass mir nicht daran gelegen war, von ihr über ihre Liebschaft auf dem Laufenden gehalten zu werden, dass sie mit diesem Bernd treiben konnte, wonach auch immer ihr der Sinn stand, und dass mir Rüdiger so egal war wie Susannes hanebüchenes Gefasel von Magie und gereifter Leidenschaft?

»Was ist denn mit dir los? Neues von Josef?«

Aus der Seelenruhe im Liegestuhl unter der Schirmkiefer war nichts geworden. Statt einer Antwort warf ich Adrienne einen finsteren Blick zu. So wie ich mich gerade fühlte, warf ich sie alle in den gleichen Topf. Josef, Susanne, Adrienne.

»Nein.« Mir war danach, ungerecht zu sein und blindwütig zu zürnen. Doch dann riss ich mich zusammen. Wie Adrienne da vor mir stand, mit geröteten Wangen und den strahlenden Augen einer Verliebten, besann ich mich darauf, dass es nicht immer um meine verletzten Gefühle ging. Ich musste mich um Adriennes Wohlergehen kümmern, auch wenn ich gerade keine Ahnung hatte, wie ich das bewerkstelligen sollte.

»Hübsch siehst du aus«, sagte ich. Und das stimmte. Sie trug ein blau-weiß gestreiftes Sommerkleid, das ihre wohlgeformten Beine und weiblichen Rundungen wunderbar zur Geltung brachte. Ihr tizianrotes Haar glänzte im klaren Licht des späten Nachmittags.

Die klitzekleine und eher selten von der Muse geküsste Malerin in mir hätte nun doch am liebsten zum Pinsel gegriffen – Rotmarder, bitte schön! – und die von der Liebe Errötete aquarelliert. Nass in nass.

Natürlich, so rief ich mich zur Räson, war es denkbar, dass dieser Maurice sich zu Adrienne hingezogen fühlte. Warum sollte nicht auch er die Lebensklugheit und überbordende Weiblichkeit meiner Freundin spüren und sich mehr davon wünschen? Dass er problemlos eine der Jüngeren hier hätte haben können, war nicht die entscheidende Frage.

Wieder kam mir das nächtliche Treiben im hinteren Garten in den Sinn. Alles ein Irrtum. Vielleicht war *ich* ja diejenige, die nicht mehr klarsah. »Vexierbilder«, sagte ich laut vor mich hin.

»Danke für das *hübsch*. Aber dass du mich für ein Vexierbild hältst ...« Sie setzte sich neben meinem Liegestuhl ins Gras und sah mich fragend an.

»Nein, nicht du. Ich interpretiere wahrscheinlich überall zu viel rein. Sehe Dinge, die nicht da sind. So was in der Richtung.« Das klang mysteriös. Trotzdem fragte Adrienne nicht weiter. Stattdessen kraulte sie Lego das Fell, der sich unter ihren Händen wohlig dehnte, auf den Rücken drehte und alle viere nach oben streckte.

Ja, so war es. So geschah es einem, der in Adriennes Bann geriet.

Alles andere waren die dunklen Blüten meiner mit dem Rotmarderpinsel aquarellierten Schwarzmalerei. Genug davon.

»Lies mal! Von Susanne.« Ich hielt ihr mein Tablet hin.

Zurückgelehnt, die Augen geschlossen, entspannte ich mich. Ganz egal, wie die Dinge gerade standen, irgendwann kämen sie alle von ihren windgebeutelten Ballonfahrten auf die Erde zurück. Und auch ich würde mein Gleichgewicht wiederfinden.

»Die Liebe«, seufzte Adrienne neben mir.

Ich öffnete die Augen.

Sie hatte mein Tablet ins Gras gelegt und schaute in die Ferne. »Die kann einen schon ganz schön verwirren. Oder einen klarsehen lassen.«

Ja, so war es wohl. Ich zählte mich gerade nicht zu den Sachverständigen in der Materie.

32

Die dünne Madame Ribot, heute im dunkelblauen Leinenkleid mit weißer Halbschürze, schritt huldvoll von einer zur anderen. Auf einem silbernen Tablett waren allerlei Köstlichkeiten arrangiert. Wie geweihtes Brot hielt sie uns mit Kräutersahne gefüllte Zucchiniröllchen, geröstete Weißbrotrondelle mit *Crème de saumon fumé* und mit hauchdünn geschnittenem Schinken umwickelte Blätterteigstängel hin.

Die Vernissage war ein besonderer Moment. Sogar Jacques, der Gärtner, war eingespannt worden. Mit einer weiß-schwarz gestreiften Schürze über dem rundlichen Bauch goss er, einem Butler gleich, *Blanc de Blancs* in unsere Gläser.

Wirklich toll, absolut gelungen, klang es von überallher im Atelier. Pflichtschuldig bewunderte jede die Werke der anderen. Dabei hatte der entscheidende Teil des Anlasses noch nicht mal begonnen. Der Aquarellkünstler fehlte noch.

Später würde es unsere Aufgabe sein, unsere Werke zu präsentieren: Was hatten wir in den vergangenen Tagen gelernt und geschaffen? Was hatten wir dabei gespürt?

Ich stieß mit Brigitte aus Straßburg an. Ihr aquarellierter Ziehbrunnen und die pastellfarbenen Strauchrosen des Rosengartens befanden sich in etwa auf dem Niveau meines Kornfelds. Wir lächelten verschwörerisch über die unausgesprochene Einsicht in unsere Mittelmäßigkeit.

»Der Weg ist das Ziel«, sagte Brigitte und hielt mir ihr Glas entgegen. Der Trinkspruch gefiel mir. »C'est vrai!«, sagte ich in geziertem Französisch. Lachend stießen wir an.

Lotte und Willi standen Seite an Seite. Lottes gerötete Wangen waren das Werk des *Blanc de Blancs* oder – wer hätte das noch vor kurzem geahnt – der zarten Liebestriebe, die dem angegrauten Paar sprießten. Willi hatte sich zur Feier des Anlasses, und vielleicht auch für Lotte, eine karierte Fliege um den Kragen gezurrt und die Trekkingsandalen durch ein zeitloses Modell frisch gewienerter brauner Halbschuhe ersetzt.

Kurzum, es herrschten allgemeines Wohlwollen und Aufgeräumtheit. Vielleicht war es das Wissen um das baldige Ende unserer gemeinsamen Zeit, welches uns die Gelöstheit bescherte. Mit besten Absichten versicherten wir uns, in Kontakt zu bleiben und wussten doch, dass das heimische Treiben die provenzalischen Farben und Düfte bald verblassen und verflüchtigen ließ.

»Ich schau mal nach Maurice«, raunte mir Adrienne im Vorbeigehen ins Ohr. »Keine Ahnung, warum er noch nicht hier ist.« Aus ihrer Stimme drang, so schien es mir, die noch fast bettwarme Intimität der gemeinsam verbrachten Nacht. Sie würde nach ihm schauen gehen, wie eben jemand, der die exklusive Berechtigung dazu hatte.

»Adrienne, warte!«, rief ich. Aber sie war schon weg. Und eigentlich wusste ich auch nicht recht, worauf sie hätte warten sollen.

Dann schaute ich mich im Atelier um. Und verstand.

Maurice war nicht der Einzige, der fehlte.

Wir fahren, hatte eine zornige Kriegerin gerufen, der nur noch Speer oder Degen fehlten. Zehn Minuten nachdem sie sich auf die Suche nach Maurice gemacht hatte, war Adrienne ins Atelier gestürmt, hatte mich unberührt von den bestürzten Blicken und dem erschrockenen Verstummen der versammelten Runde am Arm gepackt und nach draußen gezogen.

Ich hatte mich nicht widersetzt.

In einem Tohuwabohu aus Tränen, hysterischem Gelächter, garstigen Worten und erschöpftem Schweigen mit eingeflochtenen konfusen Packaktionen erfuhr ich endlich die Einzelheiten.

»Dieser falsche Hund.« Sie schmiss einen Stapel T-Shirts achtlos in ihre Reisetasche. Zwei landeten daneben.

Unser vierbeiniger Reisekumpan verzog sich verängstigt und auch ein wenig gekränkt wegen der Beleidigung seiner Familie unter den Tisch. Aber auf Legos Gefühle wurde gerade keine Rücksicht genommen.

»Geküsst hat er ihn.«

Geküsst? Er? Ihn?

»Dann hat er ihm das Seidentuch zurechtgezupft wie eine fürsorgliche ...«

Ehefrau, Mutter, Schwester, hatte Adrienne vielleicht sagen wollen, aber eine seltsame Mischung aus einem wölfischen Heulton und einem Schluchzer hatte das Wort verschluckt.

»Das musst du dir mal vorstellen. Da stehen die zwei vor dem zerwühlten Bettzeug unserer gemeinsam verbrachten Nacht und sind schon bei der Neuinszenierung mit veränderter Besetzung.« Adrienne warf eine Sandale gegen den Schrank. Die zweite folgte.

»Das sind meine«, monierte ich und las das Schuhwerk auf. Im Vorbeigehen strich ich Lego tröstend über den Kopf.

Adrienne hatte sich auf ihr Bett fallen lassen. Tränen flossen ihr über die Wangen. Ich setzte mich neben sie und zog sie an mich. »Und dann?«, fragte ich. Schließlich musste die Geschichte nun raus. So wie Verdorbenes erbrochen werden musste.

»Dann hat Norbert ein paar Schritte zurück gemacht und wir haben uns angestarrt. Ein gleichseitiges Dreieck mit den Eckpunkten Maurice, Norbert und mir. Wäre ein schönes Bühnenbild gewesen.«

Ich lächelte. Und einen kurzen Moment lang auch Adrienne.

»Und weißt du, was Maurice dann gesagt hat?«

»Nein.«

»*Komm zu uns*, hat er gesagt und die Arme ausgebreitet. *Wo Platz für zwei ist, ist auch Platz für drei.*«

»Nein!« Ich wiederholte mich.

Wir saßen so dicht nebeneinander, dass ich die feinen Äderchen im Weiß von Adriennes Augäpfeln ausmachen konnte. Sie weinte nicht mehr, schniefte nur noch zwei-, dreimal.

»Das hätte ich Maurice nicht zugetraut. Und dieser Norbert?«, krächzte ich schwach und etwas heiser. Die Geschichte schlug sich auf meine Stimme nieder.

Adrienne zuckte mit den Schultern. »Macht wohl mit, was der große Maurice so vorschlägt. Jedenfalls hat er dann gesagt ... das musst du dir wirklich auf der Zunge zergehen lassen. Also, er hat gesagt: *Adrienne, ich bin ein Künstler, für mich hat die Liebe viele Facetten. Wie sollte ich mich vor all den köstlichen Nuancen verschließen wollen, die ihr innewohnen? Das wäre wie der Verzicht auf Farben und das Fließen der Formen. Lass uns frei sein, ohne mentale Ketten.*« Sie äffte Maurice' Stimme nach, was ich für ein gutes Zeichen hielt.

»*Köstliche Nuancen*. Hat er das wirklich gesagt?« Dieser Maurice zog ja alle Register.

Adrienne nickte. Ein weiterer Schluchzer. Erledigt war die Sache bei weitem noch nicht.

»Wir könnten bleiben und eiskalt zur Vernissage rübergehen«, schlug ich vor. Trauerarbeit sollte man aktiv angehen, hatte ich letzthin gelesen.

»So wie ich aussehe?« Adrienne schniefte und griff nach dem Papiertaschentuch, das ich ihr reichte.

»Gut, dann packen wir fertig.«

Lego hatte sich langsam an uns herangearbeitet. Er witterte atmosphärische Reinigung und Aufbruch.

»Ein Problem weniger«, verkündete Adrienne, nachdem wir Lyon hinter uns gelassen hatten. Es war bereits dunkel. Vor drei Uhr morgens würden wir nicht daheim sein.

»Was meinst du?«, fragte ich.

»Eigentlich zwei Probleme weniger.«

Ich war nicht schlauer als vorher. »Und die wären?«, wollte ich nun wirklich wissen.

Wir hatten schon eine Weile nicht mehr gesprochen. Adriennes gelegentliches *Salaud* oder *Canaillerie* – Schimpf, den sie der Authentizität wegen in ihrer Muttersprache beließ – nicht mitgerechnet.

»Nun bleibt alles beim Alten. Ich muss nicht pendeln, nicht umziehen. Stell dir mal vor, was da alles auf mich zugekommen wäre!«

Verblüffend, wie schnell Adrienne das leere Glas zu einem zumindest halbvollen zu machen wusste.

»Das ist tatsächlich gut so. Und das andere Problem, das du nun nicht hast? Du hast von zweien gesprochen.«

»Maurice' Schwäche.«

»Schwäche?« Ich hatte nur einen vifen und dynamischen Maurice erlebt. Litt er an Herzinsuffizienz?

»Ja, Kraftlosigkeit.«

Für einen Moment nahm ich meinen Blick von der Straße und schaute hinüber zu Adrienne, die mich nicht ansah. Stattdessen hob sie ihre rechte Hand, streckte den Zeigefinger und knickte ihn dann langsam nach unten.

»Es hat nicht geklappt«, ergänzte sie den Anschauungsunterricht schließlich.

»Gar nicht?«

»Gar nicht.«

»Und ich dachte ...«, stotterte ich. »Du sahst am Nachmittag so, na ja, erfüllt aus.«

»Im Prinzip war ich das ja auch. Auf eine bestimmte Weise. Und was den finalen Genuss betraf, war ich durchaus bereit, mich in Geduld zu üben.«

Mehr sagte Adrienne nicht dazu. Ihre Hände lagen bereits wieder sittsam gefaltet in ihrem Schoß.

Unsere Fahrt durch die Nacht war bis kurz vor Genf von nichts als dem Motorengeräusch des Smart untermalt.

Wir waren, jede für sich, in unserem eigenen Gedankengewirr unterwegs.

Erneut dachte ich an das Angelspiel meiner Kindertage und daran, dass das weiße und schmackhafte Fleisch des hochdotierten Hechts leider grätendurchzogen war. Dass sich mein feiner, in der Wertung gut platzierter Saibling Josef – ja, das war er für mich trotz ehebedingter Schwankungen immer gewesen – in einen schlängelnden Aal verwandelt hatte, den zu fassen mir gerade überhaupt nicht gelang.

Ich dachte an Lotte und daran, dass ich nun leider nie erfahren würde, ob sich der selbstgestrickte Studienrat a. D. für sie als passabler Fang entpuppen oder sie ihn alsbald wieder in den Fischteich zurückwerfen würde.

Und schließlich dachte ich noch, dass ich mich eigentlich nicht beklagen durfte, denn mein Leben war trotz allem kein schlechtes.

Auch die Sache mit Josef würde sich irgendwie zum Guten wenden. Ja, das würde sie.

»Always look at the bright side of life«, intonierte ich, des Schweigens und Nachdenkens überdrüssig, einen unserer Klassiker fürs Trällern im Duett.

»Always look at the light side of life«, stimmte Adrienne ein.

In traulichem Einverständnis sangen und summten wir den Monty-Python-Song vor uns hin. Nicht ganz so laut, wie wir das bei anderen Gelegenheiten schon getan hatten. Aber immerhin.

Und doch erlaubten sich zwei Tränen, das sah ich bei einem schnellen Seitenblick, sich über diese kluge Lebensdevise hinwegzusetzen. Sie rollten Adrienne über die mir zugewandte Wange, und im Fastdunkel des Wageninneren, beleuchtet vom Scheinwerferlicht eines überholenden Autos, glitzerten sie wie kleine Diamanten.

»Alles bleibt beim Alten«, griff Adrienne auf einmal ihre weit mehr als eine Stunde zurückliegende Überlegung wieder auf, überließ sie dann aber doch sich selbst und lehnte sich zurück. Die Augen geschlossen, den Kopf auf ihre Wolljacke gebettet, die sie über die Kopfstütze gehängt hatte.

Lego, der es sehr schätzte, wenn die Dinge *beim Alten* blieben, legte von hinten seine Schnauze auf die Schulter seines Zweit-Frauchens. Er seufzte.

Adrienne seufzte.

Ich seufzte.

Natürlich – und das wussten wir beide – blieb nur selten etwas beim Alten. Und das war auch irgendwie gut so.
Leben war Bewegung.
Aber allzu philosophisch wollte ich nicht mehr werden.

33

WAS ER NOCH NICHT lange wusste: Er hasste Sonntage. Natürlich konnte er die Stunden mit Arbeit füllen, aber das vermochte nicht darüber hinwegzutäuschen, dass er sich mehr von diesem Tag erhoffte.

Die halbe Stunde Joggen am frühen Morgen hatte ihm noch das Gefühl gegeben, alles im Griff zu haben, doch jetzt, zur Mittagsstunde, wäre eine Mahlzeit fällig, zu deren Zubereitung ihm Lust, Inspiration und letztlich auch die Zutaten fehlten.

Alles war anders gekommen als geplant. Zunächst die Enttäuschung, die Nacht ohne Nathalie verbringen zu müssen, dann ihre irritierende Textmitteilung. Es sei spät geworden und sie bräuchte den Vormittag für ihren Schönheitsschlaf. Den *Schönheitsschlaf* hatte sie mit einem Grinse-Smiley illustriert.

Im Hinblick auf ihre anstehende Nachtschicht sollte das gemeinsame Sonntagsprogramm auf eine Stunde geschrumpft werden. Ein Spaziergang an der Aare läge drin. Um vier.

Dies oder gar nichts, stand zwischen Nathalies Zeilen. Er erinnerte sich, dass sie eine vergangene Liebschaft einmal mit den Worten kommentiert hatte, der Verehrer – sie nannte ihn *der Typ* – sei ihr zu *needy* geworden. Josef hatte lächelnd genickt, als wüsste er genau, wie lästig schmachtende Bedürftigkeit sein könne. Nein, die Blöße, auch zu der Sorte zu gehören, durfte er sich keinesfalls geben.

Die Wahrheit war: Genauso stand es um ihn. Er fühlte sich allein, wollte bei Nathalie sein und gegebenenfalls auch mit irgendeinem orientalischen Take-away vorliebnehmen. Alles war besser, als in diesem seelenlosen Studio auf Schneiders Kuhfell-Corbusier-Chaiselongue zu thronen, durch das raumhohe Fenster auf den perfekt manikürten Rasen zu starren und die Kuckucksuhr ticken zu hören.

Als ihm Schneider die Räumlichkeiten gezeigt hatte, war Josef die Uhr an der Wand natürlich nicht entgangen. *Wir lieben Stilbrüche*, hatte Schneider mit dem ihm eigenen meckernden Lachen angemerkt und ihm erklärt, dass die handgeschnitzte Schwarzwalduhr ein Fundstück seiner Frau war und es ihm, Josef, natürlich freistünde, die manuelle Nachtabschaltung zu aktivieren.

Nun musste er den in regelmäßigen Abständen krakeelenden Kuckuck nur an zwölf von vierundzwanzig Stunden ertragen.

Warum hatten Schneiders ihren *Stilbruch* nicht bei sich installiert? Zahlte er die stattliche Miete für diese möblierte Bleibe, um sich von einem Holzvogel tyrannisieren zu lassen? Genervt stand er auf, hängte das grazile Schnitzwerk ab und wollte es eben in der hintersten Ecke des Garderobenschranks deponieren, als der Vogel ihn noch hämisch darauf hinwies, dass es gerade mal ein Uhr war.

Er setzte sich an den Schreibtisch, wo noch einige Berichte darauf warteten, diktiert zu werden; eine Arbeit, die er normalerweise zügig erledigte. Heute mangelte es ihm an der nötigen Konzentration. Nach drei Diktaten griff er nach seinem Telefon. Keine neuen Nachrichten in seiner Chat-App. Nathalie hatte es sich leider nicht anders überlegt und ihn früher einbestellt.

Der letzte Text war von Tobi. Er hatte ihn um einen außergewöhnlichen finanziellen Zuschuss für eine größere Reparatur gebeten. Sein von Helene und Josef übernommener Volvo brauchte neue Bremsbeläge. Auch das Schloss war defekt.

Es war an der Zeit, dass Tobi sein eigenes Geld verdiente.

Helene hatte sich nicht gemeldet und auch seine Anfrage nicht beantwortet, was er rüde fand. Ob er mal am Haus im Jägerweg vorbeifahren sollte? Diese Kreativwoche in der Provence musste inzwischen doch wohl zu Ende sein.

Er könnte mal eben reinschauen, sich nach ihrem Befinden und den Früchten des schöpferischen Tuns erkundigen und eventuell noch ein Häppchen mitessen. In der Regel kochte Helene etwas zu Mittag. Sonntags später. Daran sollte auch die künstlerische Entfaltung nichts geändert haben. Josef verwarf den Gedanken. Er wollte nicht den Eindruck erwecken, er bräuchte Gesellschaft.

Josef schob das Handy an die äußerste Ecke des Schreibtischs. Dabei drängte sich ihm das unangenehme Gefühl auf, dass es in Wahrheit genau so war: Er wünschte sich Gesellschaft. Mehr noch, er dürstete danach.

In einer einzigen geschmeidigen Bewegung erhob er sich und schob scheppernd Schneiders *Wire Chair* nach hinten.

Er wollte zu Helene in den Jägerweg fahren, ein wenig mit ihr über dies und jenes plaudern und dabei Lego zwischen den Ohren kraulen.

Aber dann zog er den Drahtstuhl doch wieder zu sich heran und ließ sich auf die geflochtene Sitzfläche fallen, die ihm immer ein Gittermuster in den Hintern drückte.

Musste Schneider eigentlich alles in Designerausführung haben?

Nein, beschloss Josef. Er würde hier ausharren. Noch ein wenig Papierkram erledigen und sich danach für Nathalie frischmachen. Er hoffte, im Anschluss an den Spaziergang noch ein Zusatzstündchen bei ihr zu Hause herauszuschinden zu können.

Im Garderobenschrank meldete sich der Kuckuck zu Wort. Zweimal.

Dann, am Bärengraben, geschah, was er nur zu gerne vermieden hätte.

»Schau mal, der ist ja süß«, flötete Nathalie, die sich bei ihm eingehängt hatte, und wies auf den Hund, der mit flatternden Ohren auf ihn zugaloppiert kam. Lego!

Ausweichmöglichkeiten gab es keine, wenn er von einem Sprung in die Aare absah. Und selbst dann hätte er damit rechnen müssen, von Lego gerettet zu werden. Warum lief der überhaupt an einem Sonntagnachmittag zwischen all den Spaziergängern frei herum? Dieses Rätsel zu lösen gestatteten ihm die Umstände nicht.

Einen Augenblick später stand Helene vor ihnen.

»Hallo, Josef«, sagte sie und ließ ihre Augen von ihm zu Nathalie und wieder zurück wandern, während sie den hechelnden Lego an die Leine nahm.

»Hallo, Helene.« Mehr fiel ihm nicht ein. Sollte er ihr Nathalie vorstellen? Die hatte sich zwar schon von seinem Arm gelöst, aber es war nicht anzunehmen, dass Helene die noch kurz zuvor bestehende Verquickung entgangen war.

Was sagte man in solchen Momenten? Dafür gab es keine Etikette. Zumindest war ihm keine geläufig.

Es war Nathalie, die sich des Falles annahm. »Sie sind sicher Frau Abendrot«, sagte sie und streckte Helene die Hand entgegen. »Brunner mein Name. Ich bin Assistenzärztin auf der Abteilung Ihres Mannes.« Sie zog ihre Hand wieder zurück, nachdem klar wurde, dass Helene nicht der Sinn nach dieser Art von Nettigkeiten stand.

»Assistieren Sie meinem Mann auch beim *In-sich-Hineinhören*?«

»Wie bitte?« Nathalie – Josef kannte sie nicht anders als selbstbewusst – wirkte nun doch verunsichert.

»Helene, ich bitte dich!«

»Ja, Josef? Um was bittest du mich?«

An diesem freundlichen Julinachmittag waren sie nicht die Einzigen auf dem Weg am Fluss, der am Bärengehege entlangführte. Links und rechts schoben sich die Spaziergänger an ihnen vorbei, an dem trotz der angenehmen vierundzwanzig Celsiusgrade seltsam steifgefrorenen Dreierarrangement mit Hund.

Josef beantwortete Helenes provozierende Frage nicht. Er hätte sie gerne darum gebeten, auf ihren Zynismus zu verzichten. Aber er war fürwahr nicht in der Position, ihr Verhalten zu monieren.

»Ich glaube, ich geh dann mal.« Das war Nathalie, die sich aus der unerfreulichen Situation zu verabschieden gedachte. Sie drehte sich um, hob lächelnd die Hand und machte sich mit klappernden Absätzen und dem ihr eigenen grazilen Gang in Richtung Nydeggbrücke davon.

»Das werde ich auch tun«, sagte Helene, zog Lego, der sich inzwischen hingesetzt hatte, an der Leine und ging eiligen Schrittes in die andere Richtung davon.

Josef wollte Helene nachlaufen, aber eine seltsame Schwere hielt ihn an Ort und Stelle. Er fühlte sich wie in einem der Träume, die ihn gelegentlich heimsuchten, in dem ihn unerklärliche Kräfte daran hinderten, zum Sprint anzusetzen.

Am Bärenbad sah er Finn – oder war es Ursina? – ein wenig beim Schwimmen zu. Das Gefühl, ganz großen Mist gebaut zu haben, ließ sich nicht abschütteln, sosehr er auch versuchte, die Schuld dafür außerhalb seiner Reichweite zu verorten. Bei Nathalie, die den Spaziergang vorgeschlagen hatte, bei Helene, die sonntags nie diese Route wählte.

Das Dumme war, dass er Helene nun nicht mehr mit der Bedenkzeit kommen konnte.

Aus seiner *Reflexionsphase* war unversehens eine junge Frau geworden, die einen Namen und ein sehr hübsches Gesicht hatte.

Was sollte er tun?

34

ICH HATTE DIE BEIDEN kommen sehen. Josef, der etwas abgenommen hatte, und eine attraktive junge Frau, die sich auf eine Art bei ihm eingehängt hatte, wie es nur Menschen tun, die sich nahestehen. Mein Herz hatte wild zu klopfen begonnen. So fest, dass es schmerzte. Durchatmen, tief durchatmen, hatte ich mir befohlen und einen kurzen Moment lang an frühere Zeiten gedacht, als man den der Ohnmacht nahen Damen ein Riechsalz reichte. Niemand hatte mir ein Riechsalz gereicht.

Nichtsdestotrotz war ich dem Impuls gefolgt, Lego von der Leine zu lassen. »Geh zu Herrchen«, hatte ich ihm zugeraunt, was dafür sprach, dass ich weit von einer Ohnmacht entfernt war.

Lego hatte getan, was er immer tat, wenn ihm ein *Geh* angeordnet wurde: Er schoss los. Zunächst, wie es schien, eher aufs Geratewohl. Dann mit Peilung.

Nun war ich auf dem Heimweg und durchquerte den Rosengarten.

Nachdem ich zuvor – Fluchtinstinkt? – ein Stück in die Richtung zurückgegangen war, aus der ich gekommen war, hatte ich bald darauf erneut kehrtgemacht und Josef am Bärenbad stehen sehen. Die Hände in den Hosentaschen, leicht nach vorne gebeugt, hatte er den Bären beim Baden zugesehen.

Dicke, fette Wut hatte mich gepackt. Was stand er da und glotzte? War das seine Art, mit Menschen umzugehen? Mit mir umzugehen?

Aber auch ich konnte nur dastehen und schauen.

Dann hatte sich Josef in Bewegung gesetzt, war die Treppen zur Brücke hochgestiegen und in Richtung Nydeggasse davonmarschiert.

Warum nur hatte ich Josef nicht zur Rede gestellt? Warum machte ich es ihm so leicht?

Nun war es die Scham über meine Naivität, die mir die Tränen in die Augen trieb.

Nach der Rückkehr aus der Provence hatte ich mir minuziös zurechtgelegt, was ich mit Josef besprechen und wie ich ihn von der Notwendigkeit einer *gemeinsamen* Konfliktlösung überzeugen wollte. An all seine möglichen Argumente für seine Auszeit hatte ich dabei gedacht. Aber nicht an die. Die mit den schlanken, langen Beinen. Mit den klappernden velourledernen

Slingpumps. Mit dem Dekolleté, das so viel üppiger war als meins. Mit dem Po, der sich so sanft von rechts nach links und von links nach rechts wiegte, als hätte er ein Eigenleben, und bei dessen Anblick einem Mann ganz duselig werden musste, wenn er ihr nachsah.

Helene, sagte mein strenges Alter Ego. *An so was hast du durchaus gedacht. Du wolltest es nur nicht wahrhaben.*

Na ja, vielleicht, aber nicht an so ein Kaliber, setzte ich mich störrisch zur Wehr.

Schon gut, schon gut, beruhigte mich die Helene, die Unbequemes gerne mal unter den nächstbesten Teppich kehrte.

Gar nichts ist gut, fauchte die andere, wem willst du hier eigentlich in die Tasche lügen?

Wo kam nur auf einmal dieses Helene-Aufgebot her, das sich gegenseitig rüde ins Wort fiel?

Der Rosengarten war ein Park, in dem ich gerne verweilte. Vor allem in dieser Jahreszeit, wo es blühte und duftete, so dass Augen und Nase gar nicht nachkamen mit dem Schauen und Einsaugen. Heute glitt sein Zauber an mir ab.

Erschöpft, als hätte ich einen Halbmarathon hinter mir, ließ ich mich auf eine Bank fallen. Gleich neben Albert Einstein, der mich mit seinem auf der Rückenlehne ausgestreckten Arm umfing.

Ich schaute dem zu Bronze gewordenen Albert ins Gesicht. Irgendetwas an seinem Ausdruck erinnerte mich an Josef, weshalb ich mich gleich wieder erhob und weiterging.

»Der denkt über gar nichts nach«, sagte ich zu Lego. »Von wegen: In-sich-gehen. Der kann gar nicht mehr nachdenken, der ist testosterongesteuert. Besteht nur noch aus Libido.« Damit meinte ich Josef. Was diesen lässig mit übergeschlagenen Beinen auf der Bank posierenden Einstein anging, so musste der sich in Frauenangelegenheiten allerdings auch einiges geleistet haben, wie ich gelesen hatte.

Lego sah zu mir hoch. Über derlei Dinge machte er sich keine Gedanken. Eigentlich war es auch kein Thema, das man mit seinem Hund besprach.

Was war nur los um mich herum? Das fragte ich mich nicht zum ersten Mal. Susanne mit ihrem heißen Techtelmechtel mit ihrer Jugendliebe, während Rüdiger Gänseleber naschte und Gewürztraminer schlürfte. Adrienne hatte ihr Herz vorübergehend einem französischen Beau geschenkt, der sich nicht zwischen Mann und Frau entscheiden mochte. Der sich *gar nicht* entscheiden mochte und überhaupt alles nicht so eng sah. Tja, und allen voran natürlich Josefs Krise, die nur wenig mit substanziellen Lebensfragen zu tun hatte, dafür aber umso mehr mit seiner Unschlüssigkeit, wann und ob überhaupt er mich über seine lustvolle Eskapade informieren wollte.

War es das also? War die Sache mit dem Studio bei Schneider nur die erste Etappe seines Abschieds?

Das braungelockte Geschöpf an seiner Seite könnte seine Tochter sein.

Wie peinlich das war! Mein Mann, der Charmeur mit den grauen Schläfen, der reife Liebhaber, der renommierte Mediziner aus der Schmonzette. *Chefarzt Dr. Troll. Sein Leben, seine Liebe, sein Dilemma.* Trivialer ging es nicht.

Und sie eine dieser übertrieben selbstbewussten jungen Dinger, die sich nicht einmal gescheut hatte, sich mir vorzustellen. Wo waren Scham und Verlegenheit? Ich war schließlich Josefs Frau.

Erneut ließ ich mich auf einer Bank nieder. Diesmal ohne bronzene Männergesellschaft.

Lego legte sich zu meinen Füßen und deponierte seine Schnauze auf meinem rechten Turnschuh. Ich beugte mich zu ihm und strich ihm über den Kopf. Wasser tropfte aufs Fell zwischen seinen Ohren. Keine Regentropfen, nein. Der Himmel hatte außer ein paar Schäfchenwolken nichts zu bieten. Tränentropfen. Meine.

Er sah zu mir hoch. Ein wenig besorgt, ein wenig ratlos.

Ich brauchte mehr als einen schweigenden Tröster, entschied ich für mich, zog meinen Schulterbeutel zu mir heran und kramte nach dem Telefon. Adriennes Nummer war die erste im Alphabet, so wie sie die Erste war, die ich um Trost und Rat bitten wollte. Sie, die selbst immer noch ihre Wunden leckte.

»Er hat eine andere«, heulte ich ins Telefon, obwohl ich mir doch vorgenommen hatte, nicht gleich mit meinem Herzschmerz aufzuwarten und mich nach ihrem Befinden zu erkundigen.

»Ja.«

»Wie *ja*?«

»Das habe ich befürchtet. Du ja auch. Erinnerst du dich nicht?«

Nein, ja, nein. Vielleicht. »Eine ganz Junge. Assistenzärztin. Groß, schlank, hübsch. Die ganze Palette. Wie soll ich denn dagegen ankoooom ...« Das letzte Wort verlor sich in einem erbärmlichen Klagelaut.

»Und woher weißt du das alles? Nein, stopp, sag nichts! Putz dir die Nase und komm einfach vorbei. Erzähl mir hier, was passiert ist. Dann können wir meinetwegen noch gemeinsam ein paar Tränen vergießen. Das macht allemal mehr Spaß als allein.«

»Spaß ...«, schniefte ich abfällig, musste aber doch schon wieder lächeln, was sich in meinem derangierten Zustand wohl eher als schiefes Grinsen zeigte.

Folgsam zerrte ich ein nicht mehr ganz taufrisches Papiertaschentuch aus meiner Hosentasche und schnäuzte mich.

»Wenigstens habe ich eine Freundin wie dich«, sagte ich noch, bevor mich der nächste Tränentsunami erfasste.

35

»Was ist das?« Misstrauisch beäugte ich die grünliche Substanz im Glas vor mir.

»Ein Avocado-Gurken-Smoothie.«

Der langstielige Löffel stand fast senkrecht in der breiigen Kost. »Ich mag so etwas jetzt nicht. Danke«, nörgelte ich und schob das Glas zu Adrienne rüber.

»Du brauchst aber jetzt was Nahrhaftes.« Adrienne blieb hart und schob es zurück auf meine Seite des Balkontischs.

Nachdem ich im extra für mich aufgewärmten Ratatouille nur mit der Gabel gestochert hatte, war Adrienne noch mal in der Küche verschwunden und mit *Superfood* zurückgekommen. Für Zahnlose, Hipster oder solche wie mich, die in ihrem Gram zu kauen vergaßen.

»Dass du so gut drauf sein kannst. Dabei hast du doch selbst gerade einen Tiefschlag erlebt. Und nun kümmerst du dich ganz selbstlos um mich.« Immerhin gelang es mir nun doch für ein paar Sekunden, meine eigene Misere zur Seite zu schieben.

Wie meine Freundin mir da gegenübersaß, aufrecht und mit solch einer Ruhe in ihrem Blick, kam ich mir plötzlich töricht vor mit meinem Gejammer. Ob es Yoga und Meditation waren, die Adrienne so viel Kraft verliehen? Vielleicht sollte ich es doch noch einmal damit versuchen.

»Ach, das lenkt mich ein bisschen von mir selbst ab. So eine Gefühlsathletin bin ich nun auch nicht, wie du meinst. Du darfst auch nicht vergessen, dass die Enttäuschung mit Maurice nicht mit deiner zu vergleichen ist. Ich habe den Mann ja nicht mal eine Woche gekannt. Letztlich war, ist, Maurice ein Fremder, eine Projektionsfläche meiner Wünsche. Und Josef ist dein Mann. Seit sechsundzwanzig Jahren.«

Sechsundzwanzig Jahre. Das reichte, um mir erneut die Tränen in die Augen zu treiben.

»Er hat übrigens noch geschrieben.«

Ich erschrak. »*Josef* hat dir geschrieben?«

»Nein, natürlich nicht. Maurice.«

»Und das sagst du erst jetzt?«

Adrienne lachte und tätschelte mir die Hand. »Bis jetzt bin ich ja noch nicht dazu gekommen.«

Da hatte sie natürlich recht. Seit fast zwei Stunden und einer stattlichen Anzahl von zu nassen Knäueln verarbeiteten Papiertaschentüchern dominierten Josef und seine Trophäe das Gespräch.

»Erzähl!«, rief ich lauter als nötig, wild entschlossen, meinem Solo-Gejammer ein Ende zu setzen.

»Stell dir vor«, Adriennes Stimme war nun doch von einem leichten Tremolo durchzogen, »Maurice und Norbert kennen sich schon lange. Mindestens einmal pro Jahr ist Norbert mit von der Partie und tut, als wäre er ein ganz normaler Kursteilnehmer.«

»Was ist *das* denn für eine Inszenierung?«

»Ich weiß auch nicht, warum sie das tun. Wahrscheinlich finden sie das reizvoll. Na ja, jedenfalls fühlt sich Maurice zu beiden Geschlechtern hingezogen, was mir nicht entgangen ist. Zu Männern etwas mehr als zu Frauen. Und wenn eine Frau, dann ein etwas älteres Modell.« Adrienne glättete mit der flachen Hand hingebungsvoll die bunt gewebte Ethnodecke, die ihren Balkontisch zierte. »Er sagt, er hätte durchaus starke Empfindungen für mich.« Das Tremolo war im Crescendo. »Wenn ich bereit wäre zu einer offenen, experimentellen Art von Beziehung, dann würde ihn das sehr freuen.« Adrienne versuchte sich in einem Lächeln, das auf halber Strecke abrutschte. Stattdessen begann ihre Unterlippe gefährlich zu beben.

»Was haben die nur alle mit ihren Experimenten? Was ist aus dem guten alten *Gewöhnlich* geworden?«, fragte ich, ohne eine Antwort zu erwarten.

Dass mich ihre doch noch nicht ganz überwundene Kränkung insgeheim erleichterte, weil sich Superwoman damit als Normalsterbliche enthüllte, sagte ich nicht.

Wir schauten über das Balkongeländer gen Westen, wo sich der Himmel rötlich eingefärbt hatte. Bald würde sich die Sonne hinter den heute besonders nah erscheinenden Höhenzug des Jura zurückziehen.

»Was wirst du nun tun?«, fragte mich Adrienne, die den pansexuellen Maurice wohl wieder aus ihren Gedanken verbannen wollte.

»Josef wird mir erklären müssen, wie er sich das alles vorstellt. Ich nehme nicht an, dass auch er an meine Offenheit und Experimentierfreudigkeit appellieren möchte.«

»Was wünschst du dir denn?«

»Von ihm?«

»Auch. Aber ich meine das eigentlich etwas umfassender.

Möchtest du Josef zurück? Möchtest du deine Ehe *tel quel* zurück? Und falls du Josef zurückhaben möchtest, welchen möchtest du dann? Und welche Ehe?«

»Das sind aber viele Fragen. Und die soll ich alle beantworten?« Ich lachte auf.

»Ja, ich glaube, das wäre nützlich«, sagte sie, ohne auf meinen bemüht scherzhaften Ton einzugehen.

Ich nahm einen Schluck von meinem breiigen Smoothie. »Gar nicht übel.«

»Also?« Nein, Adrienne würde nicht lockerlassen. Und das war auch gut so, denn diese Fragen hätte ich mir eigentlich längst selbst stellen sollen.

Ich rührte in dem nur geringfügig weniger gewordenen grünlichen Gebräu im Glas vor mir, als handelte es sich dabei um eine dringend zu erledigende Aufgabe. »Ja, ich möchte Josef zurück, aber nicht den Josef, der mich an einer Autobahnausfahrt sitzen lässt. Und der dann holterdiepolter zwecks Selbstfindung von zu Hause auszieht und in Wirklichkeit einfach unbehelligt seine blutjunge Geliebte vernaschen will.«

»Das versteht sich von selbst. Aber welchen dann?«

Auch diese Frage war berechtigt. Ich zog den Goldstreifen über dem Jura zu Rat, den letzten Sonnengruß, bevor Licht und Wärme sich für die Dauer der Abend- und Nachtstunden davonmachen würden. Tatsächlich brachte er mir den liebenswerten Josef in Erinnerung, den ich gerne zurückbekommen würde. Den, der sich in vergangenen Zeiten bei den ersten Anzeichen der Abendkühle aufgemacht hatte, eine Jacke für mich zu holen, um sie mir über die Schultern zu hängen. Ungefragt. So ein um mein Wohl besorgter Josef hatte mir im Jägerweg schon lange nicht mehr seine Aufwartung erwiesen. Und wenn ich genau darüber nachdachte, nicht mal in den letzten Jahren in unserer Wohnung in der Freiburger Goethestraße.

Der Josef fiel mir ein, der am Sonntag ein Frühstücksei für seine Frau machte – dreieinhalb Minuten, keine Sekunde länger. Der, der mir Champagnertrüffel mitbrachte, auch ohne dass ihn eine Reminder-App an unseren Hochzeitstag erinnerte. Josef, der gute Zuhörer, mit dem ich am Tisch sitzen konnte, wie jetzt gerade mit Adrienne, und der dabei nicht auf die Uhr oder sein Handy schielte. Josef, der es mit einer witzigen Bemerkung schaffte, meine Laune aufzuhellen. Und natürlich noch die Krönung aller Josef-Spielarten: der Zärtliche, der mir eine widerspenstige Haarsträhne hinters Ohr strich und mich dabei *Leni* nannte, wozu außer ihm niemand befugt war.

All diese Josefs gab es nicht mehr. Die hatten sich davongemacht, noch bevor eine junge Ärztin mit langen Beinen und rundem Po die Bühne betreten hatte.

»Einen Abhandengekommenen«, beantwortete ich endlich Adriennes Frage.

Sie nickte. »Gibt es auch eine abhandengekommene Helene?«

»Ich denke schon«, räumte ich ein, wohl wissend, dass es auch die in Vielzahl gab. Viel zu häufig trieb sich hingegen die Nörgel-Helene im Hause Abendrot herum. Die mochte ich selbst nicht. Und doch überließ ich ihr oft die Bühne. Oder die gelangweilte Helene, die nur mit einem halben Ohr zuhörte, wenn sich ihr Mann in etwas für ihn Wichtigem zu ausführlich erging.

Was Josef wohl auf eine Frage dieser Art antworten würde? Welche Helene wünschte er sich zurück? Wie es gerade aussah, wohl gar keine.

»Dann müssen die zwei Ausreißer eben wiedergefunden werden. Die entschwundene Helene und ihr verlustig gegangener

Josef.« Adrienne zündete ein Streichholz an und hielt das brennende Hölzchen an den Kerzendocht im Windlicht. Mit ihrem bunten Stirnband, den Ohrringen und dem vom Lichtschein geheimnisvoll erhellten Gesicht sah sie für einen Moment wie eine jener Wahrsagerinnen aus, die sich früher auf Jahrmärkten verdingten, indem sie mit allerlei Getue ihre Glaskugel konsultierten.

Ja, es gab eine kindliche Helene, die von Adrienne gerne ein klein wenig über ihre Zukunft erfahren hätte.

Gut auch, dass selbst Adrienne dazu nicht in der Lage war.

»Um etwas suchen zu wollen, muss man es aber zuerst vermissen. Und wie es aussieht, steht gerade anderes zuoberst auf Josefs To-do-Liste«, griff ich den Gedanken von den verschwundenen Liebesleuten wieder auf.

»Tja, der Eindruck ist nicht von der Hand zu weisen«, sagte Adrienne mit weniger Zuversicht, als ich es mir wider besseres Wissen wünschte. »Aber wer weiß, vielleicht kommt auch alles anders«, fügte sie noch hinzu, »und du bist am Ende diejenige, die andere Prioritäten setzt.« Sie zupfte an einer roten Locke, die sich aus dem Stirnband gelöst hatte, und wickelte sie sich um den Zeigefinger.

»Ja, wer weiß«, sagte ich ohne Überzeugung. So verheißungsvoll das klingen mochte, konnte ich mir im Moment nicht viel darunter vorstellen, was Adrienne nicht entging.

»Du bist im Moment noch zu sehr auf Josef fixiert, starrst auf ihn wie das Kaninchen auf die Schlange«, versuchte Adrienne, mir ihren Gedanken nahezubringen. »Das ist verständlich«, fügte sie eilig hinzu. »Aber Josef hat mit seinem Tun einen Stein ins Rollen gebracht. Und wenn ein Stein erst mal rollt, kann vieles in Bewegung geraten.« Sie legte ihre Hände auf meine und sah mich dabei eindringlich an. »Vieles«, wiederholte sie. »Und nun trink den Shake aus und geh heim! Wir haben genug geredet.«

Ihr unversehens sachlicher Ton tat gut. Unser Balkongespräch im Kerzenschein lief Gefahr, zu sehr ins Pastorale abzudriften.

Gehorsam kippte ich die grüne Flüssigkeit in mich hinein, stand auf und drückte ihr einen Kuss auf die Wange. »Danke, Adrienne.« Und zu Lego: »Heim geht's!«, was zu betonen nicht nötig war. Er stand bereits startklar an der Wohnungstür.

Ein schmaler Pfad zwischen provenzalischen Kalksteinbrocken, gelb blühendem Ginster und allerlei dürrem, dornigen Gesträuch. Neben mir ein Abhang. Nur mit Mühe finden meine Füße Halt, aber ich bin entschlossen, den Weg zu Ende zu gehen. Ich muss weitergehen, auch wenn ich nicht weiß, wohin er führt.

Weit über mir sehe ich Josef, der zum Gruß den Arm hebt. Oder ist es etwa gar kein Gruß?

»Komm, gib mir deine Hand. Der Weg ist zu steil«, rufe ich ihm zu.

Josef kommt nicht, und nach Handreichen sieht das, was er tut, schon gar nicht aus. Der von ihm in Bewegung gesetzte Gesteinsbrocken rumpelt mit Getöse knapp an mir vorbei, bringt mich aber trotzdem ins Straucheln.

Ich falle, rolle über Stock und Stein. Denke, es sei nun alles zu Ende.

Aber nein. Ich spüre Weiches, Feuchtes, finde mich in einer Wiese mit hohem Gras und bunten Blumen wieder.

Von Josef keine Spur.

Das Weiche und Nasse war Legos Nase. Die Vorderpfoten auf der Bettkante, die Schnauze nur fünf Zentimeter vor meinem Gesicht entfernt, hatte er sich eine unerlaubte Extravaganz genehmigt. Wir sahen uns in die Augen. Mein einziger Mitbewohner und ich.

»Alles in Ordnung«, beruhigte ich ihn. »Nur ein Traum.«

Adriennes Bild von den rollenden Steinen hatte nachgewirkt.

36

AM LIEBSTEN HÄTTE er diesen Sonntag nicht nur aus seinem, sondern aus dem Gedächtnis aller Beteiligten gestrichen.

Nach dem Desaster an der Aare war er dann doch noch zu Nathalie geeilt, die erwartungsgemäß den Heimweg angetreten hatte.

Was hätte er sonst auch tun sollen?

Es lag wohl in der Natur der Sache, dass sie die Begegnung weniger dramatisch sah als er.

Damit war zu rechnen, hatte sie nüchtern konstatiert. *So groß ist Bern nun auch wieder nicht. Was hat sie denn gesagt?*

Ich habe nicht mit ihr gesprochen. Das einzugestehen war ihm unangenehm gewesen. Umso mehr, als Nathalie sich daraufhin mit einem für ihn nicht zu entschlüsselnden Blick ab- und den Büchern auf ihrem Schreibtisch zugewandt hatte. Dort hatte sie sich in allerlei Verschiebe- und Zurechtrückaktionen ergangen, bis sie sich schließlich doch auf sein Katerschnurren und Anschmiegen aus dem Hinterhalt eingelassen hatte. Nicht nur das, sie hatte ihm sogar ein wenig Extrazeit gewährt, nachdem die zuvor vereinbarte Opfer der unglückseligen Begegnung geworden war.

Rückblickend hätte er allerdings auf jede einzelne Minute davon verzichten können.

Es musste der innere Aufruhr gewesen sein. Anders konnte er sich sein blamables, nun ja, Versagen zwischen Nathalies dunkelblauen Satinlaken nicht erklären.

Mit kühlem Forscherblick hatte sie *ihn* in der Hand gehalten, als handelte es sich um eine tote Maus, die es zu sezieren galt.

Non-Performance und Elastizitätsverlust, hatte sie mit enervierender Sachlichkeit verkündet, als besprächen sie im Spital einen orthopädischen Eingriff, *sind bei Männern über fünfzig nichts Ungewöhnliches. Mach dir keine Sorgen.*

Was ihm am Arbeitsplatz so an ihr gefiel, ja, was ihn im Zusammenspiel mit ihrer Physis so reizte, fand er in jenem Moment einfach nur unerträglich.

Er war Arzt und benötigte kein Referat über *leichte bis mäßige Potenzstörungen und erektile Dysfunktion bei Nervosität und Stress*. Er brauchte auch kein Verständnis und keinen Trost. Alles, was er sich wünschte, war der Mantel des Vergessens, der sich gnädig über diesen Nachmittag legen sollte.

Gerne hätte er auch bei Helene die Delete-Taste gedrückt. Würde sie ihm ein Ultimatum stellen? Oder noch drastischere Schritte erwägen? Er hatte sie bisher nie betrogen, und auch theoretisch hatten sie nie erörtert, was so ein Ausscheren für ihre Ehe bedeuten würde.

Das Arrangement mit der vorübergehenden Trennung war ihm dazu dienlich gewesen, sich möglichen Konsequenzen nicht stellen zu müssen, Zeit zu gewinnen.

Natürlich war bisher nicht alles geschmeidig gelaufen. Angefangen bei seinem zugegebenermaßen nur schwer zu entschuldigenden Abgang an der Autobahnmautstelle vor einem Monat. Und sein Umzug in Schneiders Studio, den er mit mehr Geschick hätte in die Wege leiten sollen, mochte für Helene ein schwer verdaulicher Brocken sein.

Und doch, die ganze Chose war weniger problematisch über die Bühne gegangen, als er insgeheim befürchtet hatte. Helene zeigte bisher die Vernunft, die ihn zwar manchmal an ihr geärgert, ihm aber letztlich doch zugesagt hatte. Nein, mit überzogen emotionalen Reaktionen oder gar Hysterie ihrerseits war er nie konfrontiert worden.

Und nun? Ihm war unwohl. Sehr unwohl sogar. Daran änderten auch die zwei Biere nichts, die er bereits intus hatte. Seit einer Dreiviertelstunde saß er am Tresen der *Samba Bar* am Kornhausplatz – eine Lokalität, in die er unter normalen Umständen keinen Fuß gesetzt hätte – und erwog seine Möglichkeiten, die er der besseren Übersicht halber in der Notizapplikation seines Telefons niedergeschrieben hatte:

– *Helene anrufen und die Wahrheit sagen*
– *Helene anrufen und die Affäre zu einer vernachlässigbaren Liaison stutzen*
– *Helene nicht anrufen und abwarten*

Gegen die erste Option sprach die zu befürchtende Forderung, er müsse sich von Nathalie trennen. Dazu war er so wenig bereit wie zum durchaus vorstellbaren Scheidungsbegehren seitens Helene. Beides würde ihn überfordern. Zumindest im Moment.

Gegen Option zwei war im Prinzip nichts einzuwenden. Leider war davon auszugehen, dass seine Frau nun nicht mehr bereit war, ihm irgendwelche Schönfärbereien abzukaufen, wenn sie dies denn bisher überhaupt getan hatte. Er hörte schon

Helenes höhnisches Schnauben, wenn er Nathalie zu einer unbedeutenden Komparsin seines Selbstfindungsprozesses schrumpfen würde.

Blieb noch Option drei.

When in doubt, do nothing, war die Lebensdevise seines englischen Großvaters gewesen. So recht hatte Josef das nie verstanden. Was sollte – Zweifel hin, Zweifel her – das Nichtstun schon bringen?

Heute Abend, hier in dieser Spelunke, kam er zu dem Schluss, dass sein Großvater, den man hinter vorgehaltener Hand immer einen *Bruder Leichtfuß* genannt hatte, ein lebenskluger Mann gewesen sein musste.

Josef entschied sich, Grandpa Alans geistiges Erbe anzutreten, und bestellte sein drittes Bier.

37

»Du hättest mir das sagen können.«

»Ich fand, dass das eine Sache zwischen Josef und dir ist.« Tobi schob sich den letzten Bissen Aprikosenkuchen in den Mund und spülte mit einem Schluck Tee nach.

Das fand ich nicht. Immerhin war Tobi mein Sohn, *unser* Sohn.

Es war wieder drückend heiß geworden. Wir hatten die Kuchenteller und den Krug mit dem kalten Tee in den Hof getragen, der zu dieser Tageszeit im Schatten lag, und uns auf die Bank unter den Nussbaum gesetzt.

Lego hatte sich nach einem exzessiven Freudentanz zu Ehren

von Tobis eher seltener Aufwartung erschöpft neben uns ausgestreckt, blieb aber mit seinen Antennen auf Empfang, für den Fall, dass jemand beabsichtigte, ohne ihn zu verschwinden.

»Natürlich habe ich mir überlegt, ob es wirklich gut ist zu schweigen. Aber letztlich wollte ich weder eine Petze noch ein Unglücksbote sein. Ich habe sowieso nicht verstanden, dass du ihn so einfach hast ausziehen lassen.«

Gerade wollte ich anmerken, dass ich Josef schlecht zu Hause hätte fesseln und knebeln können, als Tobi den Faden weiterspann. »Ich wusste ja auch nicht, was für eine Art Beziehung die zwei haben. Es hätte ja sein können – könnte sein! –, dass es sich nur um ein Geplänkel handelt. Ich meine, was will eine attraktive Frau von 27 Jahren von einem Mann im Alter ihres Vaters? Das kann doch nicht mehr sein als ein vorübergehender Taumel.«

»Woher weißt du, wie alt sie ist?«

Tobi strich dem wohlig seufzenden Lego über den Kopf. Dabei fiel seine hellbraune Mähne – Josefs kräftiger Haarschopf in jungen Jahren – wie ein Vorhang nach vorne und verdeckte sein Gesicht fast ganz. »Sie ist Assistenzärztin. Dann muss sie ja plus minus in dem Alter sein. Tatsache ist jedenfalls: Josef ist ein alter Knacker.«

Der *alte Knacker* ließ mich zusammenzucken. Es war zwar nicht so, dass ich Josef dieses Etikett unter den gegebenen Umständen nicht von Herzen gönnte. Mir wurde lediglich bewusst, wie Tobi uns sehen musste. Für ihn waren wir alte Leute, die sich danebenbenahmen. Zumindest sein Vater. *Der* benahm sich daneben.

»Und was hast du jetzt vor?« Tobi sah mich wieder an.

»Also.« Ich zog die vier Buchstaben sehr lang, um ein wenig

Zeit zu gewinnen, denn ich war mir nicht sicher, welche meiner Überlegungen sich für ein Gespräch zwischen Mutter und Sohn eigneten. Seit meinem Besuch bei Adrienne hatte ich meine Optionen mehrfach von allen Seiten durchleuchtet. Ich konnte Josef seine Bedenkzeit zugestehen und darauf hoffen, dass sich die unsägliche Liaison mit der jungen Frau ohne mein Zutun in Luft auflöste. Ich konnte ihn knallhart vor die Entscheidung *sie oder ich* stellen. Mit Fristsetzung. Aber was, wenn er sich dann knapp für mich entscheiden sollte? So im Verhältnis 51 zu 49. Würde ich das wollen? Nein, denn auch ich hatte in der Zwischenzeit Vorstellungen davon, wie unsere Beziehung aussehen sollte, wenn sie denn überhaupt nochmals reanimiert werden konnte. Irgendetwas Halbherziges sollte es jedenfalls nicht sein.

Tobi klopfte mehrmals mit der Kuchengabel auf den Teller. »Mama, ich hab dich was gefragt.«

»Tja, ich werde Josef wohl um ein klärendes Gespräch bitten.« Ich lauschte meinen Worten nach und ahnte bereits, wie diese bei meinem oft hitzigen Sohn ankommen würden.

»Wow, das hat Biss!«, konterte er. »*Ein klärendes Gespräch.* Das wird Josef ja ordentlich in Bedrängnis bringen.« Tobi griff sich mit weit aufgerissenen Augen an den Hals, wie einer, der sich vor einem Vampirbiss schützen wollte. »Du musst ihm Feuer unterm Hintern machen. Ihm klipp und klar mitteilen, dass du dir so einen Bockmist nicht bieten lässt.« Er war aufgesprungen und fuchtelte mit der Kuchengabel, als hätte er vor, das gleich für mich zu erledigen, wozu sich eine Kuchengabel allerdings schlecht eignete. Auch Lego war aufgesprungen, zu allem bereit.

»Tobi, bitte! Erst verschweigst du mir, was du weißt, meinst jetzt aber, ich solle stehenden Fußes in die Schlacht ziehen.« Ich zupfte an seinem Hosenbein, um ihn zum Hinsetzen zu bewegen, was er tatsächlich tat.

Tobi hatte seine Kurzzeitwaffe weggelegt und fuhr sich mit beiden Händen durch die Haare. In Struwwelpetermanier standen sie in alle Richtungen ab.

»Ich bin doch auch ein bisschen ratlos«, gestand er endlich ein und sah auch nicht mehr nach jemandem aus, der anderen unter dem Allerwertesten Feuer entfachte.

Wir schauten schweigend zwei Schwarzdrosseln zu, die auf der nahen Rasenfläche eine Art Menuett tanzten. Ein Liebesspiel?

Tobi legte den Arm um mich. »Zeig's ihm einfach!«, sagte er. »Zeig ihm, dass du hier nicht auf dem Bänkchen sitzt, Eistee schlürfst und auf ihn wartest.«

Wir beließen es dabei. Wie ich *es* Josef zeigen sollte, konnte niemand anders als ich selbst herausfinden.

»Hast du den Flug gebucht?«, rief Adrienne ins Telefon, noch bevor sie mich begrüßt hatte.

»Noch nicht. Ich bin nicht sicher, ob das auch das Richtige ist.«

»Alles ist richtig, solange du nicht zu Hause hockst und auf Godot wartest.« Adrienne konnte nicht ahnen, dass mir vor zwei Stunden Ähnliches von meinem Sohn nahegelegt worden war.

»Weinsensorik, das klingt schon ein wenig abgehoben.«

»Ma chère Helène, *du* hast doch gesagt, so ein Seminar würde dich interessieren. Und geplant hattet ihr das doch ohnehin, oder?«

»Ja, schon, aber ...«

»Und außerdem geht es nicht darum, wie es klingt«, unterbrach sie mich.

»Du hast recht.« Alle hatten recht. Ich durfte keine Ausflüchte suchen, musste tatkräftig sein, tun, was mir guttat oder mich zumindest in Kontakt mit meinen Interessen und Bedürfnissen brachte.

Bringen Sie sich in Kontakt mit Ihren Bedürfnissen. Den Satz hatte ich gestern gelesen. Er hatte mir so gut gefallen, dass ich ihn mehrmals vor mich hin gesprochen hatte.

»Hast du was von Josef gehört?« Adrienne legte den Finger auf den wundesten aller Punkte.

»Nein.«

»Dann geh hin!«

»Ja.«

»Wann?«

»Hm, also ...«

»Warum nicht jetzt?«

»Morgen.«

Wovor fürchtete ich mich?

38

DER PASSAT stand tatsächlich schon in der Aberlistraße.

Mit einem ausgeklügelten Telefonat in seine Abteilung hatte ich erfahren können, dass Frau Brunner, die Assistenzärztin, Nachtdienst hatte. Das kam mir gelegen. Sie würde also nicht bei ihm sein und er nicht bei ihr.

Josef kam mir auf dem mit Granitplatten belegten Gartenweg entgegen. Er trug sein Jogging-Outfit und ein grün-gelbes Band, das er sich im Piratenstil stirnbedeckend um den Kopf gebunden hatte. Weder hatte ich den Kopfschmuck je an ihm gesehen, noch hätte ich mir bis vor kurzem vorstellen können, dass er so was freiwillig tragen würde.

»Helene. Du *hier*?« Er sah nicht aus, als wenn ihm mein Anblick das Herz erwärmte.

»Was ist daran so abwegig? Lass uns reingehen. Ich muss mit dir reden.« Mein resoluter und gleichzeitig gelassener Ton gefiel mir. Als Kind waren Fernseh-Western meine Vorliebe. Ich hatte mir damals vorgenommen, in meinem Erwachsenenleben mit der entspannten Autorität eines Sheriffs aufzutreten zu können, der keine Widerrede der von ihm gestellten Schurken duldete. Musste ich 48 Jahre alt werden, um das endlich mal auszuprobieren?

»Tut mir wirklich leid, geht gerade gar nicht. Ich habe mich mit Martin für eine Runde verabredet.« Als müsste er das veranschaulichen, begann er zu tänzeln wie ein nervöses Rennpferd.

»Dann ruf ihn an und sag ihm, dass etwas Wichtiges dazwischengekommen ist.« Dass ich mich durch nichts abwimmeln lassen würde, war einer der Eckpfeiler des von mir im Voraus durchdachten, aber unangekündigten Gesprächs. Im Übrigen bedurfte es keines Lügendetektors, um Josefs aus dem Stegreif hervorgebrachte Schwindelei als solche zu erkennen.

»Nun gut, ein paar Minuten kann ich abzwacken.«

»Das werden wir sehen«, antwortete ich knapp. Meinte er tatsächlich, er könne mich mit einer Fünf-Minuten-Audienz abspeisen?

Umständlich fummelte Josef den Schlüssel aus dem eingenähten Täschchen am Hosenbund und öffnete die Tür zu seinem Reich.

»Für mich ein Glas Wasser mit Kohlensäure.« Ich nahm unaufgefordert an dem Zwei-Personen-Esstisch am Fenster Platz und schaute mich um. Das neue Setting veränderte auf willkommene Weise auch meinen Umgang mit Josef.

»Hübsche Aussicht«, kommentierte ich den Blick auf die penibel gepflegte Rasenfläche mit den zu Kugeln gestutzten und geometrisch angeordneten Buchsbäumen. »Scheint mir ein Zwangscharakter zu sein, dein Schneider.«

»Das ist nicht *mein* Schneider. Lass bitte die Sticheleien. Ich nehme an, du kommst wegen unserer Begegnung am Sonntag an der Aare.«

»Ja«, sagte ich. »Nachdem dir dieser gewiss nicht gerade unbedeutende Beweggrund für deinen Auszug kein Gespräch mit mir wert zu sein scheint, muss ich mich wohl der Sache annehmen.«

Er stellte ein Glas Wasser vor mir ab, ließ sich auf dem zweiten Stuhl nieder, schlug die Beine übereinander und unterzog die Schuhspitze seines linken Joggingschuhs einer genaueren Inspektion.

»Ja«, wiederholte ich für den unwahrscheinlichen Fall, dass Josef nicht verstanden hatte, weshalb ich ihm einen Besuch abstattete, und ließ meinen Blick über das so trendige wie seelenlose Interieur des Apartments gleiten. Trotz der Hitze des Tages schauderte mir. Was tat man in so einer Wohnung?

»Es interessiert mich natürlich schon, was du dir für die Zukunft so vorstellst.« Die kühle Distanziertheit, mit der ich mich an Josef richtete, entsprach in etwa dem Gemütlichkeitsfaktor unserer Umgebung.

Vier Tage waren seit der Begegnung am Ufer der Aare vergangen, ohne dass sich Josef gemeldet hatte. Keine Erklärung, kein Versuch, sich herauszureden. Das hätte vermutlich sogar eine friedfertigere Ehefrau, als ich sie war, dazu veranlasst, eine Ladung Feuer zu speien.

Und was tat ich? Ich saß da und redete wie unser Steuerberater.

Josef und ich sahen uns nun endlich in die Augen. Zehn, zwanzig Sekunden. Das war erstaunlich lange, wenn man bedachte, dass in den letzten Wochen – Monaten? – nichts Derartiges zwischen uns stattgefunden hatte. Josef kniff ein wenig die Augen zusammen, als blendete ihn mein Anblick, was sich allerdings nicht unter der Notiz *Helene – blendende Erscheinung* verbuchen ließ. Zu vertraut war mir seine Angewohnheit, die sich immer dann zeigte, wenn Josef Zeit gewinnen wollte.

Umso heimtückischer war die Sprengkraft der Worte, die der Augenkneiferei folgten. »Ich liebe sie«, sagte er, gerade so, als würde er mir mitteilen, dass Nathalies Rolle eigentlich nur darin bestand, dass sie ihm einmal pro Woche die Wohnung putzte.

Es war die scheinbare Beiläufigkeit, die mir ins Herz schoss. Direkt ins Herz. Das bummerte so heftig und schnell, als wolle es einen Herzschlag-Wettbewerb gewinnen. Nicht unähnlich den Anfängen einer Verliebtheit.

Und doch so ganz anders.

Hatte ich am Ende gehofft, er würde mit der Geschichte von der Promotion aufwarten, bei der er ihr zur Seite stand? So wie er es Tobi hatte glauben machen wollen?

Ich liebe sie, hatte er gesagt.

Mir wurde unversehens klar, dass es nichts mehr zu besprechen gab. Nicht hier und nicht heute. Alles, was ich mir zurechtgelegt hatte, war mit diesen drei Worten weggefegt worden.

Natürlich hätte ich Josef zumindest fragen können, warum er mir bisher so viel Mumpitz aufgetischt hatte.

Und nun? Auch das wäre nicht nur eine sinnvolle, sondern auch eine naheliegende Frage gewesen. Aber ich stellte sie nicht.

Stattdessen stand ich auf. Josef blieb sitzen. Ein Kuckuck meldete sich mit blecherner Stimme aus irgendeinem Hinterhalt. Siebenmal.

»Damit verändert sich die Sachlage allerdings«, gab ich in Steuerberater-Manier zu bedenken, während ich meinen Rock glattstrich. Was ich damit meinte, wusste ich gerade selbst nicht so genau.

»Ich weiß nicht …«, sagte Josef, der auch aufgestanden war und der mir plötzlich enorm albern vorkam mit seinem Stirnband und dem auf jugendlich getrimmten Dreitagebart. Albern und unerträglich. »Vielleicht stimmt das ja auch gar nicht«, sagte er noch und versuchte, seine Hand auf meinen Unterarm zu legen, was ihm nicht gelang, weil ich meinen Arm blitzartig wegzog.

Josef, der Magnetopath. Nein, an seinen Handaufleger-Almosen war ich so wenig interessiert wie an den graduellen Abstufungen seiner Gefühle zu dieser Nathalie. Darüber konnte er alleine rätseln. In der heimeligen Atmosphäre seines durchgestylten Studios.

Josef konnte nicht mehr sehen, dass sich fette Tränen einen Weg über meine Wangen zum Unterkiefer bahnten und mir den Hals hinabliefen, denn ich hatte es nun sehr eilig und steuerte meinen himmelblauen Smart an, als wäre er eine rettende Arche und mir dicht auf den Fersen die sich nähernde Flut.

Josef liebte. Oder auch nicht. Die Person, die er liebte – oder auch nicht –, war eine andere.

Während ich noch einen Moment regungslos auf dem Fahrersitz meines Smart saß, sah ich zum ersten Mal ernsthaft eine Zukunft ohne Josef vor mir. Eine, die ich nicht gewählt hatte und auch nicht wirklich wollte.

Und obwohl sich noch eine letzte Träne, eine Art Nachhut, ihren Weg bahnte, kam mir diese Zukunft plötzlich weniger öde vor als die menschenleere Straße vor mir oder das Arrangement eines Lebens an der Seite eines Mannes mit Piratenstirnband und Dreitagebart, der sich über seine Gefühle nicht klar war und auch nicht aussah, als wenn ihm die Klärung dringlich am Herzen läge.

39

DIE FAKTEN lagen auf dem Tisch. So gesehen gab es nun keinen Grund mehr für Diskretion. Trotzdem warf Josef jedem neu eintreffenden Gast im *Verdi* einen Kontrollblick zu. Die Gewohnheit der letzten Monate ließ sich nicht so schnell ablegen.

»Und, was hat sie gesagt?« Nathalie löffelte den letzten Rest Fischsuppe aus ihrem Teller.

Auf Nathalies Nachfrage, ob er inzwischen mit seiner Frau gesprochen habe, hatte Josef Helenes Kurzbesuch in seiner Studiowohnung erwähnt. Was den Inhalt ihres Zusammentreffens betraf, wollte er sich allerdings bedeckt halten. Insbesondere über das Ende: Seine so eigenwillig entschlüpfte Deklaration, Helenes hastigen Abgang und die Tränen, die er vermutlich nicht hatte sehen sollen.

»Nichts weiter. Sie war natürlich nicht begeistert von unserer Begegnung an der Aare. Und zum Abendessen will sie uns beide auch nicht einladen.« Josefs Lachen klang hohl. So hohl wie seine Bemühung um scherzhafte Leichtigkeit.

»*Nicht begeistert* ...« Nathalie imitierte ihn. »Also, ich würde sagen, deine Frau ist bewundernswert souverän.« Der spöttische Unterton war unüberhörbar. »*Ich* wäre«, sie leckte einen Tropfen Suppe von der Unterseite ihres Löffels, »in so einem Fall nicht so locker.«

Der Anblick von Nathalies Zungenspitze hätte in einem anderen Moment zu einem heftigen Aufruhr seiner Sinne geführt. Aber nun ging es gerade um Helene und die unangenehme Erinnerung an den Verlauf ihres Gesprächs. Ein Stimmungskiller.

Josef spießte das letzte Maccheroncino auf seine Gabel, ohne es zu verspeisen. Dass Nathalie, wie sie gerade gesagt hatte, in einer vergleichbaren Situation nicht *so locker* wäre, glich die dämpfende Wirkung des Helene-Themas geringfügig aus. Hieß dies doch, dass seine Prinzessin besitzergreifende Gefühle für ihn hegte. Ein Plus, von dem er sich eine mentale Notiz machen wollte. Dabei vergaß er kurzfristig, dass Helenes Reaktion eigentlich nicht als *locker* bezeichnet werden konnte.

Endlich schob er sich das mit dem letzten Rest Sugo beträufelte Maccheroncino, das nichts mehr von der Schmackhaftigkeit der ersten Bissen aufweisen konnte, in den Mund.

»Gut sieht sie aus, deine Frau. Nach der dreht sich bestimmt noch manch ein Mann um.« Nein, Nathalie ließ nicht nur nicht locker, sie bediente zudem die falschen Tasten.

Das Maccheroncino blieb Josef im Rachen stecken.

»Ich habe nun mal ein Faible für ...«, er röchelte, »gutaussehende Frauen.« Sein Bemühen, dem Thema mit weltmännischer Grandezza ein Ende zu bereiten, scheiterte an einer Hustenattacke, die ihm die unerwünschte Aufmerksamkeit der Gäste von den Nachbartischen bescherte.

Nein, da steckte nicht nur eine Nudel. Da steckte urplötzlich eine ganze Portion, die sich nicht schlucken ließ.

Da steckte auch dieses *Ich liebe sie,* zu dem er sich Helene gegenüber hatte hinreißen lassen und das sich durch die nachgeschobene Einschränkung nicht hatte einfangen lassen. Nicht allein, weil so eine Offenbarung das Gegenstück zu seiner bisherigen Politik der Andeutungen und Undurchsichtigkeiten darstellte, sondern weil ihm solche emotionalen Ungetüme noch nie ganz geheuer gewesen waren.

Nachdem sich Nathalie mit einem *Tztztz* in verhaltener Geschwindigkeit zu seiner Tischseite begeben und ihn mit beherztem Rückenklopfen aus seiner Maccheroncino-Notlage befreit hatte – noch mehr interessierte Blicke von den Nachbartischen! – und sich alsdann in Richtung Toilette davongemacht hatte – interessierte Blicke der männlichen Gäste –, hielt ihn nun ganz gegen seinen Willen die Erinnerung an Helenes Besuch im Klammergriff.

Hatte er unbewusst Fakten schaffen wollen mit der gefühlsgeladenen Erklärung, indem er ihr den schwarzen Peter des Handelns zuschob? *Helene, sieh her, so sieht es aus. Tu was damit!*

Er war eigentlich kein Freund von Psychologisierungen. *Psychobabble* nannte er das gemeinhin. Und doch fragte er sich, was ihn da angetrieben hatte.

Er war Helene nachgegangen. Nicht schnell und auch nur ein Stück weit. Dann hatte er den Motor des Smart gehört und war ins Haus zurückgekehrt, wo er eine Weile am Tisch gesessen und das von Helene nicht angerührte Wasser getrunken hatte. Auch wenn er nicht genug von Nathalie bekommen konnte und sie auf eine für ihn gänzlich neue Weise begehrte, so hatte er ihr den Drei-Wort-Satz bisher noch nicht zu Füßen gelegt. Im Nachhinein schien es ihm sogar, als hätte er diese Gefühlsdeklaration in Helenes Gegenwart probehalber ausgesprochen. Dass Helene nicht die geeignete Person für so eine Generalprobe war, lag auf der Hand. Er hätte sich ohrfeigen können. Aber das nützte nun auch nichts mehr.

Helene hatte sich nicht mehr gemeldet, und folglich wusste er auch nicht, welche Konsequenzen sie aus all dem ziehen würde.

»Huhu, hallo, Erde an Raumschiff, bitte melden!« Nathalie hatte sich wieder auf ihrem Stuhl niedergelassen. Den Oberkörper nach vorne über den Tisch gebeugt, wedelte sie mit ihrer Hand vor seinen Augen. »Woran denkt mein José?«

»Nichts. Nichts Besonderes.« Das stimmte sogar, denn der Anblick von Nathalies Dekolleté, durch die Neigung wie das zuckrige Angebot eines Bauchladensüßwarenhändlers vor ihm ausgelegt, beförderte seine trüben Gedanken in erstaunlicher Geschwindigkeit in einen Abstellraum, den er heute nicht mehr betreten wollte.

Im gleichen Moment funkte allerdings ein weiterer Störfaktor in Gestalt eines sich ihrem Tisch nähernden Kollegen dazwischen. Der Kardiologe in Begleitung seiner Frau – wie hieß der Mann doch gleich? – hob seine Hand zum Gruß, blieb aber zum Glück nicht stehen. Josef war, als könne er im Lächeln des Kollegen Süffisanz erkennen, und erwiderte den Gruß lediglich mit einem angedeuteten Kopfnicken.

Wieso störte ihn das nur leicht kaschierte Amüsement des anderen? Konnten ihm diese Kleinbürgerlichkeiten nicht eigentlich egal sein?

Entschlossen, sich nun endgültig durch nichts und niemanden

mehr ablenken zu lassen, wandte er sich seiner schönen Tischdame zu. Schließlich hatte er Nathalie wegen ihres Nachtdiensts seit einer Woche nicht gesehen. Zeit also für den Aufbruch und das ersehnte Dessert in ihrem Schlafzimmer.

»Lass uns gehen, meine Antilope«, raunte er ihr zu, nun wieder ganz Herr seiner Stimme und des Velours-Timbres, das ihm für seine Verführungszwecke das geeignetste zu sein schien. Zur Untermalung hatte er seinen rechten Fuß aus dem Mokassin gezogen und rieb ihn an Nathalies nackter Wade.

Sie lächelte ihr huldvolles Prinzessinnenlächeln und nickte.

Heute würde er sie auch nicht enttäuschen. Nein, kein *Elastizitätsverlust* an diesem schwülen Augustabend. Er hatte vorgesorgt.

Eilig beglich Josef die Rechnung, die heute ausnahmsweise gemäßigt ausgefallen war.

»Vite, vite«, hauchte er beim Hinausgehen in Nathalies linkes Ohr und tätschelte einen der vielen bunten Papageien, die sich des Daseins auf dem dünnen Stoff ihres Sommerkleids erfreuen durften.

Er hatte es getan. Er hatte die drei Worte ausgesprochen. Und obwohl Nathalie kein *Ich dich auch* geflüstert hatte, fühlte er sich seltsam getrieben, auf der Klippe seiner enthüllenden Mitteilung noch einen weiteren Schritt nach vorne zu tun. »Wie wäre es, wenn ich zu dir zöge?«

Nathalie gab keine Antwort.

»Oder du zu mir.« Dieser Nachschub war selbstverständlich Unsinn. Sein Studio war viel zu klein. Aber Nathalie sollte nun mal nicht annehmen, es ginge ihm darum, sich bei ihr einzunisten.

Es war ja noch nicht lange her, dass er die Wohnungsgeschichte schon einmal spielerisch in den Raum geworfen hatte. Inzwischen war die Sachlage eine andere: Helene wusste Bescheid und hatte ihn ohne Szene zurückgelassen in seiner Eremitage. Mit zwei, drei Tränen zwar, aber ohne Drama. So wie die Dinge standen, konnte er sich auch kopfüber in etwas Neues stürzen. Dieser Gedanke erfüllte ihn mit einer seltsamen Mischung aus Trotz, Wagemut und Experimentierfreude.

»Mi querido José!« Nathalie, die ihren Kopf auf seinen Oberarm gebettet hatte, biss ihm zart ins Ohr. »Warum etwas ändern« – noch ein Biss –, »das gut ist, so wie es ist?«

»Natürlich, du hast recht. Es muss ja nicht gleich morgen sein.« Josef sah Nathalie nicht an. War er zu weit gegangen?

»Nicht gleich morgen und auch nicht in einem Jahr. Wir lieben doch beide unsere Freiheit.« Sie klang bestimmt.

Josef konnte sich nicht erinnern, ihr gegenüber je seine Freiheitsliebe betont zu haben. Er war auch nicht sicher, ob er so etwas überhaupt empfand.

»Außerdem bist du verheiratet.« Nathalie strich ihm übers Haar wie einem enttäuschten Kind, das es zu trösten galt.

Josef, dem der Knoblauch der Pastasauce aufstieß, rutschte von ihr weg, richtete sich auf und blieb mit dem Rücken zu ihr auf der Bettkante sitzen.

Auch nicht in einem Jahr.

Sein Blick fiel auf den Leinwanddruck an der Wand neben dem Bett: Rembrandts *Alter Mann auf einem Stuhl*. Der für das Schlafzimmer einer jungen Frau eher sonderbare Wandschmuck war, wie Nathalie einmal erwähnt hatte, das Geschenk ihres Lieblingsonkels Köbi.

Je länger Josef den in Müdigkeit oder Gram geneigten Kopf

des Mannes im rötlichbraunen Mantel mit Pelzbesatz betrachtete, desto mehr wurde dieser zu einem Abbild seiner selbst: Josef Abendrot, von den Jahren gezeichnet und mit weißem Bart, vergessen auf der *Corbusier Chaise Longue* in Schneiders Atelierwohnung. Den Blick getrübt. An der dunklen Wand hinter ihm, er selbst auf geheimnisvolle Weise in Licht getaucht, eine Kuckucksuhr. Deren winziger Bewohner mit seinen kontinuierlichen Bekundungen der zerrinnenden Zeit sein einziger Lebensgefährte.

»Ach, José ...« Nathalie schmiegte sich kurz an seinen Rücken. Josef spürte mit neu erwachender Kraft, dass er noch kein alter Mann war.

Aber da war das Objekt seiner Begierde bereits im Begriff, sich das bunte Papageienkleid überzuziehen.

40

»Nimm ein Taxi! Ich bezahl es dir. Du wirst dich doch nicht mit einer Horde schwitzender Menschen in die S-Bahn quetschen wollen«, befahl Tante Selma, die keinen Widerspruch duldete.

Ich stand an einem der Gepäckbänder am Flughafen Schwechat und wartete auf meinen Koffer. Schon im Flugzeug von Zürich nach Wien hatte ich begonnen, mich besser zu fühlen.

»Natürlich wirst du das machen! Außerdem ist es keine *Tour du Monde*, sondern gerade mal ein etwas ausgiebigerer Ausflug. Du wirst sehen, wie gut dir das tut.«

Adrienne hatte wieder mal recht behalten. Vorerst zumindest.

Mir war danach, den wohlmeinenden Imperativen der Frauen um mich herum stattzugeben.

Wie ein solider Leuchtturm stand Tante Selma in ihrem rosa-weißgestreiften Wollkleid, viel zu warm für den schwülheißen Tag, am schmiedeeisernen Gartentor ihrer Belle Époque-Villa in Währing und wartete auf meine Ankunft. Nachdem sie den Taxifahrer höchstpersönlich entlohnt hatte, wurde ich von ihren kräftigen Armen umfasst: »Mein Kind, lass dich anschauen. Gut schaust aus!«

Das Kind sah vermutlich gar nicht so gut aus, aber das spielte keine Rolle. So wurde ich nun mal begrüßt. Seit vierzig Jahren. Und sollte das Schicksal uns beiden noch weitere zwanzig Jahre gewähren, so würde ich auch dann noch das *Kind* sein, dem sie liebevoll resolut in die Wange kniff.

Ich mochte Tante Selmas Wiener Singsang, auch wenn er nicht ganz lupenrein war. Die jüngere Schwester meines Vaters hatte alle ihre drei Wiener Ehemänner überlebt. Nachdem ihr der erste außer Schulden nichts zurückgelassen hatte, war sie beim zweiten etwas pragmatischer vorgegangen. Aber erst mit Gatte Nummer drei, einem dreißig Jahre älteren Schuhfabrikanten, war ihr der wahre Coup gelungen. Nach gerade mal vier Ehejahren war Leonhard ohne viel Aufhebens beim Rosen-Frühjahrsschnitt in sich zusammengesackt, hatte ihr die Villa hinterlassen und dazu ein ausreichend dickes finanzielles Polster für ihre Mission: die Rettung so vieler Straßenhunde wie nur möglich. Lego, den andalusischen Streuner, hatte sie so sehr ins Herz geschlossen, dass sie sich selbst seiner Betreuung und Sozialisierung hatte annehmen wollen. Wie sich herausstellte, ein zu kräfte- und nervenzehrendes Unterfangen für eine Dame ihres Alters.

»Erzähl mir von ihm!« Das war keine Nachfrage, die das

Wohlergehen ihres Neffen betraf, schon gar nicht das von Josef, sondern ausschließlich das von Lego. Den rosa-weiß umwollten Arm um mich gelegt, schob sie mich auf dem von duftendem Jasmin flankierten Kiespfad ins Innere der Villa, wo sie mir eine Pause zum Frischmachen gewährte.

»Dass du mir aber nicht dem Wein verfällst«, ermahnte sie mich, nachdem ich sie nicht nur über die mir vorliegenden Programmdetails zum Weinsensorik-Seminar am Neusiedlersee aufgeklärt hatte, zu dem ich am darauffolgenden Tag aufbrechen wollte, sondern auch von Josefs Auszug. Bei Letzterem hatte ich mich ein wenig ins Nebulöse geflüchtet, da ich Selmas Kommentare fürchtete. Nicht, dass ich Josef schonen wollte, aber da ich selbst noch keine Klarheit darüber gewonnen hatte, was seine emotionale Neuorientierung für mich bedeutete, fürchtete ich ihre vernichtenden Worte. Josef und Tante Selma waren nie gut miteinander ausgekommen.

Wir saßen bei Kaffee und Kuchen im Schatten der Blutbuche im Garten der Villa, der eigentlich ein Park war.

»Nimm noch vom Mohnkuchen«, forderte mich Tante Selma auf, die mich für viel zu dünn hielt, was aus ihrer Sicht eigentlich für alle galt, die nicht ihren Leibesumfang aufweisen konnten, den sie selbst gerne als *stattlich* bezeichnete. Bei einer Größe von einem Meter achtzig lag sie damit nicht mal ganz falsch.

»Also, der Schorschi, der hatte ja auch immer noch andere Frauen nebenher.« Sie schob sich das letzte Stück Mohnkuchen auf ihren Teller. Schorschi war Gatte Nummer zwei. Dass der untreu war, hörte ich heute zum ersten Mal. »Aber geliebt, also wirklich *geliebt*, hat er immer nur mich. Und so habe ich ihn halt gewähren lassen.«

Dass dies, wie ich aus Josefs letzter Eröffnung wusste, bei ihm nicht der Fall war, behielt ich für mich. Wobei ich Tante Selmas Annahme von der ewigen Liebe ihres Schorschis für gewagt hielt. Was wussten wir schon von den wahren Gefühlen derer, die uns nahestanden?

»Also was ich damit sagen will«, strickte Selma weiter an ihrem Gedanken, während sie sich noch einen Kaffee aus der bauchigen Silberkanne nachschenkte, »ist Folgendes: Lass dich nicht beirren! Wart ab, bis die Sache ausgestanden ist. Irgendwann erledigen sich diese Geschichten von allein. Spätestens wenn die Männer zu alt sind für solche Eskapaden.«

Ich war mir nicht sicher, ob ich wirklich so lange ausharren wollte. Josef war erst zweiundfünfzig, und vom Verlust seiner Manneskraft war in absehbarer Zeit nicht auszugehen. Auch wurde ich das Gefühl nicht los, dass meine neunundsiebzigjährige Tante – sonst durchaus eine Kämpfernatur – da vielleicht doch eine eher überholte Sicht der Dinge hatte, bei der der Frau eine für meinen Geschmack zu wenig agierende Haltung zukam.

»Mal sehen«, warf ich ein und blieb damit vage. Nach mehr stand mir nicht der Sinn.

Meine Lider wurden schwer. War es die räumliche Distanz, war es die so wenig dramatische Weise, mit der meine Tante das Leben anging, ich fühlte mich jedenfalls gerade wohlig entspannt. Gerne hätte ich noch eine ganze Weile so in dieser grünen Oase gesessen, mich von Selmas Weisheiten einlullen lassen und tatsächlich alles andere auf den Sankt Nimmerleinstag verschoben.

»So, und jetzt fahren wir zu den *Vier Pfoten*, und ich zeige dir meine neusten Schützlinge«, beendete Tante Selma die Beschaulichkeit.

41

Ein zarter Duft von Oolong. Ana aus Slowenien, Tante Selmas Haushaltshilfe, hatte mir Tee ans Bett gebracht. Mit drei Kopfkissen im Rücken thronte ich im Himmelbett, das komfortabler aussah, als es war, und fühlte mich königlich.

Warum wollte ich heute schon weiter? Warum wollte ich überhaupt weiter? Hier ging es mir doch bestens.

Die Vorstellung, mich in Selmas Sechzigerjahre-Hollywoodschaukel im Garten zu wiegen – ein spannendes Buch zur Hand, ein Glas Limonade auf dem Beistelltisch –, kam mir weitaus verlockender vor als eine Zugfahrt an den Neusiedlersee. Natürlich ließe sich ein Verkriechen bei Tante Selma nicht mit meiner Mission vereinbaren, mit meinen Bedürfnissen und meinem Potenzial *in Kontakt zu treten*. Es ging um meine Zukunft. Wer konnte ausschließen, dass ich nicht noch eine Ausbildung zur Önologin absolvierte? Für einen Moment sah ich mich in sportlich-modischer Kluft durch einen meiner Weinberge am Genfer See streifen, hier eine Traube inspizierend, dort mit der Rebschere Triebe kappend. Die Vision war zwar an Realitätsferne kaum zu überbieten, aber wen interessierte das? Ich trank gerne Wein und schaffte es problemlos, einen spanischen Rioja von einem, nun, vielleicht … Chianti Classico zu unterscheiden. Aber das war es auch schon. Meine Bewunderung galt den erstaunlichen Fähigkeiten derer, die den Rotwein fast zu kauen schienen und sich nach einigem Stirnrunzeln, Mundspülen und Gurgeln über den langen Abgang, das blumige Bouquet oder die stämmige Textur ergingen. Etwas in der Art schwebte mir vor. Das wollte ich lernen. Ob es sich dabei um Nützliches handelte, war zweitrangig.

Und so machte ich mich nach Stunden des Schlendrians schließlich doch auf den Weg zum Bahnhof.

»Bis Sonntag dann! Ich erwart dich zum Mittagessen«, rief mir Tante Selma, mein beschützender Leuchtturm, vom Gartentor nach.

Wo waren die Dinnergäste? Wo die emsigen Kellner, die Gulasch im Nouvelle-Cuisine-Format kredenzten? Mein Magen hatte schon während der Taxifahrt vom Bahnhof Neusiedl nach Podersdorf unanständig geknurrt, während ich voller Vorfreude an die Abbildungen auf der Homepage der *Herberge Storchennest* dachte: Weiß gedeckte Tische unter Kastanienbäumen. Glückliche Menschen, die sich mit langstieligen Gläsern, darin der Burgenländer Wein in dunklem Rubingranat, lächelnd zuprosteten.

Nun stand ich mit meinem Koffer im Hof. Die Tische waren nicht weiß gedeckt. Sie waren gar nicht gedeckt. Niemand war zu sehen, kein Kellner und kein weinseliger Gast.

Und das um neun Uhr abends?

Die *Herberge* – der Name war ein Understatement, es handelte sich schließlich um ein Boutique-Hotel – sah nicht aus, als wolle sie mich in ihre angeblich so gastlichen Arme schließen.

Zu Hause war ich dem verheißungsvollen Bildmaterial erlegen: alte Eichenholzböden, geölt, gestärkte Leinenbettwäsche und *Minotti*-Sessel, landhaus-kariert.

Mein Zimmer würde sich nicht durch eine schnöde Nummer zu erkennen geben, sondern einen Namen haben: *Der See ruft.*

Es würde mir auch nichts ausmachen – wie in der Vergangenheit geschehen –, nackt und fröstelnd in der Dusche am Versuch zu scheitern, der Funktionsweise der minimalistischen Designer-Armatur auf die Schliche zu kommen. Das salatschüsselgroße Waschbecken aus ungeschliffenem Stein musste ich ja nicht unbedingt benutzen. Und das Hightech-Beleuchtungssystem konnte ich mir vorher erklären lassen, wollte ich nachts nicht blind wie ein Maulwurf durch die Finsternis meines Zimmers tappen.

Nein, ich würde ganz einfach den kleinen Luxus genießen, den ich mir, wie ich fand, nach den emotionalen Strapazen der letzten Wochen redlich verdient hatte und der im Grunde schon darin bestand, in einem komfortableren und teureren Hotel zu logieren, als Josef und ich es getan hätten, wären wir wie geplant zusammen verreist.

Der Empfang befand sich, von Weinlaub umrankt, an der Flanke des Gebäudes.

Schon von außen konnte ich durch die Glasfront hindurch die hippe, zeitgemäße Version eines Django Reinhard mit Oberlippenbärtchen, schnurgeradem Seitenscheitel und lackbraunem Haar ausmachen.

Bei meinem Eintreten blickte er nur kurz zu mir hin.

»Nein, auch nicht übermorgen. Tut mir leid, wirklich alles ausgebucht«, hörte ich ihn ins Telefon näseln.

Ich lächelte befriedigt. Wie beruhigend es doch war zu wissen, dass ich nichts Geringeres als den *rufenden See* für mich ergattert hatte, während andere aufgrund ihrer Saumseligkeit leer ausgingen.

Der smarte Django – er hatte mir mit einem so flüchtigen wie geschäftsmäßigen Lächeln zumindest signalisiert, dass ich nicht unsichtbar war – legte bei seinem Telefonat keine Eile an den Tag. Und so nutzte ich die Zeit, mich in meinem Domizil umzuschauen: Dunkelgrauer Steinboden, der mit den Macken und Flecken seiner hundertjährigen Existenz kokettierte. Senfgelbes Designersofa. Ein blank polierter Empfangstresen aus schwerem Rauchglas. Dazu die raumhohe Fensterfront, die den Übergang vom Empfang zum Garten fließend erscheinen ließ. Wirklich schick war es hier!

»Gnädige Frau?«

Damit musste er mich meinen, auch wenn sich der Kavalier im nachtblauen Slim-Fit-Sakko allem Anschein nach weniger für mich als für ein mir unsichtbares Objekt hinter oder neben mir interessierte.

Hatte er Probleme mit der Ausrichtung seiner Augen?

»Abendrot. Ich habe ein Zimmer reserviert«, teilte ich ihm mit. Dabei nahm ich erstaunt zur Kenntnis, dass auch meine Stimme eine nasale Note angenommen hatte.

»Für heute?«, fragte er ins Unbestimmte hinein.

»Ja, für heute.« Ich trat ein paar Schritte auf ihn zu, um in den vollen Genuss seiner Aufmerksamkeit zu kommen. Glaubte er etwa, dass ich eine Woche im Voraus aufkreuzen würde? »Und für die darauffolgenden zwei Nächte. Bis Sonntag.« Ich konnte mich einer leichten Gereiztheit nicht erwehren. Musste diesem Pfau alles bis ins Detail erklärt werden?

Mit gerunzelter Stirn spähte er auf den Bildschirm seines Computers. »Abendbrot?«

»Abend*rot*, Helene Abendrot!« Wen hatte man da an die Rezeption gestellt?

»Nein, tut mir leid. Da liegt mir nichts vor.« Endlich war es geschehen: Er sah mich direkt an. Probleme mit der Augenmuskulatur hatte er folglich keine. Dass ihm irgendetwas *leid*täte, ließ er sich nicht anmerken.

Sàndor Szabo las ich auf dem Namensschildchen an seinem Jackenrevers. *Front Office Manager.*

»Herr Szabo, ich habe eine Zugreise hinter mir und würde nun gerne auf mein Zimmer gehen. Danach möchte ich noch etwas Kleines essen. Wenn Sie also bitte noch mal nachschauen würden. Das Seezimmer. *Der See ruft.*«

Das kecke Auflachen, nicht unähnlich den Rufen der Drosseln in Tante Selmas Garten, kam von ihm, Sàndor Szabo.

»*Der See ruft* ist schon seit langer Zeit ausgebucht. Lückenlos. Unser beliebtestes Zimmer. Wo haben Sie denn Ihre Buchungsbestätigung?« Mein Gegenüber schien sich nun sichtlich um nüchterne Professionalität zu bemühen. Die Frage nach meiner Buchungsbestätigung hatte schon fast eine besorgt mitfühlende Note, so als ahnte er bereits, was mir erst in diesem Moment klarwurde: So etwas hatte ich nicht.

»Die habe ich leider nicht ...« Es fiel mir schwer, dies einzugestehen. So schwer, dass ich mich zu einer Ergänzung entschloss: »... nicht bei mir. Schauen Sie«, pflügte ich trotzig weiter, »warum sollte ich denn hier stehen und nach einem bestimmten Zimmer fragen, wenn ich nicht gebucht hätte? Im August! Ich komme aus der Schweiz. So eine Reise macht man nicht aufs Geratewohl.« Das klang vernünftig, fand ich, auch wenn ich mich mittlerweile dunstig daran erinnern konnte, bei der Hotelbuchung am Computer im heimischen Bern von einem Anruf unterbrochen worden zu sein. Mit der Folge, die Reservierung mental als erfolgreich abgeschlossen betrachtet zu haben. Was nicht den Tatsachen entsprach, wie sich zeigte.

All das sagte ich natürlich nicht. Stattdessen trommelten

Zeige-, Mittel- und Ringfinger meiner rechten Hand den Wieso-muss-ich-hier-eigentlich-so-lange-warten-Tango auf die Rauchglasplatte des Empfangstischs.

»Das mag ja alles sein, Frau Abendbrot«, sagte Sàndor Szabo, den mein Getrommel nicht zu beeindrucken schien. »Aber wenn Sie keine Buchungsbestätigung vorweisen können, ist es mir leider nicht möglich, die Sache zu klären.«

»Abend*rot*.« Ich beharrte kleinlich auf Korrektheit. »Vielleicht ist Ihnen bei den Buchungen ein Fehler unterlaufen. Eine Doppelbelegung. Das kann vorkommen«, gab ich zu bedenken und fragte mich, wieso ich nicht endlich Ruhe gab. Von außen betrachtet – das gelang mir manchmal, so eine Art out-of-body-Erfahrung – war hier gerade eine uneinsichtige Endvierzigerin dabei, einem anderen das selbstverschuldete Missgeschick in die Schuhe zu schieben.

Hatte ich Sàndor Szabo anfangs arrogant gefunden, so schlug ich ihn mit meinem Gehabe gerade um Nasenlänge.

»Angenommen, das wäre der Fall, was ich jedoch mit neunundneunzigprozentiger Sicherheit ausschließe«, er sprach betont langsam wie mit einem bockigen Kind, »würde es nichts daran ändern, dass sämtliche unserer zwölf Zimmer belegt sind, gnädige Frau Abendrot. Ich nehme nicht an, dass Sie das junge Paar auf Hochzeitsreise in *Der See ruft* an die Luft befördern wollen, oder?« Er lächelte nun sogar. Nicht nur das, auch das Nasale war aus seiner Stimme gewichen. Aber vielleicht hatte ich mir das ohnehin nur eingebildet.

»Nein«, sagte ich. »Natürlich nicht. Aber vielleicht können Sie mir eine Alternative anbieten. Oder eine andere Unterkunft empfehlen.« Aus mir sprach die neu erwachte Bescheidenheit.

»Das täte ich tatsächlich gerne, wenn es denn möglich wäre.

Aber wie Sie sicher wissen, befinden wir uns mitten in der Hochsaison. Da bekommen Sie keine Maus mehr am Neusiedlersee einquartiert.« Die etwas länger gehaltenen Härchen an den beiden Enden seines Schnauzers zuckten beim Sprechen und erinnerten mich an die Schnurrhaare eines Katers.

Ich wollte keine Maus einquartieren. Ich wollte eigentlich nur noch etwas trinken, dazu etwas essen und dann schlafen gehen. Morgen Vormittag begann das Seminar, an dem ich teilzunehmen gedachte. Unbedingt. Pünktlich. Um neun.

Das Gefühl der Dringlichkeit verstärkte sich proportional zu der wachsenden Befürchtung, tatsächlich kein Nachtquartier mehr zu finden.

»Was ist mit dem Restaurant?« Mit einer Kopfbewegung wies ich in die Richtung, wohin mein hungriges Ich bereits Trugbilder von durch die Luft fliegenden Paprikahendln projiziert hatte. Scharf gewürzt und mundfertig, wie im Schlaraffenland.

»Das ist nur am Wochenende geöffnet, wie wir auf unserer Website *deutlich* vermerkt haben.«

Sàndor Szabo wandte sich wieder seinem Computer zu. Mit hochgezogenen Brauen und schmalen Lippen. Alles an ihm signalisierte, dass er der Meinung war, mir genug seiner kostbaren Zeit gewidmet zu haben.

Meine zögerlich erwachte Sympathie für diesen Herrn sank vom eben erreichten ersten Stock zurück in den Keller.

Aber was sollte ich tun? Ich sah mich im Empfangsbereich um. Mein Blick blieb am gelben Sofa hängen.

42

Es hatte die perfekte Länge. Sogar ein Kissen lag darauf. Nicht sonderlich weich, aber immerhin. Ob schon jemals jemand sein Haupt darauf niedergelassen hatte?

Ich hatte meine Sandalen ausgezogen, sie ordentlich nebeneinander vor dem Sofa platziert und mich auf dem kühlen Leder ausgestreckt. Später konnte ich mir meine Sportjacke aus dem Koffer nehmen und zur Decke umfunktionieren. Im Moment war es noch warm genug.

»Löschen Sie irgendwann das Licht hier?«, fragte ich Sàndor, der mit dem halb geöffneten Mund gerade einiges von seinem magyarischen Appeal einbüßte.

Der Kronleuchter hing direkt über mir und würde mich in meiner Nachtruhe stören.

»Die anderen Gäste ...«, stotterte er. »Was sollen die denken?«

»Das weiß ich nicht, Herr Szabo. Aber ich befinde mich nicht in der komfortablen Situation, mir darüber Gedanken machen zu können. Also, wie ist es mit dem Licht?«

»In einer knappen Stunde verlasse ich das Hotel. Dann bleibt nur noch die Stehlampe am Fenster an.«

»Sehr gut.« Ich nahm ein Buch aus meinem Rucksack. Allerdings gelang es mir nicht, mich auf den Text zu konzentrieren, zu extravagant erschien mir mein eigenes Tun.

»Frau Abendrot?« Das klang sanft, vorsichtig. War ich Sàndor nicht geheuer? Fürchtete er mögliche Ausfälligkeiten einer psychisch instabilen Person?

»Ja?«

»Das geht nicht.«

»Warum nicht?«

»Ich schließe nachher ab und Sie haben keinen Schlüssel, wie die anderen Gäste.«

»Morgen wird sicher jemand aufschließen.« Ich sah ihn nicht an, heftete meinen Blick auf die Buchseite, als gäbe es nichts Fesselnderes als meine Lektüre, von der ich im Moment allerdings nicht mal den Titel hätte nennen können.

»Ja, schon. Aber ...«

Was interessierte mich sein *Aber*. Ich würde bleiben.

Aus den Augenwinkeln sah ich, dass Sàndor Szabo sein Telefon aus der Hosentasche zog. Wollte er Verstärkung rufen oder jemanden um Rat fragen? Vielleicht den Hotelbesitzer? *Hier ist eine Verrückte, die behauptet, ein Zimmer bei uns reserviert zu haben, und sich nun auf unserem Cassina-Sofa ausgebreitet hat.*

Er blickte von seinem Telefon auf. Unsere Blicke trafen sich.

»Haben Sie Durst?«

»Ja. Und Hunger.«

Er verschwand, um nur zehn Minuten später wieder aufzutauchen und ein Tablett mit einem Glas Wasser, einem Glas Weißwein und einem Teller mit zwei Käsetoasts auf den Glastisch vor dem Sofa abzustellen. Nicht das, was ich mir als Abendmahl vorgestellt hatte, aber ich honorierte die Gefälligkeit. Mehr noch, ich rechnete Sàndor Szabo die unerwartete Freundlichkeit hoch an.

»Das war das, was ich in der Küche auftreiben konnte«, sagte er lächelnd. Eigentlich sah er sehr sympathisch aus. Oder sollte ich sagen, attraktiv?

Was er wohl dachte? Vielleicht hielt er mich für eine verkappte Stadtstreicherin, die sich auf diese Tour ein Nachtlager und ein Abendbrot erschlich. Eine, die einem leidtun musste.

Hör zu, sagte die andere Helene, die, die schon ein bisschen dazugelernt hatte in den letzten Wochen und nun irgendwo hinter mir stand, die Arme vor der Brust verschränkt.

Ist es nicht an der Zeit, dass du drauf pfeifst, was dieser Mann da gerade denkt? Irgendein Mann. Irgendjemand.

Schon gut, du hast ja recht, beschwichtigte ich meine klügere Hälfte.

»Danke, Herr Szabo. Weißwein von hier?« Ich richtete mich auf. »Ich mache nämlich ab morgen und bis Sonntagmittag bei einem Weinseminar mit.« Warum erzählte ich ihm das? Noch dazu in solcher Detailfreude.

Er nickte nur knapp, der fesche Sàndor, den ich auf Ende dreißig schätzte und der mittlerweile genug von mir zu haben schien, was ich ihm nicht verübeln konnte.

»Dachte ich mir schon«, sagte er schließlich doch noch. »Alleinstehende Frauen machen das gerne. Gute Nacht.« Er stand schon an der Tür, drehte sich aber nochmals zu mir um. »Auf dem Tresen liegt eine Karte mit meiner Nummer. Falls etwas ist. Es sind übrigens noch nicht alle Gäste wieder im Haus. Erschrecken Sie die nicht zu sehr.« Und schon war er draußen.

Alleinstehende Frauen.

Und erschrecken sollte ich niemanden. Helene, *das Gespenst von Canterville*.

43

NACHDEM ICH die Gästetoilette ausfindig gemacht, mir die Zähne geputzt und mich mit einem der hübsch gefalteten Waschläppchen mit Storchenstickerei abgetrocknet hatte, blieb ich noch ein wenig an der Glastür stehen, die Sàndor freundlicherweise doch nicht abgeschlossen hatte, und schaute nach draußen.

Neumond. Stille.

Geht doch, sagte die kluge Helene und lächelte der anderen zu. Der, die sich gerade ein bisschen verlassen fühlen wollte.

Bald darauf schlief ich ein. Mehr noch, ich schlief wider Erwarten erstaunlich gut.

Wenn ich überhaupt noch irgendeinem Spätheimkehrer einen Schreckensschrei entlockt hatte, dann war mir das entgangen.

Und so saß ich denn um sieben Uhr ausgeruht und frisch gemacht auf dem gelben Sofa. Wie eine Reisende, die auf den Zug wartete. Den Koffer bei Fuß.

»Möchten Sie auschecken?«, fragte mich die hübsche junge Dame mit den kurzen blonden Haaren erstaunt, die bald darauf die Eingangstür aufstieß.

Rita Szabo stand auf dem Badge, das an ihre schwarze Bluse geheftet war.

Sàndors Frau? Dann müsste sie von mir wissen. Er hatte ihr sicher von mir erzählt.

»Nein, ich warte aufs Frühstück.«

»Hier?« Ich musste ihr wohl doch etwas eigenartig vorkommen. »Das servieren wir aber erst in einer halben Stunde.«

»Gut, dann mache ich noch einen Spaziergang am See.«

»Tun Sie das!«

Weiter als bis zum Frühstück hatte ich mein Vorgehen noch nicht geplant. Bei aller Befriedigung über diese unerwartete Form der Selbstfindung – *Tun Sie etwas Ungewöhnliches und erforschen Sie dabei Ihre Empfindungen* – konnte ich mich nicht für die Dauer des Seminars im Empfangsraum der *Herberge Storchennest* einnisten.

Die Luft war frisch, auch wenn es ein warmer Tag zu werden versprach. Der See schimmerte seidig im Morgenlicht.

Noch fanden sich nur wenige Menschen an der Uferpromenade ein. Ein paar Jogger, einige Hundehalter mit ihren schnüffelnden Bobbys, Luckys und Bellos. In ein paar Stunden würde es gewiss anders aussehen. Ich ließ mich auf einer von Schilf umgebenen Bank nieder und überlegte. Wenn es so war, wie Sàndor Szabo gesagt hatte, dass sich zur Zeit nicht mal ein Nagetier in einer der Unterkünfte am See einquartieren ließ, dann konnte ich abends immer noch zu Tante Selma nach Wien fahren. Eine Viertelstunde mit dem Taxi nach Neusiedl, eine Dreiviertelstunde mit dem Zug nach Wien und dann noch mal die Fahrt vom Bahnhof raus nach Währing. Knappe zwei Stunden, wenn man alles addierte. Umständlich, aber machbar.

Und doch war es nicht das, was ich mir vorgenommen hatte für diese Tage.

Meine Beziehung zu Tante Selma war eine besondere.

Als ich acht Jahre alt war, hatte meine Mutter meinen Vater und mich verlassen, um mit dem Berg- und Talbahn-Schausteller des *Jaguar-Express* durch die Lande zu ziehen. Eine *amour fou*, deren Tragweite ich mir damals nur marginal bewusst geworden war. Mein Vater hatte mich in der Folge jeden Sommer für mehrere Wochen zu seiner Schwester nach Wien verfrachtet. Selma lebte zu der Zeit noch nicht in der Villa in Währing. Es war die Periode von Ehemann Nummer zwei, dem untreuen Schorschi, der Selma im Gegensatz zu Ehemann eins, dem Hallodri, immerhin den Luxus einer geräumigen Stadtwohnung nahe der Oper und auch sonst einige Annehmlichkeiten geboten hatte. Ich fuhr gerne zu meiner kinderlosen Tante, die mir von Herzen zugetan war und mich gehörig verwöhnte. Obwohl nicht der mütterliche Typ, konnte sie mir doch ein klein bisschen von dem geben, was mir meine Mutter so abrupt entzogen hatte. Meine Mutter, die nach vier Jahrmarktjahren und enttäuschten Erwartungen gerne wieder zu uns zurückgekehrt wäre. Aber das war für meinen Vater, dem schon für viel geringfügigeren Wankelmut Verständnis und Nachsicht fehlten, undenkbar. Sie hatte ihn zum *Gespött der Leute* gemacht, wie er mir in einem seltenen Moment der Vertraulichkeit gesagt hatte. Das war unverzeihlich.

Und nicht mal ich, zu dem Zeitpunkt zwölf Jahre alt, wollte das Risiko eingehen, diese unzuverlässige Mutter wieder in mein Leben, mehr noch, in mein Herz zu lassen.

So war es denn Tante Selma, unter deren Rockschöße ich mich bis zu meinem einundzwanzigsten Lebensjahr immer wieder geflüchtet hatte, wenn es mal nicht gut lief und auch sonst.

Danach hatte ich Josef kennengelernt, den, wie ich meinte, Garanten für immerwährende Sicherheit. Ich lachte auf.

Eine Schwarzkopfmöwe stelzte an mir vorbei. Ihrem Blick entnahm ich, dass sie einem so unvermittelt vor sich hin lachenden Menschen nicht über den Weg traute.

»Auf wen verlässt *du* dich?«, fragte ich sie, wo sie schon mal hier war. Statt einer Antwort setzte sie zum Abflug an.

Ich dachte an den Altersunterschied zwischen meinem Vater – tot seit vielen Jahren – und meiner Mutter. Als er sie kennengelernt hatte, war sie gerade mal fünfundzwanzig und er ein fünfundvierzigjähriger Junggeselle, der noch bei seiner Mutter lebte. Sie Referendarin, er der stellvertretende Direktor am Gymnasium unseres Städtchens. Neun Jahre später musste sie wohl genug gehabt haben von seinem nur schwach ausgebildeten Sinn für Humor und seiner Prinzipienreiterei. Blieb die Frage, welche Eigenschaften meines Vaters ihr denn so liebenswert erschienen waren, als sie sich für ihn entschieden hatte.

Und diese Nathalie Brunner? Sie war kaum älter als Tobi. Somit lagen zwischen ihr und Josef satte sechsundzwanzig Jahre. Was sah sie in ihm? Hatte sie einen Vaterkomplex? Oder erhoffte sie sich Vorteile durch eine Affäre mit ihrem Chef?

Erst jetzt kam mir zu Bewusstsein, dass Josef mich im Stich ließ, wie meine Mutter es getan hatte. Auch er für eine Verrücktheit.

Und mein Vater? Auch er hatte sich eine wesentlich jüngere Frau gesucht. Damals hatte er mit dieser Wahl jedoch niemandem weh getan.

Wie stand es vor diesem Hintergrund um mein seelisches Gleichgewicht? Vielleicht brauchte ich eine Therapie.

Die Schwarzkopfmöwe kam zurückgeflogen, gefolgt von einem Kumpan. Oder einer Kumpanin. Wer, außer einem Ornithologen, konnte das schon wissen. Keckernd landeten sie nicht weit von meiner Bank. Keine von beiden interessierte sich mehr für mich. Ich konnte vor mich hin lachen, so viel ich wollte.

Nein, wenn ich gerade etwas brauchte, dann war es ein gutes Frühstück. Therapeutisches konnte warten.

Ich stand auf und ging zurück zum *Storchennest*.

44

ZWEIGELT ... Heideboden ... Blaufränkisch ... pannonisches Klima.

Die Worte wehten an mir vorbei wie der aufsteigende Wind vom See. Mal waren sie lauter, mal leiser. Einige fanden den ihnen zugedachten Weg, andere verflüchtigten sich. Es gelang mir nur leidlich, mich zu konzentrieren.

Unser Grüppchen hatte sich mit mir als Nachhut wacker den Hügel hochgearbeitet. Was zunächst nach einer sanften Steigung ausgesehen hatte, war mit jedem Schritt beschwerlicher geworden. Die Morgenfrische war zunehmender Hitze gewichen, gegen die auch das thermische Lüftchen nichts ausrichten konnte. Vor gut einer Stunde waren wir vom Weingut *Frohmann* aufgebrochen, in dessen von Linden beschatteten Hof ich gerne zurückgekehrt wäre.

Dabei war der Ausblick jeden Schweißtropfen wert. Unter uns lagen blumige Wiesen, Sonnenblumenfelder und Äcker im milchigen Licht dieses Augusttags. Dahinter das Schilfland und der See.

»Noch Fragen? Sie vielleicht, Helene?« Unserer Seminarleiterin, Petra Frohmann, war mein Schweigen nicht entgangen.

»Nein, Sie haben alles sehr gut erklärt«, bügelte ich meine mangelnde Wissbegier aus. Petra Frohmann war ein Ausbund an Energie und Mitteilungsfreude. Gleich zu Beginn hatte sie uns das bis ins Detail ausgeklügelte Programm für die zweieinhalb Seminartage vorgelegt und uns auch sonst mit jeder Menge Informationen überflutet. Mir fiel beim besten Willen nichts ein, wonach ich mich noch hätte erkundigen sollen. Außer vielleicht, wann denn die Mittagspause vorgesehen war, aber auch diese Information hätte eine aufmerksamere Schülerin als ich bereits intus.

Der heutige Tag war dem Weinanbau und der Kellertechnik gewidmet. Dazu gehörten die Erkundung der Weinberge und die Besichtigung des Betriebes am Nachmittag. Abends dann ein gemeinsames Essen im Garten des Guts, worauf ich mich in Anbetracht der Entbehrungen des vergangenen Abends besonders freute.

Unbehagen bereitete mir das *Danach*.

Aber vielleicht war das, was ich für Unbehagen hielt, in Wahrheit etwas anderes.

Haben Sie etwas für die kommenden zwei Nächte gefunden?, hatte mich Rita Szabo gefragt, nachdem ich gefrühstückt und die Rechnung dafür beglichen hatte.

Sie wusste also, dass ich obdachlos war.

Nein, leider nicht. Ich hatte bereits im Tourismusbüro haltgemacht und mich nach Übernachtungsmöglichkeiten erkundigt. Aber auch dort hatte man mich nur mitleidig angesehen.

Sàndor hat mir dies für Sie gegeben, für den Fall, dass Sie nicht fündig werden. Rita hatte mir einen Umschlag gereicht, ohne dass ihr Lächeln auch nur eine Sekunde irgendetwas anderes als unverbindliche Höflichkeit ausgedrückt hätte.

Helene Abendrot stand darauf.

Auf dem Weg zum Weingut hatte ich den Umschlag geöffnet und Sàndors Mitteilung an mich gelesen.

Dass er mir ein Zimmer in seinem kleinen Haus in Sarrod, unweit der österreichischen Grenze, zur Verfügung stellen konnte, stand da. Gerne unentgeltlich. Sein Dienst im *Storchennest* endete um zweiundzwanzig Uhr, was dann auch der Zeitpunkt sein würde, an dem die gemeinsame Fahrt nach Ungarn losgehen konnte. Er bat um einen Anruf, sollte ich seinem Vorschlag etwas abgewinnen können. Es folgte seine Telefonnummer.

Weshalb diese altruistische Geste, hatte ich mich gefragt. Hilfsbereitschaft und Liebenswürdigkeit?

Sah Sàndor Szabo aus, als würde er sich über einsame Frauen hermachen, die ihr Alleinsein in den zahlreichen Probiergläsern eines Weinseminars ertränkten? Raubte er diese aus und schnitt ihnen dann die Kehle durch?

Ich hatte ihn angerufen und mich für das Angebot bedankt. Ich könne es selbstverständlich nicht in Anspruch nehmen, wollte ich ihm sagen. Schon gar nicht unentgeltlich.

Dann hatte ich zugesagt.

»Bern ist eine schöne Stadt. Da waren wir vor drei Jahren für ein paar Tage«, teilte mir Gunda mit, die einzige alleinstehende Frau außer mir. Sie trug einen wagenradgroßen Sonnenhut und ein in die Jahre gekommenes Sommerkleid, das der rüstigen und ach so plötzlich verstorbenen Mutter gehört hatte, mit der sie so manche Reise gemacht und von der sie mir gerade mit größter Ausführlichkeit erzählt hatte. »Wir haben so viel zusammen unternommen, Mama und ich.« Gundas Stimme bebte. Zwei Tränen kullerten über ihre nicht mehr ganz straffen, mit Rouge kolorierten Bäckchen.

»Das sind doch schöne Erinnerungen, die Sie haben.« Mein Mitgefühl beim Thema *Mütter* war nur mäßig ausgeprägt.

Überhaupt wurde mir etwas unbehaglich bei dem Gedanken, dass ich bei meinen jüngsten Unternehmungen vermehrt die Bekanntschaft von erwachsenen Menschen machte, die mir von ihren hochverehrten Müttern erzählten.

Würde ich selbst vielleicht auch irgendwann wildfremden Menschen mein Leid klagen? *Mein Josef* (Äquivalent für ein altes Mütterchen) *und ich hatten es so gut zusammen*, würde ich greinen und dabei unterschlagen, dass besagter Josef in der Zwischenzeit mit seiner schönen jungen Ehefrau eine Familie in Bilderbuch-Ausgabe gegründet hatte, mit zwei fidelen Kinderlein, einem Golden Retriever und dem unvermeidlichen SUV in der Doppelgarage des neuen Einfamilienhauses.

Und würde ich dann auf ein paar nette Worte hoffen wie Gunda mit den rosagepuderten Wangen?

»Zeit für eine Jause«, verkündete Petra Frohmann, was mich ins Hier und Jetzt zurückrief.

Mehr noch, die herbeigetragenen Käsesemmeln und die erste Kostprobe eines Chardonnay, verzehrt unter den ausladenden Ästen eines dicht belaubten Nussbaums, überzeugten mich davon, mich gerade genau am richtigen Ort zu befinden.

Bald darauf die ersehnte Mittagspause, während der ich mich in Frohmanns Garten auf ein schattiges Bänklein legte.

Im Ausstrecken auf anderer Leute Sitzgelegenheiten bekam ich langsam Übung.

45

Entschluss befreit von Furcht. Adrienne liebte konfuzianische Weisheiten.

Das machst du schon gut so, aber pass trotzdem auf dich auf!, hatte sie am Nachmittag noch getextet und mir ein Foto von einem zufriedenen Lego mit kariertem Halstuch geschickt, der Adrienne und drei ihrer Yoga-Frauen beim Wandern im Jura begleiten durfte. *Halt mich auf jeden Fall auf dem Laufenden. Morgen früh erwarte ich eine Mitteilung von dir. Sonst müssen Lego und ich befürchten, dass irgendwas nicht stimmt.*

Ich schaute mir Sàndors Profil an, so unauffällig wie möglich. Das dunkle, leicht gewellte Haar mit etwas Gel gebändigt, das Schnauzbärtchen an den Enden gezwirbelt. Alles in allem ein bisschen zu sehr gestylt und eigentlich nicht mein Typ. Nichtsdestotrotz hatte er, nun ja, Sexappeal.

Ich dachte daran, dass er sich gestern anfänglich noch von einer wenig anziehenden Seite gezeigt hatte. Arrogant und aufgeblasen hatte ich ihn gefunden. Nun saß ich neben ihm und fuhr mit zu ihm nach Hause.

Wir hatten die österreichisch-ungarische Grenze überquert und würden bald im kleinen Örtchen Sarrod ankommen, wo sich Sàndors Haus befand. Selbst renoviert, hatte er mir gleich zu Beginn der Fahrt erzählt, traditionelle Bauart. Auch ein Foto von einem schmucken weißen Häuschen mit rotem, geschwungenem Dach hatte er mir gezeigt. Vielleicht seine Art, mir mitzuteilen, dass ich mir keine Gedanken machen sollte. Alles solide, adrett und gepflegt. Keine baufällige Kate, deren Fenster von wucherndem Dornengesträuch und Spinnenweben überwachsen waren, die weder dem Tageslicht noch dem wachsamen Auge redlicher Nachbarn Einblick gewährten. Kein Ort also, an dem finstere Meuchelmörder ungestört ihre weiblichen Opfer in kleine Portionen verpackt in den Tiefen ihrer überdimensionierten Kühltruhen verschwinden ließen.

Die Dunkelheit, die mir unbekannte Umgebung, dieser so gut wie fremde Mann am Steuer ließen mir die spätabendliche Fahrt unwirklich erscheinen. Die erste Viertelstunde hatten wir noch geplaudert, so als führen wir des Öfteren miteinander durch die Nacht.

Dass Sàndor bei seinen österreichischen Großeltern in Wien aufgewachsen war und deshalb so gut Deutsch sprach. Dass Rita Szabo seine Ex-Frau war, mit der er sich leidlich verstand, wohl auch, weil sie zusammen einen siebenjährigen Sohn hatten. Dass er gerne etwas Neues an einem ganz anderen Ort beginnen würde, vorausgesetzt, er könne seinen Sohn in regelmäßigen Abständen sehen. Das war es, was ich bisher von ihm erfahren hatte.

»Die Sache mit dem Sofa hat mir imponiert. Ziemlich cool!«, sagte er nach einer Weile und sah mich lächelnd an. »Das zeugt von Mut. Und Persönlichkeit.«

Mein Herz bummerte.

»Na ja, so viel Mut braucht es dafür nicht«, wiegelte ich mit einem Schulterzucken ab, als täte ich dauernd irgendwelche ausgefallenen Dinge. Dabei pochte mein Herz noch ein bisschen mehr.

Persönlichkeit, hatte er gesagt. Natürlich hatte ich die, aber wann hatte mir ein Mann so was das letzte Mal gesagt? Wann hatte *mein* Mann mir etwas in dieser Art gesagt? Auf einmal verspürte ich eine ungeheure Lust, heute noch einmal bewundernswert zu sein. Und mutig. Und nicht die brave Helene Abendrot, die zu Hause nach dem Rechten schaute und für das Wohl ihrer Lieben sorgte, während alle anderen – sogar die biedere Susanne – ungeheure Dinge taten.

Ich würde eine *Helène* sein, wie Adrienne es aussprach. Vielleicht sogar eine Helèèène.

»Sind Sie oft alleine unterwegs?«, fragte er mich nun. »Eine so schöne Frau …«

Der Satz blieb unvollendet. Gut, die *schöne Frau* war nicht gerade die Krone der Originalität. Aber dessen ungeachtet fielen Sàndors Worte auf fruchtbaren Boden. Die Saat ging auf. Im Zeitraffer.

»Ja, also, nein ...«, krächzte ich, meines Stimmvolumens auf heimtückische Weise beraubt. »Ich erforsche neue Wege.«

Das entsprach der Wahrheit, aber so wie ich es sagte, im Halbdunkel von Sàndor Szabos Skoda, klang es erstaunlich frivol. Dass mir die Röte ins Gesicht stieg, was ich zumindest annahm, konnte er glücklicherweise nicht sehen.

»Gut«, sagte er nur.

»Tokajer entsteht hauptsächlich in einem Anbaugebiet in Nordungarn«, sagte Sàndor und erinnerte mich dabei ein wenig an die Frohmann vom Weinseminar. Vielleicht glaubte er, er müsse auch etwas zu meinen Weinkenntnissen beitragen.

Obwohl ich die goldgelbe Flüssigkeit zu süß fand, war ich beim zweiten Glas angelangt.

»Schmeckt toll«, lobte ich, »aber mehr darf ich davon nicht mehr trinken.« Ich schob das Glas von mir. »Ist auch Zeit fürs Bett.« Noch während ich mich vom Stuhl erhob, kam mir die Sache mit dem *Bett* so verfänglich vor wie fast alles, was ich in der letzten Stunde von mir gegeben hatte. Nicht nur das: Meine Beine gaben nach, als hätten sie sich heimlich in gelierten Tokajer verwandelt.

»Ich weiß ja, wo alles ist«, sagte ich und ärgerte mich sowohl über den piepsigen Klang meiner Stimme wie auch darüber, dass ich mich einen Moment lang an der Tischkante festhalten musste.

Das mir zugewiesene Zimmer war gleich neben der Wohnküche, in der wir seit einer knappen Stunde plaudernd am Esstisch saßen, als wären wir Teenager und hätten gerade unser erstes Date. Als wäre *ich* ein Teenager und hätte *mein* erstes Date.

»Gute Nacht.« Auch Sàndor war aufgestanden.
»Gute Nacht.«
Ein braver Gruß.

Im Dunkel des kleinen Raums, der einmal das Kinderzimmer gewesen war, lag ich auf meiner Bettstätte.

Frisch geduscht und gecremt. Aber auch ein bisschen enttäuscht.

Im Haus war nichts mehr zu hören. Sàndor musste schlafen gegangen sein.

Ich hatte also alles falsch interpretiert. Sàndors Komplimente hatten nichts zu bedeuten. Und wenn er mich schön fand, so war dies nur eine Galanterie, wie sie sich, zumindest nach meinen klischeehaften Vorstellungen, für einen Ungarn mit österreichischen Wurzeln gehörte.

Ich zog mir das Laken bis zur Nasenspitze.

Besser so. Was wollte ich schon von einem Hotelportier mit Moustache? Das sagte der Fuchs in mir, der nicht an die Trauben herankam, die er noch kurz vorher gerne verspeist hätte.

Ach was, sagte hingegen Helène, die Frivole. Das wäre doch gelacht.

Diese mir wenig vertraute Helène war es dann auch, die wieder aufstand, in ihre Sandalen schlüpfte und drei der vier Knöpfe ihres Nachtshirts aufknöpfte.

Was heute nicht geschieht, ist morgen nicht getan war ein von Tante Selma häufig zitierter Goethe-Satz.

An den hatte ich mich gerade erinnert.
Und keinen Tag soll man verpassen.
Ich wollte danach handeln.

46

»MEINE ANTILOPE«, flüsterte er ihr ins Ohr und zog sie an sich. Die Antilope entwand sich seiner Umarmung. »Heute nicht«, sagte sie und drehte sich dem Herd zu, auf dem ausnahmsweise mal etwas brodelte.

Ob sie *heute nicht* seine Antilope sein wollte oder ob sie heute *gar nicht* wollte, was das dritte Mal in Folge wäre, blieb dahingestellt.

»Stell schon mal die Suppenteller auf den Tisch«, wies Nathalie ihn an und rührte so vehement im Topf, als hinge Scheitern oder Gelingen davon ab.

Nun hätte Josef in der Vergangenheit gewiss gerne mal etwas von ihr Gekochtes verspeist. Aber heute konnte ihm Nathalies neu erwachte Freude an kulinarischen Kreationen – pikante Thaisuppe mit Huhn – gestohlen bleiben. Er wollte *sie*. Für Pikanterie brauchte er keine Suppe.

Er versuchte, sich so gut es ging im Glas der Backofenklappe zu spiegeln. Was er sah, war nicht übel. Oder fand sie ihn nicht muskulös genug? Probehalber spannte er den Bizeps seines linken Armes an. Nein, er konnte sich sehen lassen, würde aber zur Sicherheit noch ein wenig zulegen mit dem Training.

»Und mach schon mal den Rotwein auf!«

Für einen Moment wähnte er sich im Jägerweg. Mit Helene

am Herd, die ihn mit ihren Imperativen in Trab hielt. Mach bitte ... stell bitte ... vergiss nicht.

Nein, das stimmte natürlich nicht. Schon deshalb, weil Helene mit ihren achtundvierzig Jahren zwar noch eine sehr gute Figur hatte, mit der perfekten Linienführung von Nathalies Rückansicht aber naturgemäß nicht mehr mithalten konnte.

Er wollte nicht undankbar sein. Nathalies kulinarische Gehversuche waren durchaus begrüßenswert. Immerhin machte sie sich die Mühe, ihn zu bekochen. Das galt es zu würdigen.

Trotzdem wagte Josef noch einen Vorstoß. Von hinten, quasi als Überraschungsattacke, fasste er an Nathalies Brüste. Die Suppe kann warten«, sagte er mit vor Lust heiserer Stimme.

»Bitte, Josef!« Mit der linken Hand, der kochlöffelfreien, klatschte sie ihm auf seine für seine Bedürfnisse vortrefflich positionierten Hände. Blitzschnell, erst auf die rechte, dann auf die linke.

»Au!« Josef war gekränkt. Was war nur los? Bekam sie ihre Tage? Hormonelle Schwankungen? Aber er wusste, dass er diese Frage besser nicht stellte.

Der Abend bei seiner Angebeteten hatte kein zufriedenstellendes Ende gefunden.

Dass die Suppe zu scharf war, ließ sich dabei als das geringste der Übel abtun, auch wenn Nathalie ein großes Bohei darüber gemacht hatte.

Seine Versuche, sie von der entspannenden Wirkung eines Schäferstündchens auf der Ledercouch zu überzeugen, waren an den merkwürdigsten Einwänden gescheitert. Sodbrennen wegen der Peperoncini, Verspannungsschmerzen im Rücken, sein heißer Atem.

Letzteres war besonders irritierend gewesen. Noch nie hatte ihm jemand gesagt, er hätte einen *heißen Atem*.

Und dann der ultimative Stimmungskiller: Ob er eigentlich nie Gewissensbisse hätte? So eine hübsche Frau. Wie das eigentlich für ihn wäre, wenn Helene ihn betrügen würde. Dass Helene ihn nicht betrügen würde, hatte er geantwortet und sich über Nathalies spöttisches *So, warum denn nicht?* fürchterlich geärgert.

Und dass er darüber auch nicht reden wolle, hatte er gesagt. Nicht mit ihr und überhaupt. Das war dann ein bisschen laut geraten.

Am Ende hatte sich auch bei ihm heftiges Sodbrennen eingestellt.

Nun befand er sich auf dem Heimweg, was nicht dem entsprach, was er sich von dem Abend versprochen hatte.

Obwohl der Jägerweg nicht auf der Strecke von Nathalies Wohnung zu seiner Bleibe lag, durchfuhr Josef die ihm vertraute Straße. Vor seinem Haus verlangsamte er und schaute nach oben. Kein Licht. Und das abends um zwanzig vor elf. War Helene schon wieder auf Reisen?

Bei der Kontrolle der Kontobewegungen hatte er gesehen, dass sie zum zweiten Mal innerhalb kurzer Zeit 3000 Franken abgehoben hatte. Seine Frau ließ es sich offenbar gut gehen. Er hatte ihre Ankündigungen vor einigen Wochen nicht ganz ernst genommen. Zu Unrecht, wie sich zeigte.

Unter diesen Umständen, so überlegte er, konnte er Nathalie eigentlich guten Gewissens eine Reise vorschlagen. Etwas Mondänes, wie es ihr gefiel. Sardinien vielleicht. Ein Resort an der Costa Smeralda. Schneider hatte kürzlich so etwas erwähnt. Nicht unbedingt sein Geschmack, aber darum ging es jetzt nicht. Es war schließlich seine lustlos müde Antilope, die zu den munteren Sprüngen ihrer ersten gemeinsamen Monate zurückfinden sollte.

Auch ihm konnte ein Tapetenwechsel nur guttun. In seinem Studio in der Aberlistraße wollte keine Wohnlichkeit aufkommen.

Josef stellte den Motor ab und sah zu der Villa hin, in dessen Anbau sich seine Räume befanden. Auch hier lag alles im Dunkeln. Schneider war wieder mal nicht zu Hause, seine Frau nach wie vor auf Reisen.

Am liebsten hätte Josef das Auto gestartet und die Flucht ergriffen. Er hatte das Studio satt, nein, die ganze Straße mit ihrer gediegenen Ruhe.

Warum sollte er eigentlich nicht zu Nathalie zurückfahren? Sie waren doch ein Paar. Er würde sie anrufen und ihr sagen, wie sehr es ihn danach verlangte, die Nacht bei ihr zu verbringen. Dass ihn die kleine Verstimmung bedrücke und er so nicht einschlafen wolle. Das musste doch auch in Nathalies Sinne sein. Josef griff nach seinem Telefon, auf dem er bereits eine Textmitteilung von ihr vorfand.

Telepathie? Er lächelte. Es ging ihr also so wie ihm.

Mi querida José, stand da. *Ich glaube, wir brauchen eine kleine Pause. Ich merke, wie mir die Arbeit im Spital zusetzt, zumal ich nebenher noch an der Doktorarbeit schreiben muss. Ich fühle mich erschöpft und abgelenkt und kann dir nicht geben, was du gerne möchtest. Lass mir eine Weile Luft. Drei oder vier Wochen. Ich melde mich. N.*

Das konnte doch nicht ihr Ernst sein. Eine *kleine* Pause von drei, vier Wochen? *Wir?* Wenn er etwas nicht brauchte, dann war es eine Pause. Sie sahen sich außerhalb ihres gemeinsamen Arbeitsorts bestenfalls jeden zweiten, oft sogar nur jeden dritten oder vierten Tag, was Josef nahezu asketisch fand. Wie viel Luft sollte in dieses gut belüftete Beziehungskonstrukt, in dem Nathalie ohnehin immer über das Wann, Wo und Was entschied, noch hineingelassen werden?

Und das Ganze auch noch in Form einer Textmitteilung als Gutenachtgruß! Nein, dazu war das letzte Wort noch nicht gesprochen.

Seinen Wunsch nach nächtlicher Nähe an sie heranzutragen hielt er unter diesen Umständen für wenig zielführend. Eine Textmitteilung auch von ihm? In scherzhaftem Ton vielleicht? Josef verwarf den Gedanken und steckte sein Handy in die Brusttasche seines Hemds.

Die Bewegungssensoren beleuchteten ihm den Weg zum Haus. Sie waren die Einzigen, die sein Heimkommen registrierten.

Einen Augenblick lang spielte er mit dem kuriosen Gedanken, nochmals in den Jägerweg zurückzufahren. Zu Helene. Mit irgendeinem Vorwand, der ihm schon noch in den Sinn kommen würde. Aber dann fiel ihm ein, dass er ja gar kein Licht gesehen hatte.

Außerdem war zu befürchten, dass sie ihn zu so später Stunde und beim gegenwärtigen Stand der Dinge ohnehin nicht mit warmen Worten empfangen würde.

Kaum hatte Josef die Diele seines Studios betreten, setzte der im Schrank mit einem Kissen gebändigte Kuckuck zu seinem immer noch deutlich vernehmbaren Gezeter an. Elf dieser nervenzehrenden Rufe. Und das zu nächtlicher Stunde. Hatte er nicht den Rund-um-die-Uhr-Mechanismus abgestellt? Was erlaubte sich der Kerl. Hatte er ein Eigenleben?

»Das war's dann, du Mistvieh«, zischte er, riss den nichts Böses ahnenden Holzvogel mitsamt seinem Häuschen aus seinem Schrankquartier, brachte ihn nach draußen und schmiss ihn in den Gartenweiher.

Das steinerne Bübchen – *Manneken-Pis*-Nachbildung und weiterer beabsichtigter *Stilbruch* der Herrschaften Schneider – ergoss seinen Strahl auf den versenkten Kuckuck.

Josef wusste nicht recht, was ihn zu solch einem für seine Verhältnisse rabiaten Akt bewegt hatte. Aber er verspürte Genugtuung, wenn auch nur für einen Moment.

Mit ausholenden Schritten lief er über den bereits nachtfeuchten Rasen zum Haus zurück.

Nachdem er die Terrassentür hinter sich geschlossen hatte, setzte er sich an den Tisch vor dem Fenster und schaute in die fast völlige Dunkelheit. Licht hatte er auch bei sich drinnen keines angemacht.

Die Stille legte sich wie eine dicke, muffige Wolldecke über ihn.

Konnte es sein, dass er gerade seinen einzigen Kumpan in dieser Einsiedelei ertränkt hatte?

47

»Eine unpünktliche Seminarleiterin. So etwas darf einfach nicht passieren.« Gunda, rechts von mir am Tisch, schnalzte mit der Zunge und trommelte mit ihrem Kugelschreiber auf den Tisch. Vor ihr lag das geöffnete Heft, bereit für neue Notizen. Sie gehörte offenbar zu den Menschen, die ihren Wissenszuwachs materialisieren mussten.

Mein Heft, eine Zugabe der Frohmanns zu den Seminarunterlagen, enthielt nur zwei Worte, *Welschriesling* und *Zweigelt*, niedergeschrieben in einem wenig fokussierten Anflug von Lerneifer und illustriert von ein paar meiner nebenbei entstandenen Kritzeleien.

Links neben mir saß Paul Kummer aus München, der andere Sorgen hatte. »Linda hat gestern Abend irgendwas nicht vertragen. Vielleicht dieses pannonische Schmankerl mit den Fettstücken drin. Jetzt liegt sie im Bett und bekommt von der Verkostungstechnik nichts mit.«

Soweit ich mich an das gemeinsame Abendessen vom Vorabend erinnern konnte, hatte Pauls Frau einen bemerkenswert guten Zug. Den Grund für ihre Malaise vermutete ich folglich eher bei der reichlich konsumierten Menge Zweigelt.

In Sachen Verkostungstechnik schien sie so gesehen keine weiteren Instruktionen zu benötigen.

Bei den Seminarteilnehmern aus Wien – vier Männer und eine Frau –, die von ihrem Chef zwecks Teambildung zu diesem Seminar geschickt worden waren, herrschte dicke Luft.

Wie dem gezischelten Wortwechsel zu entnehmen war, ging es um Schneewittchen-Romina mit den geröteten Wangen. Sie hatte, so reimte ich mir zusammen, einem der vier Buhler – vermutlich dem forschen Robert – den Vorzug gegeben. Der Wiener Chef würde mit dem Ertrag seiner Investition ins Betriebsklima nicht zufrieden sein.

Ich quittierte das Geschehen um mich herum mit einem Lächeln. Grund für meine milde Gestimmtheit war die vergangene Nacht.

Bis zum Anbruch des neuen Tages hatten nur noch wenige Minuten gefehlt.

Im dunklen Flur, keine drei Schritte vor meiner Zimmertür, war ich beinahe mit Sàndor zusammengestoßen, der – es konnte nicht anders sein – auf dem Weg zu mir war.

Oh, hatte ich gesagt.

Und *oh* auch Sàndor. Dann hatten wir uns geküsst.

Womit die spärliche Konversation auch gleich zu ihrem Ende gekommen war.

Was heute nicht geschieht, ist morgen nicht getan.

Vom nahen Kirchturm waren zwölf mitternächtliche Schläge zu hören gewesen. Tante Selma wäre also mit der Einhaltung des Appells zufrieden gewesen. Wenigstens, was den zeitlichen Aspekt betraf.

Gestern, heute oder morgen. Von Mitternacht bis zum Morgengrauen hatte nichts dergleichen auch nur die geringste Bedeutung gehabt.

Und nun saß ich hier, inmitten dieses zusammengewürfelten Grüppchens. Beschwingt und leichtherzig.

Seit mehr als sechsundzwanzig Jahren gab es für mich keinen anderen Mann als Josef. Das war nun mal so. Nicht mal unser dürftiger werdendes Liebesleben hatte mich das in Frage stellen lassen.

Bis letzte Nacht.

Unglaublich. Ich atmete tief und hörbar aus.

Unglaublich, hatte auch Adrienne geschrieben, als ich ihr am Morgen nicht nur über meine Unversehrtheit Bericht erstattet hatte, sondern auch von meinem sinnlichen Behagen.

Und jetzt?, hatte sie gefragt.

Mal sehen, wird sich zeigen, hatte ich geantwortet. Mit der Abgeklärtheit eines alten Hasen in solchen Eskapaden.

Tatsächlich hatte ich keine Ahnung, was aus dieser Liebeskapriole werden sollte. Nach einem gemeinsamen Frühstück waren wir zurück nach Österreich gefahren. Er zu seiner Arbeit an der Rezeption, ich zur *Weinschule Frohmann*. Geredet hatten wir wenig. Was sagte man nach so einer Nacht? Mir fehlte die Erfahrung.

Um fünf, so hatten wir vereinbart, wollten wir noch einmal die Reise zu ihm nach Hause antreten. Damit war klar, dass ich im Hause Frohmann beim gemeinsamen Kochen und der Auswahl des richtigen Weins zum jeweiligen Gang nicht anwesend sein würde. Auch was die Teilnahme an der Kellerverkostung betraf, krönender Seminarabschluss am Sonntagvormittag, wollte ich mich erst im letzten Moment entscheiden. Ja, mir war danach, mich einfach der Gestimmtheit des Augenblicks hinzugeben. Ganz die neue Helene, die lustbetonte, der ich noch ein wenig freien Lauf zu lassen gedachte.

In mein Nachsinnen platzte Petra Frohmann. »Entschuldigung«, rief sie und strich sich eine der vielen Strähnen hinters Ohr, die sich aus dem sonst so straff und makellos zurückgebundenen Pferdeschwanz gelöst hatten. Ihr Gesicht wies die roten Flecken auf, die sich bei empfindlicher Haut oft schon bei leichter Aufregung zeigten. »Ein Zwischenfall.« Mehr verriet sie uns nicht. Der hatte sie augenscheinlich nicht nur äußerlich derangiert. In sprunghafter Manier begann sie, sich über das Weinbaugebiet rund um den Neusiedlersee auszulassen, bis Gunda sie unterbrach. »Frau Frohmann«, sagte die Streberin der Klasse mit strenger Miene, »das haben wir gestern schon behandelt.«

»Ja, natürlich.« Auf Petra Frohmanns Gesicht zeigten sich

noch ein paar zusätzliche Flecken. »Ich wollte nur resümieren.« Sie reckte ihr spitzes Kinn und schrieb C O S ans Whiteboard. Dann wandte sie sich zu mir. Mit einem Blick, der einem Schneidbrenner in nichts nachstand. »Helene, was glauben Sie, wofür könnten diese drei Buchstaben stehen?«

Ich erschrak. Woher sollte ich das wissen? Ich war als Schülerin hier, nicht als Allwissende. War Gunda kurz zuvor die Streberin, so wurde ich jetzt zum Dummchen in der letzten Reihe. »Eine chemische Formel? Irgendwas mit Sauerstoff?«

Meine Antwort trug erfreulicherweise zu Petra Frohmanns Belustigung bei. Sie wieherte nicht nur wie ein Pferd, sie sah für einen Moment auch so aus. Es musste sich dabei um ihre ganz eigene Art der Erheiterung handeln.

»Paul, können Sie uns etwas Substanzielleres anbieten?«

Erleichtert darüber, dass das Frohmann-Pferd von mir abgelassen hatte, lehnte ich mich zurück.

»Ich denke schon.« Paul räusperte sich. »C steht für Color, O steht für Odor und S steht für Sapor!«

»Richtig!« Sie applaudierte.

Fassungslos schaute ich in die Runde. Den Gesichtern der Seminarteilnehmer war nichts zu entnehmen. Ich schien allein zu sein mit meiner Empörung über das pädagogische Konzept im Hause Frohmann.

Was es mit Color, Odor und Sapor auf sich hatte, interessierte mich nun nicht mehr.

Die Stimmen der anderen, allen voran die der bereits wieder hochmotivierten Seminarleiterin, rauschten an meinen Ohren vorbei.

Irgendetwas stimmte hier nicht. Und das musste mit mir zu tun haben. Aber was?

48

»Nach Sardinien?«

Das klang nicht gerade enthusiastisch. Eher so, als hätte er einen Wanderausflug mit anschließendem Besuch im Heimatmuseum vorgeschlagen. Konnte sie sich nicht ein bisschen freuen?

»An die Costa Smeralda. In ein Resort. Nur wir zwei.« Gut, Letzteres verstand sich von selbst. Wen sollten sie schon mitnehmen?

Josef hatte beschlossen, die Textmitteilung mit Nathalies unsinnigem Gerede über eine Beziehungspause ganz einfach zu ignorieren und mit seinem Reisevorschlag so unbeirrt vorstellig zu werden, als wäre eine gemeinsame Unternehmung dieser Art schon seit längerem im Gespräch.

Die Methode schien grundsätzlich die richtige zu sein, auch wenn ihre Antwort nicht die gewünschte war. Immerhin war von einer Pause noch nicht wieder die Rede gewesen.

»Bist du noch dran?«

»Ja.«

»Also, was meinst du?« Warum schwieg sie sich aus? Josef schluckte die aufkommende Gereiztheit hinunter.

»Die Ferienwoche, die ich noch zur Verfügung habe, wollte ich mit Lizzy wegfahren. Hab ich ihr sozusagen schon versprochen.« Und für diese Antwort hatte sie so lange gebraucht?

»Sozusagen oder richtig?«

»Richtig.«

Was war das nur für ein laues Geplänkel? Lizzy war Nathalies beste Freundin und die Einzige, die von Anfang an von ihrer Beziehung wusste. Dass die den Vortritt bekommen sollte bei so etwas Kostbarem wie einer Ferienwoche, war mehr als kränkend.

»Lizzy ist gerade in einer totalen Krise. Wenn ich ihr jetzt auch noch meine Unterstützung entziehe, dann stürzt sie völlig ab.«

»Und wenn ich abstürze? Ist das weniger schlimm?«, hörte sich Josef quengeln.

Nathalie lachte. Das war schon mal etwas.

»Du bist mein starker Tarzan. Du stürzt nicht ab. Du rettest andere vor dem Absturz.«

Das mit dem Tarzan hatte was. Für einen kurzen Moment hellte sich Josefs Stimmung auf. Vor seinem inneren Auge erschien Johnny Weissmüller, der Tarzan aller Tarzane. Der mit dem schwarzen, üppigen Haar, der breiten Brust und dem Lendenschurz, unter dem sich Ungeheures verbarg.

Das Bild verblasste so rapide, wie es sich eingestellt hatte. Nein, damit würde er sich jetzt nicht abspeisen lassen. Da konnte sie ihm noch lange Tarzan-Honig um den Bart streichen. Wenn schon keine gemeinsamen Ferien möglich waren, dann sollte wenigstens eine akzeptable Entschädigung rausspringen.

»Dann vergessen wir aber zumindest diese alberne Pausengeschichte, von der du mir getextet hast.« Das war schneller draußen, als er denken konnte. Hatte er nicht vorgehabt, das gar nicht zu erwähnen? »Wenn du mit der Promotionsarbeit so viel zu tun hast, dann bin ich doch genau der Richtige, um dir zu helfen. Ich wohne der Einfachheit halber in den nächsten Wochen bei dir und greife dir bei allem unter die Arme. Einverstanden?«

Ihm war klar, dass er nun über die Stränge schlug.

Nathalie schwieg. Schon wieder.

»Antilöpchen, hörst du mich?«

»Hm.«

»Ich kann in einer halben Stunde bei dir sein. Mit Sack und Pack.« Nun konnte er ja ungeniert weiterackern. Da er sich bereits ungeschönt die Blöße des Hausierers in Sachen Gunstbezeugung gegeben hatte, brauchte er keinen weiteren Gesichtsverlust zu befürchten.

Wie nicht anders zu erwarten, hingen der notdürftig als Scherz verpackte *Sack* und das *Pack* einfach nur schlaff im Äther.

»Josef, bitte, das hatten wir doch schon. Aber gut, du kannst vorbeikommen. Allerdings erst um neun. Und ohne Gepäck. Und auch nur für ein Stündchen. Ich bin gerade erst vom Spital gekommen und brauche mindestens zwei Stunden nur für mich.«

Neun Uhr abends. Das war in zwei Stunden und annehmbar. So wie das Telefonat gelaufen war, konnte sogar das *Stündchen* noch als Erfolg verbucht werden.

»Ich bleibe die ganze Nacht«, sagte er und kam sich vor wie in Jugendjahren, wenn er mit seiner Mutter den Samstagabend-Zapfenstreich aushandelte. Aber das spielte ohnehin keine Rolle mehr, denn Nathalie hatte das Telefonat bereits beendet.

Josef betrachtete sein Handy, als müsste ihm dies gleich eine Erklärung dafür liefern können, was da ablief. Mit ihm. Mit Nathalie. Mit ihnen beiden. Eigentlich, so fiel ihm ein, konnte er *Siri* mal fragen. Zeit genug hatte er. »Was ist mit Nathalie los?«, fragte er die als intelligent gepriesene Assistentin seines iPhones.

»Dazu habe ich keine Meinung«, antwortete sie mit der

freundlichen Gleichgültigkeit, die zu ihrem emotionslosen Leben als Software-Fee bestens passte.

Die vor ihm liegenden zwei Stunden, deren Dauer ihm eben noch leidlich überschaubar vorgekommen war, verwandelten sich unversehens in einen existenzialistischen Schwarzweißfilm. In Slowmotion.

Sollte er trotz des Regens noch eine Runde Joggen gehen? Josef verwarf den Gedanken.

Er konnte etwas lesen, fernsehen oder den bereits überfälligen Artikel für *Orthopädie und Unfallchirurgie* fertig schreiben. Zu allem fehlte ihm der Antrieb.

Er trat ans Fenster und schaute in den Garten, der bei Regen nicht weniger öde aussah als bei gutem Wetter. Im Gegenteil, fast gewann er an Charakter.

Im Teich lag noch immer der versenkte Vogel. Er hatte ihn nicht rausgeholt.

Bald würde Schneider die Uhr im Wasser finden. Aber das war Josef egal.

Ganz egal.

49

»Nur einen kleinen Schluck. Den Gaumen benetzen. Den Wein im Mundraum lassen. Nicht trinken. Noch lange nicht trinken!«, ordnete Frau General an, die bei mir allemal verspielt hatte.

Wir sollten uns im technischen Teil der Verkostung üben. Eine Art Vorlauf für den nächsten Vormittag, an dem wir das Neugelernte wie *kleine Sommeliers* – Petra Frohmanns Worte –

zur Schau stellen durften. Über ihre kecke Formulierung lachten nur sie selbst und Gunda.

»Helene, nicht trinken, habe ich gesagt. So finden Sie *nichts* heraus.« Ihr Lachen war bei meinem Ungehorsam jäh verstummt.

Als hätte ich sie nicht gehört, kippte ich gleich noch den Inhalt des nächsten Glases in mich rein. Die verblüfften Blicke aller ruhten auf mir. Nur Romina und Robert, die Frischverliebten, scherten sich nicht um Helene Abendrots Auflehnung gegen die Frohmannschen Verkostungsgebote.

Und da ich schon mal dabei war und ohnehin nicht mehr bleiben wollte, griff ich auch gleich noch nach Glas drei.

Sollten mich meine Mitschüler doch für ein Sumpfhuhn halten. Damit konnte ich leben.

Meine Tasche in der Hand und bereits an der Tür, informierte ich die Zurückbleibenden noch über mein sensorisches Fazit: »Der Erste war der Beste. Hatte einen interessanten *Sapor*.«

Kurz darauf machte ich mich am Hoftor der Frohmanns zu schaffen. Es war gerade mal drei Uhr. Sàndors Schicht dauerte bis fünf. Für einen Spaziergang war es zu heiß, und für ein Bad im See fehlte mir der Badeanzug, der sich in meinem Koffer befand. Diesen wiederum hatte ich im Haus von Sàndor Szabo gelassen.

»Sie können doch nicht einfach so verschwinden.« Das war Petra Frohmann, die mir mit wippendem Pferdeschwanz hintergaloppierte.

»Warum nicht? Ich habe für dieses Seminar bezahlt und kann tun und lassen, was ich möchte. Aber da Sie schon mal hier sind«, ich musterte sie mit dem strengsten meiner Blicke, denn schließlich hatte ich genügend Jahre des schulischen Unterrichts hinter mir, »gibt es eigentlich einen Grund, weshalb Sie sich mir gegenüber so unmöglich benehmen?«

»Ich bin Sàndor Szabos Freundin«, sagte Petra Frohmann, nun mit erstaunlicher Schlichtheit. »Ich schätze es nun mal nicht, wenn andere Frauen sich bei ihm einschleichen.«

»Seine Freundin?« Damit hatte ich nun wirklich nicht gerechnet.

Petra Frohmann nickte mehrmals. Das Bild eines Pferds, das beim Gehen rhythmische Auf-und-ab-Bewegungen mit dem Kopf vollführte, drängte sich ohne mein Zutun auf.

»Warum wenden Sie sich dann nicht an ihn?« Hatte ihr Sàndor etwa von unserer gemeinsamen Nacht berichtet? Ich sah mich in jedem Fall nicht als die geeignete Adressatin für ihren Zorn.

Mehr noch, was mich noch kurz zuvor mit beschwingter Leichtigkeit erfüllt hatte, verlor in Sekundenschnelle jeden Reiz.

»Sie haben die Situation ausgenutzt«, trumpfte die Frohmann noch auf, während ich das schmiedeeiserne Hoftor hinter mir ins Schloss fallen ließ.

Der Vorwurf kam mir bekannt vor. Wieso gingen eigentlich einige Frauen um mich rum so eilfertig davon aus, dass *ich* mich an ihren Männern vergriff? War es nicht vorstellbar, dass *Mann* sich um *mich* bemühte?

»Denken Sie, was Sie wollen«, rief ich und marschierte davon.

Wie war es möglich, dass ich, die ich mich noch kurz zuvor wohlig in den Erinnerungen der vergangenen Nacht geräkelt hatte, nun ohne Bedauern und gänzlich ernüchtert nur noch eins überlegte: Wie kam ich an meinen Koffer?

Dabei dachte ich kaum an den Mann, in dessen Haus er stand. Was letzte Nacht passiert war, hatte überraschend wenig Bedeutung. Ich hatte mich zwar kurzerhand für ein Gastspiel in Sachen sexueller Begegnung entschieden, mehr noch, mir für die kommende Nacht durchaus eine Zugabe vorgestellt, aber das war es auch schon.

Nein, ich hatte mich gewiss keinen Moment in bunter Puszta-Tracht in Sàndors Küche Palatschinken ausbacken sehen. Und die Mohnblumen in seinem Vorgarten sollte er auch selber gießen.

Nach wackerem Fußmarsch ließ ich mich auf einer Bank am See nieder und dachte beim Anblick des rot-weiß geringelten Leuchtturms an Tante Selma. Ich wollte zu ihr fahren. Auf kindliche Weise heim.

All die betriebsamen Menschen um mich rum in ihrer Urlaubsfreude – bootfahrend, radfahrend, flanierend, schwatzend, eisessend – hatten nichts mit mir zu tun. Ich gehörte nicht zu ihnen.

So wenig, wie ich in Frohmanns Weinseminar gehörte.

Ein Stimmungsumschwung allererster Güte.

Und so wartete ich bald darauf im Empfang des *Storchennests* auf dem mir mittlerweile vertrauten gelben Sofa auf Sàndors Zuwendung.

»Schon hier?«, fragte er im Vorbeigehen und sotto voce, denn er rüstete gerade einen Gast mit Wanderkarten aus. »Ich muss aber noch eine Weile arbeiten.«

Der Gedanke, dass er mein verfrühtes Auftauchen vielleicht für brennende Sehnsucht und Begehren hielt, bereitete mir peinliches Unbehagen. Das musste ich schleunigst klären.

»Ich brauche deinen Hausschlüssel«, sagte ich zu Sàndor, der bereits weitergeeilt war. Sogar von hinten war zu erkennen, dass er zusammenzuckte.

»Warum?«, fragte er mich, nachdem er den wanderfreudigen Hotelgast verabschiedet hatte.

»Ich kann von Glück sprechen, dass mich Petra Frohmann nicht in einem ihrer Weinfässer ertränkt hat«, sagte ich, auf weitere Erklärungen verzichtend.

»Sie konnte es also nicht lassen.« Sàndor hob ein Stück Papier vom Steinboden auf, was ihm erlaubte, mich nicht anzusehen. Aber Verlegenheit größeren Ausmaßes schien allemal nicht zu seinem Repertoire zu gehören.

»Und deshalb willst du meinen Hausschlüssel?«

»Ich fahre zurück nach Wien, aber zuvor lasse ich mich mit dem Taxi zu dir nach Hause fahren, hole meinen Koffer und gebe dir den Schlüssel zurück. Und nein, ich bin nicht verärgert«, kam ich ihm schon mal zuvor, auch wenn mein übereilter Abgang ganz danach aussah.

Sàndor zögerte, zog dann aber seinen Schlüsselbund aus der Hosentasche und legte ihn in meine ausgestreckte Hand. »Das ist aber teuer, mit dem Taxi bis nach Sarród«, gab er zu bedenken.

Und dann noch, mehr als Nachgedanke: »Schade.«

50

»Ah, diese Ungarn«, sagte Tante Selma zum wolkenlosen Himmel über uns. Ich wusste weder, was mit *diesen Ungarn* war, noch was der Himmel von ihnen hielt. Meine Tante hatte da wohl ihre eigenen Reminiszenzen, während sich meine Erfahrungen lediglich auf Sàndors durchaus beachtliche Virilität beschränkten. Dass mein Kurzzeitlover den in-sich-hineinhorchenden Josef im einmaligen Vergleich hatte alt aussehen lassen, bereitete mir für einen Moment geradezu diebische Freude.

Aber das behielt ich lieber für mich.

Wir hatten jeder ein Stück Dobostorte verzehrt, die ich kurz vor der Heimreise erstanden hatte. Ich kannte die ungarische Schokoladencremespezialität mit Karamellglasur nur vom Hörensagen und hatte sie immer schon mal kosten wollen. Der Moment war gekommen, als ich ein wahres Prachtexemplar davon im Schaufenster einer Konditorei nahe dem Bahnhof gesehen hatte.

Vielleicht, so ging es mir nun durch den Kopf, war Sàndor meine Dobostorte. Ich hatte mir ein Stück davon genehmigt und sie für schmackhaft befunden. Sehr schmackhaft sogar. Auch von einem zweiten Stück hätte ich noch naschen mögen, aber im Grunde war ich satt.

Ah, die Richtige, mit den acht Schichten, hatte Tante Selma gesagt, als ich das Konditorpaket geöffnet hatte.

Und nun, nachdem sie mit der Gabel den letzten Rest Karamellguss von ihrem Teller gekratzt hatte: »Aber ein bisserl zu süß.«

Das stimmte.

Mit einigen Auslassungen hatte ich ihr von den zwei Tagen am Neusiedlersee und Sàndors Gastfreundlichkeit berichtet. Über den Grund, weshalb ich früher als geplant nach Wien zurückgekommen war, sprachen wir nicht.

Schön, bist du wieder da, hatte sie gesagt und mich umarmt, als ich am Abend zuvor aus dem Taxi gestiegen war. Wie immer hatte sie wartend am Gartentor gestanden, nachdem ich ihr zuvor meine Rückkehr angekündigt hatte.

Tante Selma. Meine Säule.

Wir lagen auf den Liegestühlen mit den dicken Polstern und den großen Holzrädern auf der Veranda. Zwischen uns, auf dem Ablagetisch, die leeren Kuchenteller, Zeitschriften und Bücher. Ein fauler Sonntagnachmittag, an dem unerfreuliche Gedanken keinen Zutritt hatten. Womit Josef weitgehend in der Verbannung blieb, die ich ihm für dieses überlange Wochenende zugedacht hatte.

Ich ließ meine bisherigen Selbstfindungsmaßnahmen Revue passieren. Wen oder was hätte ich finden sollen? Jemanden, der vorher noch nicht da war, etwas, das sich bislang versteckt gehalten hatte? Da hegte ich Zweifel.

Und doch bahnte sich eine Einsicht ihren Weg, bei der Pinsel und Farbe, Weinsapor oder Rebsorte zu bloßen Werkzeugen wurden, so wie eine Hacke für die Saat den Boden lockerte. Die Erkenntnis war wenig spektakulär: Auch ohne Josef fand das Leben statt. Und wie! Ich ließ Dinge zu, die sich mit ihm nicht ereignen würden, nicht ereignen könnten. Und so gesehen, lernte ich tatsächlich eine Helene kennen, mit der ich schon lange keinen Kontakt mehr hatte. Vielleicht sogar eine neue?

Die Nacht auf einem Sofa in einem Hotelfoyer, der Mann, den ich mir genehmigt hatte wie ein Dessert, und die Entscheidung zu sagen: Danke, das war's.

Kleine Errungenschaften, wenn auch keine bahnbrechenden Erfolge oder Erleuchtungen. So ungelöst sich meine Lebenssituation präsentierte, war ich doch gerade sehr zufrieden mit mir.

»Was grübelst du?«, nuschelte Tante Selma durch ihren Strohhut, den sie sich übers Gesicht gezogen hatte.

»Ach, ich denke gerade an die letzten Wochen und an den Schreibkurs, zu dem ich in einem Monat aufbreche.«

Das stimmte nur zum Teil, aber ich wollte meine Tante nicht mit Details oder gar Pikanterien überfordern.

»Schön, hast du dir den Schreibkurs vorgenommen«, kam es gedämpft und auch ein bisschen schläfrig unter dem Hut hervor. »Schön, bist du *überhaupt* ein bisschen forscher geworden. Das Leben muss nämlich vor dem Tod gelebt werden.«

Ich hielt den Atem an. Konnte Tante Selma Gedanken lesen? Sogar im nachmittäglichen Dusel und durch Strohhüte hindurch?

»Ich schreib, seit ich vierzig bin. Tagebuch. Hat mir immer gutgetan«, griff Tante Selma den glücklicherweise weniger verfänglichen Teil meiner Eskapaden nochmals auf.

»Das habe ich nicht gewusst«, sagte ich nur.

Außer dem Surren einer Wespe, die sich am allerletzten Krümel Dobostorte zu schaffen machte, war nur Entferntes zu hören.

»Und, war's schön mit dem Ungarn?«, fragte mich Tante Selmas Strohhut nach einer Weile.

Au weia, dachte ich und war froh, dass unser Gespräch immer noch vom feinen Geflecht ihrer Kopfbedeckung gefiltert wurde und die Röte auf meinen Wangen nur von der krümelnaschenden Wespe gesehen werden konnte. Auch bei meiner Tante gab es also noch so manches zu entdecken.

»Ich meine, war er *gut*, wie man heutzutage so sagt?«, erklärte sie in mein Schweigen hinein.

»Ich hab schon verstanden«, sagte ich und hob kurz Selmas Strohhut an seiner vorderen Kante, um nun doch etwas vom Mienenspiel meiner Tante zu erhaschen. Wir lächelten uns an. Für den Augenblick eines gelupften Hutes.

»Weißt du, mit dem Josef ist das alles ein bisschen eingeschlafen. Ich bin nicht mehr so versiert auf dem Gebiet. Aber ja, ich denke schon: Es war gut, *er* war gut«, gab ich nun doch ein wenig von dem preis, was ich eigentlich hatte für mich behalten wollen. Dabei kam mir zu Bewusstsein, dass auch das eine unerwartete und erfrischende Beilage meiner Unternehmungen war: mit meiner alten Tante Selma über die Qualität eines Liebhabers zu sprechen. Zwar nur in Andeutungen, aber immerhin.

»Gibst du mir mal was zu lesen aus deinem Tagebuch?«, wollte ich noch wissen.

Tante Selmas gluckerndes Lachen hatte nun nichts Schläfriges mehr. »Wenn ich tot bin«, sagte sie und erhob sich so energiegeladen wie jemand, der noch lange nicht die Absicht hatte, sich vom Leben zu verabschieden.

51

»Dann schick ihn fort. Sprich Klartext mit ihm, nicht mit mir.«

Was ich da vernahm, war mehr als ein gereizter Unterton. Adrienne war verärgert. Das kam selten vor.

»Ist was?«, fragte ich unnötigerweise und schaute sie von der Seite an, wie sie die Zwiebeln mit einer Vehemenz verhackstückte, als handelte es sich um Missetäter, die eine ordentliche Abreibung verdienten.

Sie antwortete nicht gleich, schob zuerst die Zwiebelstücke vom Schneidebrett in die heiße Butter im Topf, strich sich dann eine widerspenstige Haarsträhne aus der Stirn und wandte sich mir schließlich mit grimmiger Miene zu. »Ja, es ist *was*.«

»Und … was?«, fragte ich behutsam, um nicht ein ähnliches Schicksal zu erleiden wie die Zwiebeln im Topf, die im Übrigen unbedingt gerührt werden mussten. Mit dem Zeigefinger wies ich auf die bräunlichen Würfel mit den schwarzen Rändern.

Adrienne schob den Topf vom Kochfeld und stellte die Hitze ab. »Sag ich dir gern!«

Ich zog unwillkürlich den Kopf ein.

»Seit mehr als zwei Monaten reden wir von dir. *Dein* Kummer, *dein* Josef, *deine* Unternehmungen, *deine* Fragen … Das war schon in Ordnung, bis jetzt. Aber weißt du was? Gerade jetzt, hier und heute, habe ich einfach genug davon.« Sie zog sich einen der Stühle vom Esstisch heran und ließ sich mit einem Plumps darauf niederfallen. »Anstatt dich zu freuen, dass dieser Sandro zu dir gekommen ist, jammerst du weiter.«

»Sàndor«, korrigierte ich zaghaft.

»Meinetwegen. Wie muss ich mich fühlen? Mein einziger Pilzfund im ganzen Jahr hat sich als Knollenblätterpilz entpuppt.« Sie griff erneut nach dem Messer und der Schale mit den eingeweichten Trockenpilzen, bereit, auch diese kurz und klein zu hacken. »Und dir reist dein ungarischer Puszta-Reiter sogar nach Bern hinterher. Aber Madame ist es immer noch nicht recht. Hast du eigentlich mal darüber nachgedacht, wie das für mich alles ist?«

»Nein … ja … Eigentlich haben wir darüber doch neulich gesprochen.« Ihre Vorhaltungen waren, wie ich fand, ein wenig ungerecht. Auch wenn ich mich vielleicht wirklich zu oft von der irrigen Annahme leiten ließ, Adrienne könne schlussendlich jede Enttäuschung mit einer Yogaübung wegatmen. Sie hatte für mich nun mal das rot-gelbe Superwoman-Logo auf der Brust. Immerwährend.

»Tut mir leid«, sagte ich zerknirscht und strich ihr über den Arm. »Wie egozentrisch von mir.«

Gerne hätte ich sie nun gefragt, wie es ihr denn in Sachen Wünsche und Sehnsüchte so ging. Aber wer schätzte schon die Zuwendung, die man zuvor hatte einfordern müssen?

»Also«, erlaubte ich mir, aber doch noch klarzustellen, »ich bezweifle außerordentlich, dass Sàndor mir aus lauter Sehnsucht und Leidenschaft nachgereist ist. Eher kommt ihm eine Unterkunft mit Bewirtung gerade sehr gelegen.«

Knapp zwei Wochen nach meiner Rückkehr aus Wien hatte Sàndor mit einem erstaunlich großen Koffer vor der Haustür im Jägerweg gestanden und um Einlass gebeten. Meine Adresse in Bern ausfindig zu machen musste ein Leichtes gewesen sein. Eine Helene Abendrot gab es nicht in Mehrfachausgabe.

Natürlich hätte ich mir eine telefonische Ankündigung seines Erscheinens gewünscht. Nicht zuletzt, um mich mit einer Ausrede aus der Affäre ziehen zu können. Sàndor musste davon ausgegangen sein, mit einer Überraschungsattacke bessere Chancen für die Beherbergung zu haben. Vielleicht nahm er auch an, mich mit seiner Anwesenheit zu beglücken.

Zwei, drei Tage, bis ich etwas Geeignetes gefunden habe, hatte er mit dem Lächeln verkündet, das ich an jenem Abend bei ihm in Sarrod noch unwiderstehlich gefunden hatte. Hier in Bern konnte ich damit nichts mehr anfangen.

Vielleicht auch vier oder fünf.

Er wollte einen beruflichen und privaten Neuanfang wagen. Auf die Schweiz war er schon aufmerksam geworden, bevor er meine Bekanntschaft gemacht hatte. Wegen der guten Löhne und überhaupt. Dies hatte er mir bei einem Glas Martini on the

Rocks und einem Schinkensandwich erzählt. Auf meiner Terrasse, unter meinem gelben Sonnenschirm, wo er nicht hingehörte. So wenig wie mein immer noch abtrünniger Ehemann in die Arme seiner Assistenzärztin.

Und doch wollte ich nicht ungastlich sein, denn auch er hatte mir ja ein Nachtlager offeriert. Mehr als ein Nachtlager.

Während sich Sàndor von diesem und jenem plaudernd auf der Chaiselongue zurechtrückte und um ein zweites Glas Martini bat, gingen mir allerlei Möglichkeiten durch den Kopf, wie ich mich seiner wieder entledigen könnte.

Später, so gegen Mitternacht, nach zwei grillierten Hähnchenschenkeln, Kartoffelsalat und einer Flasche Chasselas, hatte er mir dann tatsächlich seine Liebesdienste angeboten. Nichts an seinem Angebot besaß für mich auch nur annähernd etwas von der Besonderheit der Nacht bei ihm in Sarrod.

Und so lehnte ich denn seine Offerte ab, was er mit der Milde eines Mannes hinnahm, der auf diesem Gebiet keine Not litt.

Danach hatte er noch einige lobende Worte für das geräumige Badezimmer gefunden und war in Josefs Bademantel geschlüpft.

»Aber immerhin stünde er dir zur Verfügung, wenn du nur wolltest«, maulte Adrienne noch ein bisschen pro forma und rief mich und meine Gedanken zurück in ihre Küche.

»Reib schon mal ein bisschen Parmesan«, wies sie mich an.

Die Verstimmung, so sah es aus, war behoben.

»Und was tut er jetzt gerade?«

»Er hat sich den Smart ausgeliehen und ist ins Berner Oberland gefahren. Vorstellungsgespräch in einem Hotel.«

Aus einem, zwei, drei oder vier Tagen waren inzwischen fünf geworden. Sàndor erwies sich als erstaunlich resistent gegen meine immer noch sehr höflichen Versuche, ihn zum Gehen zu bewegen.

»Bis zu meiner Toskanareise muss er auf jeden Fall draußen sein.«

»Ich hätte ja Platz hier«, sagte Adrienne und schaute versonnen zu ihrer Sitzecke mit den vielen bunten Bodenkissen, den Lammfellen und dem Lounge-Sessel.

»Aber der Moustache müsste weg.«

52

Schweiss rann ihm übers Gesicht. Das Leibchen klebte am Oberkörper und die kurzen Hosen an den Schenkeln.

Von Westen näherten sich dunkelgraue Gewitterwolken und kündigten das greifbar nahe Ende der für September immer noch ungewöhnlich hohen Temperaturen an.

Jetzt schnell nach Hause und unter die Dusche. Danach ein neuerlicher Versuch, Nathalie zu einem Beisammensein zu bewegen. Seit ihrer Rückkehr von der Ferienwoche mit Freundin Lizzy hatte er sie nur einmal außerhalb des Spitals zu Gesicht bekommen. Und auch das nicht bei ihr oder ihm zu Hause, sondern im Rosengarten.

Ich brauche die Weite um mich rum, hatte sie behauptet, was er bei allem Verständnis für ihre Situation, die Dissertation und die vielen Arbeitsstunden doch ein wenig überkandidelt fand. Und hatte sie nicht gerade eine Ferienwoche hinter sich? Ohne ihn in Frankreich?

Wo bist du, meine Süße, hatte er getextet, nachdem sie seine

Telefonate nicht beantwortet hatte. *An der französischen Atlantikküste*, hatte sie geantwortet.

Auf der Bank im Rosengarten hatte sie auf sein Nachhaken hin nicht mal den Ort benennen können. *Südlich von Bordeaux*, war ihre fast ungeduldige Antwort gewesen. *Irgendwas mit Mimi.*

Seitdem war eine weitere Woche vergangen. Diesmal würde er nicht nachgeben. Nein, er würde sich nicht abwimmeln lassen. Kein prä- und kein postmenstruelles Syndrom, keine Müdigkeit und kein *Ich-brauche-Luft* würden ihn davon abhalten, ihr die Bekömmlichkeit, ja, Notwendigkeit einiger gemeinsamer Stündchen in ihrem Boudoir nahezubringen.

Was war überhaupt aus *José* geworden? Der hatte sich klammheimlich in Josef zurückverwandelt. Schlimmer noch: Er war ein *Bitte-Josef!* geworden. Mit diesem Unterton, dessen sie sich vielleicht auch bei einem zwar ganz netten, aber doch eher aufdringlichen, in-die-Wange-zwickenden Onkel bedienen würde.

Heute musste er ihr zeigen, was sie sich in den letzten Wochen hatte entgehen lassen. Er würde sein Bestes geben, wenn sie ihn nur ließ.

Er war an seiner Haustür angekommen, berstend vor Entschlossenheit, Nathalie nicht an der Dissertation arbeiten zu lassen, wie sie zu tun vorgegeben hatte.

Aber wo war sein Schlüssel? Das kleine Täschchen am inneren Bund der Jogginghose war leer. Die aufgerissene Naht, von niemandem gestopft, war zu einem veritablen Loch geworden. Sollte er die ganze Strecke nochmals ablaufen? Das waren gut sechs Kilometer. Der Schlüssel konnte *irgendwo* sein.

Josef ging ums Haus rum. Natürlich war von Schneider mal

wieder keine Spur. Er würde ihn anru ... Nein, er hatte ja nicht mal ein Telefon. Das hatte er nicht mitgenommen. Kein Schlüssel, kein Handy, kein Geld, durchfuhr es ihn.

Helene! Helene würde ihm bestimmt behilflich sein. Wenn er nochmals gut durchstartete, konnte er die drei Kilometer zum Jägerweg in fünfzehn Minuten schaffen. Es war bald sieben, eine Uhrzeit, zu der sie meistens zu Hause war. Er könnte duschen, frische Kleider anziehen, sich Geld leihen – nun ja, leihen war das falsche Wort – und vielleicht sogar den Smart für den Abend benutzen. Nathalie vom Jägerweg aus anzurufen wäre wohl unklug. Angenehm war ihm die Sache nicht, aber im Grunde war ja die Wohnung nach wie vor auch die seine.

Der erste Kilometer entsprach seinem Joggingweg, weshalb er den Blick auf den Boden gerichtet hielt. Aber kein silbernes Aufblitzen ersparte ihm den Gang zur rettenden Engelin Helene, auf deren engelsgleiche Milde – so durchfuhr es ihn mit einem unangenehmen Seitenzwicken – er sich vielleicht doch nicht ganz verlassen durfte.

Der Smart stand auf der Straße, und die Haustür sprang beim zweiten Klingeln auf, was Josefs Anflüge von Bedenken im frühen Keimstadium erstickte. Mit frischer Zuversicht nahm er die zwei Stufen zur Wohnungstür mit einem Satz. Der Gedanke an die erquickende Dusche und ein kühles Mineralwasser, vielleicht sogar ein Bierchen, verliehen ihm den Schwung, der ihm zuvor fast schon abhandengekommen war.

Auf der Schwelle zu seinem Heim stand nicht Helene, sondern sein rot-blau gestreifter Bademantel. Dies jedoch nicht ganz aus eigener Kraft. Was seiner weichen, nicht mehr ganz auf modischer Höhe befindlichen Frotteerobe Standfestigkeit verlieh, war ein männliches Wesen. Ein Beau mit dunklem Haar und Schnauzbärtchen, gut gebaut – der Mantel spannte in der Schulterpartie – und um die vierzig.

»Wo ist meine Frau?«, fragte Josef überlaut. Wieso erlaubte sich dieser Mensch, dem er nun Auge in Auge gegenüberstand, seine Brauen so blasiert nach oben zu ziehen? Wenn hier jemand Gründe zum überheblichen Mienenspiel hatte, so war er das, Josef Abendrot, Hausherr und rechtmäßiger Besitzer nicht nur des Frotteemantels.

Lego schob sich neugierig an dem den Durchgang einschränkenden Hindernis vorbei und ließ sich zu einem Schwanzwedel-Gruß hinreißen.

»Im Badezimmer. Kann ich etwas ausrichten?«

Im Badezimmer? Josef war kurz davor, den Kerl am Kragen zu packen. Und *ausrichten?* Er war doch kein Laufbursche.

»Ich wohne hier. Und wer sind Sie?«

»Ein guter Freund von Frau Abendrot.« Der Mann war die Ruhe selbst.

»Das ist mein Bademantel. Ziehen Sie den aus und lassen Sie mich vorbei.« Josef versuchte, sich an dem *guten Freund* vorbeizuschieben. Der tat indessen wie von Josef gefordert und löste mit der rechten Hand den Gürtel des Bademantels, während er den linken Arm zur Barriere werden ließ.

So stieß Josef nicht nur auf den Widerstand des ausgestreckten Arms, nein, er wurde zwangsläufig gewahr, was sich unter dem Frotteestoff und unterhalb des geöffneten Gürtels befand. Und das war ein harter Schlag ins Kontor eines jeden durchschnittlich bestückten Mannes.

Wen hatte sich Helene da an Land gezogen?

In diesem Augenblick sah er sie. Seine Frau. Ja, seine Frau!

Sie hatte ein Handtuch um die Haare gewickelt und trug das kurze Sommerkleid, das sie wegen seines tiefen Rückendekolletés nur zu Hause anzog.

»Was willst *du* denn hier, Josef?«, fragte sie, ganz so als gäbe es keinen erdenklichen Grund dafür, dass er seine eigene Wohnung aufsuchte.

»Ich wohne hier, falls du das vergessen haben solltest.«
Seine Stimme war jedes Timbres beraubt.

»Du wirst dich wundern, aber das habe ich tatsächlich fast vergessen.« Helene kam zur Tür und schob die Zielscheibe von Josefs Empörung mit sanftem Druck zur Seite. Mit einem kaum merklichen Kopfnicken deutete sie dem Türsteher an, ihr Platz zu machen und die Bühne zu verlassen. In provozierender Langsamkeit verzog sich der Pomadenhengst. Mit der blau-roten Robe, die ihm *nicht* gehörte und deren Bindegürtel nicht mehr das tat, was er tun sollte: verbergen, was Josef für seinen eigenen Seelenfrieden liebend gerne nicht gesehen hätte.

Dazu kam, dass er dahin verschwand, wo er, Josef, eigentlich hin wollte, um auch nur leidlich präsentabel zu sein.

Er konnte einen Teil von sich im Dielenspiegel erspähen. Nein, er machte keine gute Figur. Rotgesichtig, mit kurzer Jogginghose und einem am Oberkörper klebenden Leibchen.

Und das war auch nur der bekleidete Josef Abendrot.

»Wie käme ich darauf, mich daran zu erinnern, dass du hier wohnst?« Helene hatte sich in seine tatsächlich ungeschickte Bemerkung verbissen, die ihm selbst bereits entglitten war.

»Du befindest dich doch in unbefristeter Klausur in deinem neuen Domizil in der Aberlistraße, wo du in dich hineinhörst. Ach nein ... lass mich das korrigieren.« Helene legte ihren Zeigefinger in einer übertriebenen Geste der Nachdenklichkeit auf ihre Lippen, als käme ihr dieser Gedanke tatsächlich erst in diesem Augenblick. »Wo du ungestört herausfinden möchtest, ob Nathalie Brunner dich auf Dauer haben will. Trifft das den Sachverhalt etwas besser?« Mit ihrem gallebitteren Sarkasmus, dessen gelegentliches Aufblitzen Josef schon immer gefürchtet hatte, erinnerte ihn Helene daran, dass auch sie guten Grund hatte, verärgert zu sein. Aber jetzt war nicht der Moment, dies einzugestehen. »Was will dieser Schaumschläger hier?« Er wies mit einer Kopfbewegung zur Badezimmertür. »Dein Bratkartoffelverhältnis?« Er hatte die zwei Worte kaum ausgesprochen, da wusste er, dass er einen Fehler begangen hatte. Wohl nur einer von vielen. Aber einer, dessen Auswirkung er umgehend zu spüren bekam.

»Komm wieder, wenn du nicht nur zu einem Krümel Verstand, sondern auch zu anständigem Benehmen zurückgefunden hast«, zischte Helene und schlug die Tür so schwungvoll zu, dass Lego neben ihr gerade noch rechtzeitig seinen Kopf zurückziehen konnte.

Trotz der düsteren Ahnung, dass sein Tun nicht von Erfolg gekrönt sein würde, drückte Josef noch fünfmal auf die Klingel. Kurz, kurz, lang, lang, kurz.

Das Morsezeichen seines heulenden Elends.

53

BRATKARTOFFELVERHÄLTNIS. Wie war er überhaupt darauf gekommen? Er erinnerte sich, wie sich seine Mutter früher dieses Ausdrucks bedient hatte, als sie in nebulösen Andeutungen von Tante Lore und ihrem jungen Untermieter gesprochen hatte. Dem hatte die Tante nämlich nicht nur Kartoffeln knusprig-buttrig angebraten, sondern auch sonst zu Wohlbehagen verholfen. Dass es sich dabei um ein Win-win-Arrangement handelte, bei dem auch das eher etwas bieder erscheinende Tantchen durchaus auf ihre Rechnung kam, hatte sich Josef allerdings erst in späteren Jahren erschlossen.

Und nun hatte sich also dieses antiquierte Wortgebilde nach draußen gedrängt, vorbei an jeder Kontrollinstanz. Das war vor dem Hintergrund seiner misslichen Lage mehr als ungeschickt. Helene war nun mal empfindlich.

Schuld war die infame Bademantelgeschichte. Wie konnte Helene ein so intimes Kleidungsstück einem Fremden – nun ja, *ihm* fremden – zur Verfügung stellen? Das war hochgradig geschmacklos. Und überhaupt, der ärgerlich gut gebaute Beau war doch jünger als sie. Mindestens fünf Jahre. Er spürte, dass an dieser Feststellung ein Widerhaken war.

Dazu kam, dass sich noch ein anderes Nagetier an die Arbeit gemacht hatte. Ein Biber, der stetig und effizient an einem Baumstamm nagte. Der Baumstamm hieß Eifersucht, wurde in Sanduhrtechnik benagt und drohte, Josef auf den Kopf zu fallen.

Damit kam er zu einem weiteren Widerhaken: Wie konnte er, der noch kurz vorher beseelt war von dem Gedanken, so schnell wie möglich zu Nathalie eilen zu können, von so einer Regung befallen werden? Einer Regung, die sich zudem als so schmerzhaft erwies wie das linksseitige Stechen unterhalb seiner Rippen, das ihn manchmal nach einem langen Lauf heimsuchte.

Josef blieb stehen und schaute in den Himmel.

Fette Regentropfen klatschten in sein Gesicht. Erst nur ein paar vereinzelte, dann immer mehr. Sie prasselten auf ihn nieder und wuschen den Schweiß auf seiner Haut weg, nicht aber diese peinigende Aufwallung, die er sich bis anhin gar nicht hatte vorstellen können. Aus dem einfachen Grund, weil er keinen Gedanken an die Möglichkeit verschwendet hatte, dass Helene sich einem anderen Mann zuwenden könnte.

Josef schüttelte sich. Nun galt es erst mal, sich in die rettenden Arme seiner Venus zu flüchten. Sie sollte ihn mit ihren süßen Liebkosungen vergessen lassen, was ihn eben noch in größten Aufruhr versetzt hatte.

Wenn er sich beeilte – was er unbedingt tun musste, denn der Regen hatte mittlerweile die Intensität seiner *Rainshower*-Dusche bei maximaler Einstellung angenommen – und den kürzesten Weg über die Kornhausbrücke einschlug, konnte er in einer Viertelstunde in der Herrengasse sein.

Er legte los.

Im obersten Stockwerk brannte Licht, das konnte er von der Gasse aus sehen. Aber Nathalie öffnete nicht.

Obwohl es erst kurz vor acht war, herrschte düsterste Herbststimmung. Der Wolkenbruch war in Dauerregen übergegangen.

Das Gute an Josefs Zustand war, dass es für Nässe keine Steigerung gab. Der wenige Stoff an seinem Leib war wassergesättigt. Wo es tropfen konnte, tropfte es. Dafür begann er – noch vor zwei Stunden nicht vorstellbar – zu schlottern.

Er wollte eingelassen werden, warm duschen, sich mit einem von Nathalies flauschigen Frotteetüchern abtrocknen, unter ihre Bettdecke schlüpfen und sich von ihr ein heißes Getränk ans und ihre Liebe ins Bett bringen lassen. Egal in welcher Reihenfolge. War das zu viel verlangt?

Zum vermutlich zwanzigsten Mal drückte er auf den Klingelknopf. Nichts rührte sich.

Natürlich, er konnte im Thai-Restaurant um die Ecke darum bitten, das Telefon benutzen zu dürfen. Aber welche Nummer sollte er eingeben?

Die von Nathalie begann mit 076 und hatte irgendwo zweimal die 5. An mehr konnte er sich nicht erinnern. Außer der Nummer seines eigenen Festnetzanschlusses im Jägerweg wusste er *überhaupt* keine Telefonnummer mehr auswendig. Sein ausgelagertes Gedächtnis lag auf dem Schreibtisch in seinem Studio.

Josef begann zu dribbeln. Hundert Meter vor, hundert zurück. Stehen zu bleiben hieß, Kälte zu spüren. Welche Optionen hatte er?

Es bestand die Möglichkeit, sich im Thai-Restaurant Geld zu leihen – sie kannten ihn und Nathalie – und mit dem Taxi ins Spital zu fahren. Von dort aus konnte er Schneider gleich anrufen. Der musste schließlich einen Zweitschlüssel haben. Noch nie war ihm die sonst so verschmähte Herberge in der Aberlistraße, in dem sich trockene Klamotten, Geld, sein Telefon und sein Autoschlüssel befanden, so verlockend vorgekommen wie gerade eben. Schneider würde ihm in spätestens einer Stunde Zutritt zu seinem kleinen Garten Eden verschaffen, wo aus der traurigen Gestalt eines triefenden Marathonläufers wieder der distinguierte Prof. Dr. med. Josef Abendrot werden würde.

Nicht dass er erpicht darauf war, klatschnass und spärlich bekleidet im Spital aufzutauchen – er wollte sich das allgemeine Grinsen und Flüstern hinter vorgehaltener Hand gar nicht ausmalen –, aber da musste er nun mal durch.

Anstatt am Münsterplatz links abzubiegen, trabte Josef weiter zur Münsterplattform. Er hoffte, von dort aus einen Blick auf den der Aare zugewandten Teil von Nathalies Wohnung werfen zu können, auch wenn er sich keinen wesentlichen Erkenntnisgewinn davon versprach. Vermutlich war Nathalie einfach nicht zu Hause. Andererseits deutete das Licht im Küchenbereich darauf hin, dass dies noch kurz zuvor der Fall gewesen sein musste. Dann nämlich, als sich durch das Gewitter die für einen frühen Septemberabend ungewöhnliche Dunkelheit eingestellt hatte.

Aber was rätselte er da. Und für weitere Inspektionen war er nun auch nicht mehr zu haben. Vielmehr musste er zusehen, dass er sich so schnell wie möglich aus seiner unliebsamen Lage befreien konnte.

In der Münstergasse gestattete er sich noch einen letzten Moment des unschlüssigen Innehaltens. Zwecks Wärmegewinnung auf der Stelle hüpfend, fiel sein Blick auf einen grünen Volvo. Nicht irgendeinen. Auf Tobis Volvo. Oder besser: auf seinen eigenen, zumindest bis vor drei Jahren.

Er lugte ins Innere des Wagens. Kein Zweifel. Sogar das Türschloss war noch defekt, wie Josef gleich überprüfte. Dabei hatte er Tobi das erbetene Geld für die Reparatur gegeben. Nun, just in diesem Moment kam ihm die Nachlässigkeit seines Sohnes sogar gelegen. Er setzte sich auf den Beifahrersitz und genoss die ... Gemütlichkeit. Ja, die wohlige Gemütlichkeit. Ihn und den Regen trennten nun nämlich eine Karosserie und Scheibenglas. Es war trocken und vergleichsweise warm hier drinnen.

Wo Tobi wohl war? Während der Semesterferien arbeitete er manchmal an der Bar eines kleinen Lokals, dessen Namen Josef nicht in den Sinn kommen wollte. Es musste irgendwo in der Nähe sein.

Und wenn er hier auf Tobi warten würde? Er konnte ihn darum bitten, in seiner Berner WG übernachten zu dürfen. Dann müsste er sich in seinem Zustand auch nicht den Blicken des Spitalpersonals aussetzen. Die Wahrscheinlichkeit, Schneider morgen früh wegen des Zweitschlüssels zu erreichen, war allemal größer.

Genau, er würde erst mal ausruhen.

Auf der Rückbank lag nachlässig hingeworfen eine karierte Wolldecke, was ihm normalerweise als unliebsamer Ordnungsmangel aufgestoßen wäre. Heute bescherte ihm der Anblick eine warme Welle der Freude. Josef kletterte nach hinten – im Gegensatz zu den Fronttüren ließen sich die des Wagenfonds nicht mehr öffnen – und streckte sich aus, so gut es eben ging. Einen Moment lang spielte er mit dem Gedanken, die Rückenlehne der Rückbank so zu klappen, dass eine echte Liegefläche entstand, aber dafür hätte er jede Menge Kram nach vorne räumen müssen. Nein, ein Stündchen Schlaf würde ihm auch quer auf dem Rücksitz vergönnt sein. Ein blauer Pullover mit feinem Parfümduft – *Opium?* – kein Herrenmodell –, eingeklemmt zwischen Lehne und Sitzfläche, sollte sein Kissen werden.

Wie er so zwischen Sitzen und Liegen zur Ruhe kam, den Pullover gerollt im Nacken, die Decke bis zum Kinn gezogen, drängte sich ihm ein Bild des Malers Carl Spitzweg ins Gedächtnis, das in seinem Elternhaus gleich in der Diele neben der Garderobe gehangen hatte und vor dem er als Junge oft stehen geblieben war. *Der arme Poet.* So manches Mal hatte er diesen Kerl mit der Nachtmütze um sein gemütliches Lager und die Abwesenheit lästiger Verpflichtungen wie Schule und Klavierunterricht beneidet, mit dem angeheizten Ofen, dem aufgespannten Regenschirm als Nässeschutz in einer Ecke über dem Bett und dem Stapel von Büchern in Griffnähe. Nicht, dass er jemals ein Bücherwurm gewesen wäre. Seinerzeit hätte ein Stapel *Zack*-Comics die Abrundung seiner pflichtlosen Seligkeit dargestellt.

Wie auch immer, heute Abend fühlte er sich tatsächlich wie dieser Poet, auch wenn ihm die Art der Bettung nicht mehr ganz so erstrebenswert vorkam wie in seinen Jugendjahren.

Und doch wurde er von einer sachten Welle schläfrigen Wohlseins weggeschwemmt. Die Lider bleischwer, den würzigen orientalischen Duft des Parfüms, das er von irgendwoher kannte, in der Nase. Ach, sollten sie seinetwegen alle tun, was sie wollten. Er würde nun erst mal ...

Schneiders Studio war leer geräumt bis auf die Corbusier-Liege. Josef wollte die Beine ausstrecken, aber das ging nicht. Verdammt, warum ging das nicht? Und wo waren all seine Sachen? Hatte man ihm gar nichts gelassen?

Doch, an der Wand hing die Kuckucksuhr. Das Türchen war geöffnet, und ein faulig grünlicher Kuckuck mit einem Schilfgrashalm über dem Schnabel saß auf einer verbogenen Drahtkonstruktion, die es ihm nicht erlaubte, wieder im Uhrenhäuschen zu verschwinden. Der Vogel starrte ihn zuerst böse an, krächzte dann ein heiseres, anklagendes »Kuckuck«, das alsbald in hämisches Gelächter überging.

Vor dem Fenster stand Schneider und gab ihm Handzeichen, sich zu erheben und zu gehen. Schneider im Bademantel. Rotblau gestreift. »Josef«, rief er. »Josef!« Nun ganz dicht an seinem Ohr. Er schüttelte ihn am Arm. Was fiel Schneider ein?

»Papa!«

Papa?

Auf dem Fahrersitz des Volvo, den Kopf zu ihm nach hinten gewandt, saß sein Sohn. Die Hand, die Josef auf seinem Arm spürte, war nicht die von Schneider.

»Was machst du hier, Josef?«

»Wie spät ist es?«

»Kurz vor halb sechs. Sag, was machst du hier?«

Natürlich, eine naheliegende Frage. Aber was sollte Josef antworten? Er richtete sich auf. Die Fenster waren beschlagen, aber er sah, dass es morgendlich dämmrig war. Hatte er tatsächlich so lange in dieser gekrümmten Position geschlafen? Seine Glieder taten ihm weh. Er musste dringend aussteigen.

»Lass mich raus!« Er kroch nach vorne und fühlte sich dabei wirklich wie der arme Poet, alt und eingerostet. Was musste er doch für ein jämmerliches Bild abgeben. Mit einer ungeschickten Landung in Tobis Schoß endete die Kletterei.

Josef beeilte sich, nach draußen zu kommen.

Es hatte aufgehört zu regnen, war aber nochmals kälter geworden. Keine Temperatur für kurze, feuchte Jogginghosen und ein ärmelloses Shirt. Josef machte Dehnübungen, die von unangenehmen Knackgeräuschen begleitet wurden.

»Kannst du mich mit zu dir nehmen?«, fragte er Tobi, nachdem er sich wieder auf dem Beifahrersitz niedergelassen hatte, nun mit so etwas Ähnlichem wie väterlicher Würde.

Tobi zündete eine Zigarette an, nahm einen tiefen Zug und blies den Rauch aus dem zur Hälfte herabgelassenen Seitenfenster. »Was ist eigentlich los mit dir? Warum bist du hier und nächtigst wie ein Penner im Auto – in meinem Auto?«, fragte er nach einem weiteren Zug.

»Das ist eine lustige Geschichte«, sagte Josef, den Penner

ignorierend. Er hätte die Frage gerne unbeantwortet gelassen. Und so dekorierte er die *lustige Geschichte* erst einmal mit einem herzhaften Lacher, als wüsste er gar nicht, an welcher Stelle er mit der Erzählung seines drolligen Anekdötchens beginnen sollte.

»Schieß los!« Tobi sah nicht aus, als könne er sich irgendetwas Erheiterndes vorstellen, das ihm die Anwesenheit seines nicht besonders appetitlich riechenden Vaters in seinem Auto bescherte.

»Ich habe meinen Hausschlüssel beim Joggen verloren und wollte deshalb bei einem Bekannten übernachten. Aber der war nicht zu Hause.«

»Und was ist daran komisch?« Tobi musterte seinen Vater von oben bis unten.

Josef fühlte sich unwohl. »Kannst du das Ding nicht ausmachen?« Er wies auf die zur Hälfte gerauchte Zigarette. »Das stinkt.«

»Du auch. Wo wohnt denn der Bekannte?« Tobi nahm noch einen Zug, bevor er die Zigarette in einer roten Blechdose ausdrückte, deren Deckel den Ratschlag zierte: *Keep calm and carry on.*

»Da.« Josef wies in die erstbeste Richtung.

»Im Münster?«

»Nein, natürlich nicht.« Der Ausdruck im Gesicht seines Sohnes ärgerte ihn. »Und?«, fragte er nochmals.

»*Und* was?«

»Nimmst du mich nun mit in deine WG?«

Statt einer Antwort startete Tobi den Motor des Wagens und fuhr los.

54

»KÖSTLICH.« Adrienne wischte sich mit dem Handrücken die Lachtränen von den Wangen. »Und hat Tobi ihn dann mit in die WG genommen?«

»Hmhm, auf ein Frühstück. Und duschen durfte er wohl auch.«

»Wäre aber doch interessant zu wissen, was der Grund dafür war, dass er bei seiner Angebeteten nicht unterkommen konnte. Die Sache mit dem Bekannten war ja wohl Quatsch.«

Die *Angebetete* versetzte mir einen Stich.

Ich hatte Adrienne von Josefs Auftauchen im Jägerweg erzählt. Von seinem unverkennbaren Ärger beim Anblick von Sàndor. Von der Wohnungstür, die ich ihm schlussendlich und verdientermaßen vor der Nase zugeschlagen hatte, und davon, dass Tobi seinen etwas zerknitterten Vater am nächsten Morgen auf der Rückbank des Volvos vorgefunden hatte.

»Und was wird dein nächster Schritt sein?«

»Erst mal keiner, ich möchte hier gerne eine kleine Pause einlegen und mir die letzten Sonnenstrahlen des Tages auf den Pelz brennen lassen.«

»Helène!«

Natürlich hatte ich Adriennes Frage richtig verstanden.

»Darf ich dich daran erinnern, dass Josef seit mehr als zwei Monaten nicht mehr im Jägerweg wohnt? Mag sein, dass ihm das Arrangement zupass kommt. Aber dir bekommt es nicht. Ihm die Wohnungstür vor der Nase zuzuknallen reicht nicht aus.«

Adriennes plötzlicher Ernst missfiel mir.

»*Setze dich an den Fluss und warte, bis die Leiche deines Feindes vorbeischwimmt*«, gab ich mit Predigerstimme zum Besten.

»Hat kein Geringerer als der weise Konfuzius gesagt. Müsste eigentlich ganz in deinem Sinne sein.«

Sie schnaubte. »Es geht nicht darum, was in *meinem Sinne* ist. Es geht um dein Leben. Und überhaupt, wer soll da geschwommen kommen? Josef oder seine Assistenzärztin?«

Wir saßen auf einer Decke am Aare-Ufer und schauten auf das milchige Blaugrün des mit kräftiger Strömung dahinfließenden Wassers.

Es war wieder wärmer geworden. Ein Septembernachmittag, der sich ein wenig wie Sommer anfühlte, auch wenn die Tage kürzer wurden. Adrienne und ich waren mit den Rädern aus der Stadt gefahren, südöstlich den Fluss entlang. Nun ruhten wir uns von der eher bescheidenen Leistung aus.

»Seit wann verstehst du keinen Spaß mehr?«, beschwerte ich mich.

Meine Freundin ignorierte meine Frage, die ja eigentlich auch nur eine rhetorische war. Stattdessen griff sie nach ihrem neuen Fernglas und nahm zwei weißbrüstige Wasseramseln auf einem vielleicht zehn Meter entfernten Uferstein ins Visier. Sie hatte mir gerade erst von der ungeahnten Energie vorgeschwärmt, die durch die Vogelbeobachtung freigesetzt werden könne. Bereits dachte sie daran, Birdwatching als Quell spiritueller Kraft in ihrem Kursprogramm anzubieten.

Auch wenn ich Adriennes bohrende Fragen nicht sonderlich mochte, so wollte ich doch nicht von ihr und zwei Wasseramseln übergangen werden. Ich legte los. »Weißt du, die betrogenen Ehefrauen in den Filmen, die ihre Männer mit einem Fußtritt aus dem Haus befördern, ihnen zeternd die Klamotten aus dem Fenster hinterherschmeißen und tags darauf die Scheidung einreichen, haben mich noch nie überzeugt. Zwei Monate sind schließlich keine lange Zeit. Und manche Probleme lösen sich tatsächlich auch mit einer Portion Kontemplation.« Meine Rechtfertigung hatte etwas Trotziges. Hatte ich nicht Tante Selmas Appell an die Geduld und die Kraft des Ausharrens unlängst für mich verworfen?

»Also, was die Filme angeht. Da gebe ich dir recht.« Adrienne schob das Fernglas in ihre Schultertasche und wendete sich mir wieder zu. »Filme sind nun mal nicht die Realität. Sollen sie ja auch nicht sein. Aber an *sich-von-allein-lösende* Probleme glaube ich nicht.« Das Birdwatching schien unverzügliche Resultate zu erbringen, denn sie klang milde und nachsichtig.

Des Gesprächs dennoch überdrüssig, nahm ich die Tüte mit den Trauben aus dem Rucksack und teilte den Inhalt gerecht in zwei Portionen. »Iss«, ordnete ich an. »Das ist die Friedenspfeife zur Bekundung unserer Freundschaft.«

»Hau Kola!« Mit einer Hand schob sich Adrienne eine Beere in den Mund, mit den Fingern der anderen formte sie ein Friedenszeichen.

»Soll heißen?«

»*Hallo Freund*. Oder etwas in der Art. In der Sprache der Lakota-Indianer.«

Ich nickte, zupfte eine Traube vom Stiel und biss hinein. Es war nicht anzunehmen, dass ich bei den Lakota Antworten auf meine Lebensfragen finden würde, wenn sich schon die Weisheiten des Konfuzius als nur bedingt brauchbar erwiesen.

»Es ist ja nicht so, dass ich mir über die Zukunft keine Gedanken machen würde«, legte ich erneut los, denn trotz meiner Ablenkungsmanöver ließ mir die Sache nun doch keine Ruhe. »Natürlich mache ich mir Sorgen. Veränderungen, Einsamkeit, die Furcht, vielleicht mit allem allein zurechtkommen zu müssen. Kommt schließlich nicht selten vor, dass die junge Geliebte zu Ehefrau Nummer zwei wird. Und natürlich möchte ich Josef auch nicht einfach ziehen lassen. So habe ich mir das nun mal nicht vorgestellt. Alt werden wollte ich mit ihm, trotz aller Verschleißspuren unserer Ehe. Hörst du? *Alt.*« Die letzten drei Worte gerieten unverhältnismäßig laut.

Ich warf eine faule Beere in die Fluten. Das war zumindest meine Absicht. Sie blieb schon vorher im Gras liegen. Nicht mal der konnte ich mich entledigen.

Ich legte mich auf den Rücken, die Arme hinter dem Kopf verschränkt und blinzelte in den Himmel, an dem sich die Schäfchenwolken zu meinem Leidwesen von einem sich rücksichtslos ausbreitenden grauen Geschwader vertreiben ließen.

Los, wehrt euch!, hätte ich ihnen gerne zugerufen. Ich, die ich gerne mal Gleichmut auf mein Banner schrieb, wenn es mir gerade passte.

»Wie sähe denn deine finanzielle Situation nach einer Scheidung aus?« Adrienne überging mein Zusammen-alt-werden-Rührstück.

»Bei unserer Lebenssituation stünden mir gewisse Unterhaltszahlungen zu. Nicht besonders viel, aber immerhin. Und das Vermögen würde auch aufgeteilt. Einschränkungen müsste ich natürlich hinnehmen, und auf die faule Haut legen könnte ich mich schon gar nicht. Würde ich ohnehin nicht wollen«, sagte ich, gerade ausgiebig auf der faulen Haut liegend.

Natürlich hatte ich mich darüber informiert. Ich war nicht weltfremd.

Dr. Bissig, Scheidungsanwalt und Hundevater der gutmütigen Riesendogge Robespierre, hatte mir nach einer Trainingsstunde bei den *Relaxed Dogs* über einer Tasse Hagebuttentee sein Ohr geliehen, während sich Lego und Robespierre – jeder auf seiner Seite des Tisches – in gegenseitiger Nichtachtung ergingen. Ich hatte nach ein paar einleitenden Belanglosigkeiten über die Vorzüge der positiven Hundeerziehung ganz nebenbei eine *liebe Freundin* ins Leben gerufen, die natürlich auch einen Hund hatte. Unter Einsatz all meiner Fabulierkunst – Dr. Bissig erfragte allerlei Details zu Aussehen und Wesen des von mir aus dem Stand erfundenen Zwergpudels Donny – hatte ich ein Szenarium konstruiert, welches dem meinen nicht unähnlich war. Die Freundin (*sie und ihr Mann beide Deutsche, in der Schweiz lebend wie Josef und ich – so ein Zufall – ha, ha*) wollte sich demnach scheiden lassen und im Vorfeld einiges dazu klären. Dr. Bissig, der zunächst angenommen hatte, es ginge bei dem Fall um das Sorgerecht für Donny, den Zwergpudel, mochte sich nicht zu Unrecht gefragt haben, weshalb die liebe Freundin vor dem Hintergrund solch bedeutungsschwerer Schritte nicht selbst Erkundigungen einzog. Nichtsdestotrotz hatte er mir umfangreich Auskunft gegeben. Ausreichend in jedem Fall, um mich zu beruhigen.

Erstaunlicherweise hatten mir Bissigs Ausführungen klargemacht, dass es mir nur marginal ums Materielle ging.

Finanzielle Überlegungen sollten meine Entscheidung – wenn mir denn überhaupt etwas zu entscheiden blieb – nicht beeinflussen. Ich wollte unsere Ehe nicht künstlich am Leben erhalten, nur um meinen Lebensstandard beizubehalten. Und das Sorgerecht für Lego würde mir Josef gewiss nicht streitig machen. Wie es um Josef und mich gefühlsmäßig bestellt war, wollte ich herausfinden. Wie es *wirklich* um uns bestellt war.

»Was macht eigentlich unser Charmeur Sàndor?«, wechselte ich das Thema mit der Virtuosität eines Zauberkünstlers, der eine Münze verschwinden ließ und stattdessen eine Maus aus dem Ärmel zog. Die Frage war durchaus naheliegend, denn mein Untermieter wider Willen hatte mich vor einigen Tagen ohne eine einzige Träne im Knopfloch und mit wehenden Rockschößen verlassen, nachdem ihm Adriennes Wohnangebot zu Ohren gekommen war, und mich damit meiner ohnehin nur homöopathisch dosierten Vorstellung beraubt, sein Auftauchen bei mir könne vielleicht doch einem romantischen Quell entsprungen sein: Helene, die männerverzaubernde Göttin Circe.

»Der ist jetzt nicht mehr *unserer*, sondern meiner«, korrigierte mich Adrienne. »Er tut mir gut und versüßt mir die Septemberabende.«

Ich stutzte. Sàndor *versüßte*?

»Wie tut er das?«, fragte ich streng, auch wenn meine eigene Erinnerung an die zuckrige Dobostorte, die reale und die sinnbildliche, jede Antwort erübrigte.

Nun war es Adrienne, die ins Vage glitt. Sie wich meinem lateralen Röntgenblick aus, klaubte emsig Steinchen zwischen dem Gras hervor und warf sie mit erstaunlichem Geschick weit ins Wasser. »Er beschert mir kribbelige Spätsommergefühle. Ob er auch für den Herbst und Winter was taugt, wird sich zeigen.«

Sàndor, das wärmende Öfchen für den Winter. Ein Bild, das sich nur in Unschärfe einstellen wollte. Ich schwieg und hoffte, dass auch Adrienne Sàndor nicht für die menschgewordene Beständigkeit hielt.

»Immerhin zahlt er seinen Anteil für Kost und Logis, was mir gelegen kommt«, sagte sie, nachdem ihr ein besonders schwungvoller Steinwurf gelungen war.

Die nüchterne Note, zu der Adrienne zurückgefunden hatte, schien mir zwar etwas bemüht, erleichterte mich aber dennoch.

»Wenn es mit dem Job im Berner Oberland klappt, wonach es aussieht«, räsonierte Adrienne weiter, »wird ihm die Fahrerei allemal zu viel werden, und er wird sich dort was suchen. Nehme ich an. Denke ich. Ach was, keine Ahnung ... *Che sarà, che sarà, che sarà. Che sarà della mia vita, chi lo sa. So far tutto o forse niente. Da domani si vedrà. E sarà, sarà quel che sarà.*« Es gab wirklich nichts, wozu Adrienne nicht die passenden Klänge aufbieten konnte. Mit der ihr eigenen Inbrunst trällerte sie den Klassiker schicksalsergebener Lebenskunst. Ich ließ unerwähnt, dass sich dieser Morgen-sehen-wir-weiter-Evergreen nicht wesentlich von meiner konfuzianischen Weisheit unterschied.

So unversehens Adrienne mit dem Gesang begonnen hatte, so abrupt brach sie auch wieder ab und sprang auf. »Allez, allez! Wir müssen zurück. Sonst komme ich zu spät zu meinen Yogaschülern. Hier gibt es schließlich Leute, die ihren Lebensunterhalt bereits jetzt selbst verdienen müssen.« Sie griff nach meiner Hand, um mich hochzuziehen.

Gemeinsam falteten wir die rot-schwarze Mohairdecke zusammen, der ich seit ihrem von Josef initiierten ersten Freilufteinsatz vor zwei Monaten weniger Schonung zukommen ließ, und machten uns auf den Weg zu unseren Rädern, die am Stamm einer Esche lehnten. *Ihren Lebensunterhalt selbst verdienen ...* Adriennes Worte hallten nach. Nein, über so etwas wie Existenzsicherung hatte ich mir in den sechsundzwanzig Jahren meiner Ehe tatsächlich keine großen Gedanken machen müssen. Aber auch wenn mich eine Zukunft ohne Josef gewiss nicht zum Sozialfall machen würde, befreite mich das nicht von Ängsten und Kummer. Die waren nämlich launisch wie eine Diva, kamen und gingen, schwollen an und flauten ab, wie sie gerade wollten.

»Weißt du, dieser Konfuzius kann mich mal«, sagte ich zu Adrienne und ließ die Metallklemme des Gepäckträgers rabiat auf meinen Rucksack schnappen.

»Wie jetzt?« Es war ihr anzusehen, dass meine emotionalen Bocksprünge der Erklärung bedurften.

»Ich habe nicht die geringste Lust, am Fluss zu warten, bis irgendwelche Leichen vorbeischwimmen.« Mit dem Kinn wies ich zur Aare, die so aussah, als hielte sie von solchem Treibgut ohnehin nichts. »Manchmal ist mir eher danach, dieses Nathalie-Täubchen höchstpersönlich auf den Flussgrund zu befördern. Und Josef gleich hinterher«, legte ich nach.

Die von Westen herannahende Wolkenfront hatte die Sonne inzwischen ganz verdeckt, was ausgezeichnet zu meinen nun doch sehr finsteren Gedanken passte.

Wir schoben unsere Räder hoch zum nahen Radweg.

»Das wäre wohl nicht in Konfuzius' Sinne.« Um Adriennes Mundwinkel zuckte es. »Und überhaupt müsste ich dich dann in den nächsten Jahrzehnten im Gefängnis besuchen. Wozu ich keine Lust habe. Wie wär's, wenn du damit beginnst, deinem Mann ein paar unbequeme Fragen zu stellen? Ein paar *wirklich* unbequeme, meine ich. Und wenn das zu nichts führt, können wir immer noch über den perfekten Mord nachdenken.« Adrienne schwang sich auf ihr Rad und trat kräftig in die Pedale. Ich tat es ihr nach.

Es sah nun ganz nach Regen aus.

55

AUF DEM BETT lagen fünf Paar Hosen, ein Stapel Shirts, zwei Kleider, ein Kaftan und diverse Blusen. Eine davon, aus edler Seide und erst vor wenigen Tagen erstanden, hielt ich prüfend an mich. Aus dem großen Wandspiegel blickte mich eine skeptische Helene mit strubbeligen Haaren an. Zum Coiffeur muss ich auch noch, sagte ich zu meinem Konterfei. Oder dieses zu mir. Ich war mir auch nicht mehr sicher, ob die 280 Franken, abgehoben von unserem gemeinsamen Konto, tatsächlich so gut angelegt waren, wie es mir in dem kleinen Laden mit seinen erlesenen Kreationen erschienen war. Konnte es sein, dass die stilisierten schwarzen Oliven auf gelbem Grund zu viel des zur Schau getragenen Toskana-Feelings waren? Betreten ließ ich den feinen Stoff durch meine Finger gleiten.

Die Zusammenstellung meiner Garderobe für die Schreibwoche erwies sich als echte Herausforderung. Es war nicht einfach, zu einem modisch harmonischen Mischungsverhältnis zu gelangen, das sowohl der Schlichtheit einer ernst zu nehmenden Schriftstellerin entsprach wie auch meinem momentanen Bedürfnis nach weiblicher Schmückung.

Gerade wollte ich die Olivenbluse zurück in den Schrank hängen – nein, ich konnte diesem Anton Friedreich doch nicht so peinlich overdressed gegenübertreten –, als mein unter ein paar Shirts begrabenes Tablet das dumpfe Dingdong eines Facetime-Anrufs verlauten ließ. Tobi?

Ich zog mein Tablet unter dem Stapel hervor.

Susanne Klein stand da. Ich zögerte. Was wollte Susanne von mir? Wir riefen uns selten an, und wenn, dann schon gar nicht mit uns beiden im Bild. Dass wir uns in letzter Zeit gar nicht mehr gesprochen hatten, lag auf der Hand, zumal mir nach ihrer letzten Mail, in der die Hitze ihrer just entbrannten Liebe mein Tablet fast zum Glühen gebracht hatte, noch viel weniger an weiteren Botschaften von ihr gelegen war.

Nach einigen weiteren Klingeltönen siegte die Wissbegierde, wie ich meine Neugier gerne nannte. Ich setzte mich auf die Bettkante und drückte auf die Hörerikone.

»Hallooo«, schmetterte mir eine seltsam in Szene gesetzte Susanne entgegen. Wie eine Fernsehansagerin der siebziger Jahre saß sie da, adrett frisiert und mit einem Lippenrot, bei dem die Orangenote dominierte.

»Hallo, Susanne«, sagte ich mit dem Stimmkolorit einer Finanzbeamtin kurz vor Feierabend.

»Wie *geht* es dir, meine Liebe?«, fragte Susanne.

Ich war nicht Susannes *Liebe*. Auch wusste ich ihren überraschten Unterton nicht zu interpretieren, der eine gänzlich unerwartete Begegnung suggerierte, so als wären wir uns zufällig bei einer Wanderung in der Einsamkeit der Tundra begegnet. Dabei war *sie* es doch gewesen, die bewusst – so nahm ich zumindest an – meine Nummer aufgerufen hatte.

»Danke, gut. Und selber?« Ich wollte höflich bleiben. Zudem hatte sich der Funke der Neugier zu einem Flämmchen entfacht.

»So lala. Seid ihr schon geschieden, du und Josef?«

»Wie kommst du darauf?« Ärger meldete sich. Er begann sein Wirken im Bauch, trommelte dann in der Brust und stieg schließlich, zu Hitze verwandelt, in meine Wangen. Mir war danach, Susanne mit der gleichen elektronischen Zauberkraft wieder wegzudrücken, mit der ich ihr Einlass in mein Schlafzimmer gewährt hatte.

»Na ja, was man so hört, klingt ja nicht so toll«, sagte sie mit besorgter Stimme oder was sie dafür hielt.

Das wirkte. Zu meiner Entrüstung über Susannes Dreistigkeit gesellte sich das üble Gefühl der Verunsicherung. Was hatte sie denn gehört? Die ach-so-arglose Susanne, die ich früher mal nett, wenn auch langweilig gefunden hatte.

Noch bevor ich mehr dazu erfahren konnte, ereignete sich am Bildschirm etwas Sonderbares. Susanne, eben noch die für ihren Auftritt präparierte Fernsehansagerin mit den frisch gefärbten rotblonden Strähnen im Kurzhaar, schrumpfte vor meinen Augen wie ein Luftballon, in den jemand mit einer Nadel gestochen hatte.

»Ach, Helene«, sagte sie. »Ist nicht alles schrecklich?«

»Was ist schrecklich?« Konnte diese Frau denn keine zusammenhängenden Sätze mehr von sich geben?

»Mein Geliebter ist weg.« Ihre Stimme bebte.

Das hatte nun absolut nichts mit Josef und mir und folglich auch nichts damit zu tun, was sie kurz zuvor von sich gegeben hatte.

Was bei mir als Ärger begonnen, sich alsdann in Verunsicherung gewandelt hatte, wich der Besorgnis.

Susanne schien mir, milde ausgedrückt, verwirrt.

»Wie *weg*?«, fragte ich schließlich.

»Vermutlich in Chile, bei seiner Schwester. Aber so genau weiß ich das nicht. Er meldet sich nicht mehr.«

»Das tut mir leid, Susanne. Aber was habe ich damit zu tun?« Die Frage schien mir berechtigt.

Über Susannes Wange liefen zwei glitzernde Tröpfchen. Eins links, eins rechts. Sie schniefte. »Ich dachte, du verstehst mich. Weil es dir doch auch nicht gut geht.« Sie zog die Nase hoch und fuhr wenig damenhaft mit der Hand darunter durch. »Zudem glaube ich, dass Rüdiger von der Affäre Wind bekommen hat. Er ist in den letzten Tagen so komisch. Stell dir vor, jetzt, wo die Sache vorbei ist. Ausgerechnet jetzt ...«

Ganz kurz nur war ein seltsamer Laut zu hören, der mich an das Klagen eines iahenden Esels erinnerte. Er musste Susanne entwichen sein.

Mehrere Sekunden lang saßen wir uns stumm gegenüber. Ich auf meiner Bettkante und Susanne an ihrem Schreibtisch in Freiburg.

Dann regenerierte sich der geschrumpfte Ballon auf mirakulöse Weise. Susanne erhob ihr Haupt, streckte den Hals, räusperte sich und sprach: »Könntest du nicht mal bei Rüdiger anrufen und ihn ein bisschen aushorchen? Zu dir hat er Vertrauen. Ich muss wissen, was er weiß.«

Ich staunte. Trotz Schmerz – oder war es Pathos? – war Susannes pragmatische Seite nicht unterzukriegen. Zudem schien sie vergessen zu haben, dass ihr noch vor wenigen Monaten das vermeintliche Vertrauensverhältnis zwischen Rüdiger und mir nicht nur ein Dorn im Auge gewesen war, sondern sie zu einem durchdringenden Empörungsschrei und bösen Anschuldigungen getrieben hatte.

Susanne war näher an ihren Bildschirm gerückt, bei dem es sich zweifellos um ihren Desktop handelte, denn im Gegensatz zu mir musste sie nichts festhalten.

Ihre Nase hatte an Dimension gewonnen. Sie schien anzunehmen, mich so besser in Augenschein nehmen und meine Regungen besser deuten zu können. »Bitte, Helene!«, sagte sie. Ihre Züge waren nun wirklich verzerrt.

Sie interpretierte meine aufkeimende Belustigung, die sich

in einem satten Lächeln manifestierte, zu ihren Gunsten. »Du wirst das also für mich tun?«, sagte sie voller frisch gewonnener Zuversicht, die sich zwischen Aussage und Frage bewegte.

Nichts lag mir ferner, als mich zur Gehilfin von Susannes Nachforschungsbedürfnis machen zu lassen.

»Nein«, sagte ich mit Fräulein-Rottenmeier-Stimme, oder einer, die jeder beliebigen unbeugsamen Gouvernante gut stehen würde. »Diesen ganzen Lover-Eintopf hast du dir selber gekocht und musst ihn alleine auslöffeln. Aus welchen Gründen auch immer du darauf kommen magst, dass es ein uns verbindendes Schicksal gäbe, ich muss dich enttäuschen. Mir geht es nämlich gut. Ich habe mein Leben im Griff. Und nun entschuldige mich bitte! Ich habe noch zu tun. Alles Gute und tschüss.«

Susannes Konterfei verschwand durch den raubvogelartigen Zugriff meines Zeigefingers. Einen Moment lang hielt ich mein Tablet noch in den Händen. In seinem nun dunklen Glas war nur mehr ich selbst zu sehen. Ich, die ich mein Leben *im Griff* hatte.

Zögerlich legte ich es auf dem Nachttisch ab. Hätte ich mich weitherziger zeigen sollen? Nein, Susanne hatte keine Nachsicht verdient. Oder doch?

Fast hoffte ich, sie würde es nochmals probieren. Dann würde ich meine souveräne, großmütige Seite zeigen. Helene, die verzeihen konnte. Helene, der die unwürdigen Anschuldigungen und das Gezeter einer emotional instabilen Susanne nichts hatten anhaben können und die längst zu neuen Ufern aufgebrochen war.

Aber das Tablet blieb stumm.

Endlich stand ich auf. Ich musste mich nun wieder der herausfordernden Aufgabe des Kofferpackens zuwenden.

Es galt tatsächlich, zu neuen Ufern aufzubrechen.

Ich spürte unversehens Schwung und Elan in mir. Ob das wohl daran lag, dass mir mein eigenes Schicksal im Vergleich zu dem der jammernden Susanne gerade überschaubar vorkam? Ihr Lover und Quell für ungeahnten Sinnesrausch hatte sich nach Chile abgesetzt, und Rüdiger hatte vermutlich von der ganzen Sache Wind bekommen. Die Geschichte hatte Saft.

Nein, ich wollte mich nicht edler machen, als ich war: Was ich gerade verspürte, war schlichte Schadenfreude, für die ich mich nicht mal schämte. Den kurzen Adrenalinschub wollte ich mir gönnen.

Die Bluse mit dem Olivenmuster landete nun doch noch in meinem Koffer, und auch der Seidenkaftan im frechen Granatapfelrot.

56

UND WIEDER WAR ICH auf der Walz. Die Wandergesellin in Sachen Selbstfindung. Letzte Etappe. Ich nannte es mittlerweile *Auf dem Weg zu etwas Neuem*, was weniger ambitiös klang.

Man konnte auch, das hatte ich mittlerweile erfahren, etwas *en passant* finden. Einen hübschen Stein, eine Blume, eine Seidenbluse mit Olivenmuster oder einen Liebhaber für eine Nacht. Und je nach Moment konnte das eine so bedeutsam sein wie das andere.

Mit meinem Freund, dem Rollkoffer, stand ich ein weiteres Mal vor einem Haus, das nicht das meine war. Neben mir Brunhild aus Basel, mit der ich gerade eine halbstündige Taxifahrt zurückgelegt hatte. Am Flughafen Florenz Peretola hatte ich sie erspäht. Sie hatte wie ich den Prospekt von der *Tenuta Sant An-*

tonio in der Hand, womit sie sich für mich als Gleichgesinnte zu erkennen gegeben hatte.

»Ah, che bello, bellissimo«, rief sie in einem Italienisch mit deutlich teutonischer Note. Schon die zypressengesäumte Zufahrt zum Anwesen hatte sie zu enthusiastischen Ausbrüchen verleitet.

Hier und jetzt, auf dem gepflasterten Vorplatz des senfgelben Gebäudes mit den grünen Läden, war sie kaum mehr zu halten. »Wie inspirierend. Ich glaube, das wird der Schauplatz meines neuen Romans. Habe den Plot schon so gut wie vollständig vor Augen.«

Ich beäugte Brunhild von der Seite, hin und her gerissen zwischen Belustigung und Bewunderung, hatte ich selbst noch so gut wie nichts vor Augen, schon gar keinen Roman.

Eine Idee, vielleicht auch eine erste Skizze für eine Geschichte sollten wir mitbringen. Die Ausarbeitung würde dann unsere wochenfüllende Aufgabe unter der sachkundigen Anleitung des famosen Meisters sein.

Und eine vage Idee hatte ich tatsächlich. Inspiration dazu war meine gegenwärtige Situation. Ein sprudelnder Quell. Alles Weitere wollte ich dem Augenblick überlassen. Das hatte ich mir so zurechtgelegt. Nun wurde Besorgnis wach. Würde ich etwa die einzige Elevin unter arrivierten Wortkünstlern sein?

»Buongiorno e benvenute!« Mit ausgebreiteten Armen eilte eine schwarzgekleidete, graubezopfte Signora auf uns zu. Mit ihrem sonnigen Lächeln vertrieb sie meinen Anflug von Nervosität im Nu.

Über ihrem runden Bauch spannte sich eine Schürze, die irgendwann mal durchgängig weiß gewesen sein musste, nun aber deutliche Spuren von Küchenarbeit trug.

»Sono Giovanna«, stellte sie sich vor. »Mädchen für alles.« *Mädchen* sagte sie. Ihre Mädchen-Jahre – ich schätzte sie auf über sechzig – lagen seit geraumer Zeit hinter ihr.

Sie verströmte gute Laune und ansteckende Heiterkeit, womit sie sich deutlich von ihrem provenzalischen Pendant unterschied: der immer etwas pikiert dreinblickenden, kantigen Madame Ribot.

»Vi faccio vedere le vostre camere.« Mit einem Winken hielt sie uns an, ihr zu folgen.

»Sie zeigt uns unsere Zimmer«, übersetzte Brunhild für mich. Sie tat dies mit einem wissenden Lächeln, ganz so, als spräche Giovanna eine Sprache, von der nur eine kleine Zahl Auserwählter Kenntnis besaß.

»Eccoci. La camera più bella per la signora Elena.« Giovanna hatte uns durch eine weitläufige Diele geführt, über eine breite Treppe in den ersten Stock geleitet und dort eine der lavendelblau gestrichenen Türen im ersten Stock des Hauptgebäudes geöffnet. *Das schönste Zimmer für Signora Elena* war geräumig und trotz des von Weinlaub umwachsenen Fensters, dessen Ranken fast ins Innere des Raumes wuchsen, hell und freundlich.

»Magnifico«, rief ich und warf Brunhild, die meine Freude nicht so recht zu teilen schien, ein mildes Lächeln zu.

In einer Stunde, so wurde uns von Giovanna aufgetragen, sollten wir zum Begrüßungstrunk am Tisch unter der Pergola *nel giardino* erscheinen. Wir, das waren gemäß ihrer Ankündigung sechs Frauen und zwei Männer. Ein dritter wurde noch erwartet.

Von meinem Fenster aus sah ich auf das, was Giovanna als den Garten bezeichnete. Eine Blumenwiese, in deren Mitte sich die von Wein bewachsene Pergola mit langem Steintisch und grün gestrichenen Eisenstühlen befand.

Dahinter, im samtigen Abendlicht, der zum Anwesen gehörende Olivenhain.

Ganz egal, so dachte ich, zu welchen Höhen sich meine schriftstellerischen Leistungen aufschwingen würden, hier wollte ich es mir gut gehen lassen. Unbehelligt von amourösen Verstrickungen oder Buhlereien.

Der Maestro, von Giovanna nur ehrfurchtsvoll *Il signor scrittore* genannt, hatte sich im Übrigen noch nicht gezeigt.

Und Josef, das hatte ich mir auch diesmal fest vorgenommen, würde in dieser Woche kein Zutritt zu meinen Gedanken gewährt.

Unsere letzte Begegnung vor zwei Tagen war ohnehin nicht dazu angetan gewesen, Bedauern über seine Abwesenheit zu empfinden. So einen Josef konnte Nathalie Brunner geschenkt haben. Mit nachgeworfener Kusshand und besten Wünschen.

Ich kann Lego nicht zu mir nehmen. Schneider gestattet keine Haustierhaltung auf seinem Grund und Boden, hatte er mir mitgeteilt, nachdem er meine nicht weiter präzisierten Reiseabsichten mit einem sauertöpfischen *Schon wieder?* kommentiert hatte.

Niemand spricht von Haustierhaltung. Du sollst dich eine lächerliche Woche lang um unseren Hund kümmern. Ist das zu viel verlangt? Bei den letzten fünf Worten hatte meine Stimme eine grelle Note angenommen.

Josef hatte das Hundebett, eine Wochenration *Dog's Health mit Huhn und Kartoffel* und den nur mäßig begeisterten Lego dann doch zu sich in die Wohnung genommen.

Er hatte meiner Stimme und meinem Blick entnommen, dass

sich zumindest in dieser Angelegenheit mit mir nicht diskutieren ließ.

Und so stand ich also in meinem toskanischen Kämmerlein vor dem Spiegel, bepinselte meine Lippen in dramatischem *Dark Grape*, schlüpfte in die zurechtgelegten schwarzen Leggings und den granatapfelroten Seidenkaftan – angemessenes Tenue für den feingeistigen Anlass – und schwebte in den unteren Stock, wo sich ein Großteil der Kursteilnehmer bereits in dem von Giovanna als *soggiorno* bezeichneten Aufenthaltsraum versammelt hatte.

Ein Boris oder Noris, eine Babette und eine Fabrizia reichten mir die Hand, während eine rotblonde Elfe, der ich keinen Tag mehr als achtzehn gab, frenetisch auf ihrem Smartphone herumtippte und alle und alles um sich herum ignorierte.

»Ein traumhaftes Zimmer habe ich«, hauchte mir Brunhild mit warmem Atem in den Nacken. »Südlage.« Ihr Lächeln, das ich zwar nicht sehen, mir aber durchaus vorstellen konnte, musste von zuckriger Süße sein.

Noch bevor ich sie dazu beglückwünschen konnte, kam *Er* auf uns zugeeilt. Anton Friedreich, den ich bislang nur auf Fotos gesehen hatte. Die Realität wich nur unwesentlich von den schmeichelhaften Abbildungen ab. Er war in der Tat ein gutaussehender Mann, der sein Alter wie einen Mehrwert spazieren führte und keine Zweifel an der Wirkung seiner vom Leben geritzten Falten zu hegen schien. Eine Haltung, die ich mir für mich und meine Geschlechtsgenossinnen nur wünschen konnte. Wann würde es uns endlich gelingen, unsere Jahre als Errungenschaft zu präsentieren?

»Seid gegrüßt, meine Lieben«, rief er mit dem Lächeln eines milde gestimmten und seinen Untertanen wohlgesinnten Königs, die Arme weit ausgebreitet, als wollte er uns allesamt an seine eher schmale Brust drücken.

Er trug eine abgewetzte Jeansjacke mit hochgestelltem Kragen, eine leichte Baumwollhose und Riemchensandalen. Ins immer noch füllige Silberhaar hatte er seine Sonnenbrille geschoben. Alles in allem eine gelungene Mixtur aus Hippie-Kolorit und der Nachlässigkeit des zerstreuten Intellektuellen.

»Lasst uns nach draußen gehen und der Abendsonne huldigen. Wein und Wasser wollen getrunken werden«, sagte er zu uns allen und gleichzeitig auch wieder zu niemandem, bevor er sich davonmachte. Wie eifrige Jünger eilten wir hinter ihm her, bestrebt, es ihm recht zu machen und ihn nicht aus den Augen zu verlieren.

Wie von Giovanna angekündigt, war die ins warme Abendlicht getauchte Pergola unser erster Sitzungsort. Nicht nur Wein und Wasser erwarteten uns, sondern auch die übrigen Kursteilnehmer.

»Stellt euch einander vor«, trug uns Anton Friedreich auf, der am Kopf des Tisches auf einem besonders komfortablen, ja, man konnte fast sagen thronähnlichen Stuhl Platz nahm. »Nicht mehr als zwei Minuten. Und keine Selbstbeweihräucherung bitte.« Er wackelte mit dem Zeigefinger. Ein schelmisches Drohen. »Wir sind hier nämlich alle gleich. Niemand ist etwas Besonderes.«

Sogleich begann Anton Friedreich einen kleinen Monolog über sein Schaffen im Allgemeinen, sein letztes Buch im Besonderen und die Auszeichnung, die ihm durch den unlängst verliehenen *Ninfea*-Preis zugekommen war. »Nicht, dass mir solche Ehrungen etwas bedeuten«, betonte er. Zur Krönung seiner Worte nahm er eine schwarze Olive aus der Schale, die

Giovanna – *produzione propria*! – just aufgetragen hatte, und warf sie sich aus leichter Höhe in den Mund, was ich leichtsinnig fand. Das konnte in der falschen Röhre enden.

Nach ihm ergriff die ätherische Rotblonde rechts von ihm das Wort. Sie – Genoveva war ihr Name – konnte also sprechen. Tatsächlich gelang es ihr, die Highlights ihres Tuns – Reportagen und Interviews über und mit Größen aus Showbusiness und Politik – so zu komprimieren, dass sie in des Meisters Zeitvorgabe passten und trotzdem nichts von ihrer gesellschaftlichen Relevanz einbüßten.

Mit stiller Genugtuung quittierte ich Anton Friedreichs Gähnen hinter vorgehaltener Hand. Genovevas Leistungsausweis schien ihn kaltzulassen.

»Na gut, wenn niemand sonst möchte, mach ich mal weiter«, sagte Brunhild in einen klitzekleinen Moment des kollektiven Schweigens hinein. Sie habe bereits einen Roman im Self Publishing herausgebracht, der weitreichend Anklang gefunden hatte, berichtete sie. Gerade wollte sie diese bemerkenswerte Tatsache vertiefen, als Friedreich mehrmals in die Hände klatschte. »Genug, genug«, rief er.

Und so ging es reihum weiter. Mit Robert, dem Pianisten, Olivia, der Filmemacherin und Boris-Noris, der in Wirklichkeit Loris hieß, was mit seinem italienischen Großvater zu tun hatte. Letzterer wollte sich von Friedreich in der Kunst des erotischen Schreibens instruieren lassen. »Deftig, aber stilvoll«, präzisierte er sein Anliegen.

Der Literat nickte dazu, seine hohe Stirn in grüblerische Falten gelegt, und schob sich eine weitere Olive in den Mund. Diesmal eine grüne. »Eine Herausforderung«, sagte er kauend. »Wahrlich eine Herausforderung.«

Fabrizia aus München, die gebürtige Italienerin war, hatte nicht nur viel freie Zeit, sondern auch viel Geld und eine Schwäche fürs Lyrische. Zur Demonstration hatte sie uns auch eines ihrer Werke mitgebracht, das sie uns zugleich vorlesen wollte.

»Gemach, gemach«, rief Friedreich, der eine Vorliebe für Wortverdoppelungen zu haben schien. »Nicht hier und nicht jetzt!« Wo und wann sagte er nicht. Stattdessen erteilte er der streng dreinblickenden Babette das Wort, die *außerordentlich* erfolgreich in der Werbebranche tätig war und jetzt gerne mal etwas mit mehr Tiefe und *Nachhall* schaffen wollte.

Hatte ich nicht Ähnliches vor gar nicht so langer Zeit schon gehört? Ich dachte an die Tage in der Provence, die weiter zurückzuliegen schienen, als dies tatsächlich der Fall war, und an den Bühnencharakter, der solchen Vorstellungsrunden innewohnte. Für wenige Minuten durfte man seine Schokoladenseite – oder was immer man dafür hielt – ins imaginäre Scheinwerferlicht rücken.

In Anbetracht der bewundernswerten Leistungen meiner schreiberprobten Mit-Kursteilnehmer erwog ich, meinen Beiträgen im *Fido* mehr Gewicht zu verleihen oder einfach darüber zu schweigen, dass es sich dabei um eine Zeitschrift für Hundebesitzer handelte. Ich konnte aber auch die prämierte Frühlingsgeschichte im *Emmentaler Landboten* (der erste Preis bestand in einer Übernachtung mit Bauern-Frühstück im Gasthof gleich neben der Redaktion) zu etwas Klang- und Inhaltsvollerem aufpumpen. Wer würde das schon überprüfen können?

»Und Sie, Helena?« Anton Friedreich sah mich erwartungsvoll an. *Helena*. Das klang sehr schön.

»Ich habe beruflich bisher nur begrenzt mit dem kreativen Schreiben zu tun und muss auch noch sehr viel dazulernen.

Aber ich möchte dem in Zukunft mehr Stellenwert beimessen«, übte ich mich dann doch in schlichter Zurückhaltung. Dabei überraschte mich die Entschlossenheit, die ich so unvermittelt bei meinen Worten empfand.

»Wunderbar. Welch erfrischende Bescheidenheit, meine liebe Helena! Und noch dazu ein fast unbeschriebenes Blatt«, rief Anton. Es klang, als hätte ich ihm keine größere Freude bereiten können. »Da muss ich wenigstens keinen verkorksten Vorstellungen zu Leibe rücken. Was so mancher Schreiberling für literarisch wertvoll hält, ist meist nichts dergleichen.«

Schweigend drehten die Postulanten ihre Wein- und Wassergläser in den Händen. Niemand wollte sich angesprochen fühlen.

Friedrich nahm kurzfristig eine rotfellige Katze ins Visier, die in der nahen Wiese zwecks Beutefang auf der Lauer gelegen hatte und sich uns nun mit etwas Zappelndem in den Fängen näherte.

»Nichts ist schlimmer, liebe Helena«, er sprach eindringlich, »als eine Ansammlung von Möchtegernliteraten.« Sein Blick hatte zu uns, zu mir im Besonderen, zurückgefunden, so als müsse er sichergehen, dass wir uns auch wirklich darüber im Klaren waren, welche Bürde solche Menschen für die sensible Seele eines wahren Literaten wie ihn darstellten.

Ich nickte verständnisvoll.

Nun war es ja nicht so, dass ich mich als *unbeschriebenes Blatt* bezeichnet hätte, und wusste auch nicht recht, wieso er mich für ein solches hielt, aber so unerwartet die Gunst unseres Gastgebers allein deshalb geschenkt zu bekommen, dass ich etwas *nicht* war, erfüllte mich mit Freude.

Es war der Moment, in dem sich in mir ein kleiner Kanarienvogel zu regen begann. Einer, der sich schon lange nicht mehr bemerkbar gemacht hatte, auch wenn er – das wusste ich – in meiner Brust wohnte. Er flatterte, hüpfte und verlangte, freigelassen zu werden.

Konnte es sein, dass ich mich just in diesem Augenblick, unter dem Weinlaub der Pergola, im rötlich-gelben Licht der tiefstehenden Sonne und zwischen den sanften Hügeln des florentinischen Umlands, ein bisschen in diesen eitlen Schöngeist verliebt hatte? So als hätte es das provenzalische Adrienne-Maurice-Lehrstück nie gegeben?

O Helene!

57

Endlich, endlich hatte sie wieder Zeit für ihn. Wie ein Verdurstender in Erwartung eines kühlen Trunkes erklomm er die letzten Stufen zu Nathalies Wohnung. Die Tür war noch verschlossen, so dass er ein weiteres Mal klingeln musste. Hatte sie ihn bislang nicht immer an der geöffneten Tür empfangen?

Lego hatte sich brav neben ihn gesetzt und harrte wie sein Herrchen der Dinge, die da kamen.

»Guter Lego.« Josef tätschelte ihm den Kopf.

»Ach, der Süße«, flötete Nathalie, die in diesem Moment die Tür öffnete und sich zugleich zu Lego niederkniete. »So ein liebes Kerlchen aber auch!« Sie legte den Arm um Legos Hals und zog ihn an sich, was, so fand Josef, eigentlich ihm zustand.

»Kommt doch rein, ihr beiden.« War es Absicht oder eine verzeihliche Zerstreutheit, dass sich Nathalie umdrehte und in den Wohnraum vorausging, ohne ihm auch nur eine einzige Liebkosung zukommen zu lassen?

»Ich hol eine Schale Wasser für dich«, sagte die nur mit einem kurzen Jumpsuit Bekleidete zum schwanzwedelnden Lego und verschwand in die Küche.

»Braucht er nicht. Der hat zu Hause getrunken. Für mich aber gerne ein kleines Bier.« Nun war aber mal gut mit dem Getue. Er hätte Lego überhaupt nicht mitbringen sollen.

Nathalie kam mit einer Schüssel voll Wasser zurück. Ohne Bier.

Lego trank gierig schlabbernd, als habe er einen Marathon hinter sich, und strafte sein Herrchen der Lüge. Fast unterstellte ihm Josef üble Absicht.

»Und ich?«, schnurrte er und breitete die Arme verlangend nach Nathalie aus. »Kriege ich nichts?«

Nun, da er schon gar nicht mehr das Bier meinte, riss sie ihre Augen zu Untertellergröße auf, schlug sich mit der flachen Hand gegen die Stirn und machte sich erneut davon. »Sorry«, rief sie. »Wo habe ich nur meine Gedanken?«

Warum nur hatte Josef das Gefühl, gerade versehentlich in die Generalprobe einer Laientheatertruppe geraten zu sein? Mit Nathalie, der verführerisch schönen, aber leider hoffnungslos Unbegabten in der Hauptrolle.

Seit der Nacht, die Josef in Tobis Auto verbracht hatte, hatten sie sich noch nicht wiedergesehen. *Richtig* gesehen. Sogar auf der Abteilung im Spital hetzte Nathalie an ihm vorbei wie Florence Nightingale bei ihren aufreibendsten Einsätzen.

Auf sein Nachfragen, wo sie denn an jenem Abend gewesen war, hatte er eine ungewohnt schnoddrige Antwort bekommen. *Reicht es, wenn ich dir sage, dass ich mich mit einer Freundin auf ein Glas Wein getroffen habe, oder muss ich detailliert Bericht erstatten?*

Er hatte sich den Einwand verkniffen, dass sie doch eigentlich hatte arbeiten wollen, was immerhin der ursprüngliche Grund dafür gewesen war, weshalb sie ihn an jenem Abend nicht hatte bei sich haben wollen.

»Hell oder dunkel?«, rief sie ihm zu.

»Egal.« Aber so was von egal, schob er noch hinterher, für niemanden hörbar außer ihm selbst. Es war an der Zeit, den Gang in Richtung Schlafzimmer in die Wege zu leiten. Auch dort konnte es seinetwegen hell oder dunkel sein.

Hinter ihm lagen Entbehrung und die Pein quälender Zweifel. Er wollte Nathalie. Jetzt!

»Hast du den Lego nun für immer?« Nathalie balancierte zwei Gläser Guinness und ein Schälchen mit Salzbrezeln – *Salzbrezeln?* – zum Tisch neben dem Sofa.

»Nein, nur diese Woche. Komm, setz dich zu mir, meine Schöne!« Josef klopfte ungeduldig mit der Handfläche auf den Sofaplatz neben sich.

Seine Aufforderung ignorierend, ließ sich Nathalie ihm gegenüber auf dem Sessel nieder, schlug ihre mittlerweile in feinem Goldton gebräunten Beine übereinander und legte ihre Hände in den Schoß. Bereit für eine nette Plauderei. Ganz so, als käme er vornehmlich zu diesem Zweck und zum Salzbrezelknabbern zu ihr.

»Ich hätte auch gerne einen Hund.« Mit geneigtem Kopf schaute sie zu Lego, der sich bereits genüsslich vor dem Sofa ausgestreckt hatte. »Komm mal zu mir«, trillerte sie, den Arm zu ihm hingestreckt. »Komm zu Nathalie!«

Josef wäre ihrem Locken liebend gerne nachgekommen. Lego hingegen war auf anderer Mission. Aus nur ihm selbst bekannten Gründen war er nämlich von der entspannten Seiten- zur

Bauchlage geschnellt und hatte sich bereits zur Hälfte unters Sofa gezwängt. Lediglich sein verlängerter Rücken und sein sacht zuckender Schwanz waren noch zu sehen.

Lego im Jagdfieber. Das kannte Josef. Da war erst mal nichts mehr zu machen.

Gleich darauf robbte sich der Schnüffler im Rückwärtsgang wieder hervor. Zwischen den Zähnen das Objekt seines Interesses: ein Stück dunkelblauer Stoff.

Nein, nicht irgendein Stoff. Ein Slip, den er seinem Herrchen freudig kredenzte. Mit dem Habitus eines Hundes, der begeistert apportierte und dafür auch gerne mal ein lobendes Wort einheimste.

Josef nahm Lego seine Beute ab. Nach Lob war ihm nicht zumute, denn der Slip war ein Herrenmodell.

»Zum Wohl«, sagte Nathalie und hielt ihrem versteinerten Gegenüber das erhobene Glas entgegen. Ihr Lächeln hing dabei ein wenig schief in den Angeln.

Zum Wohl war gar nichts. Aber aus purer Gewohnheit oder weil man das eben so tat, griff auch Josef mit der freien Hand nach seinem Glas, stellte es aber gleich wieder ab.

»Das ist nicht meiner.« Er hielt Nathalie den blauen Slip entgegen, auf dessen Elastikbund sich der geschäftstüchtige Modedesigner zwecks besserer Einprägung gleich mit Vor- und Nachnamen verewigt hatte.

Josef hatte in den vergangenen Monaten verschiedentlich mit gezielten Käufen für eine Auffrischung seiner Garderobe gesorgt und dabei der Unterwäsche besondere Aufmerksamkeit gezollt. Vor allem sein Bestand an weißen Slips und gestreiften Boxershorts – Anschaffungen, die ausnahmslos Helene getätigt hatte – konnte Josefs Vorstellungen vom Erscheinungsbild eines potenten Liebhabers nicht gerecht werden. Tatsache war, er besaß mittlerweile allerlei durchaus modische, die Männlichkeit gekonnt unterstreichende Slips, aber keinen solchen.

Wer auch immer der rechtmäßige Eigner war, es drängte sich die Frage auf, welches Treiben zu dem doch eher ungewöhnlichen Verbleib des Kleidungsstücks geführt hatte. Mehr noch, wie denn der Besitzer schlussendlich von dannen gezogen war. Unbeslipt?

Oder noch schlimmer – Josef wurde im kurzen Wechsel heiß und kalt – hatte der Slip-Eigentümer hier ein Depot? Eine Schublade, in der ihm ein Plätzchen für Reservewäsche freigemacht worden war, weil er so häufig ein- und ausging?

»Der gehört mir nicht«, bekräftigte Josef, was er bereits gesagt hatte. Das war völlig unnötig, denn wenn jemand das wissen musste, dann Nathalie.

»Das stimmt«, sagte die Frau, die einmal seine Antilope gewesen und nun zu einer Schakalin geworden war, und trank einen weiteren Schluck Guinness aus ihrem Glas.

Aus unerklärlichen Gründen griff Josef auch nach dem seinen und leerte es in einem Zug. Es schüttelte ihn. Er hasste Guinness.

Und dann sagte er etwas, was ihn selbst nicht weniger verblüffte als das Schakalweibchen ihm gegenüber auf dem Sessel: »Lass uns ins Schlafzimmer gehen.«

Das war weder eine naheliegende noch in irgendeiner Weise nachvollziehbare Fortsetzung ihres doch sehr wunderlichen Wortwechsels. Hatte er etwa die Reflexe eines Lego, der die Duftsignale eines Artgenossen mit einem eigenen Sprutz ergänzen oder gar übertünchen musste, um sein Territorium zu markieren?

»Nein«, sagte Nathalie nur. Wie der Klang ihres chinesischen Wind-Gongs auf der Terrasse hallten diese ablehnenden vier Buchstaben im Raum nach: *N-e-i-n*.

Sie wollte seine Duftmarke nicht.

Und doch hätte Josef vor dem Hintergrund der durchaus erklärungsbedürftigen Situation etwas mehr Beredsamkeit von Nathalie erwartet.

Lego stand an der Wohnungstür und wimmerte leise. Sensibler Hund, der er war, hatte er in den letzten Monaten einiges auszuhalten gehabt. Die schlechten Schwingungen wollten kein Ende nehmen.

»Wer ist es?«, fragte Josef, dem sein eigenes Seelenheil gerade wichtiger war als das seines Hundes.

»Bitte, Josef«, sagte Nathalie, was eindeutig nicht als Antwort auf seine Frage durchgehen konnte.

Nun gab es kein Beschönigen mehr. José war tot. Noch schlimmer stand es um *Mi-querido-José*. Der war bereits zu Grabe getragen worden, als er sich noch der einen oder anderen süßen Illusion hingegeben hatte. Und selbst dem *Bitte-Josef* war keine klärende Information vergönnt.

Er lehnte seinen Kopf zurück und schloss für einen Moment die Augen, musste sie aber gleich wieder öffnen, als eine Heerschar kleiner roter Teufel auf seiner inneren Filmleinwand böse kichernd zu tanzen begann.

Josef sprang auf und verpasste dem Corpus Delicti, das er auf den Parkettboden hatte fallen lassen, einen technisch so ausgefeilten Tritt, dass das blaue Stoffteil nicht nur in die Luft flog, sondern alsdann auf dem Kopf einer Bronzefigur im Giacometti-Stil landete.

Dort blieb es hängen.

»Ich bring den Kerl um«, sagte Josef auf dem Weg zur Wohnungstür. Für eine Sekunde staunte er selbst über die jämmerliche Abgedroschenheit dieser Drohung, die doch schon so manch Gehörnter dieser Welt ausgesprochen hatte.

In seinem Fall würde ein solches Vorhaben zu allem Überfluss an seinem Unwissen scheitern. Wen sollte er umbringen?

»Josef ...«, war das kläglich wenige, was Nathalie dazu zu sagen hatte, aber da war er schon ein Stockwerk tiefer und der geflüchtete Lego bereits winselnd im Erdgeschoss vor der Haustür.

58

VON DRAUSSEN war nichts mehr zu hören. Auch im Haus hatten sich alle in ihre Klausen zurückgezogen.

Ein frisches Lüftchen wehte durch das belaubte Fenster zu meiner toskanischen Schlafstätte, auf der ich mich mal nach links, mal nach rechts wälzte, beseelt und getrieben von den Gedanken an Anton Friedreich. Beim Gute-Nacht-Gruß nach dem gemeinsamen Abendessen – *Pasta alla Norma*, die ich kaum angerührt hatte, obwohl Auberginen mein Lieblingsgemüse waren – hatte er mir ein Lächeln geschenkt. Nein, nicht irgendein Lächeln! Obwohl ich mir sicher war, die alleinige Adressatin des feinen sinnlichen Zuckens seiner Mundwinkel gewesen zu sein, kannte ich Friedreich natürlich nicht gut genug, um Bedeutung und Tragweite dieser subtilen Gefühlsbekundung entschlüsseln zu können.

Anton Friedreich war ein renommierter Schriftsteller, zudem ein sattsam bekannter *Homme à Femmes*. War es also nicht vermessen anzunehmen, er könne keine fettere Beute machen als eine hinreichend attraktive Brünette in ihren späten Vierzigern?

Und überhaupt, hatte ich mir nicht gerade noch geschworen, mich auf keinerlei Tändelei einzulassen?

Schluss jetzt, Helene, rief ich mich zur Räson und zog mir die Bettdecke bis zur Nasenspitze. Aber Entspannung oder gar Schläfrigkeit wollten sich nicht einstellen.

Das letzte Mal hatten mich solche Überlegungen vor fast achtundzwanzig Jahren um den Schlaf gebracht. War ich das Opfer einer zeitverzögerten spätpubertären Verwirrung? Damals war es Josef, der mich in Aufruhr versetzt hatte. Der Josef, in den ich mich Hals über Kopf verliebt hatte. Hatte seine Untreue meinem Gefühlshaushalt größeren Schaden zugefügt, als ich mir eingestehen wollte?

Aber warum quälte ich mich eigentlich mit solchen Fragen? Ich hatte das gute Recht, mich meinen Regungen hinzugeben. Auch ohne nagende Zweifel und Ursachenanalyse.

Mit Schwung entledigte ich mich der Bettdecke, hob zuerst mein rechtes, dann mein linkes Bein im rechten Winkel in die Höhe und begutachtete die entblößten Körperteile. Schlank und wohlgeformt waren sie und konnten gut und gerne die Beine einer Dreißigjährigen sein. Bei aller Bescheidenheit, meine Feststellungen machten mir Mut.

Mit meinem Bemühen, zur Ruhe zu kommen, war es nun endgültig dahin. Ich schwang mich auf, ging zum Spiegel über dem Waschbecken und fuhr dort mit der Inspektion fort: hellbraune Locken bis zum Kinn, schmales Gesicht, eine für mein Alter erstaunlich glatte Haut, grünbraune Augen mit goldenen Sprenkeln und ein Mund – mein Trumpf –, den Josef früher mal *sinnlich* genannt hatte. Das war lange her.

Gegen die zwei Linien, die sich klammheimlich rechts und links von meinen Mundwinkeln einzugraben begannen, musste ich allerdings etwas unternehmen. Ich probierte Varianten des Mienenspiels. Lächeln erwies sich als zuträglich.

Hey, Helene, sagte eine weise Helene im Spiegel, nachdem das Probelächeln verebbt war. Wie war das doch gleich mit diesem elenden Jugenddiktat?

Gerade noch rechtzeitig erinnerte ich mich daran, dass ich mich für einen Anton Friedreich, selbst einiges über fünfzig, nicht zur Dreißigjährigen machen musste. Nicht für den und nicht für den fremdgehenden Josef. Für niemanden.

Dann hatte sie sich endlich doch noch eingestellt, die ersehnte Gelassenheit, wenn auch nur für kurze Zeit und ein erstes Wegdriften in Schlafes Arme.

Das *Plingpling* meines Handys vom Nachttisch neben mir holte mich zurück in die späte Abendstunde und Friedreichs Landgut.

Es war Adrienne.

Und, den toskanischen Dostojewski schon kennengelernt?, schrieb sie. *Ist er so sexy, wie er auf den Fotos aussieht? Ich weiß, ich weiß, für so was Weltliches hast du dich nicht auf die Reise gemacht ... Hier alles bestens. Sàndor ist in mein Schlafzimmer gezogen. Die Sache mit dem Gästezimmer ist abgehakt. Die Dame schweigt und genießt!*

Ich hoffe, du bereust nicht, ihn mir überlassen zu haben. Demnächst wird er eine Stelle als Concierge in einem Viersternehotel am Thunersee antreten. 20 Minuten mit dem Zug von hier. Er bleibt mir also vorerst erhalten. Vielleicht, vielleicht auch nicht ...

Monde und Jahre vergehen und sind immer vergangen, aber

ein schöner Moment leuchtet das ganze Leben hindurch. Was hältst du davon? Grillparzer. Auf meinem Nachttisch liegt gerade eine Zitatensammlung. Zu mehr Lektüre komme ich nicht.

Lächelnd legte ich mein Handy auf die Bettdecke.

Adrienne und Lyrik. Das war neu. Bisher hatte sie vornehmlich Konfuzius, tantrische Yogis oder Lakota-Indianer zitiert.

Natürlich gab ich ihr recht. Wer, wenn nicht Adrienne, hatte das Leuchten schöner Momente verdient? Und Sàndor hatte ich ihr nicht *überlassen*. Der entschied sich ganz alleine, wo er hinwollte und mit wem.

Ja, auch ich befand mich gerade in einem Zustand, in dem ich mir den Genuss des Moments wünschte.

Mochte Anton Friedreich doch ein *Homme à Femmes* sein. Ich würde den Dingen ihren Lauf lassen.

Wunderbar, tippte ich in mein Handy. *Natürlich hoffe ich, dass sich Sàndor deiner würdig erweist. Sein Interesse an mir war im Übrigen nur flüchtig, also vergiss die Vorgeschichte und genieß das Leuchten des Augenblicks, wie es dieser kluge Grillparzer rät.*

Das Landgut von Anton Friedreich ist wunderschön. Und er selbst? Ein interessanter Mann. Sehr interessant! Ich melde mich morgen.

Gute Nacht

Von der Landstraße war das langsam verebbende Knattern eines Motorrollers zu hören. Irgendwo in der Ferne bellte ein Hund. Ein kühles Lüftchen wehte in mein Zimmer.

Ich wollte noch ein wenig die Nachtluft auf meiner Haut spüren. Das Fenster konnte ich später schließen.

Wie es wohl war, hier zu leben, fragte ich mich, während ich dem Rauschen des Weinlaubs lauschte.

Im luftigen Sommergewand, einen breitkrempigen Strohhut auf dem Kopf und einen Weidenkorb am rechten Arm – den linken hatte ich bei Anton Friedreich eingehängt – sah ich mich durch den Olivenhain streifen. Da und dort pflückten wir Früchte, begutachteten sie, die Köpfe in Vertrautheit dicht beieinander. Zogen Rückschlüsse auf Menge und Qualität der bevorstehenden Ernte. Ach nein – auch das fiel mir noch nebelhaft ein – das ging ja nicht. Oliven wurden im November geerntet.

Flugs verwandelte sich das Sommerkleid in eine abgetragene Lederjacke, von Anton fürsorglich um meine Schultern gehängt. Sie stand mir ausnehmend gut. Dazu trug ich, nicht minder kleidsam, Cordhosen und grüne Gummistiefel.

Und wie wir so zwischen den Bäumen strolchten, nahmen Anton Friedreichs Züge die von Josef an.

Josef-Anton nahm mich bei der Hand, zog mich dicht an sich und flüsterte …

Ein Schlag ließ mich hochschrecken. Der Fensterflügel musste gegen den Rahmen geknallt sein. Mir war kühl.

Was mir Josef-Anton hatte sagen wollen, würde ich nun leider nicht mehr erfahren.

59

»WIE KOMMT die Unterhose da hin? Das muss ja bunt zugegangen sein«, keuchte Josef und legte mit der Geschwindigkeit noch einen Tick zu.

Der Befragte hatte keine Antwort parat und sah auch nicht aus, als würde ihm die Klärung des Sachverhalts auf den Pfoten brennen. Letzteres unterschied ihn deutlich von seinem Herrchen. Den trieb der Gedanke um.

Mit flatternden Ohren galoppierte Lego neben dem joggenden Josef her und erfreute sich an dem ungewohnten Vergnügen, das den auf seiner Beliebtheitsskala bisher bestenfalls viertplatzierten Josef unerwartet auf den ersten Platz befördert hatte. Weder Helene oder Adrienne, auch nicht Tobi legten bei ihren Spaziergängen ein so wunderbares Tempo an den Tag.

Die neuentdeckte Zuneigung beruhte auf Gegenseitigkeit. Auch Josef war froh über die Gesellschaft, selbst wenn auf der Gesprächsebene eine gewisse Einseitigkeit zu beklagen war. In seinem Studio in Schneiders Gespensterhaus fiel ihm die Decke auf den Kopf, und bei der Arbeit fehlte ihm Nathalies Anwesenheit. Nach der unleidigen Unterhosengeschichte waren sie sich nicht mehr begegnet. Nathalie hatte sich krankgemeldet und ihm außer einer Mail nichts mehr zukommen lassen. Die hatte ihn noch zusätzlich gepeinigt.

Josef hatte sie geschrieben. *Es ist besser, wenn wir uns nicht mehr privat sehen. Unsere Beziehung hat keine Zukunft, und ich hätte mich auch niemals darauf einlassen dürfen. Du hast eine wunderbare Frau, der du dich zuwenden solltest, bevor es zu spät ist. Was unsere beruflichen Kontakte betrifft, insbesondere meine Ausbildung, so bin ich sehr verunsichert. Das müssen wir demnächst klären und neu definieren. Bitte akzeptiere meine Entscheidung. Nathalie*

Er hatte daraufhin versucht, sie anzurufen, ihr drei Mitteilungen voller Beschwörungen zugesandt, aber außer einem knappen *Bitte, lass es ruhen!* keine Antwort erhalten.

Ruhen, was für ein Hohn. Seine Nächte waren eine Tortur. Josef hatte sich schlaflos im Bett gewälzt und mit Fragen gequält. Sollte die in Nathalies zarte Haut geritzte Bauchnabel-Sonne tatsächlich nicht mehr für ihn, sondern für einen anderen aufgehen?

Der mysteriöse Slipträger hatte sich bei diesem Gedanken zu gigantischen Dimensionen aufgebläht. Josef erinnerte sich an einen aufblasbaren Geist, den Tobi mal zu irgendeinem Anlass – Halloween? – im Garten installiert hatte. Dort hatte sich die Zwei-Meter-Figur dann in gespenstischer Manier im Wind gebogen und mit den Armen gewedelt, so dass dem damals vielleicht Zehnjährigen des Abends selbst angst und bange wurde.

Der gesichts- und namenlose Unbekannte war für Josef zu so einem fuchtelnden Nachtgespenst geworden. Er fühlte sich seltsam bedroht und verraten, denn nur derjenige, der sich erdreistet hatte, in Nathalies Gemächern so Ungeheuerliches zu tun, konnte der Schuldige an ihrer Abkehr von ihm sein.

Josef blieb stehen. Keuchend beugte er sich nach vorne. Den Kopf nach unten, die Hände auf den Knien, stützte er sich an seinen gestreckten Beinen ab.

War es vielleicht der blonde Pfleger mit den übertrieben breiten Schultern, dieser Jung-Siegfried, den er mehrmals mit Nathalie hatte scherzen sehen?

»Wenn es der ist, dann knöpfe ich ihn mir vor«, teilte Josef seinem Sportsfreund mit, nachdem er sich wieder aufgerichtet und diesen an die Leine genommen hatte.

Seinen drohenden Worten zum Trotz verspürte Josef allerdings einen zusehends nachlassenden Drang, was das *Vorknöpfen* betraf.

Nur noch wenige hundert Meter, und sie würden zurück in der Aberlistraße sein. Es hatte zu nieseln begonnen, und ein Duft von herannahendem Herbst lag in der Luft.

Ein anderer Gedanke, fast noch beunruhigender als das Phantom mit der blauen Unterhose, hatte begonnen, sich bei ihm breitzumachen: Was trieb Helene?

Eine wunderbare Frau ... bevor es zu spät ist, hatte Nathalie geschrieben.

Er war ihm in den vergangenen Monaten zuwider gewesen, wenn Nathalie das Thema Helene angesprochen hatte. Die zwei Welten sollten nicht vermischt werden. Die Helene-Welt und die Nathalie-Welt hatten nichts miteinander zu tun.

Und nun? Hatte er sich getäuscht?

Im Entree seines gespenstisch ruhigen Studios blieb er ein paar Minuten unschlüssig stehen. Die Aussicht auf ein kärgliches Abendmahl bei Brot und Käse an seinem Fensterplatz, den Blick auf den nässlichen Garten gerichtet, deprimierte ihn ungemein.

Er spielte mit dem Gedanken, in den Jägerweg zu fahren und sich in seinem *richtigen* Zuhause – so wollte Josef es nun nennen – einzuquartieren. Er konnte dort Helenes Rückkehr abwarten. Andererseits war es vielleicht ratsam, die Sache überlegt anzugehen und das Ende seiner Bedenkzeit bei ihr anzukündigen.

»Wir fahren zu Adrienne«, teilte er Lego mit.

Die sollte ihm sagen, wo sich Helene aufhielt, wann genau mit ihrer Heimkehr zu rechnen war und, das war der wichtigste Teil, auf welche Gestimmtheit er sich einstellen musste. Mit diesen Informationen konnte er sich dann eine Strategie zurechtlegen, wie er seine Rückkehr in den Jägerweg am besten in die Wege leiten konnte.

Er füllte Legos Napf mit frischem Wasser und mixte sich selbst eine Apfelsaftschorle.

Danach betrat er seine extravagante Dusche, der er heute etwas Wichtiges zu sagen hatte. »Rainshower, unsere gemeinsame Zeit ist vorbei!«

Er stellte das Wasser an, schloss die Augen und überließ sich dem warmen, einhüllenden Nass.

»Du kannst mich mal«, beschimpfte er grob den nach vorne kippenden Handtuchständer – auch ein schmückendes Designerstück, bevor er zum wackligen Hort seiner sich auftürmenden Wäsche geworden war –, als er nach seinem Badetuch angelte.

Die Angewohnheit, mit Gegenständen zu plaudern, so dachte er, als er sich trockenrubbelte, nahm bedenkliche Züge an. Es musste etwas geschehen.

Er war in der Vergangenheit erst zweimal bei Adrienne gewesen. Beide Male lagen schon eine Weile zurück. Adrienne war Helenes Freundin, und er spielte in der Beziehung der beiden keine Rolle, hatte auch nie besonderen Wert darauf gelegt.

Auf eine telefonische Ankündigung seines Kurzbesuchs hatte er aus zwei Gründen verzichtet. Zum einen wollte er Adrienne keine Zeit geben, zuvor mit Helene Kontakt aufzunehmen, zum andern hätte er auch nicht gewusst, wie er seine Beweggründe benennen sollte. Er setzte auf die Kraft der Eingebung und den Überraschungseffekt seines Erscheinens.

Umso unliebsamer die Tatsache, dass er dann selbst zum Überraschten wurde.

Die Haustür des Miethauses in der Haldenstraße hatte offen gestanden, und so war die erste Klingel, die er betätigte, die von Adriennes kombinierter Wohn-Yoga-Stätte im obersten Stock. Es war damit zu rechnen, dass sie gerade mit einer ihrer Abendsitzungen, oder wie auch immer Adrienne das nannte, befasst war. Er tänzelte leicht auf dem Fußabtreter wie ein Athlet vor dem Wettkampf. Einstimmung? Vorahnung?

Es war nämlich nicht Adrienne, die ihm die Tür öffnete, sondern Superman, der bereits im Jägerweg den anmaßenden Portier gespielt hatte.

War der Mann ein Wanderpokal, den sich die Damen nach Bedarf zureichten?

Galliges lief Josef die Kehle hinab.

»Sie wünschen?« Das klang gelangweilt, so als hätte er an diesem Tag bereits einigen Hausierern die Tür geöffnet. Der selbsternannte Butler sprach mit nasalem Ton und einer Miene, die Josef mit grimmigem Zorn überspülte. Zu allem Überfluss konnte der Kerl aufgrund seiner Statur auch noch auf Josef herabsehen, trug aber heute zumindest nicht seinen – halb geöffneten! – Bademantel. Stattdessen einen nachtblauen Anzug mit zu klein geratenem Jackett, wie sie gerade Mode zu sein schienen. Um den Hals hatte er sich einen Chiffonschal im Bohème-Stil drapiert, an dem Josef liebend gerne ein wenig gezerrt hätte.

»Ich möchte mit Adrienne sprechen.« Josef legte die ganze Autorität in seine Worte, die ihm, wie er meinte, aus vielerlei Gründen zukam.

»Adrienne!«, rief der Wanderpokal in Richtung Wohnungsinneres, ohne die Tür auch nur einen Zentimeter weiter zu öffnen. Und dann noch: »Der Ex von Helene steht hier.«

Der Ex? Welch bodenlose Unverschämtheit. Er war Helenes Vergangenheit, Gegenwart – nun ja, zumindest bedingt – und Zukunft. Er war ihr Mann! Zugegebenermaßen konnte Helene das gerade nicht wissen. Und Adrienne, die inzwischen dem Türsteher über die Schulter lugte, natürlich auch nicht.

»Du?«, fragte diese. Ihr Blick war kühl. Eisig sogar.

Nun war es zwar nicht so, dass Josef mit dem spontanen Ausrollen eines roten Teppichs gerechnet hatte, aber etwas mehr Freundlichkeit hatte er sich schon erhofft.

»Adrienne, können wir einen Moment unter vier Augen miteinander sprechen?«

Statt Josef eine Antwort zu geben, küsste sie den Beau auf den Mund. »Au revoir, chéri.«

Der drehte sich zu ihr um, nahm sie in den Arm und erwiderte den Kuss mit solch genüsslicher Ausdauer, als wären sie allein auf weiter Flur.

»Au revoir«, sagte *Chéri* schließlich mit samtener Stimme, die nicht Josef galt, obwohl er diesen dabei mit einem kurzen Blick streifte, schob sich an ihm vorbei und sprang mit elastischem Schritt die Treppe hinunter. Mit der rechten Hand den flatternden Schal bändigend, mit der linken nonchalant winkend, wie jemand, der davon ausging, auch ohne sich vergewissern zu müssen, dass man ihm hinterherschaute.

»Sàndor muss zur Arbeit«, sagte Adrienne zu Josef, während sie dem Davoneilenden noch eine Kusshand zuwarf, die er nicht mehr sehen konnte.

Was für eine Posse. Josefs Verdruss hatte sich multipliziert. Es war ihm egal, wohin dieser Sàndor *musste*. Wenn es nach ihm ginge, konnte er in die Tiefen der Hölle fahren. »Escortservice?« Er bereute die entwichene Dreistigkeit bereits bei der vorletzten Silbe. Er war gekommen, um Adrienne ein paar Informationen zu entlocken. Um zu erfahren, wie Helene zu ihm stand. Wie dumm, dieses Vorhaben bereits im Keim mit Provokationen zu ersticken. Dass er sich wider besseres Wissen zu solchen hinreißen ließ, machte deutlich, in welch labiler seelischer Verfassung er sich befand.

Erstaunlicherweise ließ sich Adrienne nicht provozieren. Zumindest nicht augenscheinlich. Sie musterte ihn von oben bis unten. Das Gleiche nochmals in Gegenrichtung.

»Nur weil du das Klischee des krisengeschüttelten alternden Mannes vollumfänglich bestätigst, heißt das nicht, dass sich die Menschen um dich rum ähnliche Entgleisungen leisten.« In Celsiusgraden hätte ihr Ton bei minus zehn gelegen.

Eins zu null für Adrienne. Josef war Manns genug, seine Entgleisung einzusehen. »Entschuldigung«, sagte er. Zähneknirschend zwar, aber mit der Haltung dessen, der wusste, dass er allemal nicht mit Nachsicht rechnen konnte.

»Gut, ich nehme das mal so entgegen. Auch, weil du mir fast ein bisschen leidtust, so wie du aussiehst.«

Die Bemerkung gefiel Josef nicht, aber er schwieg.

»Willst du sonst noch etwas loswerden?«, fragte Adrienne. »Wenn nein, dann machen wir es kurz.« Sie schob die ohnehin nicht weit geöffnete Tür weiter zu. Josef blieben gerade mal fünfzehn Zentimeter für sein Anliegen.

»Bitte, kann ich reinkommen?« Erstaunt vernahm er das Falsett seiner eigenen Stimme. War er so schnell zu einem jämmerlichen Bittsteller geworden?

Immerhin ließ Adrienne ihn eintreten. »Schieß los! Was willst du?«

»Könnten wir nicht ...?« Josef wies auf die Polstergruppe mit den bunten Kissen, die den ausgelegten Büchern und Prospekten nach zu urteilen auch als Empfangsbereich genutzt wurde. Er hätte sich gerne einen Moment hingesetzt.

Adrienne schüttelte den Kopf. »Ich habe gleich Unterricht. Fass dich bitte kurz!«

Wie tief war er gesunken? Josef konnte sich nicht erinnern,

von irgendjemandem zum Kurzfassen aufgefordert worden zu sein. Aber auch das nahm er hin, denn immer dringlicher wurde sein Bedürfnis nach Klärung und übertraf sogar seinen Ärger. Den auf Adrienne und deren *Chéri* – der sich aber wenigstens nicht mehr bei Helene rumtrieb –, den auf Helene, die nicht verreist sein sollte, wenn er mit ihr sprechen wollte, und natürlich den auf die treulose Nathalie. Über die Reihenfolge und Abstufung war er sich momentan nicht ganz im Klaren.

»Ich würde gerne Helene an ihrem Ferienort besuchen. Meinst du, das wäre in Ordnung?« Nicht zum ersten Mal in der letzten Zeit stand er wie ein aus einem Ei geschlüpfter zweiter Josef kopfschüttelnd neben sich. Wie kam er nun plötzlich auf *die* Idee? *An ihrem Ferienort besuchen?*

»Ob das *in Ordnung* wäre?« Adrienne dehnte die zwei Wörter und verzog das Gesicht, als bisse sie auf etwas Ungenießbares. Mit enervierender Langsamkeit schüttelte sie den Kopf.

Josef wusste, dass das alles etwas seltsam anmuten musste. Aber nun fuhr er schon mal auf der Schiene und fand, er könne die Fahrt auch fortsetzen. »Was meinst du?«, beharrte er.

»Hör zu, Josef.« Adrienne betrachtete ihn mit schräg gestelltem Kopf, die Arme vor der Brust verschränkt. »Helene ist in der Toskana, irgendwo südlich von Florenz, in der Chianti-Region. Es geht ihr sehr gut, und ich möchte nicht, dass du ihr die Zeit dort vermiest. Ich habe den Eindruck, dass …«, sie hielt inne, »sie gerade einen weiteren wichtigen Schritt des Abnabelns vollzieht.«

»Abnabeln? Von was?« Die blanke Panik trieb ihn an. Natürlich ahnte er das *Wovon*.

»Von dir.«

»Sag mir, wo sie ist!«

60

»G‍ANZ EGAL, was für eine Geschichte ihr schreiben möchtet, versucht, euch darüber klarzuwerden, welche erotische Komponente sich darin verbirgt. Nein, bitte ...« Er erhob abwehrend die Hände, als hätten wir protestiert, auch wenn wir nichts dergleichen getan hatten. Mit purer Andacht hingen wir allesamt an seinen Lippen.

»Sagt jetzt nicht, in eurer Geschichte gäbe es den Eros nicht. Jede Geschichte hat eine solche Komponente. Erweckt sie zum Leben. Gebt ihr Luft zum Atmen.« Mit messianisch ausgebreiteten Armen und aufrechtem Oberkörper demonstrierte Anton Friedreich den atmenden Eros. Tief atmete er ein, dann aus. Ein und aus. Danach sah er uns eindringlich in die Augen, einer nach der anderen. Bei den Herren verweilte sein Blick nur kurz, bei den Damen länger. Bei mir, ich bildete es mir gewiss nicht ein, am längsten.

Die Nacht hatte mir nicht den erhofften zellerneuernden und schönheitsfördernden Tiefschlaf beschert. Der Mangel musste mit sorgfältigem Restaurationsaufwand bei der Morgentoilette wettgemacht werden. Und so saß ich nun mit frisch gewaschenen Haaren, einer großzügigen Bestäubung mit *Bronze Goddess*, dezentem Lippenglanz und der mit Oliven bedruckten Seidenbluse auf der Terrasse der *Tenuta Sant Antonio*, Friedreichs weitläufigem Landsitz.

Anton, du sollst sehen, wie viel Eros sich bei mir zum Leben erwecken lässt, sprach ich still für mich. Das Wie und Wann würde sich weisen. Jetzt musste ich ihm zeigen, dass ich auch literarisch etwas zu bieten hatte. Ein Mann wie er würde sich nicht allein mit Weiblichkeit betören lassen.

Wir gaben uns der willkommenen Wärme der Morgensonne hin, nachdem wir das italienisch-spärliche Frühstück, Cappuccino und Cornetti, zu uns genommen hatten.

Giovanna würde erst wieder zur Mittagszeit zu kulinarischer Höchstform auflaufen, was mich kaltließ. Ich brauchte keine Nahrung. Nicht diese.

Er rückte näher an mich heran und platzierte seinen Arm auf der Rücklehne der Bank. Dabei streifte seine Hand federgleich meine Schultern. War ich einer Sinnestäuschung aufgesessen, oder hatte er dabei tatsächlich an einer meiner Locken gezupft?

Für einen Betrachter mussten wir aussehen wie ein vertrautes Paar. Hätte ich mich nur einen Zentimeter zurückgelehnt, meine Schultern und mein Nacken hätten seinen Arm berührt. Ein Schauer durchfuhr mich.

»Helene, lass mich sehen, was du geschrieben hast.« Sein Gesicht war so nah an meinem, dass ich seinen Atem an meiner Wange spürte. Ein feiner Duft von … – war es Zedernholz? – umwehte meine Nase. Er zog den Block, auf dem ich geschrieben hatte, zu sich heran. Mein Gekritzel und die vielen durchgestrichenen Satzteile waren mir unangenehm. Hätte ich doch nur auf meinem Laptop geschrieben.

»Schön, deine Handschrift«, sagte Anton, auch wenn ich fand, dass es ihm, wie vor allem auch mir, um den Inhalt gehen sollte und meine Kalligraphie bei bestem Willen keine besondere Erwähnung verdient hatte.

»Lies mir vor«, hauchte er in mein Ohr, was so flauschig sanft klang, als sei seine Zunge von Angorawolle überzogen.

»Ich weiß nicht«, zierte ich mich, was teilweise damit zusammenhing, dass ich nicht wusste, ob mir meine Stimme gehorchen würde. Darüber hinaus befand sich mein Text noch nicht in vorlesbarem Zustand.

Auf Anton Friedrichs Geheiß hatte sich jeder von uns ein Schreibplätzchen gesucht. Nach Lust und Laune. Das Anwesen bot Raum für jedes Bedürfnis.

Ich hatte auf einer Anhöhe, nicht weit vom Haus, eine Bank ausfindig gemacht. Inmitten einer Dreiergruppe von Säulenzypressen schien sie Teil eines Freiluftzimmers zu sein, das nur mir gehörte. Gerne hätte ich einfach so dagesessen, in die Weite geschaut auf die Colline del Chianti und ein bisschen vor mich hin geträumt. Aber wir hatten eine Aufgabe. Bis zum Mittagessen sollten wir ein präsentables Stück Text fertigstellen. Am Nachmittag stand dann nach einer ersten Lesung die Besprechung an. Da wollte ich nicht mit leeren Händen dastehen. Nicht vor den anderen und schon gar nicht vor Anton Friedrich.

Kurzerhand hatte ich mich für eine Geschichte mit einer, wie mir schien, angemessenen Dosis Eros entschieden: Die sich entflammende Liebe einer verheirateten Frau in den besten Jahren zu einem florentinischen Maler. Bei diesem hatte sie ein Bild erstanden, das sie eigentlich ihrem Mann zum zwanzigsten Hochzeitstag hatte überreichen wollen, was sie am Ende auch tat. Dazwischen sollte sich aber einiges an Hocherotischem ereignen.

Das Ganze durfte keinesfalls gefühlsduselig daherkommen oder sich durch vorhersehbare Trivialität auszeichnen. Noch wusste ich nicht, wie mir das gelingen sollte. Vor allem der Ausformulierung des Erotischen fühlte ich mich nicht gewachsen. Aber für den Moment wollte ich meine Bedenken über Bord werfen.

Und tatsächlich, in den vergangenen zwei Stunden hatte ich so fleißig geschrieben, als hinge mein Leben davon ab.

Dass der Maestro mich nun hier aufgesucht hatte, deutete darauf hin, dass ihm mein Verbleib nicht entgangen war. »Helene«, raunte er wieder, diesmal untermalt von einem Lächeln, das mich um ein Haar in warmes, formbares Kerzenwachs verwandelt hätte, wäre da nicht das schwarze Etwas zwischen seinen Schneidezähnen gewesen: ein Stück Olive.

Es wollte nicht recht zum umflorten Blick des Troubadours passen. Kaum merklich rückte ich von ihm ab. Nicht ohne mich fast zeitgleich für so viel Oberflächlichkeit zu schämen. Wie konnte ich mich nur von so einem kleinen Makel stören lassen?

»Gut, dann erzähl mir deine Geschichte in drei Sätzen. Was möchtest du erzählen?« Das klang nun schon wieder recht sachlich. Auch lächelte Friedreich nicht mehr.

Dieser fast schon geschäftsmäßige Ton gefiel mir gar nicht. Augenblicklich rutschte ich wieder einen Zentimeter zu ihm zurück. Wie sensibel er doch war, dieser Anton. Hochsensibel.

»Also. Die Sache ist die ...« Ich bemühte mich, mein komplexes Schreibprojekt in den geforderten drei Sätzen unterzubringen. Während ich schon mindestens bei Satz zehn angekommen war – leichtfertig hatte ich mehrere Sätze vergeudet –, spürte ich zartes Streicheln.

Mit dem Zeigefinger seiner rechten Hand strich Anton – den linken Arm hatte er noch immer auf der Rückenlehne der Bank deponiert, dicht an meinem Nacken und meinen Schultern – über die elektrisiert aufgerichteten Härchen meines rechten Unterarms. Das tat er so beiläufig, als gehörte es zu den Basisaufgaben eines Beraters in literarischen Fragen.

Meine Stimme versagte genau in dem Moment, als ich von der in erotischen Dingen wenig verwöhnten Protagonistin Maja berichtete, die der überflutenden Sinnenhaftigkeit des Malers nichts entgegenzusetzen hatte. Dass sie unbedingt an ihrem Vorsatz festzuhalten gedachte, ihre Ehe nicht zu gefährden, und sich deshalb lediglich im Platonischen ergehen wollte, konnte ich bereits nicht mehr in Worte fassen. Anton hatte sich zu mir gebeugt und seine Lippen auf meine gelegt. Erst nur leicht, dann mit mehr Dringlichkeit. Ein wohliger Schwindel überkam mich.

Das Olivenstück zwischen seinen Zähnen hatte sich in der ihr gebührenden Bedeutungslosigkeit verloren.

Hier ging es um Substanzielles.

61

NOCH DREI STUNDEN, dann würde er dort sein. Spät in der Nacht.

Die bisher gefahrenen Kilometer hatte Josef in Denk-Päckchen, nach Themen geordnet, zurückgelegt.

Das war kein bewusstes Arrangement. Es hatte sich einfach so ergeben. Genau wie seine überstürzte Abreise.

Das erste Päckchen war das Gespräch mit Adrienne, das ihn auf der Strecke von Bern bis Luzern nicht losgelassen hatte. Ihre Worte hatten bewirkt, dass er in rekordverdächtiger Geschwindigkeit seine Reisetasche gepackt, das Spital über seine bevorstehende Abwesenheit informiert, Lego zum protestierenden Tobi verfrachtet und sich selbst nicht viel später ins Auto geschwungen hatte.

Du magst dafür kein Auge mehr gehabt haben, hatte Adrienne zu ihm gesagt, *aber Helene ist eine attraktive Frau in den besten Jahren. In jeder Hinsicht erfahren und körperlich eine reife, saftige Frucht. Das haben andere Männer durchaus bemerkt. Dir ist es hingegen durch deine amourösen Verirrungen entgangen. Helene ist dabei, sich neu zu orientieren. Und damit meine ich nicht nur ihre Interessen und Fähigkeiten, sondern auch ihre sentimentalen Regungen.*

Wie sie da in Adriennes Diele gestanden hatten, hätte er sie am liebsten an den Schultern gepackt und geschüttelt. Er wollte sie um Klartext bitten, aus ihr herausquetschen, was genau sie damit meinte. Seinen Ärger über das geheimnisvolle Funkeln in ihren Augen vermochte er zu unterdrücken.

Gedankenpäckchen Nummer zwei hatte ihn von Luzern bis Bellinzona im Griff. Er hatte darüber gerätselt, weshalb ihm Adrienne nach ihrer anfänglich so ablehnenden Haltung doch noch das eine oder andere Detail hatte zukommen lassen. Welche Absicht verfolgte sie? Einige Mutmaßungen hatte er durchleuchtet, als möglicherweise zutreffend erwogen oder wieder verworfen. Fast hatte er mephistophelische List in ihr Vorgehen hineingelesen.

Hatte er, Josef, das wirklich verdient?

Schließlich war es ihm gelungen, sich zu beruhigen, Müdigkeit für seine Hirngespinste verantwortlich zu machen.

Die Ruhe war nicht von Dauer gewesen. Im labyrinthischen Gewirr der Mailänder Tangenten hatte er sich in wilden Gedanken an diesen Anton Friedreich ergangen. Ach was, Gedanken! Es war ein Ringen. Trotz des eiligen Aufbruchs hatte Josef nämlich daheim noch die Zeit gefunden, den Schriftsteller zu googeln, was ihn nur noch mehr in Aufruhr versetzt hatte. Entgegen seiner Hoffnung, das Abbild eines vom Nikotin zerfurchten Intellektuellen – er hatte das Bild eines trendigen französischen Schriftstellers vor Augen – mit schütterem Haar in einer frühen Phase der Vergreisung vorzufinden, blickte ihm das fein ziselierte Antlitz eines selbstüberzeugten, hochmütigen Beaus entgegen, der nicht viel älter war als er selbst.

Die Lobeshymnen zu seinen literarischen Leistungen sprangen Josef aus jedem Link entgegen, den er anklickte. Ein Meister der hochstehenden erotischen Literatur sei er, ein feinsinniger Observator emotionaler Abgründe. Nichts Geringeres als das Leben selbst hatte ihn gelehrt. Ein Leben voller Leidenschaft und Exzesse. *Exzesse?*

Während Josef an seinem Schreibtisch in der Aberlistraße über seinen Laptop gebeugt war, hatte er trotz mäßiger Temperatur die obersten Knöpfe seines Hemds öffnen und sich Brust und Stirn mit einem nassen Lappen kühlen müssen.

War dies der Mann, in dessen Arme sich Helene warf? Adrienne war in dieser Hinsicht aufreizend nebulös geblieben.

Nun lag Mailand hinter ihm, und das von schmachvoller Erinnerung für immer gezeichnete Piacenza rückte näher. Wie hatte er Helene nur so im Stich lassen können?

Er, der Liebesgepeinigte, hatte seinerzeit den Gedanken nicht ertragen, ganze zehn Tage ohne die göttliche Nathalie ausharren zu müssen. Die *Göttliche*, ha!

Mit jedem Kilometer, den er sich im Juni – Zenit seines Taumels – von ihr entfernt hatte, war die Vision einer Abfolge nicht enden wollender Tage ohne sie schmerzhafter geworden. Insofern konnte man sein Verschwinden an der Zahlstation vor drei Monaten durchaus als eine *Folie d'Amour* bezeichnen. So wie geistige Umnachtung in der Rechtsprechung strafmildernd wirkte, hielt er sich dies zugute. Und doch erfüllte es ihn heute mit Scham.

Aus dem sinnverwirrten Josef jener Frühsommertage war

nun ein von Enttäuschung, diffusen Ängsten, bösen Ahnungen und Verunsicherung Gebeutelter geworden.

Er, der unlängst noch Romeo war, apart angesilbert zwar, aber vom Liebesrausch mit ungeahntem Elan versehen, war von seiner Julia vom Balkon geschubst worden. Dem ihm unbekannten Widersacher hatte sie hingegen Tür und Tor geöffnet.

Ach, Josef hätte noch eine Weile so über die ihm widerfahrene Schmach sinnieren können.

Sein bitteres Auflachen erschreckte ihn, als wäre es nicht ihm, sondern einem blinden Passagier entschlüpft, der sich irgendwo im Fond des Wagens verborgen hielt. Nein, er durfte sich nicht in den unliebsamen jüngsten Ereignissen suhlen wie ein Eber im Schlamm. Nun galt es, nach vorne zu schauen. Und damit war er erneut bei Helene angelangt. Wieder brach Josef der Schweiß aus.

Leicht hob er sein Gesäß vom Sitz und verschaffte sich Zugang zu seiner rechten Hosentasche, in der er nach einem Papiertaschentuch angelte. Während er die Tropfen von der Stirn tupfte, beschloss Josef, eine Pause einzulegen.

Kurz vor Parma hielt er an einer Raststätte, kippte an der Bar einen doppelten Espresso und erstand eine Flasche Wasser sowie ein Schinkenbrötchen, von dem er nur zwei Bissen nahm.

Zurück am Parkplatz lehnte er sich an den Passat und nuckelte an der Wasserflasche.

Autogrill leuchtete es vom Dach des Gebäudes in die Dunkelheit. Auf der nahen Fahrbahn zischte Auto um Auto vorbei. So etwas wie Nachtruhe kam hier so wenig auf wie in seinem bewegten Inneren.

Es war an der Zeit weiterzufahren, schließlich war er nicht zu seinem Vergnügen unterwegs, sondern als Batman in dringender Mission. Als Superheld – Josef lachte bitter auf –, der zwar nicht über phantastische Kräfte verfügte, aber dafür über Willenskraft und Intelligenz.

Wieso nur, so durchfuhr es Josef nun, hatte er Helene – ihr von allen möglichen Menschen! – seine Leuchtfeuer-Liebe zu Nathalie gestehen müssen? *Liebe!* Wieso hatte er geglaubt, an dieser emotionalen Lunte zündeln zu müssen? Ausgerechnet er, Professor Doktor Josef Abendrot, hatte sich kurzfristig zum Feuerschlucker in lodernden Herzensangelegenheiten aufgespielt. Er, der sich keinen Weg hatte verbauen wollen und den Platz an Helenes Seite im Jägerweg gerne mit einem Reserviert-Kärtchen freigehalten hätte. Für wie lange eigentlich?

In the heat of the moment rockte eine Männerstimme aus dem Autoradio.

Ja, so war es gewesen. In der Hitze des Moments hatte er sich zu so einigem hinreißen lassen.

Liebe, Liebe, Liebe. Mehrmals wiederholte er das Wort laut, bis es im Halbdunkel des Wageninneren fast unheimlich widerhallte und auf seinen Lippen zu brennen begann.

Und so kam es, dass er das nächste und letzte Gedankenpäckchen vollauf Helene widmete.

Helene, die *saftige, reife Frucht*, wie Adrienne sie beschrieben hatte. In den Fängen eines auf Schöngeist frisierten Frauenvertilgers!

Was wollte er seiner Frau mitteilen, wenn er sie sah? Dass sie sich von diesem Windhund nicht einlullen lassen sollte, ja.

Aber welchen Grund sollte er für sein Begehren anführen? Hatte er nicht all seine Glaubwürdigkeit verspielt?

Würde sie sich von ihm etwas sagen lassen? Würde *er* sich an *ihrer* Stelle von sich etwas sagen lassen?

Eine solche Frage hatte er sich noch nie gestellt.

Josef neigte nicht dazu, sein eigenes Handeln allzu kritisch zu hinterfragen. Zum einen, weil er der Meinung war, sein Leben bisher auch ohne Selbstzweifel erfolgreich gemeistert zu haben, zum anderen wollte er keinen Hehl aus seiner Skepsis gegenüber all dem machen, was er hin und wieder gerne *New-Age-Ego-Bespiegelung* nannte.

Er handelte mit einer Portion Ratio und betrachtete das Ergebnis, das er mehrheitlich für gut erachtete. Bisher zumindest. Nun aber lief nichts mehr, wie es sollte. Und sein Verstand, von dem er bislang so viel gehalten hatte, war ihm vermutlich schon vor einigen Monaten abhandengekommen.

Helene würde seine Warnung, was diesen Schriftsteller betraf, mit voller Berechtigung in den Wind schlagen. Kam sie doch von jemandem, der seine Finger selbst nicht von einer gefährlich verführerischen Frucht gelassen hatte: die süß-saure Passionsfrucht Nathalie.

Josefs Lider wurden schwer. Zum ersten Mal seit vielen Stunden verspürte er Erschöpfung. Aber eine weitere Unterbrechung der Fahrt wollte er sich nicht gestatten. Dazu fehlte ihm plötzlich die Zeit, die er sich in den vergangenen Monaten so großzügig für seine eigenen Bedürfnisse zugestanden hatte.

Was wohl Helene gerade trieb?

Frische Luft! Er brauchte frische Luft.

Nicht, dass es sich bei dem, was durch das heruntergelassene Seitenfenster ins Wageninnere drang, um echte Frische handelte. Aber immerhin.

Neben ihm, auf dem Beifahrersitz, nahm Helene Gestalt an. Eine Jeannie, aus der Flasche befreit. Es war nicht die Helene von heute mit den feinen Fältchen an den Augen und den ersten grauen Haaren, denen sie immer öfter entschlossen mit der Pinzette zu Leibe rückte. Es war die junge Helene. Zweiundzwanzig Jahre alt. Ihre erste Italienreise. *Ich bin schwanger*, hatte sie ihm schnörkellos mitgeteilt.

Noch auf derselben Fahrt hatte er sie gefragt, ob sie ihn heiraten wolle. Sie hatte ihn skeptisch von der Seite angeschaut – so wie jetzt die ätherische Flaschengeist-Helene – und gesagt, dass das nicht *zwingend nötig* wäre.

Ich möchte es aber, hatte er geantwortet. Und hinzugefügt, dass er sie liebte.

Das hatte er weder überdenken müssen damals, noch waren ihm in der Folge Zweifel gekommen.

Anche se il tempo passa philosophierte Lucio Dalla und besang seine Liebe, die in ihrer Beständigkeit der zerrinnenden Zeit trotzte. Josef stellte die Lautstärke des Radios knapp vors Maximum und schmalzte zwei Refrains lang hingebungsvoll mit.

Der grelle Schein einer Lichthupe riss ihn aus Gesang und Gedanken. Er wechselte von der linken zur mittleren Spur. »Großkotz«, rief er dem davonpreschenden Maserati hinterher. Und als Zugabe: »Potenzprobleme, oder was?«

Mit einem verlegenen Grinsen schaute er zu seiner Rechten, aber auf dem Beifahrersitz befanden sich nur noch die Papiertüte mit dem Brötchen und die Wasserflasche.

Josef überkam Übelkeit. Vielleicht sollte er doch etwas essen. Er griff nach der Tüte und fummelte das angebissene *Panino* aus seiner Verpackung. Der Teig, der nach aufgeweichtem Pappkarton schmeckte, blieb ihm am Gaumen kleben.

Bologna und der Abzweiger nach Florenz näherten sich. Er

drückte aufs Gas. Immer noch lagen gut 120 Kilometer vor ihm, die Josef seinem weiteren Vorgehen widmen wollte.

Nein, nichts und niemand durfte ihm seine Helene abspenstig machen. Eine solch harte Strafe hatte er nicht verdient.

62

»Komm zu mir heut Nacht«, flüsterte er mir ins Ohr, nachdem er kurz um sich geschaut hatte. Außer einem unermüdlich tirilierenden Vogel mit gelber Halskrause und grüner Brust, der uns schon eine Weile Gesellschaft leistete, gab es keine Lauscher. Anton Friedreich erhob sich von der Bank und schritt von dannen – ja, er schritt –, so als hätte er etwas Beachtliches vollbracht, was in gewisser Weise stimmte, denn ich stand in Flammen. Lichterloh.

Kurze Zeit später kredenzte uns Giovanna Salat und *Strozzapreti* an Artischockensauce. Unter normalen Umständen hätten mir die selbstgemachten *Priesterwürger* vorzüglich geschmeckt, aber meine Kehle war zugeschnürt, auch wenn ich nicht mehr als zwei Gabeln davon aß und weder Priester noch Priesterin war.

Anton schenkte mir während der Mahlzeit keine weitere Aufmerksamkeit. Er war in Hochform, lachte und scherzte wie ein routinierter Entertainer und badete sich dabei in den schäumenden Wogen der Begeisterung seiner Jüngerinnen und Jünger.

Brunhild zu seiner Rechten schien nahe daran, sich ihm auf den Schoß zu setzen, so dicht war sie ihm in ihrer Huldigung auf die Pelle gerückt.

Ich war verletzt. Warum würdigte er mich keines Blickes mehr?

Aber es kam noch schlimmer.

Nach einer kurzen Siesta sollten wir die zwei ersten Seiten unseres Werkes vorlesen. Die Reihenfolge war nach einem Los-System festgelegt worden. Dass ich die Eins aus Antons zerfranstem Panama zog, hielt ich einen Moment lang für ein Zeichen, das symbolisch meine Wichtigkeit in seiner erlesenen Runde ausdrücken sollte.

Dem war nicht so.

Mein literarisches Produkt, das während der Siesta von mir noch in fiebrigem Eifer überarbeitet worden war, quittierte Anton Friedreich mit einem seltsam unbeteiligten Kopfnicken und der an niemand Bestimmten gerichteten Bemerkung, *man* müsse aufpassen, nicht ins Vorhersehbare abzugleiten.

»Eure Texte müssen überraschen, verblüffen, verwirren«, deklamierte er. Dabei tat die Hauskatze Ernestina das, was sich Brunhilde dann doch nicht getraut hatte: Sie sprang Anton auf den Schoß und ließ sich wohlig schnurrend von ihm übers rötliche Fell streichen.

Gut, dann hatte ich ihn eben nicht verblüfft, verwirrt und überrascht. Seinen weiteren Ratschlägen verschloss ich mich in einem pubertären Anfall stiller Renitenz. Dass Brunhild Antons Anmerkungen mit einem Dauernicken untermalte, als wäre ihr Kopf in der Halskrause nur lose eingehängt, befeuerte meinen Trotz zusätzlich. Sie schien sich eigenmächtig zu seiner Assistentin erkoren zu haben. Eine Anmaßung, die ärgerlicherweise weiteren Dünger erhielt. »Brunhild«, sagte Anton, als sie an der Reihe war, »da spür ich was.« Er rieb Daumen, Zeigefinger und Mittelfinger aneinander, als hielte er ein Stück Seide zwischen den Fingern, deren feine Beschaffenheit er ertastete. »Das hat Potenzial. Da musst du dranbleiben.« Brunhild errötete wie eine holde Maid, was ihr nicht stand.

Wenigstens das.

Nein, ich würde nicht zu ihm gehen. Was stellte er sich vor? Friedrichs Kuss und seine nachmittägliche Nichtachtung hatten mich in Konfusion zurückgelassen.

Ich lag auf meinem Bett und starrte auf die blasslila Deckenlampe.

Draußen war es längst dunkel. Vom Abendessen hatte ich mich mit der Begründung abgemeldet, ich wolle schreiben, was ich nicht getan hatte.

Stattdessen hatte ich mir in der Bibliothek nichts Geringeres als eine in Leder gebundene Ausgabe von Tolstois *Krieg und Frieden* aus dem Regal gezogen und zu mir ins Zimmer getragen. Meine Leseversuche waren nicht nur am Gewicht des Werkes gescheitert, sondern auch an den Worten der hochangesehenen Hofdame Pawlowna an den Fürsten Wassili, deren Sinn sich mir nicht erschließen wollte. Nach drei erfolglosen Versuchen, die erste Seite nicht nur zu lesen, sondern auch zu verstehen, hatte ich den Wälzer schließlich zur Seite gelegt und mich meinen widersprüchlichen Gefühlen hingegeben.

Mein Handy war abgestellt. Niemand sollte mich stören. Auch nicht Adrienne, die angefragt hatte, was sich denn Pikant-Erfreuliches zugetragen hatte mit dem Herrn Schriftsteller. Nichts, noch nichts, hatte ich in die Stille meines Zimmers gerufen.

Auch dem mich mit Textmitteilungen löchernden Tobi wollte ich nicht antworten. Josef habe Lego bei ihm abgeladen, obwohl er, Tobi, doch für dessen Betreuung gerade überhaupt keine Zeit erübrigen könne, jammerte er.

Na und? War das mein Problem? Konnte man mich nicht einmal unbehelligt lassen? Hätte er das nicht mit seinem Vater regeln können, dem offenbar selbst diese kleine Aufgabe nicht zuzumuten war?

Ich jedenfalls hatte mit mir selbst gerade genug zu tun. Mit dem Gefühlskarussell in mir, bei dem Unruhe, Verlangen und Scheu wie bunte Holzpferdchen zu schrillen Jahrmarktklängen im Kreis herum rasten.

Ich dachte an mein Abenteuer mit Sàndor vor nur wenig mehr als einem Monat. Da war ich noch Herrin – nun ja, bis zu einem gewissen Grad – meiner Gefühle gewesen. Nicht Getriebene.

Ein kurzes Klopfen an der Tür.

Stille.

Hatte ich mich getäuscht? Nein, ein zweites Klopfen folgte.

»Helene?«, rief jemand leise. So leise, wie man eben rufen konnte, wenn man vor einer verschlossenen Tür stand und sich Gehör verschaffen wollte, ohne gleichzeitig der ganzen Etage Einblick in eine delikate Angelegenheit zu gewähren.

Denn es bestand kein Zweifel daran, dass der klopfende Jemand Anton war, der *mich* aufsuchte, nachdem ich mich nicht bei *ihm* gezeigt hatte.

Immerhin schien ihm klargeworden zu sein, dass ich nicht nach seiner Pfeife tanzte. Gut so.

Ich erhob mich vom Bett, schlüpfte in meine Flip-Flops und ging in Richtung Tür. Immer langsam, Helene, nur keine Eile, sagte ich im Vorbeigehen zu meinem Konterfei im Spiegel über dem Waschbecken. Zum Glück hatte ich meine abendliche

Abschmink- und Pflegeprozedur noch nicht in die Wege geleitet.

»Helene, mach bitte auf.« Das klang schon dringlicher.

»Du? Hier?«, fragte ich Anton in der übertrieben artikulierten Manier einer nur mäßig begabten Provinzschauspielerin.

Anton lehnte im Türrahmen und bedachte mich mit einem Rodolfo-Valentino-Lächeln, das vermutlich Kruppstahl zu biegen vermochte. Er trug eine purpurrote Pluderhose. Dazu ein bauschiges weißes Hemd, das am Ausschnitt mit Volants besetzt war. An den Füßen orientalische Brokat-Pantoffeln. War das seine Feierabendmontur? Für ein paar Sekunden dachte ich an Josefs mausgraue Jogginghosen, in die er im Jägerweg abends gerne stieg und die er bei der schönen Nathalie wohl auch durch feineren Zwirn ersetzte.

Die ungewöhnliche Garderobe stand Anton gut, hatte er doch die schlanke Statur, die eine solche Extravaganz erlaubte. Dass der Putz trotz allem ein wenig *over the top* war, stand auf einem anderen Blatt.

»Darf ich reinkommen?« Er rollte das R wie ein Operettenbaron. War mir das bisher nicht aufgefallen?

Ich trat einen Schritt zurück. Bevor er die Tür hinter sich zuschob, warf er noch einen kurzen Blick in den Gang. Lediglich ein dünner Lichtstreifen, der durch die Türritze von Genovevas Zimmer drang, sorgte für karge Beleuchtung. Ich konnte mir nicht vorstellen, dass sie nichts gehört hatte.

Eh ich mich versah, hatte mein abendlicher Besucher auf dem zartblauen Polster des Zweisitzers aus Korbgeflecht Platz genommen. Er klopfte mit der Handfläche auf den freien Platz neben sich. Eine wortlose Ermunterung, mich zu ihm zu setzen. So wie Tobi es bei seinen eher raren Besuchen im Jägerweg tat, um

Lego zu sich aufs Sofa zu zitieren. Mit dem Unterschied, dass er das Ganze mit einem aufmunternden *Mach hopp!* untermalte. Eine Aufforderung, der Lego gerne und ohne Zögern nachkam.

Ich hingegen zog es vor, mich auf die Bettkante Anton gegenüberzusetzen. Ich wollte nicht *hopp machen*.

Nichtsdestotrotz schmolz meine allemal nur spärliche Resistenz beim Anblick von Anton Friedreich in Rekordgeschwindigkeit.

Eine dünnstimmige und mir gerade etwas lästige Helene fragte mich nicht nur, was zum Teufel ich mir dachte. Sie wollte zudem wissen – nicht ganz unberechtigt –, seit wann ich eigentlich eine Schwäche für angejahrte Aladins in orientalischen Brokatpantoffeln und roten Pluderhosen hatte.

»Nimm mir bitte nicht übel, dass ich deinen Text heute nicht gebührend gelobt habe«, unterbrach Anton die resonanzlosen Appelle meines Alter Ego.

Mein nachmittägliches, zugegebenermaßen etwas unreifes Schmollen war ihm also nicht entgangen.

»Ich denke, dass die anderen Seminarteilnehmer durchaus bemerkt haben, wie stark ich mich zu dir hingezogen fühle, da möchte ich einfach nicht den Eindruck erwecken, dir in *allen* Belangen den Hof zu machen.« Er sah mich eindringlich an. »Verstehst du das, Helene?« Er beugte sich vor und nahm meine Hände in die seinen.

Ich nickte. Was sollte es daran nicht zu verstehen geben? Für einen Mann seines geistigen Kalibers fand ich die Begründung dennoch etwas fadenscheinig.

Gerne hätte ich, neben allem erotischen Knistern, auch erfahren, ob ihm mein Schreibprodukt nun zusagte oder nicht. Das zu wissen stand mir zu. »Aber ...«, setzte ich an.

Anton stand nicht der Sinn nach weiteren Erörterungen. Einem flinken Wiesel gleich hatte er sich vom Zweisitzer zu mir aufs Bett geworfen und uns kraft seines Schwungs beide in die Waagerechte befördert. Ein Akt, dessen Geschmeidigkeit selbst unter Akrobaten anerkennende Worte gefunden hätte.

Lass dich nicht so überrumpeln, flüsterte die vernünftige Helene mit nun versagender Stimme. *Überrumpeln* war schon kaum mehr hörbar. Und tatsächlich, es drang bereits nicht mehr zu meinem lusterfüllten Selbst vor.

Was hingegen zu mir vordrang, war Anton. Und dies auf deutlich spürbare Weise.

Kraft seiner geübten Hände befand ich mich bereits in jenem fortgeschrittenen Schmelzstadium, in dem sich der Verstand verflüssigte.

Erneut klopfte es an der Zimmertür.

Eine diesmal kein bisschen gedämpfte Stimme rief meinen Namen: »Signora Elena, telefono!«

63

IHN FRÖSTELTE. Er hätte daran denken sollen, eine anständige Decke mitzunehmen. Immerhin zeichnete sich eine Häufung seiner in Autos verbrachten Nächte ab.

Josef richtete sich auf, rieb sich den schmerzenden Nacken und schaute um sich.

Mit Hilfe der eingegebenen Koordinaten war er zu später Nachtstunde und bei tiefster Dunkelheit da angekommen, wo dieser Möchtegern-Henry Miller sein Anwesen haben musste.

Die von Zypressen gesäumte Zufahrt, die mit dem Hinweis *Privato* und *Tenuta Sant Antonio* beschildert war, hatte er nicht hochfahren wollen. Bloß kein Aufruhr zu unseliger Stunde! Stattdessen hatte er den Wagen am Straßenrand geparkt. Nur zwei Zentimeter trennten ihn vom Straßengraben, wie er nun sah.

Er verspürte das drängende Verlangen nach einem Kaffee. Auch ein wenig Wasser zum Frischmachen war vonnöten. Schließlich konnte er seine Aufwartung nicht mit dem Erscheinungsbild eines Landstreichers machen.

Auf dem Schotterweg zur *Tenuta Sant Antonio* näherte sich eine schwarze Gestalt auf einem Fahrrad. Schlingernd und staubaufwirbelnd kam sie auf Josef zugefahren und mit einem Rutscher kurz vor der Beifahrertür zum Stillstand. Eine rotwangige Frau schwer bestimmbaren Alters sah ihn durch die Scheibe neugierig an.

»Cosa sta cercando?«, fragte sie und schob dabei ihren Kopf zur Hälfte ins Wageninnere, nachdem Josef das Seitenfenster endlich herabgelassen hatte.

»Das Anwesen von Anton Friedreich«, antwortete Josef knapp. Er hatte eigentlich keine Lust, irgendjemandem Rede und Antwort zu stehen. Andererseits konnten ein paar Hinweise nicht schaden.

»Ah, il signor Roth. Finalmente.« Ein freudiges Lächeln breitete sich auf ihrem runden Gesicht aus. »Ma lo sa che il corso di scrittura è iniziato da tre giorni?« Sie hielt ihm drei Finger entgegen, für den Fall, dass er nicht begriffen hatte, mit seiner Saumseligkeit drei kostbare Kurstage verpasst zu haben.

Josef klärte sie nicht darüber auf, dass er weder der unpünktliche Herr Roth war noch das Gefühl hatte, es gäbe bei Anton Friedreich irgendetwas zu verpassen.

Stattdessen ließ er sich erklären, dass sie selbst Giovanna sei, die Damen und Herren *Schriftsteller* noch nicht gefrühstückt hätten, sie auf dem Weg zum *Panettiere* im nahen Örtchen sei, um *Cornetti* zu holen, und er ruhig schon mal den knappen Kilometer zur Tenuta hochfahren könne.

Josef nickte und sah der kräftig in die Pedale tretenden Giovanna hinterher, die ihren Weg fortsetzte.

Nein. Er würde warten und erst mal auf den Kaffee verzichten. Zum Frischmachen musste der verbliebene Inhalt seiner Wasserflasche herhalten, die sich mit dem Sandwichrest noch immer den Platz auf dem Beifahrersitz teilte.

Sein vermutlich nicht gerade hocherwünschtes Erscheinen sollte nicht übereilt erfolgen. Eine Inspektion der Lage und Örtlichkeit würde ihm nützlich sein.

War das Ganze nichts als ein unausgegorener Einfall, die Ausgeburt einer galligen Eifersuchtsattacke? Josef waren Zweifel gekommen. Und doch trieb es ihn weiter.

Den Passat hatte er hinter einer Scheune geparkt und sich einer mentalen Einstimmung hingegeben, bevor er schließlich doch ausgestiegen war. Gleich darauf war er im Sichtschutz eines dem Anschein nach ungenutzten Gebäudes in Deckung gegangen, bis die keuchende Giovanna endlich ihr mit gefüllten Einkaufstaschen behängtes Fahrrad den ansteigenden Weg zurück an ihm vorbei und zur Tenuta geschoben hatte.

Nun also stand er auf einem gepflasterten Platz vor dem Haupthaus. Dessen verblichenes Gelb und die bröckeligen Gipslöwen an beiden Seiten des Eingangs ließen an die Schönheit besserer Tage denken, die das Anwesen gesehen haben mochte. Links vom Haupthaus befand sich eine Art Wirtschaftsgebäude, rechts davon ein kleineres Wohnhaus in weiß-grauem Naturstein.

Natürlich war es riskant, in der Mitte des Platzes und in voller Sicht für jeden zu stehen, der aus einem der Fenster nach draußen blickte. Aber Josef konnte sich nun mal nicht unsichtbar machen. Außerdem wollte er sich auch nicht den Anstrich eines herumschleichenden Tunichtguts geben.

Sollte ihn jemand ansprechen, dann würde ihm schon etwas einfallen. Er, Josef Abendrot, hatte schließlich nichts zu verbergen. Nun gut, ein klein wenig schon.

Tatsächlich hatte er eine Aufgabe, eine Mission, der er sich nicht zu schämen brauchte: Er wollte seine Frau zurück.

So war es.

Entschlossen erklomm er die zwei Stufen zur Tür des Haupthauses. Schon war er im Begriff, den Messingtürklopfer in Form einer schlanken Frauenhand gegen das verwitterte Holz zu schlagen, als er es sich doch noch mal anders überlegte.

Nein, er wollte nichts überstürzen.

Eine rotpelzige Katze hatte sich ihm genähert, umstrich seine Beine und verschwand dann langsam und mit stelzendem Schritt, den Schwanz steil aufgerichtet, zwischen Haupthaus und Wirtschaftsgebäude, ganz so, als wolle sie ihm diskret einen Tipp geben, wie er sich einen weiteren Einblick in die örtlichen Gegebenheiten verschaffen könne. Josef folgte ihr.

Es erwies sich, dass ihn die Katze auf dem schmalen Pfad tatsächlich zum Ort des Geschehens führte.

Stimmen wurden hörbar.

Auf einer zum umliegenden Gelände weitgehend offenen Terrasse saß und stand ein bunt gemischtes Grüppchen von vielleicht acht oder neun Leuten um einen Tisch herum, in dessen Zentrum eine Platte mit dem von der Haushälterin kurz zuvor erstandenen Gebäck stand. Einige tranken Kaffee und plauderten. Andere beugten sich bereits voller Arbeitseifer über ihre Laptops.

Und da, etwas abseits, eine Kaffeetasse in der Hand, stand Helene.

Zu seiner Verblüffung durchströmte Josef Hitze. Wann war ihm beim Anblick seiner Frau das letzte Mal heiß geworden? Sie trug ihr grün-weißkariertes Sommerkleid, das sie vor vielen Jahren bei einem gemeinsamen Einkaufsbummel auf sein Anraten in Nizza erstanden hatte. Seltsam, dass er sich an dieses Detail erinnerte. Seltsam auch, dass ihm das jetzt durch den Kopf ging.

Sie war Josef seitlich zugewandt, so dass er sie im Profil sah. Allerdings nur einen Moment lang, denn gleich darauf richtete sie ihr Gesicht und Augenmerk auf den Mann, der die Terrasse betrat.

Als wäre die Veranda eine Bühne und er der gleich zur Champagner-Arie ansetzende Don Giovanni, breitete der schlanke und hochgewachsene Mittfünfziger, bei dem es sich um niemand anderen als Anton Friedreich handeln konnte, die Arme aus. Eine Geste, die Josef in ihrer Grandezza genauso missfiel wie die gesamte Erscheinung des Mannes: ein Blender mit gebräuntem Teint, graumeliert fülligem Haar, den weißen Hemdkragen dandyhaft nach oben geschlagen, die Jeans auf Hüfthöhe in Hippiemanier von einem bunten Schal umfasst.

Josef wich in das enge Gässchen zwischen den zwei Gebäuden zurück, gerade so, dass er zwar nicht gesehen werden, jedoch die volle Sicht auf das Szenarium beibehalten konnte. Der Opern-Don Giovanni sprach, für Josef unverständlich, huldvoll in die Runde. Dabei war ihm die Aufmerksamkeit aller gewiss. Gleich darauf ging er auf Helene zu – Josef hielt in seinem Versteck den Atem an –, beschenkte sie mit einem honigtriefenden Lächeln, stellte sich dicht neben sie, Josef den Rücken zugewandt, und beugte den Kopf zu ihr. Ganz offensichtlich hatte er Helene mehr zu sagen als nur einen Guten-Morgen-Gruß, denn Josef hörte ihr gutturales Lachen, mit dem sie nicht jeden beschenkte. Wahrlich nicht jeden und nur zu besonderen Gelegenheiten.

Und dann der Moment, als das Unerhörte geschah: Für niemanden außer Josef sichtbar legte Friedreich seine linke Hand auf Helenes linke Pobacke und begann, diese ganz leicht zu kneten, als wäre Helene ein japanisches Kobe-Rind und er der für die Zartheit des Fleisches zuständige Masseur.

Josef vernahm ein seltsames Brausen und Rauschen in den Ohren, als hätte sich ein Gebirgsbach den Weg in seinen Kopf gebahnt. Nicht nur das. Über dem Gebirgsbach setzte ein Gewitter ein. Blitze zuckten, Donnerschläge krachten.

Wie von fremder Macht gestoßen – oder war es die rotfellige Katze, die sich ihm zwischen die Beine drückte und ihn aus dem Gleichgewicht brachte? –, stürzte Josef von seinem Beobachtungsposten nach vorne auf die Wiese. Von dort stürmte er weiter zur Terrasse, auf die er mit einem Satz der athletischen Spitzenklasse sprang.

64

Wäre er mit grünen hörnergleichen Antennen einem UFO entstiegen, der Schrecken aller Anwesenden wäre nicht geringer ausgefallen. Aber Josef hatte nicht die Muße, sich mit den offenen Mündern seiner Zuschauerschaft zu befassen.

Er nahm diese auch nur ganz am Rande wahr. So wie einem in besonders emotionsgeladenen Momenten unbedeutende, in keiner vernünftigen Relation zum Geschehen stehende Kleinigkeiten auffallen konnten. Beispielsweise ein schief hängendes Bild an der Wand oder der Pickel auf der Nase des Gegenübers.

»Lass sofort die Finger von ihr!«, rief Josef und wunderte sich für den Bruchteil einer Sekunde über sein Stimmvolumen, das selbst einem degenschwingenden Zorro in einer seiner Racheattacken gut angestanden hätte.

Zudem hatte er sich, auch das nicht selbstverständlich, exakt zwischen seine Frau und diesen Fummler katapultiert.

»Josef!« Der gellende Ruf kam von Helene.

»Wie kommen Sie dazu, mich zu duzen?« Dem Schreiberling schien selbst in einem Überraschungsmoment wie diesem der Sinn nach Etikette zu stehen. Obwohl er noch kurz zuvor in wenig vornehmer Manier seine Finger auf Helenes Hinterteil deponiert hatte, wähnte er sich dreist auf dem hohen Ross des Erhabenen.

»Wer sich erlaubt, meine Frau zu betatschen, muss nicht gesiezt werden.« Zwar fand Josef nicht, dass er sich erklären musste, aber die überhebliche Art seines Gegenübers reizte zum Widerspruch. Als Einstieg in ein Gefecht hatte seine Replik allerdings Verbesserungspotenzial. »Machst du das hier mit allen Frauen so oder nur mit meiner?« Er hatte sich nun so dicht vor seinem Widersacher aufgebaut, dass sich ihre Nasen fast berührten.

»Sie sind Herr Abendrot, kann ich da nur konkludieren«, sagte der Arrogantling mit gespitzten Lippen und hochgezogenen Brauen, die an ihn gestellte Frage gänzlich ignorierend. Nachdem er zuvor zur Wahrung der Distanz einen Schritt zurück getan hatte, begutachtete er Josef von Kopf bis Fuß.

Josef war fassungslos. Dieser Kerl gebrauchte doch tatsächlich Wörter wie *konkludieren*. Dem sollte sein geschwollenes Gerede noch vergehen.

»Allerdings staune ich doch, dass Helene einen so ungehobelten Menschen zum Mann hat. Sie passen nicht zu ihr«, schwurbelte Friedreich weiter. Er schüttelte mehrmals den Kopf, als müsse er diese Betrachtung noch auf sich wirken lassen. »Nein, Sie passen partout nicht zu ihr.«

Josef wurde heiß. Zuerst in der Brust, dann in Hals und Kopf, die von der Hitze in ungewöhnlichem Maß anzuschwellen schienen. Zum ersten Mal erfuhr er am eigenen Leib, weshalb man von einem *platzenden Kragen* sprach. Der wäre nämlich, hätte er anstelle seines nicht mehr ganz blütenreinen Sweatshirts ein bis obenhin geschlossenes Hemd getragen, ohne weiteres Zutun aufgesprungen. Mit davonschießendem Knopf!

»Für was hältst du dich eigentlich? Hm, sprich, für was? Ein verquaster Literat, der glaubt, eine Neuausgabe von Casanova zu sein. Dass ich nicht lache.« Er packte Friedreich am Schlafittchen und zerrte ihn zu sich heran, was ihm aufgrund des Überraschungseffekts der Attacke überraschend gut gelang.

»Lass das, Josef. Bist du jetzt völlig übergeschnappt?« Das war Helene hinter ihm mit ungewohnt schriller Stimme.

Fast hatte Josef vergessen, dass die Frau, um deren Rückeroberung und Ehrenrettung es hier ging, dicht hinter ihm stand. Sie hatte nach dem Halsbündchen seines Sweatshirts gegriffen und zog heftig daran.

»Hör auf!«, röchelte er. Das Bündchen schnitt ihm in die Kehle und schnürte ihm die Luft ab.

Aus den Augenwinkeln nahm er wahr – aber auch das nur für einen flüchtigen Augenblick –, dass sich die anderen Schreiberlinge, den Besuchern einer Wrestling-Show gleich, in noch günstigere Positionen gebracht hatten und das Gerangel aus nächster Nähe, und doch mit der gebührenden Sicherheitsdistanz, gebannt verfolgten.

Helene ließ ihn so wenig los, wie er selbst von Friedreich abließ.

»Nimm deine Hände von mir, verdammter Rohling!« Anton Friedreich war nun auch nicht mehr willens, die Angelegenheit mit kultivierter Geringschätzung und geschliffenen Repliken zu regeln. »Das muss ich mir auf meinem Grund und Boden nicht bieten lassen, du Moschusochse.« Seine zuvor noch sonore Stimme hatte sich um eine Oktave erhöht. Er hatte Josefs Hosenbund mit beiden Händen zu fassen gekriegt und hob ihn für einen Moment nach oben, wie man es mit einem Kind manchmal tat, dem man beim Anziehen half. Dabei legte er eine Kraft an den Tag, die Josef ihm nicht zugetraut hätte.

Zumindest hatte Helene nun von ihm abgelassen.

Moschusochse. So hatte ihn noch niemand genannt. Der Mann hatte tatsächlich Phantasie. Wie sah so ein Ochse überhaupt aus?

»Gib's ihm!«, vernahm er hinter sich eine Frauenstimme, die nicht die von Helene war. Zwar war nicht klar, *wer* es *wem* geben sollte, trotzdem reichte der Ruf, Josef erneut anzupeitschen. Ohne sein denkendes Zutun machte sich seine rechte Faust auf den Weg und hieb dahin, wo sich Anton Friedreichs Nase befand. Befunden *hätte*, wäre dieser nicht mit erstaunlichem Reaktionsvermögen zur Seite gesprungen. Josefs Rechte schoss ins Leere. Er taumelte kurz, fing sich auf.

»Flasche«, rief nun eine Männerstimme, »Loser«, eine andere.

Josef trippelte. Trippeln gehörte eigentlich nicht zu seinem gängigen Repertoire, zumindest nicht mit angewinkelten Armen, geballten Fäusten, wiederholten Schwüngen und angedeuteten Boxhieben.

»Lass das sein, du Null!« Friedreich schubste ihn mit flachen Händen und beachtlicher Heftigkeit von sich weg, noch bevor Josef erneut ausholen konnte. Er ruderte mit den Armen, konnte aber den Verlust des Gleichgewichts nicht verhindern und kippte nach hinten. Zu seiner Rettung nicht auf den harten Terrassenboden, sondern in einen Azaleenbusch, dessen Zweige ihn, von einigen Stichen abgesehen, erstaunlich sanft auffingen. War es seine Position – die Arme ausgebreitet, fast gebettet von den leicht schwingenden Ästen des Busches –, war es ein Funken Vernunft und das Einsehen, dass er als Faustkämpfer nicht die beste Figur abgab, jedenfalls ließ das Brodeln in ihm nach. Dazu kam, dass sich das wesentliche Element seiner Erregung – Helene auf Abwegen – gar nicht mehr auf der Terrasse zu befinden schien.

Sein Gegner Friedreich, der eitle Hahn, war damit beschäftigt, seine Kleidung zurechtzuzupfen.

Die im Halbkreis stehenden Zuschauer glaubten offenbar noch nicht an ein Ende der Vorstellung. Ihr mehr oder weniger deutliches Getuschel wies auf Mutmaßungen zu den Ursachen der unerwarteten Darbietung hin. Es war ihm sogar so, als habe man bereits Wetten auf den Ausgang des Duells abgeschlossen.

Josef hatte es auf einmal eilig. Er wollte weg. Sich aus der Schräglage im Azaleenbusch in die Vertikale zurückzuarbeiten erwies sich als schwierig. Er befürchtete, auch dabei nicht *bella figura* zu machen.

»Mach, dass du von hier fortkommst«, hörte Josef den verhassten Friedreich hinter sich röhren, während er durch die Terrassentür ins Haus preschte.

Dass er in seiner Villa – *Villa!* – nichts zu suchen habe, war das Letzte, was noch zu ihm drang.

Aber darauf konnte Josef keine Rücksicht nehmen. Er musste Helene finden.

Am Fußende einer breiten Treppe, die er für den Zugang zu den Gästezimmern hielt, stand händeringend und rotgesichtig die Haushälterin Giovanna, die ihm zuvor auf dem Fahrrad entgegengekommen war. Es war ihr anzusehen, dass sie Josef mittlerweile nicht mehr für den säumigen Kursteilnehmer Roth hielt. Mehr noch, dass sie rein gar nichts von ihm *hielt*. Von dem Rohling, der es gewagte hatte, ihren geschätzten Arbeitgeber dermaßen zu attackieren.

»Chiamo la polizia«, verkündete sie, während sie sich mit ausgebreiteten Armen vor den Treppenaufgang stellte. »Lei qui non passa!«

»Wo ist meine Frau? Mia moglie. Helene Abendrot.« Josef versuchte es auf die sanfte Tour. Er war zwar nicht sicher, ob die loyale Giovanna ihre Drohung wahr machen würde, aber weiterer Aufruhr, schon gar nicht in Form der *Carabinieri*, war nun auch nicht mehr in seinem Sinne.

»Là dietro.« Sie wies auf eine Tür am dunklen Ende des Vestibüls.

Da Josef weder Zeit verlieren, noch sich mit dem von der

Veranda kommenden Friedreich ein erneutes Geplänkel liefern wollte, peilte er die angezeigte Richtung an.

»Giovanna, halt ihn fest. Tienilo!«, hörte er den Unsympathen sagen.

Josef hatte die ihm gewiesene Tür bereits geöffnet und einen Schritt in den dahinter befindlichen Raum getan, als ihm klarwurde, dass ihn die so harmlos aussehende Giovanna hinters Licht geführt hatte. Im Moment dieser Erkenntnis wurde er mit einem Stoß unsanft nach vorne befördert. Stolpernd konnte er sich gerade noch an einem Regal festhalten, das dadurch gefährlich ins Schwanken geriet. Hinter ihm knallte die Tür zu. Nicht nur das: Er hörte, wie ein Schlüssel im Schloss umgedreht wurde.

Wie Hänsel war er von der bösen Hexe in den Backofen geschubst worden.

Er war zwar kein Hänsel – im Märchen war es die Hexe, die man entsorgt hatte –, und die finstere Stätte hier war auch kein Ofen. Eher eine kühle, von einer Luke nur notdürftig beleuchtete Kammer. In jedem Fall handelte es sich bei seinem Gefängnis nicht um Helenes Zimmer.

»Aufmachen, aufmachen! Das ist Freiheitsberaubung.« Josef hämmerte mit den Fäusten gegen die Tür. Aber niemand schien die Absicht zu haben, ihn zu befreien.

Er war, wie er um sich schauend feststellte, von Vorräten aller Art umgeben. Sogar ein Weinfass befand sich in Reichweite. Wenn es hart auf hart kam, konnte er sich also dem Alkohol hingeben. Auch verhungern musste er nicht.

Josef ließ sich auf einen wackligen Schemel sinken. Sein Blick fiel auf einen üppigen luftgetrockneten Schinken in Mandolinenform.

Es hätte schlimmer kommen können.

65

Warum hatte er mir das angetan? Was für eine Schmach! Wütend zerrte ich meinen Rollkoffer auf der holprigen Zufahrt zur *Tenuta Sant Antonio* hinter mir her. Wie ein unerzogener Hund, der an seiner Leine zerrte, um mal links zu schnüffeln und mal rechts das Bein zu heben, hüpfte der Koffer bockig über Stock und Stein, blieb hängen, scherte aus und brachte das zum Ausdruck, was ich fühlte: Ärger und Unwillen.

Aber da war noch etwas anderes, das sich bemerkbar machte. Ein klitzekleiner Funken von ... war das möglich? Genugtuung? Genugtuung darüber, dass sich mein Noch-Ehemann, der überzeugte Pazifist, für mich ins Zeug legte wie ein Westernheld? Für die Lilly, die im Saloon den Whiskey ausschenkte und deren ohnehin schon fragwürdiger Ruf von irgendeinem Fiesling noch zusätzlich geschädigt worden war. Der Gedanke war mir nicht geheuer, und ich schlug ihn von mir weg wie die lästige Fliege, die mich seit einigen Minuten umschwirrte.

Tatsache war, dass ich mich nicht auf dem Weg zur Hauptstraße befand, weil ich das so wünschte, sondern weil ich vor dem Hintergrund des jüngsten Ereignisses nicht länger bleiben konnte. Wie hätte ich Anton in die Augen sehen können? Denn daran, dass mich Josef fürchterlich blamiert hatte, änderte auch diese winzige Empfindung von Befriedigung nichts, die sich so klammheimlich und unerwünscht bei mir eingeschlichen hatte.

Und plötzlich stellte sich noch ein beunruhigender Gedanke bei mir ein: Konnte es sein, dass Josefs späte *Miflife-Crisis*, oder wie auch immer man seine Eskapaden nennen wollte, psychische Schäden verursacht hatte? Wie anders ließ sich erklären, dass er nicht nur unangemeldet hier aufgetaucht war, sondern sich zudem durch ein völlig unmögliches und seinem Wesen fernes Benehmen entblößt hatte? Nein, Josef war nicht der Good Guy im Western, der den Bad Guy vor dem Saloon zum Duell forderte. So wenig wie Anton Friedreich ein Schurke und ich die schöne, aber leider übelbeleumundete Lilly waren.

Mit Schaudern dachte ich an die Szene auf der Terrasse zurück. Daran, wie sich Josef wie von Sinnen aus dem Hinterhalt auf Anton gestürzt, ihn rüde angebrüllt und zu allem Überfluss am Kragen gepackt hatte. An der ganzen Sache ließ sich nichts schönreden.

Mir blieb nichts als die Flucht.

Das Geräusch eines herannahenden Autos hinter mir riss mich aus meinen widerstreitenden Gedanken. Aber ich wollte mich nicht umdrehen, ging stattdessen zügig weiter, den Blick auf die nahe Straße gerichtet, wo sich demnächst – so hoffte ich zumindest – ein Taxi meiner annehmen würde.

Es war unser Passat, der neben mir zum Stillstand kam, am Steuer die Person, der mein ganzer Groll galt.

»Steig bitte ein, Helene!« Josef hatte das Fenster ganz heruntergelassen. Seinen aufgestützten Ellbogen ließ er ein Stück weit herausragen wie ein Playboy auf Beutetour.

»Warum sollte ich zu einem Irren ins Auto steigen?« Ich ging weiter. Josef folgte mir im Schritttempo.

»Weil dich der Irre liebt.«

War es ein tückischer Stein, war es die Verblüffung; für den Bruchteil einer Sekunde kämpfte ich mit der Schwerkraft, taumelte, fing mich wieder.

»Und das fällt dir *jetzt* ein?« Das war entgegen des schnippischen Untertons keine rhetorische Frage. Ich wollte es wirklich wissen.

»Nein, nicht erst jetzt.«

»Und wer findet in deinem großen Herz noch alles Platz? Wenn ich mich recht erinnere, hast du mich vor nicht allzu langer Zeit über diese heftige Regung bereits informiert. Allerdings in Bezug auf deine Geliebte. Wo ist die überhaupt?«

Wir hatten die Straße fast erreicht. Ich mit meinem störrischen Koffer. Josef im Auto bei drei Stundenkilometern.

Von dem noch im Haus bestellten Taxi weit und breit keine Spur.

»Warum steigst du nicht ein, und wir reden über alles? Danach fahre ich dich hin, wo immer du auch willst. Auch wenn es mir am liebsten wäre, wir würden zusammen nach Hause fahren.«

Ich blieb stehen, wofür es zwei Gründe gab. Der erste war, dass Josef in den letzten Monaten tunlichst vermieden hatte, mit mir über irgendetwas zu reden, was unsere Beziehung betraf. Wenn man mal von dem Seemannsgarn absah, welches er zur Erklärung seines Auszugs für mich gesponnen hatte. Dass er jetzt ein Gespräch mit mir suchte, brachte mich aus der ohnehin fragilen Fassung. Der zweite Grund war praktischer Natur: Wir hatten die Hauptstraße erreicht. Auch wenn diese nicht stark befahren war, so konnten wir unser kurioses Nebeneinander nicht mehr länger fortsetzen.

Und so schwang ich denn meinen Koffer auf den Rücksitz, ließ mich auf dem Beifahrersitz nieder und ordnete an: »Florenz, Bahnhof!«

Ohne meinen Befehlston zu monieren, setzte Josef den Passat in Bewegung. Eine Weile schwiegen wir. Hin und wieder sah Josef mich von der Seite an, was ich zwar bemerkte, aber weder erwiderte noch kommentierte.

»Warst du mit ihm im Bett?«

Aha. Das wollte er also wissen. Josef, der Othello. Ich schwieg und dachte an den vergangenen Abend. Daran, dass ich drauf und dran gewesen war, mich auf Anton Friedreichs stürmisches Gebaren einzulassen, hätte uns Giovannas Klopfen nicht unterbrochen. Anton war so flink und behände im Wandschrank verschwunden, wie er sich zuvor aufs Bett geschwungen hatte. Er schien mit solchen Manövern eine gewisse Übung zu haben.

Giovanna, in einen gesteppten Morgenmantel in Rosé- und Himmelblautönen gehüllt, hatte sich die Gelegenheit nicht entgehen lassen, einen Kontrollblick in mein Zimmer zu werfen. Ob sie etwas mitbekommen hatte?

Der *figlio* sei am Telefon, der mich auf meinem *cellulare* nicht erreicht hätte. Tatsächlich, Tobi war besorgt gewesen, weil ich auf keine seiner Anfragen reagiert hatte. Daraufhin hatte er sich bei Adrienne über meinen Aufenthaltsort informiert. Zudem, und das war vielleicht sein drängenderes Problem, wollte er Lego loswerden. Er wolle selbst ein paar Tage verreisen. Ob Josef bei mir sei? Der wäre auch nicht erreichbar. Wann ich zurückkäme? Und derlei mehr, was meines Erachtens gut bis zum nächsten Tag hätte warten können.

Ob es das Hin und Her auf der Treppe gewesen war oder sonst irgendein Wehwehchen. Jedenfalls hatte mich bei meiner Rückkehr in den oberen Stock Brunhild mit anklagender Miene und einem eigenwilligen Kopfputz im Witwe-Bolte-Stil im Gang erwartet. Was denn das für ein Getöse sei, wollte sie wissen. Da könne ja kein Mensch ein Auge zutun. Sie bräuchte schließlich die Nachtruhe für die Regeneration ihrer schöpferischen Kräfte.

Nun, es war gerade mal elf Uhr. Ich hatte ihren nöligen Ton ignoriert, ihr so freundlich, wie es mir gelang, eine gute Nacht gewünscht und war in mein zwischenzeitlich männerloses Zimmer verschwunden. Auf meinem Bett lag ein Zettel.

Kommende Nacht bei mir. Da sind wir ungestört. A.

»Und, warst du?« Josef unterbrach meine Rückschau.

»Das ist eine seltsame, wenn nicht gar unpassende Frage für jemanden, der seit Monaten eine Affäre hat«, gab ich zu bedenken.

»Hatte.«

»Wie?«

»Hatte, nicht *hat*.«

Nun war es Josef, der mich nicht ansah, während ich versuchte, seine Minimalmitteilung zu interpretieren.

»Sie hat sich jemand Neuen zugelegt.« Das sagte er vielleicht eine Minute später, den Blick immer noch geradeaus gerichtet, als würde der spärliche Verkehr seine volle Konzentration in Anspruch nehmen. »Und ich bin endlich wieder zu klarem Verstand gekommen«, fügte er noch schnell hinzu.

Aber der Zusatz änderte nichts daran, dass sich das winzige Quäntchen Zuversicht, das sich erst vor einigen Minuten wider jede Vernunft bei mir eingeschlichen hatte, im Handumdrehen verflüchtigte. Stattdessen verschaffte sich einer der faustgroßen Steine, wie sie am Rand des Weinbergs neben der Straße zuhauf zu finden waren, auf heimtückische Weise Zugang zu meinem Magen und fiel mit einem Plumps auf dessen Grund. »Ah, und da hast du dir gedacht, du müsstest schnell mal dafür sorgen, dass dir der Trostpreis nicht auch noch abhandenkommt, nachdem der Hauptgewinn futsch war.« Mein Sarkasmus verschaffte mir kein Wohlbefinden. Eher war es so, als ob sich noch ein zweiter dieser erdverkrusteten Weinbergsteine zum ersten gesellt hätte.

»Nein, Helene. So ist es nicht. Dass es so aussieht, kann ich nicht leugnen.« Josef legte seine rechte Hand auf meinen linken Schenkel. Ich schob sie weg. »Aber vielleicht hat mir Nathalies Abwendung dazu verholfen, ein paar Sachen wieder klarer zu sehen, das schief hängende Bild zurechtzurücken.«

Ich versuchte, mir Josefs *schief hängendes Bild* vorzustellen. Wer oder was befand sich darauf? War es ein kunstvolles Gemälde, eine Momentaufnahme?

Egal. Bei mir hing eine ganze Bildergalerie schief.

Wir fuhren durch einen Ort, der Pozzolatico hieß. Ein Name, der mir in seiner Drolligkeit das verhängnisvolle Casalpusterlengo jenes vergangenen Junitages in Erinnerung rief, an dem es meinen Mann an einer Autobahnzahlstelle von mir weg getrieben hatte.

Nun also erzählte mir ein in zweifelhafter Reumütigkeit zurückgekehrter Josef in einem toskanischen Örtchen namens Pozzolatico von Bildern, die er mal eben wieder so zurechtgerückt hatte, wie sie seiner Ansicht nach zu hängen hatten.

Ich schaute auf das rege morgendliche Treiben. Auf die Menschen, die hier die Straße überquerten, ihre Autos parkten, einstiegen, ausstiegen, Einkäufe tätigten und die alltäglichsten Dinge verrichteten, während sich in mir zwei italienische Ortsnamen zu einem kruden Casalpozzopusterlengatico verknoteten.

Auf einem Plakat am Straßenrand stand in dicken roten Lettern etwas von *Saldi*. Das hieß *Ausverkauf*. Die Schrift verschwamm, und plötzlich war etwas ganz anderes darauf geschrieben: *Helene ist der Trostpreis! Besser als gar nichts.*

»Wollen wir anhalten und einen Kaffee trinken?«, fragte Josef, der nichts von dem mitbekam, was in mir vorging.

»Nein, ich will, dass du mich nach Florenz bringst.«

Was genau ich da tun wollte, wusste ich nicht. Es war einfach ein absehbarer Schritt auf diesem schwankenden Grund, der aus knorzigen Wortgebilden, aufschwappendem Ärger und winzig kleinen Hoffnungsinseln bestand.

»Ich fände es schön, wenn wir gemeinsam nach Bern führen.« Und dann fügte Josef noch hinzu: »In den Jägerweg. Nach Hause.«

»So lebten sie glücklich und zufrieden bis ans Ende ihrer Tage. Und wenn sie nicht gestorben sind, dann leben sie noch heute«, krönte ich seinen Vorschlag.

Josef ignorierte meinen Sarkasmus. »Gubser hat mir ein Angebot gemacht. Er möchte, dass ich Chef von der *Schulbach Klinik* werde.«

»Glückwunsch.« Worauf wollte Josef hinaus? Nahm er tatsächlich an, dass mich so etwas in unserer Lebenslage interessierte?

»Ich habe mich entschlossen, das Angebot nicht anzunehmen. Und weißt du auch, warum?«

»Nein, aber erkläre mir doch einfach, wieso du meinst, dass mir deine berufliche Zukunft auf den Nägeln brennt.« Ich machte mir ernsthaft Sorgen um Josefs Verfassung. Zuerst die Rowdy-Szene auf der Terrasse der *Tenuta San Antonio*, und nun tat mein Noch-Ehemann so, als hätte es die letzten drei, vier Monate nie gegeben. So als säßen wir daheim am Esstisch und würden uns einvernehmlich Gedanken über seine bewundernswerte Karriere machen. Unbehelligt von jungen Geliebten und Selbstfindungsprozessen der besonderen Art.

Wir näherten uns Florenz. Ich überlegte gerade, wie ich dem zweifellos verwirrten Josef begreiflich machen konnte, dass ich entschlossen war, die Reise alleine fortzusetzen, egal, was er mir zu seinen beruflichen Plänen mitteilen wollte, da zauberte er, schwuppdiwupp, ein schneeweißes Kaninchen aus dem Zylinder.

66

Natürlich war es kein weißes Kaninchen. Es war eher ein etwas vom Zahn der Zeit benagtes Kaninchenfell aus der Mottenkiste, das aber über erhebliche Symbolkraft verfügte.

Es war auch kein Zylinder, denn Josef trug keine Hüte.

Eine veritable Überraschung war es allemal.

»Wieso denkst du gerade jetzt daran. Nach all den Jahren?«, fragte ich ihn, wobei ich mich um einen möglichst emotionslosen Ton bemühte. Er sollte nicht meinen, dass ich mich mir-nichts-dir-nichts von seiner Rückbesinnung auf unsere Ehe mitreißen ließ.

»Ich habe über vieles nachgedacht.« Er warf mir einen bedeutungsvollen Blick zu, so als müsste mich schon allein die Erwähnung der immensen Gedankenmenge in atemloses Staunen versetzen.

Josef hatte mir mitgeteilt, dass er nicht nur den Fortbestand unserer Ehe wünschte, sondern zum Beweis seiner hehren Absichten auch gewillt war, einen Preis zu zahlen. Und der war der Verzicht auf die begehrte Position in der *Schulbach Klinik*, mit der er schon jahrelang geliebäugelt hatte. Und das sollte ein *Preis* sein? Ich hatte ihn verständnislos angesehen.

Und, hatte er aufgetrumpft, *das ist noch nicht alles. Ich würde mit dir gerne das Afrika-Jahr in Angriff nehmen.*

Das Afrika-Jahr. Josef wusste nur zu gut, dass er damit eine meiner nostalgischen Saiten zum Klingen brachte. Immer wieder mal hatte ich dieses verpasste Projekt aus der Anfangszeit unserer Beziehung hervorgekramt, wenn ich sentimental über die Unwiederbringlichkeit unserer Jugendjahre sinnierte. Unschwer zu erraten, dass das Vorhaben – entstanden in Josefs besonders idealistischer Phase gleich nach seiner Approbation – im Aktenordner der nicht gelebten Träume abgeheftet worden war. Und doch hatte es an Faszination und Symbolkraft nie verloren. Für mich, nicht für Josef. So hatte ich geglaubt.

Und nun kam *er* damit.

»Ich würde aber gerne genau wissen, was du dir da so gedacht hast, Josef. Das geht mir jetzt nämlich ein bisschen zu zackig. Nach allem, was war ...« Die letzten Worte ließ ich bedeutungsschwanger nachklingen. »Mehr noch, wir müssten uns eine gehörige Portion *gemeinsamen* Nachdenkens gönnen, bevor wir so ein Projekt auch nur ansatzweise in Betracht ziehen können.«

Dass in mir ein Flämmchen der Zuversicht zu flackern begonnen hatte, eine Art freudige Erregtheit angesichts der Möglichkeit, unsere Ehe tatsächlich mit der Erfüllung dieses alten Traums wiederbeleben zu können, versuchte ich mit meinen nüchternen Worten zu kaschieren.

»Dagegen spricht ja nichts«, sagte Josef und ließ die Scheibe des Seitenfensters herunter, um am Automaten der Mautstelle ein Ticket zu ziehen.

Ich hatte nicht auf die Beschilderung geachtet. Dass wir im Begriff waren, auf die Autobahn Richtung Bologna aufzufahren, bemerkte ich erst jetzt.

Also gut. Dann fuhren wir eben gen Norden. Zu zweit. In einem Auto. Das klärende Gespräch – eines von vielen notwendigen – konnten wir genauso gut schon jetzt beginnen.

Eine Weile sagten wir nichts mehr. Josef tat, als konzentrierte er sich ausschließlich auf den Verkehr. Ich lehnte den Kopf an die Kopfstütze und schloss die Augen. Die Ereignisse der vergangenen Stunden flimmerten wie durcheinandergeratene Filmszenen an mir vorbei: der um mich buhlende Josef im Kampfmodus, Anton Friedreichs wenig zimperliche Annäherungen, mein eiliges Kofferpacken, die aufgewühlte Giovanna am Fuße der Treppe, das belustigte Keckern vom unversehens aufgetauchten Loris, der mir die Haustür aufgehalten hatte. *Der ist ja gemeingefährlich, dein Mann. Pass bloß auf, dass der dir nicht irgendwo hinter einer Tanne auflauert, Mord im Affekt und so … gäbe vielleicht 'ne gute Geschichte*, waren die wohlmeinenden Worte, die er mir mit auf den Weg gegeben hatte.

Tannen gibt es hier nicht. Was du meinst, sind Zypressen, hatte ich geantwortet, ohne mich zu ihm umzudrehen.

Auch Loris sollte etwas dazulernen.

»Und mit dieser Nathalie ist es zu Ende? Aus, fertig, vorbei?« Ich behielt meine Augen geschlossen, zählte aber die Sekunden bis zu Josefs Antwort. Drei. Es waren drei.

»Ja.«

»Und wenn sie sich nicht von dir … abgewendet hätte?«

»Dann …«, Josef zögerte. »Ich weiß auch nicht.« Das klang etwas kläglich. Aber ich gab Josef einen halben Bonuspunkt für den Anlauf zur Ehrlichkeit.

»Tatsache ist, dass ich mir jetzt – hier und jetzt! – sicher bin, dass ich mit dir leben möchte. Lass uns nicht mit *hätte* und *wenn* die Zeit vergeuden.«

»So einfach ist das nicht, Josef. Und *hier und jetzt* ist mir allemal zu mickrig.« Ich hatte meine Augen wieder geöffnet. Weit geöffnet! »Das gehört mit zu den Dingen, die geklärt werden müssen. Du kannst nicht einfach darüber entscheiden wollen, über was ich mir Gedanken mache und über was nicht.«

Das winzige Flämmchen meiner Zuversicht drohte zu erlöschen.

»Warum halten wir nicht an der nächsten Raststätte und gönnen uns ein verspätetes Frühstück?« Josef bemühte sich um einen scherzhaften, fast konspirativen Ton, als wären späte Frühstücke ein leicht frivoles Geheimnis, das wir miteinander teilten.

Wer ausgewählte Segmente unseres Gesprächs belauscht hätte, wäre nicht auf die Idee gekommen, dass die Bürde einer ausgewachsenen Affäre auf unseren Schultern lastete. Zumindest auf meinen. Josef war schließlich nicht betrogen worden. Jedenfalls nicht in vergleichbarer Weise.

»Ich habe schon gefrühstückt.« Das klang patzig, aber er sollte nicht meinen, dass ich nach jedem Brocken schnappte wie Lego nach einem Hundekuchen. »Du siehst allerdings tatsächlich aus, als könntest du einen Frischmacher gebrauchen.« Und dann drängte sich mir noch eine Frage auf, die ich mir erstaunlicherweise bisher nicht gestellt hatte: »Wieso bist du eigentlich zur *Tenuta Sant Antonio* gekommen? Du hättest doch in Bern meine Rückkehr abwarten können. Ungeduld, mich wiederzusehen, habe ich in den letzten Monaten bei dir nicht erkennen können.«

»Das ist nicht in zwei Sätzen erklärt.« Josef wiegte seinen Kopf mit der Bedächtigkeit eines alten Elefanten.

»Wer sagt, dass es in zwei Sätzen geschehen muss?« Ich wollte keinen Josef, der sich vor einer Antwort drückte. Es war der Moment gekommen, in dem wir offen miteinander sprachen. Wenn nicht jetzt, wann dann?

Sosehr ein Teil von mir wünschte, dass Josef und ich uns in magischer Manier und kurzerhand auf eine neue, höhere und bessere Stufe unserer Ehe befördern könnten, so klar war mir doch auch, dass der unwegsame Pfad, den wir in Tat und Wahrheit durchschreiten mussten, unsere Fähigkeiten als Wandersleute überstieg. Wir brauchten einen Bergführer. Jemanden, der uns an die Hand nahm und über die Unebenheiten half.

Josef war auf die rechte Spur gewechselt. Von dort auf die Ausfahrt zur Raststätte.

Wie oft hatten wir das schon gemeinsam getan: So einen italienischen *Autogrill* angepeilt, unser Auto auf einem der eingangsnahen Parkplätze abgestellt, die appetitlich aussehenden Panini in den Auslagen bestaunt, Kaffee in umständlichem Prozedere erstanden. So vertraut dies war, so fremd mutete es mich heute an. Wir mussten uns wiederfinden, Josef und ich. Mehr noch: Wir mussten uns neu entdecken. Ein steiniger Weg.

67

WAS HELENE nicht wusste: Die Sache mit dem Afrika-Jahr war eine Eingebung, keineswegs das Ergebnis gründlicher Überlegungen. Es war in den fünfzehn Minuten geschehen, die er in der Vorratskammer des Hauses vom verabscheuungswürdigen Friedreich zugebracht hatte. Er würde nicht unverrichteter Dinge von der Tenuta wegfahren, hatte er sich geschworen, während er auf dem Hocker saß und auf seine Freilassung wartete.

Er musste Helene etwas bieten können. Etwas, das ihr kein anderer bieten konnte, etwas, das ihrer ganz persönlichen gemeinsamen Geschichte entsprang. Und dann war es ihm in den Sinn gekommen. Ihr Projekt der jungen Jahre. Verschüttgegangen zwischen Familie, Karriere und dem ganzen Drumherum.

Es stimmte nicht, dass er auf die Stelle in der Klinik verzichtet hatte. Er hatte lediglich um eine Bedenkzeit gebeten, die man ihm gewährt hatte, da man auf seine Zusage erpicht war. Er war schließlich begehrte Ware und alles andere als ein Nobody in seinem Fach.

Natürlich wollte Josef einen Neuanfang mit Helene nicht auf einer weiteren Unwahrheit aufbauen. Aber diese klitzekleine Flunkerei gestattete er sich noch. Der Zweck heiligte doch angeblich die Mittel.

Wenn Sie mich nicht rauslassen, mache ich mich über den Schinken her, hatte er lautstark gedroht, nachdem er sich endlich über sein weiteres Vorgehen mit Helene klargeworden war.

Ob es wegen des Schinkens war oder aus ihm unbekannten anderen Gründen. Jedenfalls war kurz darauf das Geräusch des sich drehenden Schlüssels zu hören gewesen. Die Gouvernante oder Köchin – was wusste er schon, welche Rolle sie in dem Etablissement spielte – war zurückgewichen, als er nach draußen stürzte, und hatte mit beträchtlichem Sicherheitsabstand auf die Haustür gezeigt. »La signora è andata. Ha chiamato un taxi.«

Von Don Giovanni war nichts mehr zu sehen.

Man wollte ihn loswerden, wofür Josef, so verärgert er auch war, ein gewisses Verständnis aufbringen konnte.

Natürlich wusste Josef nicht, ob es sich bei dem Auslandsjahr um eine gute Idee handelte. Sie waren nicht mehr die Abenteurer und Weltverbesserer, für die sie sich in jungen Jahren gehalten hatten. Und doch reizte ihn der Gedanke. Sehr sogar. Dazu kam, wenn er sich für dieses Projekt eine Partnerin vorstellen konnte, dann Helene. Auch das war ihm klargeworden. Etwas später, als er sie auf dem holprigen Weg gesehen hatte. Mit ihrem energischen Schritt und dem widerspenstig hüpfenden Rollkoffer am ausgestreckten Arm. Das war seine Helene. Seine! Kein schwülstiger Dichterling mit hochgeklapptem Hemdkragen, kein Schönling, der sich dreist seines Bademantels bemächtigte, durfte sie ihm ausspannen.

Er stellte den Cappuccino vor Helene ab. Für sich hatte er eine Ciabatta mit Käse und Tomaten erstanden. Dazu einen Orangensaft. Die Anstrengungen der letzten vierundzwanzig Stunden – von der Fahrt bis zum miserablen Schlaf im Passat, ganz zu schweigen von der emotionalen Herausforderung – hatten ihren Tribut gefordert. Eine Stärkung war fällig. Zudem hatte ihm die wachsende Zuversicht, dass nun doch alles gut werden würde, Appetit beschert.

»Wir brauchen eine Ehetherapie.« Helene sah ihn streng an, während er einen ersten kraftvollen Biss von seinem Brötchen nahm. »Vorher geht gar nichts.«

»Ach ...« Josef hatte sich an einer Tomatenscheibe verschluckt und rang nach Luft. »Das kriegen wir doch ...« Er hustete. »... alleine hin.«

»Nein.«

»Helene, ich bitte dich!« Ein Schluck Orangensaft brachte ihn wieder ins Lot. »Du meinst doch nicht im Ernst, dass ich mit einer Pfeife wie Pfister über so etwas Privates wie unsere Beziehung sprechen will?«

»Wer sagt, dass es Pfister sein muss?«

»Der steht für mich stellvertretend für die ganze Garde. *Wenn Ihre Frau eine Blume wäre, welche wäre sie dann?*« Mit verstellter Stimme karikierte er einen Pfister oder sonstigen Vertreter dieses Berufsstandes. »*Sagen Sie Ihrer Frau, was Ihnen am meisten an ihr gefällt. Sagen Sie ihr, was Sie für sie empfinden. Laut und deutlich.*« Er steigerte sich in eine imaginäre Sitzung hinein.

»Josef, hör bitte auf damit. Du weißt so gut wie ich, dass es nicht so ablaufen würde. Was denkst du dir eigentlich?« Helene sah ihn empört an. »Du hast monatelang eine Affäre, ziehst aus, erzählst mir dazu ein Rührstück und glaubst, danach ließe sich alles mit der eiligen Wiederbelebung eines alten Projekts und ein paar beruhigenden Worten zurechtrücken.« Helene krönte ihre Worte mit einem *Pff*, welches – vermutlich ungewollt – in einem Pfeifton verebbte. »Welche Rolle sollte ich überhaupt spielen, während du deine soziale Ader in einem afrikanischen Land ausleben würdest?«

Dazu fiel Josef auf Anhieb keine Antwort ein. In den vergangenen Jahren hatten sich solche Fragen nicht gestellt. »Ehm, weiß nicht, du könntest mich unterstützen.«

Das hätte er nicht sagen sollen.

»Wie bitte?« Helenes Ton machte deutlich, dass sie ihn durchaus verstanden hatte. Sie wartete auch keine weitere Erläuterung ab. »Gib mir den Autoschlüssel. Ich gehe schon mal zum Wagen.« Sie griff in seine Hosentasche und zog den Autoschlüssel heraus. »Kau dein Brötchen nur gut!« Das klang nicht nach echter Besorgnis. Trotzdem hatte ihm die Vertrautheit, die Intimität ihrer Handlung – der Griff in seine Hosentasche – einen kurzen Moment wohligen Behagens beschert.

Mit resolutem Schritt und erhobenem Haupt – oh, wie er diese Haltung kannte – verschwand Helene hinter den mit Süßigkeiten, Pasta und Salami bestückten Regalen. Sein Appetit war versiegt. Er schob den Teller mit der nur angebissenen Ciabatta von sich.

Warum nur glaubte Helene, dass sie ohne eine Therapie nicht über die Runden kämen? Sie waren zwei erwachsene Menschen mit einer Ehekrise. Das kam vor. Täglich. Tausendfach. Diese zu bewältigen konnte so schwierig nicht sein. Da waren guter Wille und ein klarer Kopf gefragt, nicht die um drei Ecken gedachten Ratschlüsse eines Psychologen.

Andererseits, räumte Josef für sich ein, hätte er natürlich mehr Fingerspitzengefühl aufbringen können. Stattdessen war er Helenes Anliegen in einer empfindlichen Situation mit zu viel Ablehnung begegnet. Das hätte er besser machen können. Mit sich selbst im Argen, kippte er den Rest seines Safts hinunter.

Er wollte nun zu Helene gehen, sich zu ihr ins Auto setzen und ihr Rede und Antwort stehen. Egal, welche Frage sie an ihn hatte. Mehr noch, er würde sich *einbringen*. So nannte man das doch. Ja, das wollte er! Zumindest bis zu einem gewissen Grad.

Entschlossen ging auch er nach draußen, wo sich die ersten fetten Regentropfen niederschlugen, die sich zuvor mit einer dunkelgrauen Wolkenfront angekündigt hatten. Es sah nach einem herannahenden Gewitter aus.

Zeit, zurück nach Bern zu fahren. Mit seiner Frau.

Wo zuvor ihr Wagen geparkt war, stand nun ein Audi A7. Weiß und ziemlich neu. Auch wenn er grundsätzlich nichts gegen eine Verwandlung des Passat in dieses schnittige Gefährt einzuwenden gehabt hätte, bestand kein Zweifel daran, dass dies nicht sein Auto war. Auch von Helene keine Spur.

Josef schaute sich um. Vielleicht war ihm doch ein Irrtum unterlaufen. Hatte ihm die ganze Sache mehr zugesetzt, als er selbst wahrnahm, und sich im vorübergehenden Verlust seines Orientierungssinns niedergeschlagen?

Nein, er erinnerte sich genau. Hier hatten sie den Wagen gelassen.

Er ging zur linken Seite des Gebäudes, wo sich die Mehrzahl der Parkplätze befand. Dann wieder zurück und nach rechts in Richtung Tankstelle. Nichts. Absolut nichts.

Der Passat war weg. Und mit ihm Helene.

68

ER HATTE SEIN PORTEMONNAIE und sein Handy bei sich und war somit keineswegs hilflos. Und schließlich hatte sich Josef mir gegenüber Schlimmeres herausgenommen. Ich knebelte einem mir wohlvertrauten Nagetier die Schnauze: meinem schlechten Gewissen.

Der Regen klatschte so heftig gegen die Windschutzscheibe, dass die Scheibenwischer kaum mit ihrer Arbeit nachkamen.

Eine Regenjacke hat er allerdings nicht, nagte das Tierchen trotz Knebel weiter. Ich ignorierte es.

Jetzt bloß nicht weich werden!

Nein, Josef machte es sich zu einfach. Eine Eifersuchtsszene, wiederentdecktes Begehren von zweifelhafter Dauer und ungewissen Ursprungs und ein längerer Ausstieg aus unserem Berner Alltag waren weder eine Wundermedizin noch der Hauptgewinn in der Lebenslotterie.

Da wo Überwindung von ihm gefordert worden war, hatte er bereits gekniffen. Dass eine Paartherapie oder eine Beratung von Erfolg gekrönt sein würde, war nicht sicher. Aber das war nun mal das Tor, durch das wir gehen mussten, bevor weitere Pfade beschritten werden konnten. Da ließ ich nicht mit mir reden.

Und nun würde ich zurückfahren zur *Tenuta Sant Antonio*. Mein Abgang war meiner nicht würdig gewesen. Obwohl ich mir nichts hatte zuschulden kommen lassen, war ich wie ein Dieb davongeschlichen.

Wie anders alles aussah, jetzt, da die Sonne nicht mehr schien. Das warme Farbenspiel der erdigen Grün-, Braun- und Gelbtöne war dem bleiernen Blaugrau von Himmel und Regen gewichen. Je näher ich der Tenuta kam, desto mehr Grau griff auf mich über.

Sollte ich etwas sagen zu den Ereignissen des Morgens oder einfach so tun, als wäre nichts geschehen?

Ich war eine eigenständige Person und musste mich weder für das Verhalten meines Mannes entschuldigen noch zu irgendwelchen Erklärungen ansetzen.

Aber das war die Theorie. Tatsächlich war das vorrangigste meiner Gefühle eine eigentümliche Verlegenheit, die mich mit jedem zurückgelegten Kilometer mehr beschlich. Ja, ich schämte mich für Josefs Benehmen. Zudem würden die anderen natürlich annehmen, dass Josefs Eifersuchtsszene nicht bar jeder Grundlage war. Und das, obwohl zwischen Anton und mir gar nichts Bedeutsames geschehen war.

Und Anton selbst? Wie würde er reagieren?

Schluss jetzt, Helene, rief ich mich zur Räson. Du fährst jetzt da hin und benimmst dich wie eine selbstbewusste Frau von achtundvierzig Jahren. Und nicht wie ein verlegener Teenager.

Ein Anruf von Josef. Der vierte. Ich drückte ihn weg wie die ersten drei.

Sollte er doch die Zeit nutzen, ein wenig über uns nachzudenken. Jetzt entschied *ich*, wo es langging. Auch wenn ich meinen Lebensweg von nun an ganz allein gehen musste, war dies einer halbherzig zusammengekitteten Ehe vorzuziehen.

Der nächste Anrufer war Tobi. Den wollte ich nicht abblitzen lassen, auch wenn mir nicht nach Reden war.

»Wo bist du, Mama?«

»Warum möchtest du dauernd wissen, wo ich bin? Wir haben doch erst gestern telefoniert.«

Tobi antwortete nicht gleich. »Bist du wieder auf dem Weg zu diesem Schriftsteller?«

Aha, Josef hatte mit ihm gesprochen und ihn zur Erkundung eingespannt. »Ja, bin ich. Du kannst deinem Vater sagen, er soll mit dem Zug nach Hause fahren. Wie im Juni. Ist vermutlich die gleiche Strecke, einfach etwas länger.« Die letzten zwei Sätze hätte ich weglassen sollen. Tobi war der falsche Adressat für meinen Sarkasmus, den er im Übrigen ignorierte.

»Mach's gut, Ma«, sagte er noch, bevor er das Gespräch beendete.

Auch wenn die einen Spalt geöffnete Haustür mich für einen Moment hatte frohlocken lassen – immerhin musste ich nicht um Einlass bitten – gelang es mir nicht, mich unbemerkt zurück in mein Zimmer zu schleichen.

Tropfnass vom kurzen Stück Weg, das ich vom Parkplatz zum Haus hatte zurücklegen müssen, stand ich in der Eingangshalle.

Die Blicke von Babette und Fabrizia waren auf mich gerichtet wie Speerspitzen. Palastwächtern gleich saßen sie auf dem venezianischen Schnörkelsofa des Vestibüls. Eine zur Rechten, eine zur Linken. Statt einer Waffe hatte jede ihren Laptop auf den Knien.

»Wo kommst *du* denn her?«, fragte Fabrizia, die Wohlhabende auf der Suche nach Sinnhaftem, mit der ich bislang kaum ein persönliches Wort gewechselt hatte. Mit ihren leicht zusammengekniffenen Lippen erinnerte sie mich an meine Handarbeitslehrerin aus der Grundschulzeit.

»Von draußen.« Mehr hatte Fabrizia nicht verdient.

»Na, du bist vielleicht mutig«, war Babettes Kommentar.

»Findest du?« Ich ließ meine Frage interessiert klingen, obwohl ich durchaus verstanden hatte, dass die sonst so leutselige Babette meine Rückkehr nicht mutig, sondern tollkühn fand.

Kerzengerade und mit vorgerecktem Kinn schritt ich an den beiden vorbei, den Treppenaufgang hinauf, zu meinem Zimmer. Was mich dabei von der huldreichen Königin von Saba unterschied, waren lediglich meine tropfenden Haare und der Koffer, den kein Bediensteter für mich trug.

In meinem Zimmer – oder das, was ich bis vor kurzem dafür gehalten hatte – war Giovanna damit beschäftigt, die Bettwäsche abzuziehen. Erschrocken sah sie mich an.

»Signora Elena! Non pensavo …«

Natürlich, sie wähnte mich bereits auf der Heimreise.

»È un po' geloso, suo marito«, sagte sie, während sie das eben entfernte Laken wieder auf dem Bett ausbreitete und die Stoffränder unter die Matratze schob.

»Ja«, sagte ich nur. Daran gab es nichts zu deuten. Josef war tatsächlich eifersüchtig. Ein Novum.

Aber egal, nun war ich wieder hier und wollte zu Ende führen, was ich begonnen hatte.

Mit meinem Laptop unterm Arm machte ich mich auf den Weg zu den anderen. Ich würde mich freundlich lächelnd zu ihnen gesellen und an meinem Opus weiterschreiben.

Anton Friedreich sollte seiner Aufgabe gerecht werden und mir bei meinen literarischen Bemühungen hilfreich zur Seite stehen.

Vielleicht auch mehr als das, sagte eine aufmüpfige Helene.

69

»Kannst du mal versuchen, deine Mutter zu erreichen? Mir gibt sie keine Antwort.«

»Wo bist du?« Tobi klang abgeklärt, wie meistens.

»In ...« Tja, so genau wusste er das eigentlich gar nicht. »An einer Autobahnraststätte in der Nähe von Florenz. Helene hat mich ...« Josef suchte nach einem akzeptabel klingenden Verb. »... zurückgelassen.«

»Zurückgelassen?« Tobis Neugier war stärker als die zuvor zur Schau gestellte Coolness.

»Ja, sie ist mit dem Passat weggefahren. Wohin, weiß ich nicht. Vermutlich wieder zu ihrem Schreibguru.« Letzteres auszusprechen schmerzte Josef.

»Hör zu, ich rufe ja gerne bei Mama an. Aber eine zusammenhängende und verständliche Schilderung dessen, was passiert ist, wäre wirklich hilfreich.« Tobis Ungeduld war unüberhörbar. »Warum bist du da, wo du bist? Warum war Mama bei dir, nachdem sie noch gestern die Oliven der Muse gepflückt hat? Und warum ist sie plötzlich wieder nicht mehr bei dir? Ganz wichtige Frage zuletzt: Welchen *neuen* Grund gibt es, zusätzlich zu den berechtigten hundert bereits angehäuften, für ihre – sagen wir mal – Retourkutsche?«

Retourkutsche. Erst Tobis bissige Bemerkung rief Josef die Parallele zu seiner eigenen, drei Monate zurückliegenden Verfehlung ins Bewusstsein.

War es das? Helenes Revanche, und damit fertig? Nein, Josef spürte, dass es seiner Frau um mehr ging. Um viel mehr. Eine Unruhe packte ihn, die die Nervosität der letzten Tage übertraf. Einem Automaten gleich, bei dem erst das fallende Geldstück den Abschluss eines Vorgangs ermöglicht, hatte Josef nun eine alles entscheidende Einsicht gewonnen, für die viele, *sehr* viele, wiederholte Münzeinwürfe nötig gewesen waren. Aber nun war es endlich passiert.

»Josef, ich hab dich was gefragt.«

Er fasste die Ereignisse der letzten Stunden zusammen. Mit kleinen Auslassungen – die Szene auf der Terrasse, der Arrest in der Speisekammer – und ein paar kosmetischen Korrekturen. Auch dass er Helene zurückerobern wollte, fügte er noch an. Das sollte Tobi wissen. Er war ihrer beider Sohn.

»Du bist also wieder bei Verstand«, konstatierte Tobi, und Josef hörte so etwas wie Erleichterung heraus. »Dann musst du den Einsatz jetzt noch mal verdoppeln. Sieh zu, dass du's nicht wieder vergeigst.«

Josef wäre es zwar lieber gewesen, nicht derjenige zu sein, dem Ratschläge erteilt wurden, schon gar nicht von seinem Sohn. Und *vergeigt*, das hätte er sich auch gerne verbeten. Aber er schwieg, denn Tobi sollte sein Kundschafter sein.

Diesmal würde er, dazu war Josef wild entschlossen, alles richtig machen. Es sollte niemand sagen, er sei nicht lernfähig.

»Sie fährt wieder dorthin zurück«, hatte ihm Tobi nicht lange nach ihrem Gespräch mitgeteilt.

Das war vor zwei Stunden.

Nun saß Josef im *Ristorante Bellavista* nahe der großen Piazza in Impruneta, südlich von Florenz und nicht weit von der *Tenuta Sant Antonio*. Aus einem Glas exzellentem Chianti waren zwei geworden. Dann drei. Es konnten auch vier sein, denn der wohlmeinende Wirt goss nach, sobald sich der Glasinhalt auch nur geringfügig verringerte. Zum Glück hatte ein gut bestückter Teller mit *Crostini ai Fegatini*, üppig beträufelt mit bestem lokalen Olivenöl, für eine solide Grundlage gesorgt. Den Crostini war eine Platte mit hauchdünn geschnittenen Schinkenscheiben gefolgt. Luftgetrocknet und vom Metzger gleich um die Ecke, hatte der Wirt betont. In Erinnerung an sein nur wenige Stunden zurückliegendes Tête-à-Tête mit der Schweinekeule in der Kammer hatte Josef dankend abgelehnt, zum Artischocken-Risotto aber gerne ja gesagt. Nun kämpfte er mit einer *Bistecca di Manzo*, die er Francesco – sie waren zum Du übergegangen – nicht hatte abschlagen können.

Außer Josef befand sich nur noch ein verliebtes Pärchen im Lokal. Die beiden saßen unweit von ihm, halb abgeschirmt von einem mit Weinflaschen gut bestückten Regal, und schoben sich, unterbrochen von leisen Gurr-Lauten, gegenseitig Häppchen in den Mund.

Ob Helene mit diesem Anton in den letzten Tagen mal hier gewesen war? Er schob den Teller mit dem nur zur Hälfte gegessenen Steak von sich. Basta, er hatte genug.

»Der Schriftsteller Anton Friedreich ...« Wie sagte man *Schriftsteller* auf Italienisch? Und wie konjugierte man das Verb *kommen* noch mal in der dritten Person Singular?

Josef entschied sich für Englisch. »The writer, Anton Friedreich, does he come here often?«

»Ah, il signor scrittore. Antonio. Certo, sì. Un vero donnaiolo.« Francesco zwirbelte das rechte Ende seines Schnauzbarts zu einem kunstvollen Spitz. Dabei zwinkerte er Josef zu. Männer unter sich.

Josef nickte, auch wenn er nicht ganz sicher war, um was es sich bei einem *Donnaiolo* handelte. Er tippte auf Frauenheld oder Schürzenjäger. Das würde passen.

Josef unterdrückte einen Rülpser. Er wusste nicht, was ihm mehr auflag, das üppige Mittagsmahl oder der Gedanke an den wortedrechselnden Schwerenöter.

Was er denn im schönen Impruneta mache so alleine, fragte ihn Francesco nun, ermuntert durch Josefs Erkundigungen. Er hatte zwei Gläser und eine Flasche goldgelben Dessertwein herbeigeschafft und sich zu seinem Gast an den Tisch gesetzt.

Josef lieferte ihm im bunten Sprachenmix eine zurechtgestutzte Fassung dafür, weshalb er sich mit dem Taxi vor dem *Bellavista* hatte absetzen lassen und um ein Zimmer gebeten hatte.

Dass er seine Frau vermisse und sie nun abholen wolle. Es hätte ein paar kleine Unstimmigkeiten gegeben zwischen ihnen. Aber nun sei alles so gut wie in Ordnung.

Das stimmte leider nicht, aber er wollte sich nicht in Details verlieren.

Francesco nickte mehrmals versonnen. »L'amore è una forza selvaggia. Love is a wild power ...«, philosophierte er. Dabei fasste er sich mit beiden Händen ans Herz, seine Züge schmerzvoll verzerrt.

Wild, das konnte man wohl sagen. Josef erinnerte sich nur ungern an sein doch etwas zu heißblütiges Benehmen auf der Terrasse des *Scrittore*. Dass er so in Rage geraten konnte!

Heute würde er kühlen Kopf wahren, soweit ihm dies der reichlich konsumierte Chianti und der schwere Dessertwein erlaubten. Helene sollte sich seiner nicht noch mal schämen müssen.

Bis zum Abend und der nötigen, durch die Dunkelheit gewährten Tarnung hatte er noch genügend Zeit. Für ein Schläfchen oben im Zimmer. Eine heiße Dusche. Und natürlich für die mentale Vorbereitung.

70

I<small>N DER</small> B<small>IBLIOTHEK</small> saßen Brunhild und Loris beisammen am Tisch, ihre Gesichter fast Wange an Wange über einen Laptop gebeugt. Als ich den Raum betrat, zuckten sie zusammen, als hätte ich sie bei Ungebührlichem ertappt.

Brunhild kicherte, was nicht recht zu ihr passen wollte, und ihre Augen glänzten auf eine Weise, wie ich es an ihr bisher nicht gesehen hatte.

Na, hier war ja einiges in Bewegung.

»Wo sind die anderen?«, fragte ich, selbst etwas verlegen und nur, um etwas zu sagen.

»An allen möglichen Orten im Haus verteilt. Bei dem Regen können wir ja wohl schlecht draußen arbeiten«, antwortete

Loris. Das klang ein bisschen patzig und schon gar nicht so, als wollte er sich noch länger mit mir unterhalten.

»Na dann ...« Ich schloss die Tür. Wie es aussah, kam mein Erscheinen hier ungelegen.

Dass sie mit dieser Meinung nicht allein waren, sollte sich gleich zeigen.

Aus dem Zimmer daneben – die Tür war nur angelehnt – drangen leise Stimmen. Ich war nicht sicher, ob dies einer der für alle zugänglichen Räume war. »Hallo?«, fragte ich und schob die Tür einen Spalt auf, was man vielleicht als etwas vorwitzig bezeichnen konnte. Mein Blick fiel auf Genovevas fast bis zum Po reichende rotgoldene Mähne und ihre zarte Rückfront, die von den Armen eines Mannes umfasst wurde, der sich dem Augenschein nach gerade nicht in schriftstellerischer Unterweisung erging.

Ihr Kavalier sah mich erstaunt an. Auch Genoveva wandte sich zu mir um. Mit einem Blick, der Freundlichkeit missen ließ.

Anton Friedreich wusste, so viel war klar, wie man der Sentenz vom *carpe diem* Leben einhauchte.

Und dabei war ich gerade mal ein paar Stunden weg gewesen. Oder hatte mich ein sinnverwirrender Zeitstrudel erfasst, in dessen Sog ich Tage oder gar Wochen für Stunden hielt?

»Entschuldigung«, sagte ich leise und schloss die Tür.

»Ist ja schon erstaunlich, wie wir in so kurzer Zeit auf zwei Windhunde reingefallen sind. Ich in der Provence, du in der Toskana. Bei mir war es vermutlich die lange männerlose Zeit und bei dir ..., na ja, du bist sowieso entschuldigt. Infolge stressbedingter Konfusion und so. Aber lass es uns von der amüsanten Seite betrachten.« Adrienne war gerade von einer

Reise mit Sàndor nach Budapest zurückgekommen. Wie ich dem beschwingten Ton ihrer Voice Message entnehmen konnte, war sie bester Laune.

»Immerhin war deine Weinreise im August dafür doppelt ergiebig: ein amouröser Moment für dich, eine neue Liebe für mich. Keine schlechte Ausbeute.«

Adrienne ging es zweifelsohne gut.

Ich hatte ihr eine komprimierte Version der letzten Ereignisse zukommen lassen, beginnend bei Antons libidinösem Gebaren bis hin zu Josefs Darbietung auf der Terrasse, seinem Verbleib an der Raststätte und meiner Rückkehr mit dem Passat in die *Tenuta Sant Antonio*.

»Sant Antonio! Wenn der Frauenverschleiß dieses Poeten zur Heiligsprechung führt, dann habe ich ja noch gute Chancen, auch mal eine Santa Adriana zu werden. Im Übrigen will ich dann einen bis ins kleinste Detail gehenden Bericht bekommen, sobald du wieder zurück bist. Glaub bloß nicht, dass ich mich mit so einer Kurzfassung zufriedengebe.«

Ich erhob mich vom Bett und öffnete das Fenster. Wie früh es jetzt schon dunkel wurde. Der Regen hatte nachgelassen, und die deutlich kühlere Abendluft strömte in mein Zimmer. Begierig sog ich sie ein, bevor ich es mir wieder auf meinem Lager bequem machte. Die lila Deckenlampe direkt über dem Bett war mir mit ihrem trüben Licht und ihren verstorbenen Insassen – fünf Fliegen und drei Nachtfalter – eine vertraute Präsenz geworden. Wie oft hatte ich sie in den letzten Tagen betrachtet, mal grübelnd, mal im Aufruhr meiner jungmädchenhaften Verliebtheit. *Stressbedingte Konfusion* hatte Adrienne das genannt. War es das?

Nachdem ich Genoveva und Anton im Schmuse-Duett überrascht hatte, war es mir gelungen, mich mit der kühlen Gelassenheit einer Dame von Welt an den Mittagstisch zu setzen, mit Babette links von mir zu plaudern und den sich wie üblich in der Aufmerksamkeit aller badenden Anton um das Zureichen der Salatschüssel zu bitten.

Meinem Schreibprodukt, an dem ich während des Nachmittags weitergefeilt hatte, war er mit ausgesuchter Gewissenhaftigkeit begegnet. Seine Anmerkungen ließen dabei nichts von der Professionalität missen, die man von ihm erwarten durfte.

Nach vollbrachter Beratung hatte er mir milde lächelnd zweimal kurz hintereinander die Schulter getätschelt, als wäre ich der brave und treue Schäferhund Hektor, dem man nichts als wohlgesinnt war. Ein ziemlich krasser Kontrast zu den noch keinen ganzen Tag zurückliegenden Avancen, die er mir in meinem Zimmer auf so zielstrebige Weise gemacht hatte.

Doch seltsam. Es berührte mich nicht. Ein Stich in der Brust, dazu im Nachklang eine Prise verletzte Eitelkeit. Mehr nicht.

Tobi und Giovanna sei Dank, war es am Vorabend zwischen Anton und mir nicht zu mehr als zu seinem Hechtsprung mit anschließendem Gerangel auf meinem Bett gekommen.

Genau das Bett, auf dem ich nun lag. Geduscht, im karierten Pyjama, die *Advanced Night Repair* sorgfältig um die Augenpartie eingeklopft. Viel zu früh für die Nachtruhe, aber der ereignisreiche Tag hatte mich erschöpft.

Es war Mittwochabend. Bis zu meiner Heimreise am Samstag blieben noch zwei volle Tage.

Sosehr ich mir auch einredete, die verbleibende Zeit ausgiebig fürs Schreiben und Dazulernen nutzen zu wollen, spürte ich doch, dass sich der anfängliche Zauber verflüchtigt hatte. Zumindest, was meinen Aufenthalt in der *Tenuta Sant Anto-*

nio betraf, denn dass ich dem Schreiben in meinem Leben einiges mehr an Raum einräumen wollte, daran zweifelte ich nicht mehr.

Seufzend drehte ich mich zur Seite und griff nach meinem Buch auf dem Nachttisch.

»AAaaahhhh! Hilfe!« Ich schoss von meinem Bett hoch. »Was machst du hier?«

Durch das noch immer geöffnete Fenster blickte weder der Leibhaftige noch ein voyeuristischer Fassadenkletterer, sondern mein freundlich lächelnder Mann.

71

»Kommst du mit?«, fragte er so, als wären wir erst kurz zuvor in unserem Gespräch unterbrochen worden und als wäre das abendliche Erscheinen an anderer Leute Fenster eine durchaus übliche Form der Aufwartung. Sein rechtes Bein befand sich bereits auf der Zimmerseite. Das andere zog er nach.

Ich stand auf und trat ihm entgegen. Mein Herzklopfen ließ langsam nach. »Josef! Wie hast du das angestellt?« Mein Blick an ihm vorbei aus dem Fenster fiel auf eine wenig vertrauenswürdig aussehende Holzleiter mit fehlenden Tritten. Schwach beleuchtet von der Außenlaterne des Nebengebäudes lehnte sie an der Hauswand.

»Und woher wusstest du, welches mein Fenster ist?« Erstaunen, Neugier und, ja, auch so etwas wie Belustigung waren nun stärker als der erste Schreck und die Irritation über seinen ungewöhnlichen Auftritt.

»Intuition.« Josef zuckte mit den Schultern, als sei diese nur eine seiner vielen besonderen Begabungen. Er stand jetzt im Zimmer und strich sich über sein längst nicht mehr präsentables Sweatshirt und die Jeans.

»Wir können auch hierbleiben.« Mit einer weiten Armbewegung beschrieb er die Ausmaße meines Zimmers. »Oder zu meinem Hotel fahren. Oder nach Hause.« Letzteres schien, dem Klang nach, die von ihm bevorzugte Variante zu sein.

Ich wollte protestieren, aber Josefs Beharrlichkeit zeigte bei mir erste Früchte. »Und was soll dann passieren?«

Er strich sich mit Daumen und Zeigefinger übers Kinn, als bedürfte meine Frage erheblichen Nachdenkens. »Dann ..., tja, dann holen wir Lego bei Tobi ab. Und ...«, meine gerunzelte Stirn war ihm anscheinend nicht entgangen, »... anschließend suchen wir uns einen guten Beziehungscoach oder Therapeuten. Egal, solange er nicht Pfister heißt. Jedenfalls jemanden, der was von seinem Fach versteht. Aber damit könnten wir auch noch bis übermorgen warten. Spätestens, versteht sich.«

Ich setzte mich auf die Bettkante.

»Weißt du«, Josef ließ sich dicht neben mir nieder und griff nach meiner linken Hand, die er begutachtete, als sei sie ein ganz besonders hübsches Exemplar, »mir ist schon klar, dass ich verdammt viel Mist gebaut habe. Ich kann auch gut verstehen, dass du jetzt sehr misstrauisch bist. Das wäre ich an deiner Stelle auch.«

Ich unterdrückte den Impuls, Josef mit etwas Schnippischem zu unterbrechen.

»Und ich verstehe auch gut, dass es so aussieht, als stünde ich nun hier ...«

»... säße ich.« Eine Haarspalterei, aber so war ich nun mal.

»… als säße ich jetzt hier, weil sich Nathalie von mir abgewendet hat. Vielleicht stimmt das sogar bis zu einem gewissen Punkt. Ich meine, wenn sie das nicht getan hätte, dann würde sich die Affäre vielleicht noch eine Weile hinziehen. Aber irgendwann in nicht zu ferner Zukunft hätte ich begriffen, dass das, dass *sie* nicht wirklich etwas mit meinem Leben zu tun hat. Es war diese«, Josef zögerte und drehte meine Hand so, dass er die Innenseite einer Untersuchung unterziehen konnte, »erotische Attraktion, ihre Jugend, ihre Bewunderung – zumindest am Anfang –, eben all die Lockstoffe, denen Männer in meinem Alter auf den Leim gehen. Durch Nathalies Rückzug habe ich zum Glück noch rechtzeitig kapiert, wie wenig Bestand das auf Dauer gehabt hätte. Und …«, er legte meine Hand behutsam zurück auf meinen Schenkel, »wie real die Gefahr war – ist! –, dich zu verlieren.« Josef sah mir in die Augen. Ich sah ihn an. Meine Lider begannen zu flattern.

Wann hatte Josef das letzte Mal, noch dazu so lange am Stück, mit solcher Intensität zu mir gesprochen? Und ich, hatte ich in den letzten fünfzehn Jahren mit ihm über meine Gefühle gesprochen?

»Meinst du das ernst mit der Beratung?«, wollte ich wissen.

»Ja.«

»Das klang aber heute Vormittag noch anders.« Wie recht Josef hatte. Ich war so misstrauisch, wie wohl jeder an meiner Stelle gewesen wäre, der eine solche emotionale Achterbahnfahrt hinter sich hatte, wie sie mir in den vergangenen Monaten zuteilgeworden war.

»Ich weiß. Aber du hast mir deutlich mitgeteilt, wie deine Bedingungen aussehen. Sehr deutlich.« Josefs Blick wanderte zum Passat-Schlüssel auf dem Sideboard. »Wo ist Henry Miller?« Nun schaute er sich im Zimmer um, als hielte er einen sich aus dem Nichts materialisierenden Anton für zwar nicht wünschenswert, aber doch vorstellbar. »Habt ihr abends keinen Literatur-Club?« Die leichte Spitzzüngigkeit entsprach schon wieder mehr meinem mir altvertrauten Ehemann.

»Nein.« Mehr musste Josef nicht wissen.

»Ich habe noch ein paar Literaturnobelpreis-Aspiranten in der Bibliothek sitzen sehen, als ich vorhin ein Nachtwächterründchen ums Haus gedreht habe.«

»Dass du dich das noch getraut hast. Nach heute Morgen ...« Fast zollte ich Josef Hochachtung. »Ich nehme nicht an, dass man hier gut auf dich zu sprechen ist.«

»Da magst du wohl recht haben.« Wieder nahm er meine Hand, diesmal nicht zur Betrachtung, sondern um leicht mit Zeige- und Mittelfinger seiner Linken über meinen Handrücken zu fahren. Ich ließ ihn gewähren.

»Du hast mir noch nicht geantwortet, Helene. Wollen wir fahren? Das ist eigentlich eine Bitte. Eine – ich weiß – sehr große Bitte«, fügte er noch hinzu.

Während ich die Bewegung seiner Finger auf meiner Hand verfolgte, spürte ich Josefs Blick von der Seite.

»Du weißt, dass ich das mag«, sagte ich und zog meine Hand weg. »Aber ich kann mich nicht drauf einlassen. Noch nicht.« Ich stand auf und zog meinen karierten Pyjama so würdevoll zurecht, als handelte es sich dabei um eine Kostümkreation von Versace.

»Hilf mir beim Packen!«, sagte die Königin von Saba gemessenen Tones und wies mit ausgestrecktem Zeigefinger auf ihren Rollkoffer.

Josef tat wie angewiesen.

72

»Sie sind entschlossen, Ihre Beziehung weiterzuführen, haben Sie gesagt.« Gudrun Häberli strich sich eine graue Haarsträhne hinters Ohr. Während sie sprach, klappten ihre Lider immer wieder kurz nach unten, als wäre sie sehr müde.

»Nicht um jeden Preis«, warf Helene ein.

»Nein, nicht um jeden Preis.« Der papageienhafte Charakter seiner Beteuerung war Josef unangenehm, aber er hatte nicht hintanstehen wollen.

»Ich verstehe.« Frau Häberli nickte, wobei es schien, als würde ihre schmale, leicht hakenförmige Nase einem Schnabel gleich nach etwas picken. Mit ihren buschigen Brauen, den runden braunen Augen und den kurzen, pfefferundsalzfarbenen Haaren erinnerte sie Josef an einen Uhu.

»Herr Abendrot, warum sind Sie zu mir gekommen?«

Josef erschrak über die plötzliche, nur an ihn adressierte Frage. Konnte sie Gedanken lesen und rächte sich nun für seine ornithologischen Vergleiche? Gleichzeitig war ihm, als wundere sich Gudrun Häberli über sein Erscheinen, was weitere Fragen aufwarf: Hielt sie ihr gemeinsames Tun etwa für überflüssig? Teilte sie seine insgeheim weiterhin gehegten Zweifel an der Nützlichkeit einer Paartherapie, jetzt, da sie doch beide grundsätzlich das Gleiche wollten?

Er sah zu Helene, die neben ihm auf einem Clubsessel im Sechzigerjahre-Stil saß. Er selbst thronte leicht erhöht auf einem Holzstuhl.

Helene sah ihn nicht an und zeigte, soweit er das sehen konnte, auch keine Regung.

»Meine Frau ...« Nein, das ging nicht. »Also, *ich* meine, dass wir uns darüber klarwerden müssten, was zu der vorübergehenden Entfremdung zwischen uns geführt hat. Und natürlich müssen wir herausfinden, was uns für unsere gemeinsame Zukunft vorschwebt.« Sein Statement war erstaunlich gut geraten, befand Josef. Vor allem die Formulierung mit der *vorübergehenden Entfremdung* gefiel ihm. Wieder schaute er zu Helene, aber die hatte ihre Augen nach wie vor auf Frau Häberli gerichtet. Er war nun sicher, dass sie ihn mit Absicht auflaufen ließ.

»Und?« Der Uhu sah ihn für einen Moment mit diesen großen Augen an, bevor seine Lider wieder nach unten klappten.

»Wie bitte?«

»*Was* schwebt Ihnen denn vor?«

Josef schluckte. Die Stuhllehne drückte ihm unangenehm in den Rücken. Eine bequemere Sitzgelegenheit zum Beispiel. *Die* schwebte ihm vor. Für 140 Franken pro Stunde, so fand er, sollte man nicht mit dem Bequemlichkeitsgrad einer Kirchenbank vorliebnehmen müssen.

»Eigentlich …, na ja, so viel anders als vorher müsste es meinetwegen gar nicht sein. Unsere Ehe war, ist, gar nicht so schlecht«, gab er schließlich von sich.

»Weshalb haben Sie dann eine außereheliche Beziehung begonnen und sind ausgezogen?« Gudrun, die selbst auf einem braun-grünen Sessel saß, der ihn an den durchaus behaglichen Fauteuil seines Großvaters erinnerte, beugte sich leicht zu ihm hin. Aus dem schläfrigen Uhu war ein hellwacher geworden. Und aus ihm eine Maus. Die anvisierte Beute des Uhus.

Auch Helene musste sich ihm zugewandt haben. Das spürte er. Ihr Blick traf ihn wie ein heißer Strahl auf seiner linken Gesichtshälfte. »Gar nicht so schlecht?« Helenes Stimme hatte die

Schärfe eines frisch geschliffenen Messers. Es war eine jener Fragen, die keine Antwort einforderten.

»Geben Sie mir bitte einen Moment Bedenkzeit.« Josef kam sich vor wie der Kandidat einer Quizsendung. Es fehlte nicht viel, und er hätte auch noch um einen Joker gebeten.

»Gut, dann frage ich jetzt erst mal Sie, Frau Abendrot. Was sind *Ihre* Wünsche für die Zukunft mit Ihrem Mann?«

Jetzt, da der Uhu von seiner Beute abgelassen hatte, hätte Josef sich gerne etwas entspannt, was die kantigen Holzverstrebungen seiner Stuhllehne jedoch nicht erlaubten.

»Ich wünsche mir, dass wir zu dem zurückfinden, was im Laufe der Jahre auf der Strecke geblieben ist: Interesse am anderen, ehrliches Interesse. Nicht nur *Wie war dein Tag?* und solche Phrasen. Sich wieder sehen, wirklich sehen. Nicht aneinander vorbeischauen. Neugier, ja, die Neugier, wissen zu wollen, was der andere denkt und fühlt.« Abrupt brach Helene ab, als hätte sie die Aufzählung erschöpft. Sie senkte den Blick und schaute auf ihre im Schoß gefalteten Hände. »Das gilt natürlich auch für mich in Bezug auf meinen Mann.« fügte sie noch an. Leise.

»Wollte ich gerade sagen«, entfuhr es ihm.

»Ah, Herr Abendrot, ich stelle fest, die Bedenkzeit ist beendet. Sie haben also doch auch Wünsche und Vorstellungen. Da möchte ich doch gleich mal einhaken.«

Josef war sich nicht sicher, ob er die erneute Aufmerksamkeit von Gudrun Häberli begrüßen sollte. Eigentlich hätte er doch lieber noch ein wenig Helenes Sicht der Dinge gelauscht. Tatsächlich aber schwante ihm, dass er nun aufgefordert war, etwas von sich einzubringen. Und auf einmal wollte er das auch.

»Und, was meinst du?« Helene sah ihn erwartungsvoll an.

Sie hatten Gudrun Häberlis Praxis für *Persönlichkeitsentwicklung & Lebensgestaltung* am Dalmaziquai vor ein paar Minuten verlassen und liefen gemeinsam an der Aare entlang, über der der herbstliche Nebel nicht weichen wollte. Das milchige Grau ließ alles, ob auf dem Fluss oder an seinem Ufer, ein wenig geheimnisvoll aussehen.

»Kann man was draus machen«, antwortete er. »Sie scheint mir auf Draht zu sein. Jedenfalls nicht so schläfrig, wie sie aussieht.«

»Hm, aus deinem Mund ist das ja schon ein Kompliment«, sagte Helene.

Er freute sich über ihr angedeutetes Lächeln.

Für die nächste Sitzung hatte ihnen Gudrun eine Hausaufgabe mitgegeben: Sie mussten eine Liste erstellen, unabhängig voneinander, auf der sie die vermuteten Gründe für ihr Auseinanderleben festhielten. Bei Josef – Zusatzaufgabe – auch mit dem, was er für die Ursachen seines Fremdgehens hielt. Das bereitete ihm schon jetzt ein wenig Bauchweh.

Er wollte Helene nichts mehr vormachen. Sich selbst auch nicht.

Leichterfallen würde ihm die Auflistung seiner Vorstellungen für ihre gemeinsame Zukunft, denn entgegen seiner vorschnellen Reaktion auf Häberlis Frage gab es natürlich ein paar Dinge, die auch nach seinem Dafürhalten nach einer Veränderung riefen.

Auf der gegenüberliegenden Seite des Flusses musste sich Nathalies Wohnung befinden. Nicht in Sichtweite, aber doch nahe genug, um sie zu erahnen.

Obwohl er heute mit so etwas Ähnlichem wie Gelassenheit

an sie denken konnte – noch vor vier Wochen nicht vorstellbar –, verspürte er hin und wieder ein Ziehen in der Brust. Damit, hatte er beschlossen, konnte er leben wie mit einer heilenden Wunde, an der nicht zu sehr gekratzt werden durfte.

So gesehen war er froh über die von Nathalie erbetene Versetzung. Seit gut einer Woche arbeitete sie in der Traumatologie, was weitere Begegnungen selten machte.

Sosehr ihn das erstaunlich schnell schwindende Verlangen nach Nathalie erstaunte, so sehr verwunderte ihn der stetig stärker werdende Wunsch, Helene nahe zu sein. Aber noch hielt sie ihn auf Abstand.

Als sie vor fast drei Wochen aus dem Fenster der *Tenuta Sant Antonio* geklettert waren und die Nacht im *Bellavista* in Impruneta verbracht hatten, hatte jeder eine eigene Hotelzimmertür hinter sich geschlossen. Das war Helenes Wunsch.

Pazienza!, hatte Francesco noch geflüstert, als er ihm seinen Zimmerschlüssel in die Hand gedrückt hatte. *Roma non fu fatta in un giorno.*

Nun gut, die Erbauung von Rom lag nicht vor ihnen, aber dass er sich gedulden musste, sah er ein.

Gleich nach ihrer Rückkehr hatten sie tatsächlich als Erstes Lego bei Adrienne abgeholt. Gemeinsam. Tobi hatte ihn dorthin verfrachtet.

Danach hatte Josef sich allerdings wieder in den selbstgeschaffenen Karzer in der Aberlistraße begeben müssen. Dort saß er nach wie vor ein.

Immerhin hatte ihm Helene schon mehrere Abendessen zugestanden, nachdem er schon recht bald mit Gudrun Häberlis Adresse – Helenes Absegnung erfolgte ohne Verzug – und einem ersten Termin hatte aufwarten können.

Den hatten sie heute wahrgenommen.

»Wollen wir einen Kaffee trinken gehen?« Er musste erst um elf im Spital sein und hätte gerne noch ein bisschen Zeit mit Helene verbracht. Von diesem gemeinsamen Schlendern an der Aare, ohne zu reden und doch in Wohlsein, wünschte er sich noch mehr für die Zukunft. Es war ihnen in den letzten Jahren abhandengekommen. Wie so vieles.

Er dachte daran, diesen Wunsch gleich auf die Liste zu setzen, für die nächste Sitzung beim Uhu.

»Geht leider nicht. Ich habe von *Fido* die Anfrage bekommen, Textkorrekturen zu übernehmen. Bis morgen muss ich *Tierarzt Dr. Rindlisbach gibt Antwort* durchgehen und auch noch an meiner Kolumne schreiben.« Sie sah ihn von der Seite an. Ihr Lächeln war immer noch ein bisschen sparsam. Sie war auf der Hut. Das konnte er ihr nicht verübeln.

Ihm fiel auf, dass die Zahl der kleinen Fältchen um ihre Augen zugenommen hatte. Hatten sie sich in den letzten Monaten eingeritzt? War er für ihr Entstehen verantwortlich? Er dachte an die glatte Haut von Nathalie. Ganz kurz nur. Dann schob er das Bild weg. Er wollte weder an sie denken, noch Vergleiche anstellen. Es war Helene, die er zurückgewinnen wollte. *Wirklich* zurückgewinnen. Mit allem, was sie ausmachte. Und dazu gehörten auch die ersten Krähenfüsse, die feinen Lippenfalten und die Silberfädchen an den Schläfen.

»Schön. Die Hundekolumne würde ich gerne lesen, wenn sie fertig ist. Wenn du sie mir geben möchtest«, fügte er noch an.

»Du hast noch nie danach gefragt«, sagte Helene und wippte dabei ein wenig auf den Absätzen ihrer Stiefeletten, die Hände in den Taschen ihres Trenchcoats vergraben.

»Ein Versäumnis«, sagte er nur. »Ein unentschuldbares.«

Helene sah ihn forschend an. Es war ihr anzusehen, dass sie nach Anzeichen von Ironie Ausschau hielt, aber die würde sie nicht finden.

Er meinte genau das, was er sagte. Wort für Wort.

Das war neu, wie manches zwischen ihnen.

Anderes wiederum war wie früher. Und wieder anderes musste er sich in kleinen Teilen in Erinnerung rufen, wie nach einer Amnesie.

73

»Jó, jó.« Das war Ungarisch und bedeutete *gut*. Zumindest klang es, als würde es das heißen. Sándor stand am Herd und kochte irgendwas, das ziemlich pfeffrig und ungarisch aussah. Vielleicht war es aber auch einfach nur eine Tomatensoße.

Ich hatte von unseren bisherigen Sitzungen bei Gudrun Häberli erzählt, die zwar nicht zaubern konnte, aber doch mit ihren Fragen und Anmerkungen verstand, den Finger auf unsere über Jahre festgezurrten Beziehungsknoten zu legen.

Von Adrienne sah ich gerade vornehmlich ihr Hinterteil. In einer nur schwer definierbaren Stellung, nicht sitzend und nicht liegend, war sie auf dem bunten Kelim zwischen Kücheninsel und Sitzecke in eine ihrer Yogaübungen verwickelt. Die Füße hinter dem Kopf platziert, das Kinn gegen die Brust gepresst, ihre Arme ausgestreckt auf dem Boden. Das Ganze nannte sich *Pflug* und sah irgendwie auch danach aus.

»Kenia. Klingt spannend. Und warum nur drei Monate? War nicht von einem Jahr die Rede?«, sagte sie zu ihrer Brust. Langsam führte sie die Beine über ihren Kopf zurück. Dahin, wo sie eigentlich hingehörten. Das sah sehr elegant und geschmeidig aus, was eigentlich für die ganze Adrienne galt. Schlanker war sie, mit zart getöntem Teint und den strahlenden Augen einer Frau, die – so abgegriffen das auch klingen mochte – liebte und geliebt wurde. Ich schaute zum Petersilie hackenden Sándor, mittlerweile ohne Bärtchen, was ihm außerordentlich gut stand, und wieder zurück zu Adrienne. Fast war ich ein wenig neidisch. Zwischen Josef und mir war alles noch zerbrechlich, auch wenn wir guten Willens waren. Wie zwei Rekonvaleszenten, jeder mit seinen Blessuren beschäftigt, trauten wir uns im Umgang miteinander noch keine Sprünge zu. Was mich betraf, nicht einmal Hopser. Aber ich machte Fortschritte. Wir beide machten Fortschritte.

»Ja, eigentlich schon«, griff ich Adriennes Frage auf. »Aber wir sind zu dem Schluss gekommen, dass ein Vierteljahr reicht. Die Textarbeiten für *Fido* kann ich zwar überall auf der Welt erledigen, aber die Deutsch- und Mentorenstunden im Zentrum, die ich im kommenden Frühjahr übernehmen kann, lassen sich nun mal nicht per Video-Konferenz abwickeln. Ich will das auch alles nicht mehr so, wie es mal war: Hundeschule mit Lego, ein bisschen Unterricht und dem Herrn Gemahl ein leckeres Essen kochen.«

»Na, na … nun gehst du mit dir selbst ein wenig streng ins Gericht. *So* schlimm ist es ja wohl nie gewesen«, warf Adrienne ein.

Ich ließ mich von ihrem etwas matt geratenen Einwurf nicht beirren und fuhr fort mit meinem Bericht, der nur zum Teil für Adrienne bestimmt war. Auch mir selbst tat es gut, mir immer wieder darüber bewusst zu werden, was in meinem Leben anders werden sollte. »Die Vertretungsstelle im Goethe-Institut in Nairobi ist übrigens auch nur auf zwei Monate beschränkt.

Immer vorausgesetzt, dass das auch wirklich klappt.« Eigentlich zweifelte ich nicht daran. Der Mailaustausch mit der Verantwortlichen vor Ort war sehr klar und konstruktiv gewesen. Aber ich hatte beschlossen, mich nur noch auf Fakten zu verlassen.

»Freust du dich auf die Zeit?« Adrienne saß immer noch auf dem Teppich, nun im Schneidersitz. Kein gewöhnlicher, bewahre! Beide Füße ruhten auf ihren Schenkeln.

»Ja, tue ich.«

»Das klingt ein bisschen sparsam.«

»Sehr. Ich freue mich wirklich sehr darauf, in so einem gänzlich anderen Umfeld zu unterrichten«, fügte ich noch an. »Zufrieden?«

»Nicht *ich* muss zufrieden sein, auch wenn ich es mir für dich wünsche«, sagte Adrienne, die mir damit wieder mal ein Portiönchen ihrer willkommenen Weisheit zukommen lassen wollte. »Und was macht ihr mit Lego? Ich würde ihn ja nehmen, aber Sándor und ich wollen öfter zu ihm nach Ungarn reisen.«

Sándor und ich. Das war schon noch ein wenig ungewohnt. Wie so vieles. Ich ließ meinen Blick erneut von Adrienne zu ihm gleiten. Und wieder zurück zu meiner Freundin.

Wir sahen uns weniger in letzter Zeit.

»Natürlich, mach dir darüber keine Gedanken. Du bist zwar sein Frauchen Nummer zwei, aber gewiss nicht für sein Leben zuständig. Lego wird so lange bei Tobi unterkommen. Der hat sich erstaunlicherweise gleich anerboten, ihn zu nehmen, als ich ihm von unseren Plänen erzählt habe.«

»Tobi? Der hat doch sonst nie Zeit.« Adrienne erhob sich mit der Grazie einer Balletttänzerin und setzte sich neben mich aufs Sofa. »Noch ein Glas Weißwein für Helène, Sándor. Du lässt sie auf dem Trockenen sitzen.«

Ich staunte. Sándor war gar nicht der Macho, für den ich ihn gehalten hatte. Oder war es Adrienne, die gleich von Beginn weg klargemacht hatte, dass sie in ihrer Beziehung nicht in die Rolle eines dienstbaren Geistes zu schlüpfen gedachte? Da musste ich auch noch dran arbeiten. Ich durfte mich nicht beklagen, dass Josef in unserer Ehe Jahr um Jahr mehr zum Pascha geworden war. Das Arrangement hatte mir in den Kram gepasst. Warum sonst hatte ich mich nicht gewehrt? Josef war schließlich nicht immer so gewesen.

»Nein danke.« Ich hielt die Hand über mein Glas. Erst jetzt sah ich, dass der herbeigeeilte Sándor eine Halbschürze trug. Donnerwetter. Und die stand ihm ausgezeichnet.

Unsere Augen trafen sich. Die freundlichen Blicke zweier einander wohlgesinnt Bekannter, deren verbindendes Glied die gemeinsame Freundin war. Mehr nicht. Unser erotisches Geplänkel vor gut zwei Monaten – gefühlt schien es mir ein Jahr zu sein – war von dem Dunkel verschluckt worden, in dem es stattgefunden hatte.

»Du bleibst doch zum Essen?«, fragte mich Sándor. »Pusztaschnitzel ohne Schnitzel.« Er lächelte erst Adrienne an, dann mich.

»Danke, keine Zeit.« Ich erhob mich. Adrienne griff nach meinem Arm, ließ ihn aber gleich wieder los. Nein, sie sagte nicht, ich solle bleiben, wie sie es vor gar nicht so langer Zeit noch getan hätte.

Der Abend war wärmer als für den Oktober üblich. Als ich im Jägerweg vom Rad stieg, strömte mir aus Nachbars Garten der Duft von gegrilltem Fleisch in die Nase.

Noch vor drei Monaten hatte mich der gleiche Duft traurig

gemacht, stand er doch auch für Familienabende und Geselligkeit. Mit Josef als Grillmeister. Im Übrigen der einzige Anlass, bei dem auch *er* eine Schürze trug.

Seit gestern war Josef zurück. Mit zwei Koffern und einer vollgestopften Ikea-Tasche. Obendrauf hatte eine grünlichbraune Kuckucksuhr gelegen, von der ein leicht muffiger Geruch ausging.

Was ist damit?, hatte ich gefragt und mit dem Finger darauf gezeigt.

Erklär ich dir ein anderes Mal, hatte Josef erwidert. *Geschenk von Schneider*, fügte er noch hinzu. Und dann, mit etwas Verzögerung, während er die Tasche in der Diele abstellte: *So eine Art Memorandum. Auf dass du nicht vergessest ... Aber wie gesagt: nicht heute.*

Wir hatten bei Frau Häberli seine Rückkehr in den Jägerweg besprochen. Die Entscheidung solle ich treffen, hatte sie gesagt und dabei ihre Augenlider nach unten geklappt, als müsse ich das in genau jenem Moment tun, während sie sich zu einem kurzen Nickerchen zurückzog. Dass Gudrun Häberli, für Josef nur der Uhu, alles andere als eine Schlafmütze war, hatte sie allerdings längst bewiesen.

Und ich hatte entschieden.

Heute Abend war ich jedoch allein wie in vergangenen Tagen. Nur Lego würde mir Gesellschaft leisten. Josef hatte Dienst. Ich wollte noch einen Bienenstich backen, wie Tobi ihn liebte. Mit viel Krokant. Er hatte sich für morgen zum Kaffee angekündigt und wollte noch jemanden mitbringen.

74

»Seit wann kommt Tobi zum *Kaffee*?« Josef saß in Jogginghosen und einem seiner ältesten Sweatshirts auf seinem Lieblingssessel. Für die Dauer weniger Sekunden lugte er hinter der neusten Ausgabe des *Journal of Bone an Joint Surgery* vor.

Ich hatte mich noch nicht wieder an seine Anwesenheit im Haus gewöhnt. An diesen Heimkehrer, der, so schnell wie er verschwunden war, nun bereits wieder zum Inventar gehören wollte.

Ein wenig verlegen war er am Morgen nach dem Duschen wieder aus dem Bad gekommen. Erneut im Pyjama. Nicht nackt. So weit waren wir noch nicht.

Ist der gewaschen? Er hatte mir seinen blau-rot gestreiften Bademantel entgegengehalten. *Ich meine, wenn nicht, dann stecke ich ihn schnell in die Maschine*, hatte er noch eilig nachgebessert, als ich ihm nicht gleich Antwort gab.

Gewaschen ist er, aber du kannst ihn ja noch zusätzlich desinfizieren. Die kleine Spitze wollte raus, auch wenn uns Gudrun Häberli nahegelegt hatte, jeglichen Sarkasmus aus Auseinandersetzungen fernzuhalten. Einer ihrer wenigen Ratschläge, die sie ansonsten vermied.

»Er kommt ja nicht allein«, erklärte ich dem nur wenige Meter von mir entfernt sitzenden Mann, der erfreulicherweise nirgendwo anders mehr in sich *hineinhören* wollte, sondern sich seine besinnlichen Momente durchaus auf dem heimischen Sessel zu gönnen schien. »Tobi möchte uns jemanden vorstellen.«

»Wie, *jemanden*? Eine Frau, einen Mann? Warum so geheimnisvoll? Ist er schwul und will uns das heute mitteilen? Bei Kaffee und Kuchen?«

Kein Zweifel, Josef war zurück. In alter Form.

»Willst du dir nicht was anderes anziehen?« Ich ignorierte seine Fragen, die ohnehin keiner Antwort bedurften, und wies auf die Hose, auch wenn er das hinter der Zeitung gar nicht sehen konnte.

»Ist ja kein Staatsempfang«, hörte ich ihn noch brummeln, bevor ich zur Tür ging. Es hatte geklingelt.

Lego stand schon schwanzwedelnd in Empfangsposition, was ihn neben einigem anderen von seinem Herrchen unterschied.

»Hallo, Ma.« Tobis Lächeln war eine Spur zu enthusiastisch, seine Mundwinkel zu weit oben festgetackert. »Da sind wir also. Ehm, meine Begleiterin kennst du bereits.« Er wies mit ausgestreckten Händen auf die junge Frau neben ihm wie der Präsentator einer Fernsehshow.

»Guten Tag, Frau Abendrot.« Sie streckte mir ihre Hand entgegen. Wie damals am Fluss. Nach einem Moment des Zögerns ergriff ich sie. »Guten Tag, Frau Brunner«, sagte ich.

Es war der begeistert hüpfende Lego, der die folgende Minute mit dem füllte, was mir abging: unbeschwerte Gastfreundschaft.

Tobi und Nathalie knieten sich zu ihm und knuddelten ihn um die Wette.

Das Bariton-Räuspern hinter mir – oder war es ein Stöhnen? – kam von Josef. Er hatte sich von seinem Sessel erhoben und, so schloss ich, mittlerweile Kenntnis davon genommen, dass sein Sohn nicht *schwul* war, wie er sich ausgedrückt hatte. Es war aber durchaus möglich, dass er in diesem Moment eine solche Variante den sich präsentierenden Tatsachen vorgezogen hätte.

Tobi und Nathalie mussten derweil eingesehen haben, dass sie Lego nicht ewig begrüßen konnten, auch wenn dieser in Sachen Schmusen ein Fass ohne Boden war.

»Hallo, Josef!« Tobi hatte sich noch vor Nathalie aufgerichtet und versenkte seine Hände in den hinteren Taschen seiner Jeans, was er immer tat, wenn er nervös war.

»Hallo«, zwitscherte der Damenbesuch dem Hausherrn zu. Ohne Namensnennung, begleitet von einem kleinen Winken aus der Hüfte.

Josef stand im Türrahmen zum Wohnzimmer. Blass sah er aus und keinen Tag jünger als die dreiundfünfzig Jahre, die er noch nicht mal erreicht hatte. Seine ausgebeulten Jogginghosen und die museumsreifen Birkenstöcke taten das ihre.

In unserer Diele knisterte es. Die frei flottierende elektrische Energie – so malte ich mir das in Ermangelung fundierter physikalischer Kenntnis zumindest aus – hätte vermutlich den Strombedarf eines mittleren Haushalts einen Tag lang decken können.

Was hatte das zu bedeuten? Wie konnte sich Tobi erlauben, mit Nathalie bei uns aufzukreuzen? Ohne Vorwarnung. Ohne Erklärung.

Er musste meine Gedanken gelesen haben.

»Bevor ihr uns wegschickt, was ich sogar verstehen könnte, möchte ich, möchten wir ein paar Dinge ... erläutern. Vielleicht bei einer Tasse Kaffee? Im Wohnzimmer?« Tobi zeigte in besagte Richtung, vielleicht für den Fall, dass seine zu Eisfiguren gefrorenen und auch sonst nicht mehr ganz luziden Eltern sich nicht daran erinnern konnten, wo ihre gute Stube zu finden war.

Nathalie stand schweigend neben Tobi. Sie sah heute noch jünger aus als bei unserer ersten Begegnung. Mit ihrer zu einem hohen Pferdeschwanz gebundenen Mähne, die großen braunen Augen ungeschminkt, in engen Jeans und Turnschuhen, hätte sie auch als Achtzehnjährige durchgehen können.

Lego hatte neben ihr Platz genommen und seinen Kopf an ihr Bein gelehnt. Genüsslich ließ sich der Überläufer an seinem linken Ohr zupfen.

»Gut«, sagte ich, auch wenn nichts *gut* war, und ging voraus. Josef stand noch immer bleichgesichtig in der Tür zum Wohnzimmer und machte keine Anstalten, zur Seite zu treten. Ich schob ihn kurzentschlossen zur Seite und wies Tobi und Nathalie an, an mir vorbeizugehen. »Setzt euch. Ich mach Kaffee«, sagte ich und verschwand in der Küche. Erst beim Hantieren mit den Tassen merkte ich, wie sehr ich zitterte. Ich stellte das hüpfende und klirrende Porzellan aufs Tablett und stützte mich auf der Kante des Tresens ab. Sollte ich den Kuchen mit auf den Tisch stellen? Die Vision einer fidel schmausenden Tafelrunde kam mir doch etwas befremdlich vor.

»Lass mich den Kaffee machen!« Das war der wiederbelebte Josef, der zu mir in die Küche gekommen war. Ich nahm nicht an, dass sein Erscheinen dem Bedürfnis entsprang, unsere Arbeitsauftailung ausgerechnet heute neuen Gesetzen zu unterstellen. Auch wenn seine tatkräftigen, entschlossenen Handgriffe für die Zukunft nur Gutes verhießen.

»Bienenstich«, sagte ich. »Hörst du? *Bienenstich!* Wohl eher der Angriff eines Hornissenschwarms.«

»Hast du das gewusst?«, presste Josef zwischen den Zähnen hervor, während er der launischen Kaffeemaschine einen Fausthieb versetzte, der ihr zu erneutem Fluss verhalf.

»Wo denkst du hin?« Wir sahen uns an.

Was uns gerade verband, war unsere Bestürzung. Eine Konspiration der besonderen Art.

Wenige Minuten später marschierten wir im Wohnzimmer ein wie die heiligen drei Könige mit ihren Gaben. Vorne ich mit dem Bienenstich, den ich nun doch auftischen wollte. Hinter mir Josef mit den gefüllten Tassen, Zucker und dem Sahnekännchen auf einem Tablett. Als Letzter Lego, der in der Küche Hantierende grundsätzlich nie aus den Augen ließ.

Tobi und Nathalie saßen nebeneinander auf dem Sofa und tuschelten. Angesichts unserer kleinen Prozession verstummten sie.

»Die Sache ist die.« Tobi schabte ein wenig vom Krokantbelag von seinem Stück Bienenstich, der mir übrigens sehr gut gelungen war. »Nathalie und ich sind seit zwei Monaten ... liiert.« Er manövrierte die Mandelsplitter auf die Gabel, schob sie sich in den Mund und kaute sorgfältig, bevor er weitersprach. »Wir sind uns bewusst, dass dies für euch nicht einfach ist. Das ist schon eine sehr ...«, er suchte nach passenden Worten.

»... delikate Situation«, ergänzte Nathalie, die auch gleich fortfuhr. »Schwierig ist die Sache allerdings auch für uns.« Sie legte kurz ihre Hand auf die von Tobi, zog sie aber gleich wieder weg. »Wir haben uns anfangs beide gegen unsere Gefühle gewehrt. Aber wir waren machtlos. Es war die sprichwörtliche Liebe auf den ersten Blick.« Nur für den Bruchteil einer Sekunde sah sie zu Josef hinüber, der damit beschäftigt war, das goldfarbene Mäanderband am Rand seiner Kaffeetasse einer eingehenden Betrachtung zu unterziehen.

Fast tat er mir leid. Aber dann auch wieder nicht. *Ich* war diejenige, die Mitleid verdiente. Wurden wir denn diese Affäre gar nicht mehr los?

75

»Das ist in der Tat eine Herausforderung.« Der Uhu nickte bedächtig – ohne Senken der Augenlider. Auf einem Block machte Gudrun Häberli mit einem Bleistiftstummel Notizen. Sie war nicht leicht zu erschüttern, und was für sie eine *Herausforderung* darstellte, würde bei manch anderem schon mal als mittlere bis größere Katastrophe angesehen. Aber *Katastrophen* gab es in ihrem Metier vermutlich gar nicht. Für fast alles konnte sie zumindest mit einem Denkanstoß aufwarten. Und das war doch schon mal was.

Nach Josefs Anruf hatte sie ihnen noch für den gleichen Tag einen Termin gegeben.

Dass die Wendung, die die familiäre Beziehungskonstellation genommen hatte, professioneller Unterstützung bedurfte, war schnell klargeworden. Josef hätte nicht für möglich gehalten, dass er einmal diese Dringlichkeit verspüren würde.

Wie war bei ihm doch alles überdeutlich zurückgekehrt: der blaue Herrenslip unter Nathalies Sofa, ihre Ferientage mit Freundin Lizzy – ha! –, das vorgeschobene Arbeitspensum, das vergebliche Klingeln an ihrer Haustür und Tobis Volvo unweit ihrer Wohnung. Was sie oben wohl gesagt hatten, die zwei Täubchen? *Lassen wir den Alten mal klingeln. Der wird schon bald wieder Leine ziehen.*

Hitze durchströmte ihn, wenn er daran dachte. Hitze der Scham. Und der Wut. Dabei hatte er gerade noch geglaubt, die Sache mit Nathalie ließe sich alsbald mit dem *Erledigt*-Stempel versehen.

Erstaunlich war jedoch, dass es ausgerechnet der verhängnisvolle Besuch des jungen Pärchens gewesen war, der in der darauffolgenden Nacht zur ersten sexuellen Begegnung seit langem zwischen Helene und ihm geführt hatte.

Nach den erfolglosen Versuchen, Schlaf zu finden, war er weit nach Mitternacht aus dem Bett im Gästezimmer gestiegen und hatte seine Füße in seine Birkenstock-Pantoffeln geschoben. Dann hatte er bei Helene angeklopft.

Ich kann nicht schlafen, hatte er gesagt und war sich ein wenig wie ein Fünfjähriger vorgekommen, der mit dem Plüschhasen unterm Arm am Elternbett um Unterschlupf bat.

Sie hatte nicht geantwortet. Im Halbdunkel hatte er gesehen, wie sie die Bettdecke lupfte. Eine Geste, die zu seiner kindlichen Anfrage passte.

Dass sie sich danach so leidenschaftlich geliebt hatten, wie dies seit langer, langer Zeit nicht mehr geschehen war, hatte die Sache mit Plüschhasen-Josef wieder ausgebügelt.

Aber das war die Nacht gewesen. Die hatte ihre eigenen Gesetze. Der Tag sah anders aus.

Vielleicht ist es ja nichts Ernstes, hatte Helene beim Frühstück am nächsten Morgen laut vor sich hingedacht.

Ich meine, für Tobi muss es ja auch seltsam sein, mit der Frau zu schlafen, die vorher mit seinem Vater...

Sie hatte das angebissene Erdbeermarmeladenbrötchen gegen die Wand geschmissen, an der es einen blutroten Fleck ließ, bevor es auf den Boden fiel. Lego hatte sich dann der unerwarteten Gabe angenommen.

Wie konntest du nur?, hatte sie dann mit durchdringender Stimme gezetert und danach ihren Kopf bis fast auf den Teller vor ihr sinken lassen.

Lego hatte sich eiligst davongemacht. Josef hätte es ihm am liebsten gleichgetan.

Eine Helene, die so außer sich war, kannten sie beide nicht.

Das war der Moment, der ihnen klargemacht hatte, dass es eines Notfalltermins beim Uhu bedurfte.

»Könnten Sie formulieren, was für Sie das Schlimmste an dem neuen Sachverhalt ist, Herr Abendrot?« Der Uhu liebte es, ihn als Erstes in die Zange zu nehmen. Aber diesmal wusste er, dass er den Teufel bei den Hörnern packen musste. Da führte kein Weg dran vorbei. Nur, war es gut, wenn Helene das alles mit anhörte? Er warf ihr einen Blick zu, den sie nicht erwiderte. Das kannte er ja bereits.

»Ihre Frau ist eine erwachsene, starke Person. Ihre Ehrlichkeit wird sie nicht umhauen. Im Gegenteil.« Der Uhu war nicht nur fähig, seine Blicke zu dekodieren. Josef schrieb dem mittlerweile von ihm sehr geschätzten Vogel sogar die Fähigkeit zu, Gedanken zu lesen. Aber vielleicht gehörte das auch einfach zum Geschäft. So wie ein Metzger eine Lammkeule entbeinte oder ein Automechaniker die Ursache eines Motorschadens mit wenigen Griffen zu erkennen vermochte.

»Also.« Er legte eine kurze Pause ein. Noch konnte er sich drücken. Er entschied sich, mit dem harmlosen Teil zu beginnen. »Wenn die Beziehung meines Sohnes mit Frau Brunner, also mit Nathalie, von Dauer ist, dann wird mich das ein Leben lang an meinen ... Seitensprung erinnern.« Wie seltsam ihm das Wort *Seitensprung* plötzlich vorkam. Wer hatte sich das eigentlich ausgedacht? Im Geist sah er sich einen Grätschsprung zur Seite ausführen. Gut sah das nicht aus.

Aber Gudrun Häberli interessierten die semantischen Feinheiten nicht. Ihr ging es ums Wesentliche. »Das Leben ist ein Prozess, Herr Abendrot, keine Konstante. Was Sie heute empfinden, kann in einem halben Jahr ganz anders sein.«

»Ja, natürlich. Aber ...« Josef schaute nochmals zu Helene hin, die ihm nicht den Gefallen tat, ihn anzusehen. Ihr Blick, so schien es ihm von der Seite, war irgendwo auf der Höhe von Gudrun Häberlis oberstem Blusenknopf eingerastet.

»Aber was, wenn ich auf meinen eigenen Sohn eifersüchtig wäre?« Nun war es gesagt.

Von Helene kam ein seltsamer Laut. Weinte sie? Nein, es klang eher nach einem Schluckauf.

»Sind Sie das denn?«

»Ja und nein.«

»Das ist ein bisschen ungenau.«

»Eher nein, sonst würde ich ja nicht mit Helene zusammenleben wollen.« Und nach einem Moment des Nachdenkens: »Ich glaube, was ich für Eifersucht halte, ist verletzter Stolz.« Josef schwitzte. So viel Selbstbespiegelung hatte er noch nie betrieben.

»Langsam, langsam«, sagte der Uhu. »So schnell wollen wir keine Schlüsse ziehen.«

Helene befürchtete – das hatte sie ja bereits beim Frühstück kundgetan – eine Wunde, die durch eine dauerpräsente Nathalie Brunner nicht verheilen konnte. Gudrun Häberli hatte auch sie darauf hingewiesen, dass nichts blieb, wie es war, und allzu viele Spekulationen nicht nur nicht hilfreich, sondern geradezu hinderlich waren. Natürlich hatte sie dies nicht genau *so* gesagt, sondern auf ihre subtile Weise, die Josef mittlerweile zu schätzen gelernt hatte.

Helene hatte dann auch noch ihr Liebesleben angesprochen. So genau wusste Josef nicht mehr, wie sich der Übergang von der Tobi-Nathalie-Geschichte zu dieser empfindlichen Angelegenheit gestaltet hatte. Nun gut, ein Zusammenhang bestand natürlich, das war nicht von der Hand zu weisen.

Dass sie sich wieder etwas von dem Feuer der frühen Jahre zurückwünschte. Oder doch zumindest ein wärmendes Öfchen.

Der Uhu hatte daraufhin die Lider für ganze zwei Sekunden nach unten geklappt und anschließend auf eine Folgesitzung verwiesen. Das sei nämlich sehr komplex.

Für einen Moment waren seine Gedanken abgedriftet. Hatte Gudrun Häberli Sex? Wenn ja, mit wem? Oder war das Thema für sie reine Theorie? So recht konnte er sich ihre Kompetenz auf dem Gebiet nicht vorstellen. Aber vielleicht täuschte er sich da.

Das wäre nicht das erste Mal.

76

Liess sich unser bisheriges Problem, Josefs Untreue, mit einem zu üppigen, fettreichen Mahl vergleichen, zu dessen Verdauung einige Schnäpse nötig waren, deren Nachwirkungen wiederum nach Aspirin riefen, so schien es mir nun, mich von einer Lebensmittelvergiftung erholen zu müssen. Eine Vergiftung, bei deren Behandlung in den ersten Tagen nichts wirken wollte. Die Aussicht, im Dezember mit Josef nach Nairobi zu fliegen und mich dort meiner neuen Aufgabe am Goethe-Institut zu widmen, mochte zwar verlockend erscheinen, da wir eine Zeitlang von der Bildfläche verschwinden würden, aber es gab auch ein Davor und Danach. Über das Danach solle ich mir nicht jetzt den Kopf zerbrechen, hatte Gudrun Häberli angemerkt. Und zum Zuvor gäbe es ein paar wirkungsvolle Pillen: sich auszusprechen, ehrlich miteinander zu sein, sich zuzuhören, Geduld miteinander und mit sich selbst zu haben. Das seien Pillen ohne unerwünschte Nebenwirkungen, wenn man sich an ein paar Regeln hielt. Und man könne sogar an eine dauerhafte Einnahme denken.

Da hatte ich einiges zu schlucken.

Mit Tobi hatte ich nach jenem spektakulären Besuch ein längeres Gespräch geführt. Am Telefon, nicht von Angesicht zu Angesicht.

Es tut mir leid, hatte er gesagt. *Wirklich.*

Und du?, hatte ich gefragt. *Kommt dir das nicht ein bisschen komisch vor? Ich meine, Nathalie hat ...* Weiter konnte ich nicht gehen. Tobi war mein Sohn. Offene Gespräche hin oder her, über sein Sexualleben wollte ich nicht mit ihm sprechen. Und auch nicht darüber, dass mir die Geschichte vom Ödipus durch den Kopf gegangen war. Nur dass der Sohn in diesem Fall nicht die Mutter begehrte, sondern die Geliebte des Vaters.

Und wenn schon. Egal, welches Etikett ich auf die Chose klebte, es änderte die Tatsachen nicht. Oder sollten wir am Ende bei Gudrun Häberli eine Familiensitzung einberufen? Gar zu viert?

Wir haben uns schon vorher gekannt, hatte Tobi gesagt, als meine Gedanken noch beim alten Freud und König Ödipus weilten.

Was?

Ja, ohne es zu wissen.

Das verstehe ich nicht.

Als ich vor vielen Wochen, war wohl noch im Juli, hinter

ihr an der Supermarktkasse stand – sie mit dem Schampus im Korb –, habe ich sie angesprochen. So eine kleine Anmache eben, weil sie so hübsch aussah von hinten und überhaupt. Und dann habe ich gleichzeitig zwei Sachen auf einmal kapiert. Zum einen, dass wir uns schon mal auf einer Party unterhalten haben. Und auch ein bisschen ... na ja, und so. Und zum anderen, das war der Hammer, dass das auch die Frau war, mit der ich Josef gesehen hatte.

Wirklich ein Hammer, hatte ich gesagt, auch wenn das sonst gar nicht so zu meinem Vokabular gehörte.

Hm, ja. Und dann haben wir uns eben verabredet. Und natürlich auch über ihre Affäre mit Dad gesprochen. Dass ich das nicht toll fand, lag auf der Hand. Neben allem war aber diese enorme Anziehung. Beidseitig. Nathalie hat sich dann von ihm zurückgezogen. Parallel zu unserer Beziehung lief die Sache zwischen ihr und Josef jedenfalls nur noch auf platonischer Ebene. Und auch das nur, weil er nicht lockergelassen hat ...

Diesen Teil wollte ich nicht ausgeschmückt bekommen. *Schon klar*, hatte ich Tobi brüsk unterbrochen.

Trotzdem hatte dieses Gespräch in seiner Gesamtheit, anders als die ersten Offenbarungen bei Kaffee und Kuchen, ein klein wenig zur Linderung meiner Pein beigetragen.

Und dann war da noch Adriennes Beistand. Meine kluge Adrienne.

Ah, ma chère Hélène, hatte sie gesagt und mich fest an sich gedrückt. *Du hast schließlich auch mit dem Mann geschlafen, mit dem ich jetzt zusammen bin.*

Ja und? Ich war empört. *Das ist ja wohl nicht das Gleiche.*

Nein, ist es nicht. Ich will damit auch nur sagen, dass es uns allen hin und wieder guttun würde, unseren Blick zu weiten.

Nicht immer gleich: Dies darf man nicht, jenes darf man nicht. Du weißt schon. Der Kopf ist rund, damit das Denken die Richtung wechseln kann. Hat dieser Picabia, oder wie er hieß, mal gesagt. Danach hatte sie mich gleich noch mal an sich gedrückt, bei Grüntee und Kichererbsentörtchen, in einem kleinen Lokal in der Altstadt von Bern.

Und dann war da natürlich noch Josef. Ein langes Gespräch am Küchentisch. Den Bordeaux ausnahmsweise mal nicht aus den Bordeauxkelchen. Unsere Wünsche, Frustrationen und Ängste.

Ich dachte oft, ich könnte im Schlafzimmer nackt ein Rad schlagen, und du hättest höchstens kurz von deinem Buch hochgeschaut, hatte er mir gestanden.

Ich hätte dich darauf hingewiesen, dass das in deinem Alter gefährlich ist und der Teppich verrutschen könnte, hatte ich angemerkt. *Komisch*, hatte ich mit etwas mehr Ernst hinzugefügt. *Eigentlich habe ich auch manchmal das Gefühl gehabt, ich könnte auf dem Küchentisch einen Striptease hinlegen, und du würdest mich fragen, ob ich deine Jogginghose schon gewaschen habe.*

Könnten wir ja gleich mal austesten, hatte Josef vorgeschlagen.

Die Jogginghose zu waschen?

Den Striptease.

Wir hatten weder das eine noch das andere getan. Aber eine zweite unserer nächtlichen Annäherungen war gefolgt. Und es hatte sich gut angefühlt.

Josef schlief jetzt auch nicht mehr im Gästezimmer.

77

»Eine Auszeit also.«

»Ja, kann man so sagen. Mit unbestimmtem Ende.« Rüdiger tat einen Schritt nach vorn, als müsse er das Bild aus allernächster Nähe betrachten, dabei hatten weder er noch Josef die Muße zur kunstverständigen Betrachtung.

Seit einigen Minuten standen sie vor *Der große Kaiser, zum Kampf gerüstet* und tauschten sich über die jüngsten Ereignisse aus. Der Vorschlag zum Museumsbesuch war von Rüdiger gekommen. Er wäre noch nie im Paul Klee Zentrum gewesen. Und dies, obwohl er einen Freund in Bern hätte. Eine Schande sei das.

»Nie hätte ich gedacht, dass mich Susanne betrügt. Nie.«

»Du *sie* aber schon, oder?« Josef kniff die Augen zusammen und fixierte seinen Freund. Er hatte nicht vor, so zu tun, als wisse er nichts von den venezianischen Avancen, denen Helene zum Opfer gefallen war.

Rüdiger wich seinem Blick aus, wandte sich stattdessen mit neuerwachtem Interesse dem Gemälde zu. »Du meinst aber nicht etwa die harmlosen Neckereien mit Helene im Juni?«, sagte er zum gelbgesichtigen Kaiser mit der phallischen Nase. »Keine Ahnung, was sie dir da erzählt hat. Sie stand ja auch ziemlich unter Schock, die Arme.« Er lachte nervös. »Und nicht ohne Grund.«

»Aber nun haben wir wieder zusammengefunden«, konterte Josef. »Lass uns weitergehen.« Er wollte die Sache damit bewenden lassen, auch wenn ihn der Gedanke an einen Helene nachstellenden Rüdiger in Rage versetzte. Das lag nun schon ein halbes Jahr zurück. Und Rüdiger war genügend gestraft. Susanne als Ehebrecherin. Das war verblüffend. Nach Josefs Dafürhalten hätten sie beide zeitlebens froh sein sollen, einander gefunden zu haben. Pott und Deckel, die zwei, hatte er immer zu Helene gesagt.

Rüdiger hatte abgenommen. Es schmecke ihm alles nicht mehr so recht, war seine allererste Klage gewesen.

Nachdem Rüdiger Verdacht geschöpft und einiger Indizien hatte habhaft werden können, hatte sich ihm die völlig aufgelöste Susanne zu Füßen geworfen – sinnbildlich gesprochen, wie Rüdiger betonte – und sich ausgerechnet bei ihm, dem von ihr Gehörnten, über ihren hinterhältigen Liebhaber ausgeweint, der es nur auf ihr Geld abgesehen und sich dann nach Südamerika davongemacht hatte. Dass Rüdiger nicht danach zumute war, sie tröstend in die Arme zu nehmen, hatte Susanne als herzlos empfunden.

Seit einem Monat lebten sie getrennt. Rüdiger hatte sich ein Apartment der besseren Sorte gesucht. *Mit Irrsinnsküche. Kochfeld mit Tepan Yaki, Gas-Wok und Du-glaubst-es-nicht.*

Josef hatte keine Ahnung, was ein Tepan Yaki war.

Gekocht hatte sich Rüdiger bisher allerdings nur Rindsbouillon. Die aber nach allen Regeln der Kunst. Damit er nicht vom Fleisch falle, hatte er gesagt.

»Mag sein, dass das bei uns auch wieder was wird. Vielleicht auch nicht. Jetzt brauche ich jedenfalls erst mal Abstand.« Rüdiger strich sich mit dem Zeigefinger eine solitäre Träne aus dem rechten Augenwinkel.

Sie blieben vor der Zeichnung *Menü ohne Appetit* stehen.

»Mit wie viel ist denn der Lover durchgebrannt?«, fragte Josef, nachdem sie eine Weile schweigend auf das groteske Eingeweiden-Arrangement geblickt hatten.

»Hundertfünfzigtausend.«

Josef stieß einen leisen Pfiff durch die geschürzten Lippen. »Von wessen Konto?«

»Nicht von unserem gemeinsamen. Das fehlte noch. Susanne hat ja genügend geerbt. Und ein bisschen Lehrgeld muss sie schon zahlen.«

Josef enthielt sich eines Kommentars. Wer war er schon, anderer Leute Fehltritte zu verurteilen.

Sie schlenderten zum nächsten Gemälde.

Im *Schöngrün* waren sie beim Hauptgang angelangt. Und bei den heiklen Details.

»Eine Spur zu sehr durchgebraten, die Hochrippe«, mäkelte Rüdiger, bevor er sich wieder den unerhörten Neuigkeiten widmete, die so neu nicht mehr waren. »Aber dass Tobi jetzt mit deiner Herzdame zusammenlebt, ist schon, wie soll ich sagen ...« Er spießte sich einen Morchelhut auf die Gabel, schenkte ihm einen liebevollen Blick und führte ihn genüsslich zu Munde. Der Feinschmecker in ihm war bei allem Gram nicht ganz kleinzukriegen. »... gewöhnungsbedürftig.«

»Meine Herzdame ist zu Hause und trifft die letzten Vorbereitungen für unsere Abreise«, korrigierte Josef.

»Schon gut, schon gut. Übrigens ausgezeichnet, der Chablis.« Rüdiger erhob das Glas, nicht ohne zuvor der gut modellierten jungen Dame, die das grüngoldene Nass nachgeschenkt hatte, wohlwollend hinterherzuschauen. »Lass uns auf die Zugvögel anstoßen. Auf dass ihr heil wieder aus Afrika zurückkommt. Ist ja nicht gerade ein Vergnügen. Josef, *der gute Mensch von Sezuan*.«

Der hatte nun nachgerade nichts mit Josefs Arbeit in Nairobi zu tun, aber da war Rüdiger weder sattelfest noch um Genauigkeit bemüht. Und schon plauderte er weiter: »Schade, dass Helene heute nicht kommen konnte. Ich hätte mich gerne von ihr verabschiedet.«

Wollte!, dachte Josef. Nicht kommen *wollte*.

Das ist mir alles noch zu wund, hatte sie gesagt. Mit der Venedigreise und Rüdiger und Susanne habe die Misere ihren Anfang genommen. Da müsse noch ein bisschen Gras drüber wachsen.

Ihr Gras würde nun erst mal das der Savanne sein. Affenbrotbäume, Akazien und Dornensträucher anstelle von frisch gefallenem Schnee. Er sah aus dem Fenster auf den weiß bestäubten Garten und die blattlosen Büsche und Bäume.

Er freute sich auf die Zeit, die vor ihnen lag.

Auch und vor allem, weil sie das zusammen angingen.

Helene und er.

»Wie kommt die Gute denn mit der zukünftigen Schwiegertochter aus?« Rüdiger wollte es offenbar genau wissen.

»Von Schwiegertochter ist noch keine Rede, und so oft sehen sich Helene und Nathalie nicht«, wich Josef aus, der die heikle Konstellation nicht zum Gesprächsdauerbrenner machen wollte. »Sie gehen jedenfalls nicht zusammen shoppen oder tauschen Schminktipps aus, falls du das meinst.«

»Ist ja nur so eine Frage.« Rüdiger schien die leichte Gereiztheit seines Freundes nicht entgangen zu sein.

»Ob man von den Kartöffelchen und dem Jus einen Nachschlag haben kann?« Er hielt nach der jungen Frau Ausschau, die für die Herbeischaffung der Gaumenkitzeleien zuständig war und von der er sich dem Augenschein nach auch gerne anderweitig hätte Gutes tun lassen.

Nach langem Darben und weiterem *Vom-Fleisch-fallen* sah das jedenfalls nicht mehr aus.

»Und du? Ich meine, bist du so ein Guru, dass du Tobi den leckeren Happen gönnst, den du dir selber zuvor vom Büfett geholt hast?« Er nahm die Flasche mit dem Chablis aus dem Kühler und goss Josef und sich davon nach. *Seinen* letzten leckeren Happen hatte er gerade runtergeschluckt. Und die Servierkraft zeigte sich zu seinem Bedauern nicht.

Josef seinerseits spülte seinen aufkommenden Ärger über Rüdigers Fragerei mit einem Schluck Wein runter.

Aber so war der Bonvivant und verkannte Gigolo nun mal.

Dass Rüdiger an einer delikaten Stelle kratzte, lag auf der Hand. Und doch hatte er festgestellt, dass sich seine Gefühle zu Nathalie auf eine Art verändert hatten, die ihm noch im Sommer undenkbar erschienen wäre.

Der Uhu, bei dem sie unlängst die letzte Sitzung absolviert hatten (Gudrun Häberli hatte ihm schließlich sogar den Wunsch nach einer gesäß- und rückenfreundlicheren Sitzgelegenheit erfüllt), hatte recht behalten: Solange man sich nicht an etwas festklammerte, das einem nicht guttat, war die Veränderung zum eigenen Wohl möglich.

Was machen Sie in einem reißenden Strom, wenn der Halt am Felsen zu schmerzhaft wird und die Kräfte schwinden? Loslassen oder festhalten?, hatte sie ihn gefragt.

Wenn die Kraft nicht mehr reicht, kann man gar nicht mehr länger festhalten, hatte er geantwortet. Josef war kein Freund von dramatischen Illustrationen.

In Ordnung, also loslassen. Und hoffen, dass man aus der Stromschnelle rauskommt, was gut möglich ist, hatte Häberli ihren Gedanken weitergeführt. Er hätte das in der Sitzung gerne noch ausdiskutiert, weil ihn das Gleichnis nicht überzeugte, aber da war ihre Zeit schon abgelaufen.

Dafür, dass er sich allemal nicht an seine schlechten Gefühle hatte klammern wollen, gab es zwei Gründe.

Der erste: Das entsprach gar nicht seinem Wesen.

Nathalie hatte sich in seinen Sohn verliebt. Nun denn. Der Lebenshase schlug manch unerwarteten Haken. Nach zweiundfünfzig Lebensjahren war das keine Erkenntnis, die ihm den Boden unter den Füßen wegriss.

Der zweite und bedeutendste: Helene, da zweifelte er nun nicht mehr dran, war die Frau, mit der er die kommenden, nun ja, drei Dekaden verbringen wollte. Sie war es, die er an nichts und niemanden verlieren wollte. Und daran konnte auch Nathalies Präsenz auf dem Abendrotschen Familienfoto nichts mehr ändern. Seinetwegen auch als Tochter. Schwiegertochter!

»Auf leckere Happen zu verzichten hält schlank«, sagte Josef schließlich und ließ sich die letzten Tropfen Chablis die Kehle hinabfließen.

»Da magst du recht haben, aber ein Dessert gönnen wir uns heute noch. Habe Birne ›Belle Hélène‹ auf der Karte gesehen.« Rüdiger war und blieb ein Gourmet.

Venedig – sechs Monate später

»Komm in die Gondel, mein Liebchen, oh steige nur ein. Allzu lang schon fahr ich trauernd so ganz allein ...«

Susannes stattlicher Busen hob und senkte sich mit jedem Tirilieren. »Hab ich euch eigentlich schon mal erzählt, dass ich als junge Frau vorhatte, Opernsängerin zu werden?«, fragte sie in die relative Stille unseres spätnachmittäglichen Müßiggangs.

Wir saßen am Küchentisch und knabberten an den schokogefüllten *Baci in Gondola*. Von *Tonolo*, eine der besten Pasticcerie von Venedig, hatte Rüdiger mehrmals betont. Wir glaubten ihm.

»Hab ich oder hab ich nicht?« So schnell ließ Susanne nicht locker.

»Ich erinnere mich dunkel«, bestätigte Josef, ohne von seinem Norditalien-Reiseführer aufzusehen. »Lass uns nach Triest fahren«, sagte er zu mir. »Da war ich das letzte Mal vor dreißig Jahren. Ist eine reizvolle Stadt.«

Wir waren am Vortag bei Susanne und Rüdiger in Venedig angekommen. Mit mir am Steuer und Josef auf dem Beifahrersitz. Nur einmal hatte es einen kleinen Misston gegeben, als ich einem lichthupenden BMW hinter mir zu schnell nachgegeben hatte.

Was lässt du dich einfach so wegdrängeln? Das Ding einfach durchziehen. Bloß nicht einschüchtern lassen!, hatte Josef gesagt.

Ich fahre, hatte ich geantwortet.

Wir hatten nur zwei gemeinsame Tage mit unseren alten Freunden vorgesehen. Mein Wunsch. Josef hatte vollstes Verständnis.

Die beiden lebten noch immer getrennt. Wie es aussah, klappte das gar nicht schlecht. Mit gelegentlichen gemeinsamen Aktivitäten. Rüdiger hatte seine Praxistätigkeit zurückgeschraubt und einen jungen Kollegen angestellt. In seiner Edelstahlküche im Edelapartment fanden nun regelmäßig Kochkurse statt.

Erstaunlich, die Nachfrage, wirklich erstaunlich, hatte er gesagt.

»Und wann kommt der kleine Abendrot zur Welt?« Rüdiger sah fragend von der *Moka* auf, die er mit frischem Kaffeepulver füllte. Mir war, als sei nur kurze Zeit vergangen, dass ich Rüdiger das letzte Mal bei dieser Zeremonie zugesehen hatte. Eine unglückliche Helene, vor beinahe einem Jahr.

»Im Oktober, ist noch ein bisschen hin«, antwortete ich. »Es wird auch kein kleiner Abendrot, sondern ein Brunner. Die zwei sind noch nicht verheiratet.« Aus den Augenwinkeln beobachtete ich Josef, der sich in inniger Vereinigung mit dem Reiseführer befand. Fast schien es, als klebe seine Nase an einer Seite fest.

»Na, dann hoffen wir mal, dass das Babylein nicht aussieht wie der Opa.« Susannes glockenhelles, einer verkannten Opernsängerin durchaus würdiges Lachen, erfüllte den Raum.

»Susanne!« Rüdiger nahm sich die Zeit, die *Moka*-Zeremonie für die Dauer eines strengen Blicks zu unterbrechen.

Niemand wies Susanne darauf hin, dass eine Zeugung auf mehrere tausend Kilometer Distanz nur schwer möglich war. Als Biologielehrerin sollte sie derlei Belehrungen auch nicht benötigen.

Seit wann war sie nur so scharfzüngig?

»Sag mal, Susanne«, fragte ich einige Minuten und einige Meringe-Bisse später. »Hast du die hundertfünfzigtausend Euro von diesem Heiratsschwindler eigentlich zurückbekommen?«

Ihr *Nein* schaffte es kaum aus den zusammengepressten Lippen. »Er ist ja auch kein Heiratsschwindler. Von Heirat war schließlich nie die Rede«, zwängte sie noch hinterher.

»Es hat aufgehört zu regnen. Lasst uns mit der 14er-Linie nach Burano fahren!« Rüdiger war aufgestanden und klatschte ermunternd in die Hände. »Das dauert eine Stunde, und der Fahrtwind wird den nötigen Appetit fürs Abendessen in uns wecken. Es gibt da nämlich eine nette kleine Trattoria. Empfehlung von einem Patienten.«

Wir nickten brav, auch wenn vermutlich niemand außer Rüdiger eine Ahnung hatte, über welche appetitfördernden Eigenschaften Fahrtwind verfügte. Noch dazu bei vom späten Mittagessen nachhaltig gesättigten Menschen.

Was den Schlagabtausch mit Susanne betraf, so nahm ich mir jedenfalls vor, mich für die überschaubare Dauer unseres Zusammenseins auf keinen weiteren mehr einzulassen. Wir hatten schließlich alle ein aufwühlendes Jahr hinter uns.

Auf dem Weg zum Campo San Zaccaria nahm mich Josef bei der Hand, nachdem er unsere Sonnenbrillen aus seinem Rucksack genommen und mir meine auf die Nase geschoben hatte. Wir hatten über die letzten Monate große Fortschritte darin gemacht, zu solch scheinbar flüchtigen Zärtlichkeiten und der Fürsorge zurückzufinden, die in unserer Ehe abhandengekommen waren, noch bevor der eigentliche Betrug stattgefunden hatte. Denn mehr als die oft trügerische Intimität des Liebesakts waren es diese kleinen Berührungen – das hatten wir inzwischen begriffen –, die nur mit wirklicher Nähe, Zuwendung und Vertrauen möglich waren.

Die von einer frischen Meeresbrise vertriebenen Wolken hatten einer Spätfrühlingssonne Platz gemacht, die sich in prahlerischer Selbstdarstellung von ihrer kraftvollsten Seite zeigte. Venedig wirkte wie von einem Heer fleißiger Putzleute frisch geschrubbt und gewienert. Sogar den Wellen hatte man Glitzerhäubchen verpasst und den kreischenden Möwen blendend weißes Gefieder.

Dass die Kreuzfahrtschiffe ihre heuschreckengleichen Touristenschwärme bereits wieder in sich aufgesogen hatten und zurück ins offene Meer gestochen waren, war die krönende Zugabe dieses perfekt arrangierten Nachmittags.

»Kommen die zwei eigentlich auch in deinem Roman vor?«, fragte mich Josef leiser als nötig. Wir waren gut fünfzig Meter hinter Susanne und Rüdiger zurückgeblieben, und sie konnten uns gewiss nicht hören.

»Ja, aber mit anderen Namen. Und, na ja, eigentlich überhaupt ganz anders.«

»Und der männliche Hauptdarsteller? Ist das ein Miesling?«

»Wer ist schon *nur* ein Miesling?«, erwiderte ich. Das war eine rhetorische Frage. »Er ist eben ein Mensch mit Schwächen und Stärken. Die entscheidende Frage ist doch, ob er sich entwickeln kann, Einsichten hat, sein Handeln irgendwann mal in Frage zu stellen weiß.«

»Und, hat er solche Einsichten?«

»Ja.« Mehr wollte ich nicht erzählen. Zumindest nicht hier und heute. Ich hielt mich bedeckt mit meinem Projekt, das ich bereits in Nairobi in Angriff genommen hatte und in das ich die Ereignisse des vergangenen Jahrs einfließen lassen wollte. Dabei sollte die dichterische Freiheit zur nötigen Distanz beitragen, ohne die therapeutische Wirkung zu schmälern.

Ort der Handlung war die kenianische Küstenstadt Mombasa, in die es ein deutsches Ärzteehepaar aus humanitären Gründen verschlagen hatte. Die Liaison des Mannes, Kinderarzt, mit einer englischen Kollegin brachte die Ehe ins Wanken, während es das Techtelmechtel der Ehefrau mit einem Kenianer war, die ihr – der Ehe, nicht der Frau – fast den Todesstoß versetzte. Darum herum rankte sich noch allerlei wildwüchsiges Erzählgestrüpp, dem vermutlich mit einer Heckenschere zu Leibe gerückt werden musste. Gerne hätte ich eine Koryphäe wie Anton Friedreich um Rat gebeten.

Klingt nach Schmonzette, hatte Tobi augenzwinkernd kommentiert, als ich ihm nach unserer Rückkehr in groben Zügen davon erzählt hatte. *Aber mach mal!*

Und das tat ich, mit oder ohne seinen gönnerhaften Segen.

Zu machen gab es überhaupt einiges. Es sah gerade so aus, als hätte ich mir in meinem neuerwachten Drang nach mehr Eigenständigkeit ein bisschen viel aufgeladen. Meine Deutschstunden, die Beiträge und Textkorrekturen für *Fido* und – neu hinzugekommen – zwei Integrationskurse für Migranten.

Ich würde lernen müssen, das richtige Maß zu finden und Wesentliches von Vernachlässigbarem zu trennen.

»Kommt ihr?«, rief Rüdiger, der mit Susanne an der Anlegestelle auf uns wartete und uns mit den Armen fuchtelnd auf das sich nähernde Vaporetto der 14er-Linie aufmerksam machte.

Es war das *Ihr*, das mir an seinem Ruf so gefiel.

Wir legten einen Schritt zu.

Dank

Mehr als irgendjemand anderem gilt mein Dank meinem Mann Hans-Ueli. Er ist es, der mich berät, ermuntert, in kleinen Krisenmomenten aufrichtet und mir überhaupt bei allem unablässig zur Seite steht.

Selbstverständlich danke ich meiner Agentin Dr. Dorothee Schmidt von der Agentur Hille&Schmidt für ihren Einsatz und klugen Beistand. Sie unterstützt mich nicht nur mit ihrer Sachkenntnis, sondern auch mit Geduld und – hin und wieder unumgänglich – der nötigen Gelassenheit.

André Hille verdanke ich meinen vergleichsweise späten Start ins spannende Autorenleben. Ohne ihn und die Seminare seiner *Textmanufaktur* wäre dies nicht denkbar gewesen.

Ein ganz großes Dankeschön gilt meiner Lektorin Dr. Cordelia Borchardt. Was wären meine Produktionen ohne ihr aufmerksames und in jeder Hinsicht umsichtiges Lektorat und ohne die menschliche Note *von Frau zu Frau*?

Selbstverständlich danke ich dem gesamten Team des *S. Fischer Verlages*, das sowohl für *Das Heinrich-Problem* wie auch für *Auszeit bei den Abendrots* hervorragende Arbeit geleistet hat und weiterhin leistet.

So könnte ich noch eine Weile mit meinen Dankesworten fortfahren, denn liebe Menschen, die mir in Freundschaft zur Seite stehen und somit auch auf mein Schreiben wirken, gibt es einige. Aber nicht nur mein Roman, auch das Danken soll hier sein Ende haben.

Alexandra Holenstein
Das Heinrich-Problem
Roman

Berti Fischer, Frau in den nicht mehr ganz besten Jahren, traut ihren Ohren kaum, als Ehemann Heinrich ihr mitteilt, er habe nicht die Absicht, mit ihr alt zu werden. Bald findet Berti heraus, dass sie nicht die einzige in Heinrichs Umfeld ist, der er übel mitspielt.
Berti sinnt auf Rache. Soll sie sich dafür mit den anderen Frauen um Heinrich verbünden? Was, wenn nicht alle dabei mit offenen Karten spielen und plötzlich lange Verheimlichtes an die Oberfläche drängt? Zwischen Zürich und Ascona am Lago Maggiore schmieden die Frauen ihren Plan. Jetzt hat Heinrich wirklich ein Problem …

368 Seiten, broschiert

Weitere Informationen finden Sie auf
www.fischerverlage.de

AZ 596-70169/1

Debra Johnson
Nur wer den Kopf hebt, sieht die Sonne
Roman

Sally Summers ist eigentlich ganz zufrieden mit ihrem Mittelklasse-Vorortleben. Das Letzte, was sie von ihrem Ehemann erwartet hätte, war, dass er sie verlässt. Nachdem ihre heile Welt in Trümmern liegt, fühlt Sally sich mehr als erholungsbedürftig und packt ebenfalls die Koffer. Zusammen mit ihrer Tochter Lucy, die gerade eine heftige Phase zelebriert, und ihrem Sohn Ollie fliegt Sally für zwei sonnige Wochen in den Süden. Strand, Pool, Cocktails, das perfekte Programm für eine Frau mit gebrochenem Herzen – zumal sich auch ein attraktiver alleinerziehender Vater im Hotel eingebucht hat.

Aus dem Englischen
von Birgit Schmitz
480 Seiten, broschiert

Weitere Informationen finden Sie auf
www.fischerverlage.de

AZ 596-29722/1

Graeme Simsion / Anne Buist
Zum Glück gibt es Umwege
Ein Jakobsweg-Roman

Zoe, Künstlerin und Yogaexpertin, flüchtet aus Kalifornien nach Frankreich. Martin, Technikfreak aus England, will den von ihm entwickelten Wanderkarren für Rückengeschädigte einem Praxistest unterziehen. Als sie sich auf dem Jakobsweg begegnen, sind sie erst mal ganz schön genervt voneinander. Aber schräge Reisegefährten, Wetter- und Seelenkatastrophen, die Kapriolen des Wanderkarrens schweißen zusammen. Werden Martin und Zoe, grundverschieden wie sie sind, auf dem Camino einen gemeinsamen Weg finden? Ein Roman über Neuanfang und Sinnsuche, übers Wandern und Zu-sich-selbst-Finden und darüber, wie wir mit einem Lächeln Erfüllung finden.

Aus dem australischen Englisch
von Annette Hahn
400 Seiten, gebunden

Weitere Informationen finden Sie auf
www.fischerverlage.de

Graeme Simsion
Das Rosie-Projekt
Roman
Aus dem australischen Englisch von Annette Hahn
Band 19700

Der Weltbestseller! Don Tillman sucht die Frau fürs Leben: »Muss pünktlich sein, logisch denken und gerne Fahrrad fahren. Wenn Sie rauchen, trinken und an Horoskope glauben, ist Ausfüllen des Fragebogens zwecklos.« Als Don Rosie trifft (unpünktlich, Barkeeperin, Raucherin), entdeckt er: Gefühle haben ihre eigene Logik.

»Ein witziger, bewegender,
großartiger Roman darüber, worin die
eigenen Stärken liegen und wie man mit sich
selbst im Einklang sein kann.«
Bill Gates

Das gesamte Programm gibt es unter
www.fischerverlage.de